論創ミステリ叢書 103

甲賀三郎探偵小説選Ⅱ

論創社

甲賀三郎探偵小説選Ⅱ　目次

凡例

一、「仮名づかい」は、「現代仮名遣い」（昭和六一年七月一日内閣告示第一号）にあらためた。
一、漢字の表記については、原則として「常用漢字表」に従って底本の表記をあらため、表外漢字は、底本の表記を尊重した。ただし人名漢字については適宜慣例に従った。
一、難読漢字については、現代仮名遣いでルビを付した。
一、極端な当て字と思われるもの及び指示語、副詞、接続詞等は適宜仮名に改めた。
一、あきらかな誤植は訂正した。
一、今日の人権意識に照らして不当・不適切と思われる語句や表現がみられる箇所もあるが、時代的背景と作品の価値に鑑み、修正・削除はおこなわなかった。
一、作品標題は、底本の仮名づかいを尊重した。漢字については、常用漢字表にある漢字は同表に従って字体をあらためたが、それ以外の漢字は底本の字体のままとした。

真珠塔の秘密

一

長い陰気な梅雨《つゆ》が漸く明けると、そこにはもう酷《きび》しい暑さが待ち設けていた。さすが都大路も暫くは人通りが杜絶する真昼の静けさから、豆腐屋のラッパを合図に次第に都の騒しさに帰る夕暮時に、夕立のような喧《やかま》しい蟬の声を浴びながら、私は上野の森を越えて、久し振りに桜木町の橋本敏を訪ねた。

親しい間とて、案内も乞わずにすぐ彼の書斎兼応接室の扉《ドア》を叩いて中へ入ると、机に向って何か考えていたらしい彼は入口へ首を捻じ向けながら、

「やあ、君か。久し振りだね。まあ掛け給え」

「昼間は暑くてとても出られないからね。上野の森は、しかし悪くはないね」

「上野といえば君、今度の展覧会の真珠塔だがね」友は扇風器を私の方へ向けながら、「何か変った事は聞かないかい」

「イヤ、いろいろ評判は聞くが変った事は聞かないね。何か事件でも起ったのかね」

友は黙って数葉の名刺を私に渡した。一枚は警視庁の高田警部の名刺で、「東洋真珠商会主下村豊造氏貴下に御依頼の件あり参上仕《つかまつ》るべく何分宜しく願上候《ねがいあげそうろう》」と書いてあり、一枚は東洋真珠商会主下村豊造氏の名刺で、一枚は同製作部主任佐瀬龍之助と書かれていた。

「この二人が少し前に会いに来たそうだ」友は私の見終るのを俟《ま》って云った。「恰度僕が留守だったので、後ほど伺うと云い置いて帰ったそうだよ」

先年東京××博覧会が開かれた時、その一館に有名なるM真珠店が数十万円と銘打って、一基の真珠塔を出陳して世人を驚かした事は、なお諸君の記憶に新《あら》たなる所であろう。ところが本月から××省主催の美術工芸品展覧会が、上野竹の台に開催せられると、近来M真珠店に対抗して漸く頭角を現してきた東洋真珠商会は、先年のM商店の出品物を遥に凌駕する壮麗な真珠塔を出陳したのだった。

諸君も既に御承知の事と思うが、私の見た所では塔の

高さは約三尺、かの薬師寺の東塔を模したと云われ、三重であるが所謂裳階《しょうかい》を有するので、ちょっと見ると六階に見える。各階尽《ことごと》く見事な真珠よりなり、殊に正面の階《きざはし》を登って塔内に入らんとする所に篏《は》められているものは、大きさといい形といい光沢《つや》といい世界にもまたあるまじき逸品で、塔の価格三十八万円というのもなるほどと思われる。展覧会開催以来新聞は随分この記事で賑わされたので、ある新聞によると、東洋商会はM商店の製作部の腕利の技師を買収して、この真珠塔を造らしめたのだといい、ある新聞によると、その技師は不都合の廉《かど》があって、M商店を放逐せられたのであるという事であった。私は新聞で知り得たこういった事実を、知っている限り友人に話した。

折柄呼鈴《ベル》が激しく鳴って、書生が二人の紳士を伴って入って来た。

「私が橋本です」友は立ち上って云った。「こちらは友人の岡田君です」

「申し遅れまして」と五十恰好の赭《あか》ら顔で、でっぷり肥った紳士は丁寧に礼をしながら、「私は下村でございます」

「私は佐瀬でございます」三十を少し越したかと思われる頭髪《あたま》を綺麗に分けた色白の背の高い紳士は云った。

友は二人に椅子をすすめながら、

「どうも暑くなりまして。……して御要件は」

「それがその、ええ、ちと他聞を憚《はばか》る事でございまして」

商会主は汗を拭き拭き、私の方を気にする様子だった。

「その点は御心配に及びません。岡田君はいつも私と一緒に働いてくれる人で、私同様と御思い下さって差支えありません」

「さようでございますか」と商会主は漸《ようや》く落ち着いて、「実は何でございます。今回私共が××省御主催の展覧会に出品いたしておりまする真珠塔につきまして、誠に不思議な事が起りましたので、早速警視庁へ御相談に上《あが》りました所、あちらではそういう仕事は却って貴君《あなた》に御願い申すがよかろうという事で、甚だ御迷惑ながら御依頼に上った次第でございます。新聞ではいろいろに申しますが、別に私共はM商店に対抗して立つのどうのという事はございませんが、私は元来こういう事が好きでございまして、東洋独特の工芸品として外国人に誇れるものを造りたいと、予々《かねがね》苦心をいたしておりましたわけでございます。ところが幸いに、こういう方面には非凡の腕前のある佐瀬君が来てくれましたので、今日《こんにち》どうやら人様の口に上《のぼ》るような品が出来ましたのでございます」

商会主の語る所はこうであった。六月の廿日《はつか》に展覧会が開かれて四、五日も経った頃、恰度世間で真珠塔の噂が頂点に達していた時分である。商会に二人の客があった。一人は外国人で、アメリカの富豪で東洋美術品の蒐集家マッカレーといい、一人は一見外国人かと思われる堂々たる日本紳士で、有名なる代議士花野茂という名刺を示して商会主を驚かした。マッカレーは全然日本語に通じないようすで、日本紳士の方が流暢《りゅうちょう》なる英語で通訳したそうである。要件は近々娘が結婚するので、七月十日頃の汽船で帰るが、その贈物に例の真珠塔が欲しい、が値も高いし、それに会期中持ち帰る訳にも行くまいから、二週間以内に、八万円位であの模造品を造ってくれまいか、と云うのであった。

　商会主は佐瀬技師と相談の上、十万円で引受けることになった。すると日本紳士が「どの位の程度まで似せる事が出来るか」と聞くので、佐瀬は、「どうしても、品が落ちますから、専門家にかかっては敵《かな》わないが、素人《しろうと》にならちょっと見別けのつかぬ程度に出来ましょう」と答えると、大変満足して、早速手附に二万円払い、なお期限を遅らしたり、真物《ほんもの》と充分似ない時には破約するという条件を附けて、帰って行った。

　それから佐瀬は二週間、専心にこの製作に従事して、漸く注文通りのものを造り上げた。その間、期限の事で一回花野氏から電話があり、こちらからも一度電話をかけたが、留守であった。

　取引の日には早朝花野氏が来て出来栄《できばえ》を見て大変喜び、早速残金を支払い自動車で帰ったのである。

　それでこの仕事は無事にすんだ訳であるが、それから二、三日経った今朝の事、佐瀬は展覧会場へ行って、相変らず自分の製作の前には人だかりの多いのを満足しながら、肩越しに真珠塔を一目見た途端、アッと思わず顔色を変えたそうである。

「全く今朝は驚きました」佐瀬は口を開いた。「思わず人を掻き分けて前へ出ました」

　前へ出て能《よ》く見ると、一目見て直覚した通り、真珠塔はいつか模造品と置き換えられていた。

「素人方には少しも御分りにならないかも知れませんが、動かぬ証拠は、実は私が模造品を造ります際、数の都合上どうしても疵のあるのを一つ使わねばならないので、庇《ひさし》の蔭の眼のつかない所へ嵌めたのです」

「全く、私もその疵のある真珠の事を云われるまでは、どうしても置き換えられた事は信じられませんでした」

と商会主は口を添えた。

　佐瀬は早速商会主を呼んで、取り敢えず守衛の所へ行った。貴重品ばかりの所であるから、夜は特別に二人居て交代で不寝番《ねずのばん》をする事になっていたのである。

　守衛は始めは中々云わなかったそうであるが、激しい詰問にとうとう白状した所によると、二日許り前の晩、夜中にガチャンと硝子《ガラス》の破《わ》れる音がしたので、ハッとして二人で詰所を飛び出すと、一人の曲者《くせもの》が将《まさ》に明《あか》り取り窓から逃げ出す所で、その窓硝子を一枚落したのであった。大急ぎで入口を開けて外へ出た時には、既に逃走した後だった。場内を見ると、真珠塔がいつの間にか箱《ケース》から出され、棚から一間許《けんばか》りの所に置かれていた。しかし外《ほか》には何の被害もない様子なので、二人は相談の上、塔を箱《ケース》の中に戻し、泥棒の這入ったことは隠す事にして、硝子の落ちたのは風の所為《せい》にして知らぬ顔をしていたのであった。

　つまり守衛達は泥棒が未遂のまま逃げ出したものと思っていたのであるが、実は真物《ほんもの》は既に運び去られた後で、これから偽物を運び入れんとした際に、何かの理由で泥棒はあわてて窓から逃げ出そうとして、守衛達に気付かれたのであった。

　そこで商会主と佐瀬は展覧会の事務所にその事を届出《とどけい》でて、それから警視庁の方へ行ったのであるが、何分秘密を要する事だし、遂に橋本に依頼する事になったのであった。

「陳列箱《ケース》の鍵は平生誰が持っているのですか」

　友は始めて口を開いた。

「二つありまして、一つは守衛、一つは私が持っております」佐瀬は答えた。

「塔の重量はどの位ですか」

「三貫五百目です、大理石の台がありますから」

「なるほど不思議な事件だ。宜しい御引受けしましょう。まず現場《げんじょう》と守衛を調べねばなりませんね」

　商会主が喜んで佐瀬と共に辞去すると、やがて橋本は警視庁へ電話を掛けた。

「モシモシ、高田君？　ええ例の件でね、ちょっと展覧会の夜間入場の便宜を計ってもらいたいんですよ。え？　マッカレーは昨日帰国した？　確かな人間だって？　どうも真珠塔は買わないらしい、ホテルの給仕が日本人がスゴスゴと持って帰るのを見た、ああそうですか。花野は偽名らしいって、そうでしょうなあ。何か花野氏と縁故のあるものらしいというんですか。ふん、そうそう、何でも大きな身体でちょっと外国人のようで、話も達者な奴らしい。いやどうも有難う。ええ直ぐ展覧会の方へ行きます。さようなら」

　そう云って電話を切ると、彼は私の方に向き直った。

「どうだ君。一緒に現場へ来ないかね」

二

夏の永い日ざしもはや傾いて、外はもう夕闇《ゆうやみ》であった。上野の山内《さんない》は白く浮いて出る浴衣《ゆかた》がけの涼みの男女の幾群かが、そぞろ歩きをしていた。

展覧会場では二人の守衛が待ち受けていた。幸い二人とも恰度先夜の宿直で、早速現場に案内してくれた。

場内はしんとして、夜間開場の設備がないので、広い会場の天井にただ二ケ所、うす暗い電燈が鈍い光りを眠そうに投げているばかり。昼間満都の人気を集めて、看客《けんぶつ》の群が集うだけ、それだけ人気《ひとけ》のない会場は一層静かなものであった。守衛の一人は年頃六十以上の背の高い老人で、一人は軍人上りらしい丸々とした、頑丈そうな四十恰好の男で、いずれも頗《すこぶ》る好人物らしく見えた。

問題の塔は正面入口のすぐ右側に、四方硝子張りの戸棚に収められ、夜目にもそのすべすべした豊麗な膚《はだ》は清浄な色を放っていた。曲者の飛び出した窓は、地上から十五尺ばかりの高さに建物の周囲をとりまいている一連の明り取り窓の一つで、壁際に一列に並んだ陳列棚は高さ九尺であるから、その頂部よりなお六尺の上に開かれている。

「そうです。私が見付けましたので」若い方の守衛は友の問に答えた。「恰度飛び出す所でした。ええ、どの入口にも鍵がかかっておりました。確かです。私共が口を開けるのに手間取っていたものですから、曲者を逃がしてしまいました。私共が全《まる》で共謀《ぐる》かなんぞになっているように思われますので甚だ残念ですが、どうしてあの塔をあの高い窓から運び出したのでしょう」

友は窓の高さを目測したり、戸棚の周囲を丁寧に調べたりした揚句、腕を組んで瞑想を始めた。この時こそ友の頭脳の最も働いている時である事を知っている私は黙ってそれを眺めていた。

「窓硝子の落ちた音で気が付いたというのは確かですか」友は突然に聞いた。

「確かです。破片《かけら》が散っておりましたし、外《ほか》に硝子のこわれた所はありませんでしたから」

友はまた深い瞑想に陥った。

やがて何か思いついた如く、守衛達に一礼して場外に出た。

山下の菊屋で夕食をした後《のち》、友は神田に行こうと云い出した。私は云うがままに彼について行った。

「何分守衛が発見してすぐ訴えないものだから、指紋は勿論、何の証拠になるようなものもない」路々《みちみち》友は語った。「守衛は大丈夫らしいね」

神保町の停留所で我々は電車を降りた。その辺の迷路にも似た小路《こみち》をあちこちと二、三丁歩いて、ある建物の前に来た時に、彼は突然《いきなり》立止ってそこの呼鈴《ベル》を押した。私は驚いて表札を見ると、花野茂としてあった。取次が出ると、橋本は花野さんに御目にかかりたいと云った。

「先生は今御旅行中です」取次はブッキラ棒に答えた。

「私もそう新聞で承知いたしております」友は云った。「しかし是非御願いいたしたい事がありますので、どうしたものかといろいろ迷っておりますと、今朝電車で、偶然久しい前外国で御目にかかった事のある、ちょっと御名前を忘れましたが、その方がこちらと御知合《おしりあい》だそうで、先生は御在宅のはずだと教えて下さいましたものですから――」

「ハテな、誰だろうな」と取次は書生部屋の仲間に振り向いて云った。

「外国と云えば田村さんじゃないかね。しかしあの人は先生の留守は知っているはずだがね」

「背の高い、ちょっと外国人のような方ですが」

「じゃ田村さんだ。どうしてそんな事を云ったろう」

「田村さんは只今どちらでしょう」すかさず橋本は聞いた。

「駿河台の保命館においでてでしょうと思います」書生は迂散《うさん》そうに答えた。

「どうも有難うございました」

礼を云って友は外へ出た。彼の足は直ぐ駿河台に向った。

最近に増築した保命館はこの辺切っての旅館であった。幸か不幸か、田村氏は在宅であった。

「マッカレーさんと仰有《おっしゃ》る人から頼まれましたのですが」

と友は刺を通じた。我々は彼の部屋に通された。橋本が人相書《がき》に依って尋ね出した、その人相の所有者は悠然として我々の前に現れたのであった。

「早速ですが田村さん。私は実はこういう職業のものですが」と橋本は再び名刺を渡しながら、「何事も隠さず云って戴きたい。そうでないと、我々は貴君《あなた》を氏名詐称と、もしかすると、詐欺取材で告発しなければなりません」

田村氏は一度は青くなり今度は怒ったが、やがて観念した如く話し出したのは、次の如くである。

彼は予《かね》て美術蒐集家のマッカレーに近づいて、何か一儲けをしようとしていた。すると、ある時マッカレーが展覧会の真珠塔が欲しいと云い出したので、これ幸いと、マッカレーが日本語を解しないのを利用して芝居を打ち、うまい口実を設けて模造品を商会に造らせ、真物《ほんもの》として売り込もうとした。ところがマッカレーに看破られたので止むなく宅《うち》へ持ち帰ったが、十万円もヒドイ工面で慥《こし》らえたのでもう夜逃げの外はないと覚悟していると、その時不思議な買手が現われて、お蔭で助かったと云うのである。その買手はマッカレーの紹介だと云って訪ねて来た男で、結局九万円で買い受けていった。

「黒眼鏡をかけた、背の高い、少し猫背のような男で、頤鬚《あごひげ》を生やして、何だか聞き覚えのある声の人でしたが、よく見直すとやはり初対面でした。少し怪しい所もありましたが、背に腹は代えられず一万円の損で譲りました。この上貴君方《あなた》に訴えられれば申分ありません。天罰です」

「イヤ、私は貴君《あなた》を告発しなければならない位置に居るものではありません。御話に偽《いつわ》りがないということさえ分れば別に事を荒立てる必要はないのです」と友が云った。

「天地神明に誓って、偽りでない事を断言します」

保命館を出て駿河台下の方へ来かかると、折柄そこの大時計が十時を打ち出した。せっかく手繰《たぐ》った糸が、またこの新《あらた》に現れた異様な買手のためにプッツリと断たれたのは、友にとって打撃に相違なかったが、さほど落胆している模様も見えなかった。ここで私達は別れたのである。

三

翌日午後、橋本から電話で帰りに寄ってくれと云うので私は勤先《つとめさき》からまっすぐ彼を訪ねた。

「やあよく来てくれたね。実は六時に、佐瀬――そら例の商会の技師の、あの人が来る事になっているが、僕はちょっと出掛けねばならないので、君一つ相手をして、なるべく七時頃まで待たせておいてもらいたいのだがね」

私が引受けると、彼は直ぐ出掛けて行った。

六時に佐瀬がやって来た。私は友が急用で出掛けた旨を伝え、是非待っていてもらいたいと頼むと、彼は迷惑そうに腰を下した。

「橋本さんは、少しは当りがつきましたのでしょうか」

「さあ」

私は彼の問にどの程度まで答えてよいか分らなかったので言葉を濁した。

「多少見当はついたようです」

「不思議な事件ですからなあ。あの外国人や花野さんが直接関係しているんでしょうか」

「それは、多分関係はないでしょう」

「どうして分りましたか」彼は意外という風に少し声を高めた。

「イヤ、多分真物《ほんもの》とスリ替える目的で、模造品を註文したのではなかろうと思うのです」

七時に近づいても友は帰って来なかった。

佐瀬がそろそろ暇《いとま》を告げようとしかけた時、電話の呼《べ》鈴《ル》が激しく鳴った。急いで受話機を取り上げ耳に当てると、橋本の声で、佐瀬氏を待たせて御気の毒であったが、実はもう待ち兼ねて御帰りになったことと思って、いま御宅の方へ伺った所で、真珠塔の問題に少し当りがついたから、すぐに二人で来てくれと云うのであった。

佐瀬の宅は築地橋に近い河岸《かし》沿いであった。通されたのは西洋館の広々とした応接室、飾《かざり》のついた電燈が皎々《こうこう》と四辺《あたり》の贅沢な調度品を照していた。部屋の中には、いつの間にか呼んだと見えて、下村商会主と高田警部の顔も見えた。

「佐瀬さん、失礼いたしました」

一同席が極《き》まると橋本は口を切った。

「殊に御許しもなく皆さんをお宅に御呼びしたりして、どうか悪しからず。実は真珠塔の隠されている所が分りましたので」

「どこですか」

商会主と技師と、そうして私が殆ど同時に叫んだ。

「只今御目にかけます」

云うが早いか、彼は壁の腰羽目の一部に手をかけたかと思うと、見よ！　忽ち壁は開かれて、その中に燦《さん》として一基の真珠塔が輝いているではないか。

この時佐瀬は突如卓上《テーブル》の花瓶を掴むと見るや、怒れる眼《まなこ》鋭く、ハッシと許り橋本目がけて投げつけた。その時早く、高田警部が佐瀬の腕を扼《やく》したので、的ははずれて真珠塔に丁《ちょう》と打《うち》当り、無残、塔は微塵に砕け散った。

商会主の顔はさっと蒼白《まっさお》に変じた。

その時橋本の凛とした声が響いた。

「イヤ御心配に及びません。それは偽物の方です」

×　×　×　×

「今度の事件は頗る簡単だよ、君」

私が桜木町の彼の家に帰りついて、香の高い紅茶をすすりながら相変らずの彼の敏腕を賞めると、彼はこう云った。

「つまり二から一引く一さ。現場《げんじょう》を見て第一に感じたのは、あれだけの重い塔をスリ替えるのに、わざわざ窓からやるというのは可怪《おか》しい。あの高い窓から塔を一つ運び出し、もう一つ代りを運び入れるという事は、不可能じゃないかね。それにもう一つ変なのは、硝子の音がしたので逃げたのではなく、逃げる時にこわした事だ。しかも偽物の塔を箱《ケース》から出し放《ぱな》しにして逃げたんだ。これじゃまるで忍び込んだのを広告するようなものじゃないか。そこで僕は別の方面を考えた。つまり真珠塔はスリ替えられていないんじゃないかと。

しかし曲者の入った事と、真珠のうちの一つがスリ替えられている事は事実だ。そこで甚だ漠然としているが、真物《ほんもの》を偽物と思わせる目的で、一つだけ疵物《きずもの》の真珠をとり替えるために忍び込む、これは可能だからな。ところがこれは殆ど佐瀬のみに可能な事じゃないか。鍵も彼が持っているんだし、それに第一、スリ替え事件を最初発見したのも彼だ。そこで少しばかり奴《やっこ》さんに疑いをかけておいたのさ。そして例の田村を探して叩いてみると、変な奴が来て模造品を買って行ったと云う。眼鏡や頤鬚、それに猫背などは変相の初歩だからね。聞いたような声だとも云うし、ははあ、てっきりこれは佐瀬だなと感じたのさ。それにもともと塔の事を知っているのは何人もないんだし、まあ大体彼奴《あいつ》の仕業と睨んだわけだ。

思うに佐瀬は、始めから田村の註文の裏に、何か不正な企らみが潜んでいると感付いていたに違いない。それで塔の取引が済んだあと、そっと田村の後をつけて行き、あの米国人が偽物と看破って買わなかったのを見て、これを自分が譲り受けて、他日ゆっくり真物とスリかえようと思ったんだろうよ。罪は外国人と詐欺師が負う訳だからね。

ところで、彼には共謀者はないようだから、塔は多分彼の家に隠されているに違いない。多分西洋館の壁だろうと思った。と云うのは戸棚や物置はすぐ探されるし、天井裏や床下には這入《はい》らんからね。そこで彼をここに待たしておいて、約束があるように云って上り込んで行って、部屋を探したのだ。

ところが腰羽目の寄木細工に一ケ所手垢のついている所がある。ふと思いついたのは箱根細工の秘密箱さ。そこでいろいろやって見ると板の合せ目が少しズレて、そこへもう一枚の板がまたズレて来るという奴で、結局小さな穴があいてそこに釦《ボタン》がある。これをちょっと押してみると壁が開くという仕掛で、あとは君の知っている通りだが、真物を偽物と思わせておいて、閉会後悠々偽物とスリ変えようというのは、ちょっと考えた手だよ」

カナリヤの秘密

（一）

　二三年前の十二月の半頃《なかば》のかなり寒い夜の事であったと思う。当時、私は勤め先の××商会が不景気風に煽られて破産の憂目を見たために、一時職に離れて官庁方面の口を探しながら、毎日なす事もなくぶらついていた。私は友人である上野桜木町の橋本の書斎で、暖炉《ストーブ》に当りながらしきりに議論を闘わしていた。題目は何でも偶然の発見というような事であった。

「厳密な意味で云うと」彼は云った。「偶然の発見などというものはあり得ない。なるほど一見偶然らしく思えるものがあるが、発見者に取っては常に一つの工夫であって、その功績は発見者のみが負うべきものである」

「と同時にだ」私は幾分皮肉に云った。「厳密な意味で云うと、総ての発見は偶然から出立《しゅったつ》するよ。何故なら人生そのものは一つの大きな偶然だからね」

「また君の得意の論法だね。僕は君が云ったような科学を知らないもののみが用うる云い方には賛成出来ない。人生は一つの大きな偶然かも知れない。しかし――」

　彼の言葉はここで破られた。一台の自動車が家の前で止って、やがて書生が訪問者のある事を告げたのである。当時かなり有名になっていた友人にとっては、夜間不意に訪客のある事は決して珍しい事ではなかった。しかし通された客を見た時には、私は少なからず驚いた。というのはその客がただに若い婦人であったためでもなく、またあながち美しかったためのみでもなく、少し顔色が蒼ざめてはいるが、その頃流行《はや》ったあの嫌味な粧いは少しもなく、誠に清楚な気品のある令嬢が静に友人に一礼した時に、私は探偵事務所――と云っても友人のそれは個人的《プライベート》の閑雅な私宅ではあったが――という気分とあまりかけ離れていたのに驚いたのである。

「岡田君です」やがて友は私を紹介した、「こちらは北村はる子さんです」

「初めて御目にかかります」彼女は私に丁寧に挨拶した。「お名前はよく承知いたしております」

　私が答礼すると、橋本は彼女に椅子をすすめながら、

「御要件をお伺いいたしましょう」

「実は今朝ほど突然父の不幸に遭いまして」令嬢は声を曇らして「私の父は北村国彦と申すものでございますが」

北村国彦という名を聞いて橋本も少からず驚いたらしい。北村博士は有名な醗酵化学の泰斗《たいと》で世界的の学者として知られ最近まで大学教授であったが、教授の停年制が布《し》かれるや、博士の人格と学識とに傾倒する学校当局者並に学生の懇望を振り切って、直ちに職を辞して府下雑司ケ谷《ぞうしがや》の別邸に引移り、その研究室で余念なく研究に没頭せる人である。

「宅は雑司ケ谷の旭出《あさひで》でございまして、父と私と下男と下女の四人暮しでございます。母は四五年前になくなりました」令嬢は語り続けた。「父は大学の方を罷《や》めましてから、宅の空地に実験室を建てまして、独《ひとり》で研究を続けておりました」

実験室というのは、十五坪ばかりの平家の粗末な木造洋館で、中央に大きな実験台があり、その上には大きな通風孔《つうふうこう》が設けられている。一隅には机と椅子、図書棚などが置かれ、博士の書斎となり、他の一隅は木壁で仕切られて応接室となっている。中央の入口は直ちに門に通じ、裏口は渡り廊下で母屋《おもや》の方に通じているのである。

令嬢の語った所は次のようであった。

今から凡《およ》そ一ケ月前、この実験室の一隅の応接室で、弁護士中村時雄氏が卒倒して遂《つい》に死亡した事件《こと》があった。一体中村氏は悪辣なる弁護士として知られ、人格ある博士の交友としては相応《ふさわ》しからぬ人物であるが、同郷の誼《よしみ》とて随分久しい友人で、中村氏も博士に対しては充分の敬意を払っていたらしく、別に職業上の関係はなかったそうである。中村氏はその日の午後二時頃訪問して来た。研究に没頭している博士はあまり客を好かない上、対手《あいて》が中村氏なので会うのに躊躇したらしいが、とにかく実験室を仕切った所の応接室へ通したのである。それから約三十分間ほど、両人《ふたり》は何をしていたか知る人はないが二時半頃博士は奥の一間へ行き、そこで令嬢と何か話をした後、再び応接室の方へ帰って行くのを下女は見たそうである。すると間もなく突然博士の大きな叫び声がしたので、下女と裏の方に居た下男は急いで実験室に駆け付けた。その時に博士は部屋中の窓を次から次へと開けながら「水を、医者を」と叫んでいた。その時中村氏はもう椅子の下に倒れて、動かなかったのである。

直ぐに医者は迎えられた。そうして医者が不審の首を傾けると共に、警察官が呼ばれたのである。

博士の陳述はこうであった。中村弁護士はこれまで度々あった如く、今日も金の無心に来たのである。それで博士は彼を応接室に待たしておいて、母屋の方へ行って、会計一切を委《まか》してあるはる子嬢と相談の結果、令嬢は急いで近所の銀行へ出かけて行ったのである。その間は約十分間位であったそうである。そこで博士が部屋へ帰って見ると、驚くべし、中村氏は窓を半開《なかば》きかけながら卒倒していた。瓦斯暖炉《ガスストーブ》は中村氏によって消されたのであろう、点いていなかったそうである。

博士の陳述は、やがて銀行から帰って来てこの出来事に驚きの眼を瞠《みは》った令嬢によって、充分確実にせられた。そこで次の如き推測が行われた。即ち中村氏は博士が奥に入っている十分許りの間に、何かの有害なる瓦斯によって、気分が悪しくなり眩暈《めまい》を感じたので、まず瓦斯暖炉を消し、次で窓を開けようとして遂に倒れたものらしい。

死体解剖の結果は、初めの医師の鑑定通り瓦斯中毒による死と判明した。中毒瓦斯は青酸及《および》一酸化炭素の両者で、青酸を以って主因とするも青酸の確定試験は陰性であったために、青酸瓦斯に酷似する中毒死とせられたのであった。

そこでこの有毒瓦斯が問題となった。

まず第一に暖炉の瓦斯であるが、博士がかの悪徳弁護士に度々金の迷惑をかけられたという点で、仮りに博士を疑うとすると、暖炉は下女が中村氏を応接室へ通した時に点火し、下女が博士の叫び声で下男と共に駆け付けた時には、確に消えていたのであるから、あるいは中村氏でなく博士が消したのかもしれない。しかし白昼目を覚している人に対して、僅々十分間に石炭瓦斯を以って中毒死に至らしむることは不可能である。

次に実験室内の瓦斯であるが、醗酵の事であるから、有毒なる一酸化炭素は発生する。しかしそれは甚だ微量であるのみならず、中央に通風孔があって、絶えず電気扇《モーターファン》で引いているからこれまた中毒の原因にはなり得ない。そこで警察で依頼した種々《しゅじゅ》の人に依って博士の実験中のものにつき瓦斯発生の有様が調べられた上――それはいかに博士に取って苦痛であったろう――博士の人格の上から云っても、周囲の事情から云っても、博士を疑う事は出来ないので、死因は中村氏の不注意に依る石炭瓦斯中毒として取扱われ、所轄警察署の好意で博士に迷惑のかからぬよう、新聞には掲載させぬようにした。そこでこの事件はこのまますんだのである。

しかるに今朝同じ不運はまたもや博士の上に廻《めぐ》り来たのであった。

博士は最近一層研究に没頭するようになり、夜遅くまで、時には徹夜する事さえあった。老下男は随分古くから博士邸に勤め、少し頑固ではあるが、頗る忠実な老人で、博士の健康を心配の余り、実験室に燈《あかり》のついている間は、碌に眠りもせず時々戸口からそっと覗きに行くというほどであった。

昨夜《ゆうべ》から今朝にかけて、博士は殆ど食事も採らず、その室に閉じ籠って研究をつづけていたそうである。そこへこの老僕は午前二時頃そっと博士の研究室を覗いて見ると、博士は連日の疲れであろう、軽い鼾《いびき》を立てて机に寄っかかったまま、眠っていた。博士のこの快よい睡眠を覚ます事を恐れた下男は、部屋の寒さがいかにも耐え難く思われたので、博士が研究に熱中して、点け忘れた所の暖炉《ストーブ》に火をつけて、そのまま自分の部屋へ帰った。午前四時頃、再び暁の夢を破られた彼は、自分の部屋から実験室の方を見ると燈は未だつけられていたが、どうした事か、窓が一ケ所半分許り開けられていた。下男は不審を起すと共にある不安に襲われながら、再び博士の部屋を覗くと、彼は顔の色を変えた。博士は半ば開かれた窓の下に倒れているではないか、そうして再び瓦斯暖炉は消されているではないか。下男の叫び声を聞きつけて、飛び込んで来た令嬢は急いで父博士を抱き上げると、博士は僅に眼を見開いて、二言ばかり不明瞭な声で、「カナリヤ。カナリヤ」と云ったまま、かの中村氏と同様眠るように瞑目したのであった。

所轄警察署は勿論警視庁からも係員が出張し、検事局からも館《たて》検事一行が時を移さず出張した。捜査と訊問が行われた結果、今回は単なる過失による瓦斯中毒死としてはすまされなかった。かくて二人の嫌疑者が拘引せられた。一人は深夜二回も実験室を覗《うか》がった老僕で、一人は故中村弁護士の息《そく》幸雄であった。

幸雄《ゆきお》は××大学の文科に籍を置く温良な、そうして頭脳の勝れた青年で、父の悪徳に引かえ頗る評判が好く、かねて博士にも可愛がられていたのであるが、ただ非常に感激し易く、父の死と博士との間には何等かの関係があるものと信じ、二三回も博士邸を訪ねて激論した事があるそうである。殊に昨夜遅く博士邸附近を徘徊していた事を見たものがあるというので、一層嫌疑を深くしたのである。

「爺やは全く父を心配して、度々実験室を覗いたのに相違ございません」は る子嬢は云った。「また幸雄さんにいたしましても、父をどうしようなどいうような方ではございません。妾《わたくし》はこの二人の疑《うたがい》を晴らすと同時に、中村さんと父との死の真実《ほんとう》の原因を突止めて頂きたいと思って、お願いに出たのでございます。父の死につきましては、未だ新聞に掲載する事は差し止めてありますそうで、妾も外出を止められておりましたが、どうかして貴方《あなた》に御願いしたいと存じ、御出張中の上役の方に御願いして、貴方の所だけという條件で、自動車で送られて来たのでございます」

「御家族は博士に貴女に下男下女の四人ですね？」と友は始めて口を開いた。

「さようでございます。先刻《さっき》御話ししました通り、母は四五年前になくなりました」

「瓦斯は実験室の方と、台所の方と計量器《メートル》は別でしょうね？」

「別になっております。実験室の分は裏の入口のすぐ前にとりつけてあります」

「中村さんの御不幸について博士は何と云っておられましたか？」

「ただ御気の毒な事だと申しておりました」

「中村さんとの御関係はどうでした。別に双方に敵意を持つというような事はありませんでしたか？」

「父は決してどなたに対しましても敵意をもつような事はございません。中村さんの方でも父に対して恨みを持たれるというような事は、断じてないかと存じます」

「最近御研究中のものは、どんな事ですか、お分りになりませんか？」

「内容は少しも存じません。書いてあるものでも御調べ下されば、あるいは御分りかと存じますが。それに父は平常《ふだん》から研究に没頭する性質でございますが、中村さんの御不幸があった時分から、なお一層熱心になったかと思われます」

「お父さんが『カナリヤ』と仰有《おっしゃ》ったのは、どういう訳ですか、何か御心当りはありませんか？」

「多分――それは死ぬ際まで気にかけていたのは不思議でございますが」彼女は少し考えながら、「父は元来小鳥などには趣味を持たないのですが、二三週間前に『はる子、カナリヤを飼ってみようかね』と申します。妾が賛成いたしますと、『それじゃ、早速買ってもらうかね』と云いますので、近所の鳥屋へ出かけますと生憎《あいにく》出来合いの箱がないと申しますので、すぐ出入りの指物《さしもの》屋《や》に箱の註文をいたしました。ところが中々箱が出来ませんので、二三日前も父が『カナリヤの箱はどうしたかね』と聞いておりました。それを多分気にかけていたのではなかろうかと存じます」

「幸雄さんについてはどういう御考えですか」

「――」彼女は一瞬間ためらったようであったが、「幸雄さんは近頃の若い方には珍しい温厚《おとな》しい真面目な方でございます。お父さんがおなくなりになってから、幾分父に打解けぬ節もありましたが、私はあの方は関係は無いと思っています」

「よく分りました」友は云った。「果して御希望通りに参りますかどうか分りませんが、御引受けいたしましょう」

令嬢はほっと重荷を下したように、一礼して辞し去った。

自動車の爆音が消え去ると、何事か沈思していた友は私の方を向いて、

「岡田君、少しは見当がついたかね」

「イヤ全く降参だ」私は答えた。「窓を開けた所を見ると自殺じゃなし、誰かが実験室の入口の計量器の栓を一旦締めて、また開けたところで瓦斯の臭気位じゃ人は殺せない。仮に博士が中村というのをやったにした所が、またそれと同じ方法で博士が殺されるというのは妙だからね」

「イヤ人生そのものは一つの偶然だからね」友は意味あり気ににやりと笑った。

（二）

「ええそうです。中村さんも北村博士も全く死因は同一です」頭髪《あたま》をきれいに分けた若い医学士は答えた。

翌朝は掲載禁止が解かれたと見えて、各新聞紙は挙《こぞっ》て北村博士邸の怪事件を報じた。気早な新聞は犯人を中村幸雄と極め込んでいた。さすがに二三の大新聞は軽卒な筆は避けていたが、それでも幸雄の犯人たる事は動かすべからざることのように暗示していた。

博士の変死した当夜幸雄が遅く博士邸附近に居たのを見たものがあった。そこで直ちに拘引せられたが、取調べに対して午前二時頃博士の研究室の裏口に居た事は少しも否定しなかった。しかし彼はどうしてもその理由を口にせず、かつ犯行は絶対に肯定しなかったのである。その間において新聞紙は種々《いろいろ》の推断を下している。ある新聞によると、犯人は疑いもなく彼であって、二時頃下男が暖炉に点火したのを見すまし、そっと戸口に忍び寄って、一度計量器の栓を閉め、再びこれを開いて瓦斯を放ち、研究に夢中になっていたか、あるいは眠っていた博士を中毒死に至らしめたものだと云い、ある新聞は、

下男も共謀者中に加えている。幸雄はこれと同様の手段で彼の父をも中毒せしめたのではないかとさえ疑っている新聞もあった。しかし私を最も驚かしたのは、有力なる××新聞が特種《とくだね》として掲載しているものであった。

◆令嬢も有力なる嫌疑者か

掛官《かかりかん》の訊問の結果、令嬢はる子もまた甚だ不利の位置に置かれたらしい。即ち当夜のはる子の行動には疑わしき点頗る多く、下男の叫び声と共に駆けつけた彼女が、寝衣《ねまき》を着けずして、平常服《ふだんふく》を着ていたのは第一の疑点で、第二には実験室の裏口に犯人と目差さるる中村幸雄の足跡と相乱れて、彼女と覚しき足跡のある事である。これに対するはる子の答弁は甚だ曖昧で、その間何事をか包み隠さんとするものの如く、事件の発展と共にあるいは彼女の拘引をも見るべき模様である。

私は前晩の令嬢の楚々たる姿と、あの気品のある話振りを思い浮べると、嫌疑をかける事さえ既に大きな冒瀆を感じて、すぐにも橋本の所へ飛んで行きたいように思ったが、今朝は私は橋本の依頼によって、大学に行って二つの使命を果たさねばならなかった。一つは友人である工科の助教授に北村博士の日常の事を聞く事と、一つは医科の助手に博士の死因について尋ねる事であった。

助教授は今更ながら博士の謹厳なる人格者なる事と、博学なる研究者である事を教えてくれた。今は医科の助手の意見を拝聴しているところである。

「始めは主として青酸の中毒で幾分一酸化炭素の作用もあるように思われましたが、少し疑わしい点があるので確定試験を行いますと、青酸と断定する事の出来ない点があります。無論一酸化炭素を主因とする事は出来ません。結局原因は主として青酸中毒に酷似する瓦斯中毒という事になっております」

「その青酸瓦斯というのと」私は聞いた。「一酸化炭素とはどっちも石炭瓦斯中に含まれていますか？」

「含まれています。単なる石炭瓦斯中には、一酸化炭素は殆ど入っていない訳ですが、製造中空気の混入により、あるいは故意に水成瓦斯等を混入する事によって、家庭における瓦斯中にはかなり多量に入っています。青酸は微量に含まれておりますが、これは製造所の方で洗《せん》滌塔《でき》により除去しておりますから、実際は殆ど無い訳です」

「青酸と一酸化炭素とはどちらが毒性が烈しいのですか」

「青酸です。青酸は空気中〇・三パーセントの混入は直ちに死を致し、〇・一パーセントの混入は半時間で療法なき麻痺を起すと云われています」

大学を辞して省線電車に揺られながら、私の頭には種々の事が思い浮ぶのであった。石炭瓦斯は燃えてしまえば無害の瓦斯になるはずである。洩れたりした場合は危険であるが、特異の臭気ですぐ知れるから、泥酔、熟睡等の外は死ぬような事はない。外部から瓦斯管へ猛毒なる瓦斯を送入する事は、短時間に人に知れないようにはむつかしい。特種の技能と、瓦斯発生装置を俟《ま》たねばならない。「カナリヤ」というのは何であろう。博士は無意味に口走ったのであろうか、令嬢は果して関係があるであろうか、――そんなことを思い悩んでいるうちに電車は目白駅に着いた。

大勢の弥次馬を追払っている見知り越しの刑事に挨拶して中へ入ると、橋本と高田警部とが襖越しに立話しをしているのが耳に入った。

「とにかく幸雄君とはる子さんが、午前一時から三時の間に、実験室の裏口の前で、何か争っていたのは事実らしいね」

橋本の返事は聞き取れなかった。

「死に方は中村の時と全く同一だよ」警部の声が再び聞えた。「窓の開けかけてある所といい、暖炉の消してある点といい、総べての条件が一致しているよ」

「うん」今度は友の声が聞えた。「時日が違うのと、中毒の症状に軽重があるという点を除いてはね」

「なるほど」警部は感心したような声で「中村氏は僅々数分間で死んでいるし、博士は令嬢の駆けつけた時には未だ息があって、例のカナリヤという言葉を残したのだね」

「多分毒瓦斯の分量に多少があったのだろう」

この時私が襖を開けて入って行ったので、友は言葉を切って、私の方に向《むか》い軽く頭を下げた。高田警部は、

「やあ。御苦労でしたね」

私は黙って聞いている橋本に委細の報告をした後、

「はる子さんはどうしたね?」

「拘引されたよ」橋本は事もなげに云った。「嫌疑者を皆拘引するのは警察の方針だからね」

私ははっと水を浴せられたように感じて、非難するような目附きで高田警部を見た。

「どうも止むを得ないのです」警部は弁解するように云った。「お嬢さんが隠さずに何もかも云って下さると宜《いい》んですがね」

高田警部の話はこうであった。

現場へ第一に駆け付けたのは、敏腕の聞えある赤井刑事であった。その時には博士の死体は家人によって居間の方へ運び去られた後で、半開きの窓や、机の上に開いたまま置いてあるノート書籍などはそのままにしてあったが、室内の模様は態《わざ》と取り片付けたように見えた。

「チョッ」赤井刑事は舌打ちをした。「現場はそのままにしておいてくれないと困るなあ」

が次の瞬間に刑事の顔面は緊張した。彼は博士の机の傍で、男子の頭髪《あたま》につける、ある種のポマードのような香《におい》を嗅いだように思った。全く思ったというほど微かなものであった。彼は今朝来《こんちょうらい》この室に入った者、博士、老僕、老医、令嬢と頭脳《あたま》で繰ってみたが、いずれもこの香の持主として、彼を満足さすべき者ではなかった。

「うむ。誰か若い男がこの部屋に入ったな」こう彼は直覚したのである。

室内ではこれ以上得る所が無さそうなので、彼は匆々《そうそう》に切り上げて、外へ出て実験室の廻りを調べた。ところが裏口の直ぐ前と博士の机の置かれている窓のすぐ外側とに、専門家でなければ、とても分らないほど微かな靴跡を発見した。最近には家人の他、出入りしない所であるから、刑事は雀躍《こおど》りしながら、仔細に検査すると、どうも両方とも同一人らしい。それにその靴跡は窓の下のは、歩いたというよりは佇んだ跡で、裏口の前のは非常に乱れていて、それに下駄の跡らしいのが交っていた。靴跡の方は裏口から遠《とお》ざかるに従い頗る大股になって遂に消え去っていた。彼は実験室の方へ向って来る足跡を探したがこれは一つも見当らなかった。

「中肉中背の若い男が」刑事は結論した。「まず実験室の窓に忍び寄り、多分暫らく内部を覗《うかが》っていた。それから実験室内へ入った。そうして実験室から出て来た時に誰か下駄を穿いた者と争った後大股に逃げ出した。あるいは下駄の主と争ってから室内に入ったのかも知れない。室内にも何か証跡を残したかも知れないが、どうもそれは片附けられたらしい」

刑事は更に進んで母屋の方へと、庭を辿って行くと、丁度実験室との中間位に歴々《ありあり》と庭下駄の跡が認められた。そうしてそれは先刻《さっき》の靴跡と、入交っていた下駄の跡と甚だよく似ていたのである。

「ハテな。娘の足跡かな」彼は思った。「娘が何者か実験室に入ろうとする者または出ようとする者と争った。声を立てない所を見れば多分知っている男であろう」

その瞬間に彼の頭脳に電光の如く閃めいたのは、父親の変事を告げる下男の声に、急いで駆けつけた令嬢が、寝衣《ねまき》でなく平常着《ふだんぎ》をつけていた事であった。

「赤井君何か手懸りが目《めっ》かったかね？」その時遅れて駆けつけた滝本刑事が声をかけた。

「好い所へ来てくれた」赤井刑事は答えた。

「実は昨夜か今朝早くか、ここへ若い男がやって来たらしいんだがね。僕はこれから交番と目白駅へ行って、心当りを聞いてみようと思うがね」刑事は声を落して、

「娘が怪しい。君一つ娘の方を頼む」

　交番や駅では何の得る所も無かった刑事は、図らずも博士邸から程遠からぬ車宿《くるまや》の輓子《ひきこ》の一人から、昨夜《ゆうべ》遅く彼が客を送って帰って来ると、丁度宅《うち》の前辺《まえあたり》で中村さんの坊ちゃんに遭いましたと云うのを聞き込んだ。幸雄は父の死後この雑司ケ谷に移って、これも博士邸と程遠からぬ所に下宿し、博士の所へは時々出かけたので、車夫も見覚えているのであった。そこで赤井刑事は直ぐにその下宿に飛んで行き、女将《おかみ》から、幸雄は昨夜不在で今朝早く帰って来た事を聞き出して、部屋で寝ていた幸雄を、丁度玄関に脱ぎ棄ててあった彼の靴と共に警察署に拉致《らち》したのである。

「昨夜遅くまで博士邸に居りました。しかし博士には御目にかかりませんでした」拘引せられた幸雄は素直に白状した。「しかし何故《なにゆえ》邸内に居たかという理由は申上げ兼ねます」

　邸内の靴跡と幸雄の今朝下宿に脱いだ靴の寸法とが一致するという事実には少しも驚かなかった幸雄は、博士の変死の事を聞いた時には少なからず驚いたようであった。

「えっ、博士が。どんな死に方ですか。いや私は少しも存じません。実験室に入った事は断じてありません」

　それから後の彼は、何事かを決心したかの如く、何と聞かれても一語も発せず、ただ黙然としているのみであった。

　時刻の上から云うと、先に拘引せられた下男が、実験室に入り暖炉に火をつけた時分に、あるいは幸雄の邸内に居るのを認めたかもしれぬ疑いがあるので、下男はこの事につき再び厳重に調べられたが、彼もまた知らぬ存ぜぬの一点張りであった。

　高田警部がここまで話した時に、実験室の方で橋本の呼ぶ声がしたので、私は惜しくも令嬢が拘引せられるまでの顛末を聞き洩した。

　橋本は私が警部の話しを聞いているうちに、熱心に室内を調べたらしい。床板の挙げられている所を見ると、床下へ這い込んだらしく、今は通風孔の電動機《モーター》を調べている所であった。

「君、甚だすまないが、近所の電話を借りて、この辺

へ配電している変圧所へ聞合《ききあわ》せてもらいたいのだ。十一月、先月だね、二十三日昼間、停電はなかったかどうかという事なんだがね」

私は何の事だか訳は分らなかったが、云わるるままに電話をかけに出掛けた。変圧所は中々出なかった。漸くかかると不親切なブッキラ棒な声で、「先月二十三日の昼間ですか。妙な事を聞きますね。何の役に立つのですか。今日誌を調べていますよ。ええっと、二十三日昼間線《ちゅうかんせん》と、ありました。午後二時三十五分より同四十五分まで十分間。原因オイルスウィッチの故障。ええ旭出方面も無論停電です」

再び博士邸へ帰って来ると、橋本は裏口の附近の地面を拡大鏡で一生懸命に調べていた。

「やあ、有難う」彼は私の報告を聞き終ると云った。「もう調べる事は大抵すんだ。ちょっと待っててくれ給え。一緒に帰るから」

（三）

「課長！　娘さんの部屋を調べましたが、脱ぎ棄ててあった平常着からこれが出て来ました」

滝本刑事はやや昂奮しながら、使い古したオノト万年筆を、夕刻から嫌疑者と共に再び現場臨検に来た所の小山捜査課長に示した。

私は橋本と共に桜木町の宅に落ち着くと、すぐにさっき聞き洩した令嬢拘引の顛末を友に聞いたのである。

「令嬢の方を受持った滝本君が、令嬢が僕の所へ来たいと云うのを幸い、課長の許しを得て令嬢を外出さし、その後で部屋を調べて、万年筆を発見したという訳なんだ」友は語り出した。

「課長」滝本刑事は続けた。「この万年筆は女持ちでないばかりでなく、中のインキが令嬢及《および》博士の使用のものと全《まる》で違います。それに少し泥の汚れがついています。思うに令嬢は現場で拾ったのでしょう。それを何かの理由で急いで袂《たもと》に入れ、そのまま忘れたのじゃないでしょうか」

「うん」警視は点頭《うなず》いた。「帰り次第調べてみよう。しかし拾ったものをそのまま忘れるというのは可笑《おか》しい。故意かも知れないね」

「赤井君の話では、誰か室内に入ったものがあると云うのですが」

「じゃあ」警視は云った。「中村を調べてみよう」

やがて神経質らしい、しかしどこかに気品のある青年中村幸雄が入って来た。

「度々御気の毒じゃが」捜査課長は云った。「君はどうしても昨夜実験室の中へ入らぬと云うのじゃね？」

「断じて入りません。私は嘘を云う必要はありません」青年は答えた。

「いやそうとも云えまい。君は裏口に立っていた事も始めは否認したんじゃからね」警視はニヤリと笑って「じゃこの万年筆は君のだろうが、現場に落ちていたとすれば、どう説明するかね？」

青年は反射的に内ポケットに手をやったが、やがて警視に向って答えた。「いやそれは僕のじゃありません」

「君のじゃないって」警視は未だニコニコしながら「実ははる子さんの着物の袂の中に入っていたのだがね、君のでないとするとはる子さんに説明してもらわねばならん」

「ちょっと待って下さい」幸雄は明《あきらか》に狼狽した。そうして瞬間躊躇した後云った。「私は思い違いをしていました。それは私のです。二三日前にはる子さんに貸したのを忘れていました」

「ふん」警視は真顔になった。「はる子さんに君が貸したと云うのじゃね。確《たし》かね」

「確です」

「君は何故真実《ほんとう》の事を話さないか」警視はやや声を張り上げた。「君が真実の事を話さなければ、いろいろの人に迷惑がかかるじゃないか」

「……」青年はきっと唇を結んで、心もち睨むように、訊問者の顔を仰ぎ見た。

今朝来《こんちょうらい》の幸雄の無言にはかなり凹《へこ》まされているので、課長はそのまま幸雄を別室へ退《ひ》かしめた。次に現われて来たのは老下男である。

「この万年筆に覚えはないかね」警視はオノト万年筆を下男に示した。

「見覚えありません」下男は暫く眺めた上答えた。「先生もお嬢さんもそんなものを持ってなさらねえです」

「昨夜お前が部屋に入る時に、部屋の中だか外かで、人影を見たと云ったが一人かね二人かね？」

「飛んでもねえ」下男は吃驚《びっくり》して云った。「わしそんな事を云った事はありません、誰も見ません」

「嘘を云っちゃいけない。幸雄はお前が部屋に入って行くのを外に立っていて見たと云ってるぞ」

「外に立っていて見た」下男は思わず警視の云う通りを繰返して「そ、そんなはずはねえだ」

警視はなおも口を開こうとした時に、自動車の爆音高く令嬢が帰ってきたので、下男を退かせ、すぐに令嬢を呼び入れた。

「早速ですが、今朝あなたが博士の御部屋にお入りの時に、部屋に何か異状はありませんでしたか」課長は丁寧に聞いた。

「ハイ、何の異状もありませんでした」

「これに御見覚えはありませんか」警視は万年筆を出した。

令嬢はハッとしたらしかったが、やがて落着いて、

「それは私の着物の中に入っていたはずですが」

「いやその通りです。我々の職業上あなたの部屋を調べた事をお許しを願いたい。私はこの万年筆がどうしてあなたの袂に入ったかが知りたいのです」

「私のものでございますから」令嬢は答えた。「私の袂に入っていたのに不思議はございません」

「いやそれはいけません。この万年筆があなたのでない事はもう調べがついています。どうか真実の事を云って下さい」

「誰が何と申したか存じませんが、この万年筆は父から貰ったのに相違ございません」

「そうですか。しかし幸雄君は少し違った事を述べていますよ」

この数語は確に令嬢の急所を突いた。いかなる質問にも動ぜず、明快なしかし決して対手に不快の感を与えない調子で返答していた令嬢はこの時少したじろいだ。

「幸——雄——さんが何と申しましたか知りませんが、もし自分のだとでも申しましたのなら、幸雄さんの思い違いです。どうぞ幸雄さんをよく御調べ下さい」

今度は秋山警視が少し躊躇《ためら》った。彼女の調子が、あまり大胆なので、疑いをかける余地がないように思えたからである。

「どうかお隠しにならないで下さい」それでも警視は少し声を高めながら「あなたの御損になりますぞ」

「何も隠しはいたしません」

「それではあなたが今朝四時というのに、平常着を着ておいでになったのはどういう訳ですか」

「私は昨夜は殆ど眠りませんでした」令嬢は覚悟をしていたようにスラスラと答えた。「その理由はどうぞ御尋ね下さいますな」

＊　＊　＊　＊　＊　＊　＊　＊　＊　＊　＊

「というような訳で、はる子さんもとうとう拘引さ。幸雄君も二人とも肝心の所は返事をしないのだからね」

「そうすると君、やっぱり博士の死は二人に関係があ

るのかい」私はそうでないという返事を期待しながら彼に訊いた。

「多分今にお客さんが来て説明してくれると思うがね」

「お客さんと云うと?」

彼は黙って××新聞の夕刊を出して、広告欄を指し示めした。私が覗き込むと、それには「筆子《ふでこ》忘れた。危険、橋本を訪ねよ」という広告があった。

私は何の事か分らないので、彼の顔を見上げて説明を待った。

「靴跡を調べるのには中々細心の注意が要るよ」彼は語り出した。「昔は靴も誂えが多かったろうが、今は大体既製品《レディメード》だからね。足の形の似た者が、同じ型の靴を穿いたのでは、足型だけではちょっと区別がつかない。殊に問題の靴跡のように微かなものでは一層六《む》つかしい。実験室の裏口に乱れている靴跡も、窓下に立って居たものも、大股に歩み去ったものも、型においては全く一つだと云ってよい。が見逃してならない事は、これらの型の上に印《いん》せられている深浅の度である。云い換えれば、同一人の型ならば、土に印せられている足跡の各部がどの足跡についても一様でなければならない。しかるにこれ等の足跡を拡大鏡でよく調べて見ると、立派に二種類に分つ事が出来る。一つの型は誠に素直な歩き方であるが、一つの型は外側が深い。両者の型が余りよく似ているからちょっと気がつかないが、明《あきらか》に二人の人間が来ている。一人は幸雄君であろうが、一人は正《まさ》しく大股で逃げ去った者で、確に実験室へ入ったと思う。室内にもあるいは何か証拠があったかも知れないが、これは赤井刑事の調べた如く、殊更に片附けられた形跡があるので、残念ながら分らなかった。唯一の証拠は万年筆であるが、これは恐らく令嬢が室内で拾ったもので、幸雄君のものだと思い隠したのであろう。幸雄君はまた令嬢のものだと思い、お互にかばい合っているのだと思う。両方でお互に自分のものだと云い合うのは、どちらのものでもない証拠じゃないか。それでちょっと広告を出してみたんだよ」

「その男が犯人だとすると、とても来やしまい」私は抗議を云った。

「オノト万年筆は」彼は答えた。「僕等の学生時代にでも五六円はしたものだ。今は十円以上もするだろう。この万年筆の持主は相当の紳士と見てよい。それに万年筆を持って博士の実験室に入ったのは、何か書き取る積りだろう。そうするといよいよ教育ある紳士だ。逃げ隠れの不利な事は分るはずだ。まあ訪ねて来ると思うね。――ああ多分問題のお客さんが見えたらしい」

呼鈴が鳴って書生が一枚の名刺を持って入って来た。橋本は「工学士岡島辰郎」と書かれた名刺を私に手渡しながら、客を通すように命じた。

中肉中背の白面の青年紳士が、非常に疲労したような面持ちで入って来た。

「どうぞお掛け下さい。岡田君ですから少しもお構いなく」友は云った。「多分広告を御覧になって御出で下すったのでしょう」

「その通りです」客は弱々しい声で答えた。

「しかしあの広告がなくても御伺いする積りでした」

「とにかく御話しを承りましょう」

「実に馬鹿な事を致しました。とり返しのつかない事をしました」工学士は語り出した。

「私は清酒山桜醸造元宝商会の技術顧問をしておりますが、最近に北村博士が清酒醸造に一大発明をなされたのです。それが私共の商売敵《がたき》たる桐の花醸造元の山田商店の方へ権利が譲られそうなので、私共の方では由々しき大問題ですから必死に運動したのですが、何分山田商店の方では、中村時雄さんを顧問弁護士にして、旨く博士に取り入ったらしいので、私共の方はとうとう物にならないようになりました。それで悪い事ではありますが」工学士は頗る恐縮の面持ちで「博士の秘密を盗もうと思って、一昨晩博士の実験室へ忍び込んだのです。もう一時を過ぎておりましたが、博士は未だ実験中でした。私は窓のカーテンの隙間からじっと覗いておりますと、丁度博士は壁に取りつけてあった電力線の開閉器《スウィッチ》を二三度切ったり入れたりして、何か独り言を云っておられたようでしたが、ハッキリ聞えませんでした。やがて博士はそろそろ実験器具を御片付けになって、瓦斯暖炉の火をお消しになったので、母屋の方へ行かれる事と思っていますと、机に向って書き物をお始めになりました。一時間近くも立ち通しておりました私は、とても今晩は忍び込めないと踵《くびす》を回《か》えしかけて、ふと博士の方を見ると、博士はいつの間にか机によりかかったまま寝入られたようです。そこで私は少し大胆になって、そっと扉《ドア》に手を掛けて見ますと、幸いに鍵がかかっていません。少しずつ開けてそっと部屋に入りました。博士はかすかな鼾を立てて寝ておられます。私は出来るだけ音を立てないように、机の上の研究日誌を取り上げて、手帳に写し始めました。ところが失望した事には、清酒に関した事はほんの始めの方に少し書かれているだけで、あとは全く違った事なのです。殊に最近の方は多く空白で、所々訳の分らない事が書いてある許りなのです。私は一生懸命に秘密を探し出そうと、暫くは自分の危険な位置に居る事を忘れて、夢中になっていましたが、ハッと我に返ると誰か母屋の方から人が来るようです。何分始めての冒険ですから忽ち狼狽しました。日誌を抛《ほう》り出すように置くと、夢中で扉に手をかけ、外へ出るなり大股で一目散に逃げ出しました。母屋から来た人には見られたような気がしましたがよく分りません。万年筆はその時に机の上に置いたまま忘れたのです。それだけです。あとの事は少しも知りません。今朝博士が、あの暁方《あけがた》に死なれた事を、新聞で知りまして、大きに驚きました次第です」

この若い紳士は、自分の不徳義な冒険の結果が、余りに意外な出来事を生んだのに全く昏惑《こんわく》しているらしい様子であった。

「なるほど」友は聞き終って云った。「貴君《あなた》の位置は随分危険だ。深夜他人《ひと》の実験室へ忍び込んだ。そうして貴君なら毒瓦斯を発生させる事も容易に出来るはずだ」

「決して」青年工学士は飛び上った。「私は博士の死には関係ありません。毒瓦斯と仰しゃるが、それなら私も一所に死んでしまいます」

「それは貴君が室内に居たという前提の許にのみ云える事です」友は静に云った。「貴君が終いまで室内に居たという事は、誰も立証する人はありません」

「それは残酷です」工学士は泣かんばかりであった。

「余りに残酷な嫌疑です」

「あなたの博士邸に居られたのは何時から何時の間ですか?」橋本は話題を変えた。

「午前一時少し過ぎから二時までの間です」

「博士は暖炉を消してから、書き物を始めたのですね」

「そうです」

「あなたの室内に入られた時には、博士は確に睡眠しておられたのですね」

「眠っておられたに相違ありません。軽い鼾が洩れておりました」

「最近博士はどんな事を御研究中でしたか」

「醱酵菌による空中窒素の固定法を御研究中のようでした。しかし最近一ケ月ばかりは、さっぱり訳の分らない事が少しずつ書かれているだけでした」工学士はいくらか元気を恢復したような調子で答えた。

「どんな事が書いてありましたか?」

「予期の結果を得たりとか、驚くべき発見なりとか書いてあったのは未だ分りますが、死者の霊よ安らかなれとか、人類の幸福の前には一、二の生命の犠牲は免れざるべしとか、そういったような事が書かれていました」

「博士の死は青酸瓦斯中毒という事になっていますが」

友は次第に熱心になってきた。「青酸瓦斯を発生さすという事は容易ですか」

「ただ発生さえすれば好いと云うなら簡単です」工学士は答えた。「それは安全漏斗《ろうと》のついた、枝つきフラスコを用意し、中に青酸曹達《ソウダ》または黄色血滷塩《けつろえん》を入れておいて、漏斗から稀硫酸を注げばよいのです」

「何かちょっと人の目につかない装置とか、または室外より室内に送る方法はありませんか?」

「さあ、そんな事は考えてみた事はありませんが、ちょっと面倒だろうと思います」

「博士の研究と『カナリヤ』とは何か関係がありましょうか」

「――」工学士は暫く考えていたが、「よく分りませんがあるいはこの『カナリヤ』というのは、毒瓦斯の――」

その時玄関の呼鈴が激しく鳴った。取次が出なかったためであろうが、案内なしで一人の巨《おお》きな男がぬっと入って来た。

「橋本さん。甚だ失礼いたします。私は刑事の赤井と申します。実はそこに御出になる岡島さんを頂戴に参りました。橋本さん。広告は思つきでした。しかし私達も盲目《めくら》じゃありません。博士の御発明が宝商会と山田商店で引張り凧になっている位はすぐ調べがつきます。それから岡島さんの一昨晩の御行動をついでながら調べますと、晩方まで御留守だったそうで。それに悪い事には靴の寸法が、実験室の入口へ御残しになったのとちゃんと合います」

(四)

翌日は先日来の事件で軽い疲れを覚えた私は、終日何のなす事もなくブラブラと送ってしまった。新聞は北村博士事件迷宮に入るというような見出しで、新たなる嫌疑者として岡島工学士の拘引の記事で賑わっていた。

翌々日の新聞で、老僕のみは証拠不充分の故を以って放免せられ、令嬢、幸雄君及岡島工学士の三名は遂に検事の起訴する所となった事を知ったので、私の足は自《おのず》と桜木町の友人の宅へと向ったのであった。

橋本は机に向って何かしきりに調べていた。机の一隅には毒瓦斯に関するものらしい本や、小鳥飼育法というような本が積み重ねてあった。彼は私の入って来たのを見ると、読みかけの本をパタリと閉じて、

「やあ、昨日《きのう》はどうしたね?」

「一日宅《うち》に居たよ」私はそう答えながら彼の今まで読

んでいた本を覗き込んで「何だ。U——艇《ボート》の太洋横断《アクロッスゼオーシャン》か。妙な本を読んでいるね」

「うん。今ね、丁度独逸《ドイツ》の潜航艇《ユーボート》が何故廿日鼠《はつかねずみ》の絵を書いた旗を立てていたかという所を読んだがね。中々面白いよ」

「廿日鼠がどうしたか知らないが」私は橋本の落着いているのに少し腹を立てながら「はる子さんも岡島君も幸雄君も皆起訴されたと云うじゃないか」

「そうか。それは知らなかった。実は今朝から未だ新聞を見ないのでね」友は弁解しながら「すると下男だけは放免かね」

　私が肯定すると、驚いた事には、彼は直ちに外出の用意をし始めた。

「行こう」彼は洋杖《ステッキ》を振り廻しながら私を促がした。「下男に会う必要がある」

　年末の売出しに忙しい下町から見ると、さすがに雑司ケ谷の奥のこの一廓は静かなものであった。仕事師が二三人で門松の飾付けをしている大きな門の家の前を通りすぎて、博士邸の前に出ると、主《あるじ》を失った門は、固く閉《とざ》されて、潜戸《くぐりど》が微《かすか》に開いているのみで、実験室も母屋の方も寂《せき》として人なきが如くであった。

　潜戸を開けて内に入ると、そこには一人の白髪の老人が黙々として、庭内を掃き清めていた。私達を見ると、いかにも不快そうな一瞥を与えた後、しかし丁寧な言葉で、

「新聞の方ならもう御断りしますだ。私の云いもしない事を、いろいろ書かれては困りますだよ」

「新聞の者じゃありません」橋本は名刺を老僕に渡しながら「私はこういう者で、お嬢さんに、博士とそれから中村さんの死について、調査を依頼せられたものです」

「それで一体貴方方《がた》は」老僕は友の顔と名刺とを見比べながら、迂散臭《うさんくさ》そうに云った。「私に何の用がありなさるだね」

「今度の事件について貴方の知っていなさる事を、みんな話してもらいたいのです」

「私は何も隠さねえだ。警察で何もかも話してしまいましただよ」

「そうでしょう。そうでしょう」友はあやすように云った。「しかし私は警察の者じゃありませんから、その委《くわ》しい話は知らないし、それに警察と違って私はどうかしてはる子さんや幸雄君を助けたいと思っている者です。貴方は今度の事件に何か二人の人が関係しているように誤解していやしませんか。私は博士の死には二人は決し

て関係のない事を断言しますから、貴方は安心して私に当夜の事を委しく話して下さいませんか」

　友のこの熱心な口調には、この頑固な老僕も大分動かされたらしい。

「お二人に関係がないと云うのが真実《ほんとう》なら」彼は云った。「いかにもお話しますだよ」

　下男は吾々二人を請じて庭の木戸から座敷の方へ案内した。座敷に上れと云うのを固く辞退して、縁側に腰をかけて彼の話を聞く事にした。

　中村弁護士の死については、彼は吾々が知っている以上には知らなかった。

「中村の旦那がなくなってから」彼は語り続けた。「坊ちゃんが可愛そうでなんねえ。私は旦那とも永いお馴染で、坊ちゃんの小児《こども》の時分から爺や爺やと懐かれたものだ。うちのお嬢さんも幸雄坊ちゃんには随分同情していられたで、自然よく坊ちゃんも遊びに来られるようになり、それはお二人は兄弟のようでしただよ。いやそんな浮いた事はねえだよ。お嬢さんはお堅いし、それに幸雄坊ちゃんも、若いに似ず、浮わついた所は少しもねえ立派な人でがす。もっとも幸雄さんの方はちっとばかり、お嬢さんを思っていなすったようだが、お二人の間に間違いのない事は保証しますだ」

　老僕の話した所によると、当夜幸雄君ははる子嬢の部屋で、かなり遅くまで話していたらしい。十二時過ぎ頃二人が庭に下りて、実験室の方へ行く様子なので、老僕はそっと彼の部屋から見ていると、二人は実験室の前で暫く何か争っていたらしいが、やがてまたもとの母屋の方へ引返《ひっか》して行ったので、老僕は安心してそのまま眠ったが、二時頃にふと眼を覚まし、実験室の燈《あかり》を見て、博士の様子を見ようと思って、廊下伝いに実験室の方へ行くと、裏口の扉《ドア》があいて中から一人の男が飛び出した。

「急の事でよくは分らねえでがすが」下男は云った。「確かに幸雄さんに違いねえから、私は驚いて部屋に入って見ると、先生は机に寄りかかって安々《やすやす》と寝ていなさるし、外に変った事は少しもないで、暖炉《ストーブ》に火を点けてきただよ。それから四時頃にもう一度行って見ると、先生は中村さんの時と同じように、死んでござらっしゃった」下男はその当時を思い出したように涙を浮べながら「幸雄さんの居た事は云ってはならねえと思ったから警察で黙っていただ。すると警察の旦那は人が悪るい。鎌かけて聞くだもの。もう少しで口すべらすところだっけが、幸雄さんが外に立っていて見たなんて嘘云うものだから、これや、私《わし》を喋らせようと思って云うだと分ったから、なおの事黙っていたでがすよ」

「戸口の所で何か云い合っていたというのは」橋本は聞いた。「どんな事か分らなかったかね」

「戸口の所では声が低くかったからさっぱり分らねえですが、庭の所では幸雄さんが、『それではお父さんに直接お話してお願いします』と云っていたのを聞きましただが、お嬢さまの云う事は聞えませんだったよ」

友は暫く何か考えていたが、やがて、

「ところで話が違いますがね。博士の註文していられたカナリヤの箱はどうしましたね」

「昨日断ってきましただよ」彼はいまいましそうな表情で「役にも立たないものをいつまでかかっていても仕方がないと断ってきましただよ」

「実はカナリヤの箱がちょっと入用なのですが」友は云った。「そいつをもと通り造らせておいてもらう訳には行きますまいか」

「ようがす。お入用ならそう云っておきますだ」

吾々がこの忠実な老僕の許を辞したのは、もうかれこれ正午《ひる》時であった。

快よい陽の光を一杯に浴びながら、鬼子母神《きしもじん》の境内に入って行くと、女の子が二三人で石けりをして遊んでいたのが、一斉に吾々の方を眩しそうに見上げた。

茶店に腰を下して、名物の焼鳥に腹をこしらえながら、私は橋本に私の不審を聞かずには居られなかった。

「君はさっき博士の死には、はる子さんも幸雄君も関係がないと断言したね」私は云った。「何か拠り所があるのかい?」

「関係はなかろうと信じている。しかし断言するだけの証拠はないよ」

「それじゃあ君は——」

「それあ君」彼は遮った。「ああ云わなければ、あの老下男は決して口を開かないよ。二人に迷惑のかかるのを非常に恐れているからね。下男は二人の関係については、もっと深い所を知っているに違いない。まあもう一度行かねばなるまいよ」

それからの橋本はもう博士事件を忘れたかのように、私をそこら中引張り廻した。いかに私は霜解けの武蔵野の路を呪った事であろう。

（五）

四五日は夢の間に過ぎた。

年の暮も押し迫って、明日はもうクリスマスという日であった。前日終日降り続いていた陰気な雨がカラリと晴れて、その日は朝から温かく、文字通りの小春日和であった。私は下宿の二階で懶《ものう》い思いに耽けりながら、窓越しにボンヤリ青空を眺めていた。そうして私の頭の裡《うち》を雲の如く去来するのは、この冬空にあの博士の死を廻って、煉瓦厳《いか》めしき獄窓に呻吟する、博士の愛嬢と、博士の友人の令息と、若き工学士の三人の身の上であった。博士の死については、私は事件の真相に浸りながらも、その中からは何物をも見出す事は出来なかった。橋本の宅も二三度は訪れたが、あるいは彼の不在の事もあり、来客に妨げられた事もありあるいは彼の熱心なる読書を邪魔するに忍びず、遂に彼からは何事も聞く事は出来なかったのである。

私の心はどうしても彼等三人のどの一人をも有罪とする事は出来なかった。新聞の記事、令嬢の物語り、高田警部さては岡島君や老僕の話とそれからそれへと、ただ徒《いたずら》に思を馳せる許りであった。折柄下女が電話を知らせて来たために、私の臆測の糸は断たれた。

出てみると、橋本の声で、博士の事件が片附きそうだから、至急目白の博士邸まで来てくれないかと云うのであった。

神田の大通りは、年の暮れを忙しく飛び交う人で群れていた。その間を縫って私は足取りもどかしくお茶の水駅に急いだ。電車は割合に隙《す》いていて腰はかけられたが、心はただソワソワとするのみであった。

博士邸には橋本が独りで待ち設けていた。

「やあ、よく来てくれたね」私が何か云おうとするのを抑えつけるように「早速君に頼みたい事がある」彼は上機嫌である。

「君どうだこの立派なカナリヤの箱は」彼は続けて云った。「昨日指物屋《さしもの》が持って来たんだそうだがね。遅かりしだ。しかしね君。この事件を解決するには是非カナリヤが要るよ。博士は死ぬ時に解式《キイ》を残して行ったんだと思う。君どっかでこの箱に相応《ふさわ》しいような番《つが》いのカナリヤを買って来てくれないか」

私は啞然として友の嬉しそうな顔を見た。私は彼が果して正気で云っているのかしらんと思ったのである。しかし彼は真面目であった。私は箱を抱えて当もなく小石川の方へ向わねばならなかった。

私が漸くカナリヤを買って帰って来ると、予《かね》て橋本にあまり好感を持っていない警視庁の小山警視と検事局の館検事とが来ていた。そうして意外な事にはこの二人は橋本が態々《わざわざ》呼んだのであった。遅れて高田警部の顔が見えた。

招待せられた三人の客と、橋本とそうして私の五人は、実験室の中央の大きな台の上に、愉快そうに囀《さえ》ずっているカナリヤを置いて、その廻りに座を占めた。

「諸君《みなさん》、これから博士の死を説明したいと思いますが」橋本は相変らず上機嫌である。「まず窓を閉めなければいけません。別に開いている所はないようだ。暖炉《ストーブ》も必要だ。岡田君。暖炉に火をつけてくれ給え。皆さん暫くお静かに願います」

私は云わるるままに暖炉に火をつけた。五分。十分。友は一言も発しない。通風孔の送風器《モーターファン》が一座を威圧するように響いている外は何の音もしない。それは重苦しい沈黙の場面であった。

「カナリヤを御覧なさい」橋本は突然叫んだ。「可笑しいじゃありませんか」

なるほど、今まで頗る元気よく止り木から金網へ、金網から止り木へと、喧《やか》ましく囀っていた雌雄二羽のカナリヤは、いつの間にか止り木へ止ったまま動こうともせず、身体を膨らましていた。

その時突然あたりが一層静かになったと思った。

「しまった」友は叫ぶと同時に暖炉に飛びついて火を消しながら、「窓を開けてくれ、送風器が止った」

警視と警部は直ちに窓に飛びついて押し開けた。私も続いて窓の所へ走ろうとするとグラッと、軽い眩暈を感じた。その途端に、館検事がバッタリと椅子から落ちたようであった。

＊　＊　＊　＊　＊　＊　＊　＊　＊

漸く元気を回復した検事と私は、もとの実験室でこれも元気を回復したカナリヤを囲みながら、二人の警察官と共に熱心に橋本の説明を聴取した。

「北村博士と中村弁護士の二人は、共に毒瓦斯による中毒死である事は疑いもない事である。殊に中村氏の場合には、僅々数分間でやられている。私の第一に不審に思ったのは、通風用の送風器《モーターファン》が備えつけてあるにもかかわらず、二人まで中毒を起したという点であった。しかし調査の結果、中村氏の死んだ時刻には丁度先刻あったように停電があった事が知れた。そうして博士の場合には、岡島君の話によると、博士は当夜電動機《モーター》をかけないでいたというので、調べてみると、コンネクションが悪いために動かなかった事を発見した。これで二回共に通風孔が役に立たなかった事が分った訳である。

次に、これはかつて高田君にもお話したが、両者の死に方がすべての点で一致しているように見えるうちに、その中毒症状に軽重があるという事は見逃すべからざるものである。外部にもまた内部にも、特別に有毒瓦斯を発生さすべき装置の如きものは発見し得なかったから、この毒瓦斯は果していずれより来《きた》るのであろうか。

私は既に前後二回の災厄において両者の中毒症状に軽重ある以上、何か両者を死に至《いた》らしめた原因に差異がなければならないと思考し、いろいろと条件を数えてみた。総べての条件が一致するように見えた。しかし私はとうとう一つの差異を見出したのである。曰く中村氏の死は午後二時より三時の間、博士の死は午前二時より四時の間。即ち一は昼間、一は夜間である。夜間と昼間とは何の差異があるであろうか。昼には太陽がある。気温が高い。夜はその反対である。太陽？　気温？　その時に私は考えた。この二人の死には常に初めには暖炉が点火されて後には消されている。暖炉による気温の上昇のために何等か起るのではなかろうか。太陽と気温。そうしてここは有名なる醱酵化学の大家の実験室である。私は気温の上昇による何かの醱酵作用で、青酸あるいはこれに類似の瓦斯を発散せしむるのではないかと考えついた。これは頗る大胆な考え方であって、従来いかなる醱酵においても、青酸を発散したる例はないのである。こういう事はもし私が化学の専門家であるならば、全然思い及ばなかったかも知れない。現に中村氏の事件の時にこの室を調べた専門家達は少しもこんな事は考えなかったのである。しかし従来なかったからとて、どうして将来も起らないと断言出来ようぞ。

私のこの考えをもう一層強めたものは、岡島君が拘引せられる際に残して行《いっ》た数語によって毒瓦斯とカナリヤとの間には何かの関係ある事を知り得た事である。そこで私は種々毒瓦斯に関する書物を参照して、次の事実を知り得た。即ち種々の有毒瓦斯中青酸については殆ど予防策がない。しかるにカナリヤ、廿日鼠など、殊にカナリヤは、この瓦斯に非常に抵抗が弱く、人間の斃死《へいし》する遥か以前に倒れ、その倒れる以前に著しく不活発となる。故にこの瓦斯を扱う実験室では常にカナリヤを飼育して、絶えず彼の運動を注視する事によって、危難を免れるのである。かの独逸の潜航艇の如き、艇内に廿日鼠を飼養して悪瓦斯の集積するのを予知したという事で乗組員は廿日鼠を一種の福の神《マスコット》とし旗印に用いていたという事である。

岡島工学士の言によれば、博士は醱酵菌による空中窒素の固定法を研究中であった。そうして私の推測する所は、博士は偶然中村氏の死によって、培養中のある種の菌が、比較的高温度で、空気中の窒素及び炭素から青酸を合成するか、あるいは一旦合成した所の窒素化合物を再び分解するかして、青酸に類似する瓦斯を出す事を知ったのである。中村氏の死によって発見した事は確である。何故なら中村氏の死後、博士は急に熱心に研究を始めかつカナリヤを欲しがった事、及び博士の研究日誌中に書かれた断片的な言葉に徴《ちょう》するも明かである。

博士は醱酵によって毒瓦斯を生ずるのを知って、カナリヤを飼育する積りであったが、そのカナリヤが手に入らない前に既に研究の犠牲となったのである。博士は死に臨んで、カナリヤが居たならと非常に悔まれた事と思う。両回とも人々が駆けつけた際は、既に気温が下りかつ窓を開いたためまたは電動機《モーター》が動いたために通風がついたので、この人々の間には何事もなかったのである。

当夜は博士は電動機に故障があったので、実験を中止し、暖炉《ストーブ》を消して寒いのを我慢しながら、熱心に書物《かきもの》をしているうち、つい眠られて憐れなる老僕が博士を思うあまり、暖炉に点火したのを知らなかったのが博士の不幸であったのである。

はる子さんと幸雄君とが当夜深更まで起きていたのは、老下男を通じて知り得た事によると次の如くである。

幸雄君ははる子さんに対して思慕の情を持っていた。博士は幸雄君を愛してはいたが、何故《なにゆえ》か令嬢との間は許さなかったらしい。当夜彼は恐らく令嬢の前にその思いを打ち明けたのであろう。しかし彼女は父の思わくを憚《はばか》って青年の恋を退けたので、彼は博士に直接許しを乞わんとして実験室に向った。そこではる子さんはこれを留《と》めるべくその跡を追って裏口の前で相争ったのである。二人が共に重大な嫌疑を蒙りながら、敢えて弁明しなかったのは、かかる事情によったのである。また一つには互にその対手が、博士の死に関係して迷惑せざるように、庇い合ったのであろう」

友は語り終って感慨無量という風に、暫く眼を閉じていたが、やがて眼を開くとともに、次の数語をつけ足した。

「私はこの実験室にズラリと並べられている培養器中の果してどの菌が、この恐るべき毒瓦斯発生者であるかを知らない。しかし恐らくこの大発見も、遂に博士の死と共に再び世に出ないであろう」

気早の惣太の経験

一

彼は仲間には気早《きばや》の惣太で通っていた。彼の本姓を知りたい人は警視庁へ行けば、指紋と共にちゃんと分るはずであるが、姓などは彼自身さえ必要に迫られて時折思い出す位のもので、この話には余り関係がない。

惣太は生れつきのあわて者で、驚くべく気早である。ある時彼は銀行へ忍び込んで、金庫の前の金網戸《かなあみど》を開けた。中へ這入《はい》って文字盤を出鱈目《でたらめ》に引掻き廻していると、金庫が彼と共にスーと上の方へ昇った。彼はエレベーターの中へ這入っていたのであった。ある時彼はある家の雨戸をこじ開けて忍び込んだ。廊下の突当りに簞笥《たんす》があったので、力委《まか》せに押破ると彼は外へ出てしまった。簞笥と思ったのは戸袋だったのである。——こんな話が仲間内に誠しやかに伝えられるほど彼はあわて者であった。多分こんな話は作り事で、現に惣太は銀行の金庫を破るほどの高級な盗人《ぬすっと》でない事でも分るが、手提金庫だと思って鉄瓶を提げて来たり、ラヂオのラッパの積りで水牛の角を攫《さら》ったりする事は、彼にとっては朝飯前であった。こういう粗忽者が永年泥坊を働いて、稀《たま》にしか捕まらなかったのは、一に彼の幸運に帰すべきだが、彼が生活のためにしか盗みをしなかった事も大きな原因である。

生活のために盗みをするという事は大して楽な事ではなかった。もし惣太の父親《ておや》が盗人でなく、母親が父親の刑務所入りの留守中、何か生活を支持すべき仕事があったか、または彼が両親に死に別れてから、仲間に羽振りの利く親分に養われなかったら、彼は何か別の職業を撰んで愛嬌者と唄われて一生を送ったかも知れない。もっとも彼は一度正業につこうと思って、一日土方《どかた》をやってみた事がある。けれども恐ろしく力の要る仕事で、それに朝から晩までコツンコツン穴を掘っているような単調な事は、彼はとてもやっていられなかった。彼は豆だけの手で、一品料理屋の出前持になった。ところが彼は配り先を間違えてばかりいた。その上集めに行く段になると、配り先をケロリと忘れていた。それで、二日目にむこうから断られてしまった。彼は止むなく彼には一番適した夜盗を生業《なりわい》にした。その代り彼は貪《むさぼ》らなかった。かなり倹約《つつま》しい生活をして、金がなくなると、威勢よく稼《かせぎ》に出かけた。

ある時、惣太は洋館に忍び込んでみたいという慾望を起した。別にどうという理由《わけ》もなかったが、洋館に這入ってみたくなった。後には洋館にはどうかすると西洋人が住んでいて、西洋人というものは家中に無暗《むやみ》に錠を下して、ややともするとピストルを打放《ぶっぱな》すものであるという事が分ったので、滅多に這入ってみたいなどとは思わなくなったが、その時は何分始めての事であるし、とにかく這入ってみたくなったので、彼は昼間目星《めぼし》い洋館を物色して歩いた。で、上野公園の奥、鶯谷《うぐいすだに》の方へ出ようとする所に、こんもりと森に囲まれた、三軒の同じような建て方の洋館を発見して、大嫌いな犬がいない事を確めると、忽ちその真中の家に這入ってやろうと決心した。

上野の森の夜は早く来る。殊に時は二月の末で、寒さが未だ酷《きび》しい折だったから、十時過ぎにはもうこの辺《あたり》を通る人はない。さっきから待ち草臥《くたび》れた気早の惣太、もう耐《たま》らなくなった。そっと低い石垣を乗り越えて建物に近《ちかづ》くと、コチコチと窓の辺で音を立てていたが、忽ちヒラリと中へ躍り込んだ。

飛び込んだ所は、もとより勝手などを知っていたのではないが、かなり広い部屋で客間らしかった。懐中電燈で照らして見ると、壁には大きな額が懸っていて、床には厚い絨緞《じゅうたん》が敷きつめてあり、ドッシリとした調度が、惣太の眼にはかなり贅沢に思われた。彼はホクホク喜びながら、いきなり暖炉の前の棚に乗せてある黄金色《きんいろ》をした置き物に手をかけた。その時である、部屋の電燈がパっと点いた。

惣太の狼狽は気の毒なようであった。彼は洋館の電燈は戸口にあるスイッチで、外から点けられるものだという事を知らなかったのだ。続いて扉《ドーア》の外の話声を耳にすると、彼は無我夢中で窓際の長椅子の下に這い込んだ。

彼が長椅子の下で腹這いになって、息を凝らしていると、扉の開く気配がしてコツコツと足音が響いた。二人らしい。その人達は長椅子に近《ちかづ》いたかと思うと、いきなりその上へドシンと腰を下したのである。長椅子は御承知の通り、バネがついていて、腰をかける人にはフワフワして気持のいいものだが、バネは上から重みが加わるにつれ、幾分下へ出張る事になっているから、下に潜っている人には不愉快千万で、惣太は押し潰された蛙《かわず》のようにに手足を伸びるだけ伸ばして、腹を床にピタリとつけるより仕方がなかった。それでも上でフワフワする度に、コツンコツンと背中へ堅いものが当る。

　腰をかけたのは一人は洋服を着た男に違いなかった。揃えた足が二本彼の鼻先でじっとしている。外に二本、これも人間の足には違いないのだが、床の上二三寸の所を、全《まる》で章魚《たこ》の足のようにピンピン跳ねて、惣太の鼻先を掠《かす》める。その度に彼は、せいぜい五分《ぶ》位しか動かす余裕のない頭を、一生懸命に引込めて、それを避《よ》けねばならなかった。始めは素足かと思ったが、薄い肉色の絹の靴下を穿いているのだった。華奢な恐ろしく踵《かかと》の高い靴を穿いている。つまり洋装した女の足なのだ。男の膝に腰をかけて、両足をピンピン振っているのだ。大方両手で男の頸にブラ下っているのだろう。惣太は漸くこれは西洋人夫婦だなと思った。しかし彼はそれを直ぐに取消した。日本人に違いないと思った。足で区別したのではない、頭上の会話がまぎれもない日本語だったからである。

「よく来て下すったわねえ」女の声。

「うん——」男の声。

「ほんとうに妾《あたし》待っていたのよ」

「そうか」

「あなた、あれ持って来て下すって」

「うん、持って来たよ」

「まあ、嬉しい、あなたはほんとうに実《じつ》があるわねえ」

　女の足が急に運動を止めたかと思うと、チウッという異様な音が聞えた。

　惣太は思わず低声《こごえ》で畜生！　と云った。もし長椅子がもう少し軽いか、それとも男の方が腰をかけていなかったら、この時長椅子は女を乗せたまま躍り上ったかも知れない。いずれにしても、惣太が腹を立てたにもかかわらず、長椅子がビクともしなかったのは、彼にとっても女にとっても幸《しあわせ》な事であった。

「あなた、なぜそんなに妾をじろじろ見るの」

「余り美しいからさ」

「あら、お世辞が好《い》いのね」

「君位美しいと随分惚れ手があるだろうね」

「ないわよ。誰も惚れてなんかくれないわ」

「そんな事があるもんか、誰だって惚れるよ」

「じゃ、あなたでも」

「無論さ、でも片思いだから仕方がない」

「あら、片思いはないでしょう。あたしの方がよっぽど片思いだわ」

「——」

「あら、また恐《こわ》い顔をするのね、あなた今晩は何だか変だわ。どうかなすったの」

「どうもしやしない」

「じゃ、機嫌をよくして下さいな」

惣太は長椅子の下でへた張りながらまたチェッと云った。女の足は相変らず、ブランブランと彼の鼻を掠める。気早の惣太もう我慢がならなかった。飛び出そうとするとたんに、不思議な事が起った。ブランブランしている足の尖《さき》から靴がパッと床に落ちた。いや女が脱いだのだ。惣太は驚いた。踵の高い女靴があぁ簡単に脱げるものとは思わなかった。が、もっと驚いた事は、女の白い手がスウーと上から降りて来て、靴に近づいたかと思うと、キラリ、靴の中へ小さな光るものを落し込んだ。次の瞬間にそそくさと足尖《あしさき》で靴を引っかけたかと思うと、またブランブラン始めた。

「おや」惣太は首を縮めた。「この女は仲間かな」

「あなた、今日は陽気に一つ飲みましょうね」上では会話が始まる。

「僕はだめだよ」

「あら、そんな野暮な事を云わないで飲みましょうよ、ね、ウイスキー？　ブラン？」

「そんなきつい酒はとても飲めないよ」

「まあ、お飲みなさいよ」

女の細い足がヒラリと床について、暫く見えなくなると、やがて盆の上にグラスがふれ合う音がして、また女の足が見えた。

「あたしも飲みますから、あなたも飲んで頂戴。だって今日はあたしの望みが叶って、こんな嬉しい事はないんですもの」

「うん、のむよ」男の不精々々答える声が聞えた。

惣太はさっきから考えていたが、どうも仲間内にはこんな女は思い出せない。畜生！　太いあまだ。ここはきっと淫売宿に違いない――それにしても洋館なのが不思議だ――淫売なら淫売で好い。客を喰え込んで、持物を掠めるとは太い奴だ。よしこっちにも覚悟があるぞ、そう思って、惣太は機会を覗《ねら》っていた。

やがて女はまた長椅子に腰をかけて、足をブランブラン振り出した。惣太は不自由な身体を曲げて、やっと片手を出すと、矢頃《やごろ》を計って、鼻先へやって来た靴にちょっと指を触れた。はずみで、予期した通りに、靴はポロリと落ちた。彼は素早く手を入れて中のものを掴み出すと、用意しておいた洋服の腕からもぎ取ったボタンを入れた。断っておくが、惣太は安物の洋服を着ていた。彼は何となく洋館に忍び込むには洋服を着て行かねばならんと思ったので。

女はあわてて靴に足をつっ込んだが、指輪がボタンに化けた事は気がつかなかったらしい。

それから暫く女ははしゃいで喋りつづけた。男の方はうんとか、そうかとか言葉少なに受流していたが、だんだん返事がなくなって、やがて四辺《あたり》がしんとした。

気早の惣太、椅子の下で腹を凹《へこ》まして肘《ひじ》を張って鎌首をもたげて見ると、女の足はもう見えないで、男の足だけが、斜めによじれたようになって、椅子から下っていた。じっとして動かない。惣太はちょっと突《つ》ついてみた。じっとしている。今度は力を入れてついてみた。やはり動かない。少し癪に障ってきたので、思い切って突き飛ばすと、足は忽ち動いたが、すぐまた元通りに斜《ななめ》になって静止する。惣太はそろそろ長椅子の下から這い出した。

立上って見ると、椅子にもたれて、一人の男がだらしなく寝そべっている。安心すると共に、惣太はのうのうと大きな伸《のび》をしたが、伸をしている中《うち》に彼はカッとなった。酔払《よっぱら》ってグウグウ寝ている、それは未だ好いとして、あんな女に引かかる奴はどうせ青二才の腰抜野郎だと思っていたところが、こいつはどうだ、四十男の鬚面《ひげづら》だ。どう見たって女に好かれる顔《つら》じゃない。なんという態《ざま》だ。惣太はいきなり横面《よこつら》を撲《は》り飛ばそうと思ったがその瞬間に彼の職業意識が蘇えった。金鎖がチョッキの胸で光っている。彼は忽ちチョッキのボタンを外した。内懐を探ると、手に当ったのは、一束の紙幣《さつ》、天の与えである。彼は素早く、紙幣束をズボンのポケットに押し込むと、さっさと窓を開けて外へ飛び下りた。生活《くらし》のための職業だ。これ以上は時計だろうが、宝石だろうが振り向く惣太じゃない。

二

窓から飛び下りると、例の低い石垣を乗り越えて、惣太はスタスタ鶯谷の方へ歩き出した。未だ十二時前だ。彼は鼻唄でも歌いたいような気分である。

ものの半町とも行かぬ中に、暗闇からモシモシと呼び留めるものがある。

惣太は飛上った。女の声ではあるが、よし刑事でないにせよ、この夜更《よふけ》、しかも上野の森の中で、だしぬけに呼び留められるのは好い気持じゃない。夜遅く淋しい路を歩いて行って、暗がりからいきなり白い猫に飛びつかれた経験のある人は、今の惣太がそれだと思えば好い。

「――」彼は立止って暗《やみ》をすかし見た。

「あの――」暗闇から出て来たのは確に女だった。みすぼらしい身装《みなり》で赤坊を背負っている。遠くの街燈をたよりに、朧《おぼろ》げながらにやつれた顔が見える。「お呼び止めして甚だ失礼でございますが、あなたは今あの宅《うち》からお出《いで》になったと存じますが」女は洋館を指し示した。

惣太はヒヤリとした。が対手《あいて》は多寡《たか》が女一人だ。

「ええ、そうです」平気で返辞をした。

「あれは一体どういう宅《うち》でございましょうか」女の問は意外である。

惣太は弱った。

実は彼にもどういう宅だか分らないのだ。

「どういう宅って?」彼は言葉を濁した。

「実は私の夫が今あの家にいるのでございます」女はちょっと言葉を切った。泣いているらしい。「いいえ、あの家へ連れ込まれたのでございます。あの女が連れ込んだのです。あ、悪魔です、あの女は」おかみさんは到頭泣き出した。

惣太の好奇心は極度に緊張した。

「あの人があんたの亭主かね、四十位の年配の鬚を生やした——」

「お見かけになりましたか。お恥しい事でございます。いかにもあれが夫でございます。夫はあの女にすっかり騙されてまして、うつつを抜かしております。貧しい銀行員の身で、無理工面をいたしまして、御覧の通り、私達には乞食同様の真似をさして、あの女に注《つ》ぎ込むのでございます。自力で稼ぎましたお金なら、男の甲斐性と申す事もございますが、あ、あの人は」女は泣きじゃくりながら、雄弁に口説き立てる。「あの人は銀行の金を盗んだのでございます。前々から可笑《おかし》いとは思っておりましたが、現在の夫が盗人とは思いもよりませんでした。女にうつつを抜かして、人様のものを盗むとは何と見下げ果てた事でございましょう」

無論あたりに人は居なかったが、こう度々盗人と云われるのは、惣太にとっては有難くない事だった。

「おかみさん」惣太は云った。「もっともだけれども、いくらなんでも往来で盗人なんて大きな声を出すのは止したらどうだい。自分の亭主の事じゃないか」

「お言葉でございますが、盗人はどこまでも盗人に相違ございません」——こいつあ手がつけられねえなと惣太は心の内で思った。災難だと諦めて黙って聞く事にしよう。——おかみさんは涙声で訴え続ける。

「今日も今日とて、また女から無心でも云われたのでございましょう。銀行からお金を持出したのでございます。阿漕《あこぎ》が浦も度重なれば何とやら、銀行の方でも気がつかずには置きません。先ほど宅へ課長さんが見えまして、これまでの所はまたの話として、今日持出した五百円は明日の朝までに返えしておかねば、表沙汰にもなるかも知れんから、早く、費《つか》ってしまわぬ中に、連れ戻すようにとの事でございます。私はこの子を背負まして、半狂乱で宅を飛び出しまして、心当りをあちこちと訪ね歩き、漸く居場所《いどころ》を突留めた所でございます。けれども、私はどうもあの家に這入り兼ねるのでございます。女の顔を見るのが身を切るより辛いのでございます。それに遭わせてくれるかどうか、それさえ分りません。丁度お通り合せのあなた様、一生のお願いでございます。何とかお力添え下さいませんでしょうか」

惣太はさっきからズボンのポケットへ手を入れて、紙幣束を摑みながら、うずうずしていた。早くおかみさんの話がすめばいいと、きっかけを待っていたのである。ちゃんと五百円耳が揃っているかどうか分らぬが、とにかくこれはあの男が銀行から盗んで来たものに違いない。盗んだ金を盗んだ訳で、考えてみりゃ、あいこで、この金は俺に授ったものだ。けれどもこうおかみさんに口説かれては見殺しにする訳には行かない。ええ、元々だ、返えしてやれ、――彼はこう思ったのである。思ったからには気早の惣太、おかみさんの話に句切りがつくと、忽ち紙幣束を突きつけた。

「そいつは気の毒だ。だがね、おかみさん、御亭主はもうその金を持っていないぜ。きっと女にくれてやったに違いない。これからあの宅へ行って、すったもんだと騒ぎ廻っても、無事に戻るかどうか分らない、第一亭主の恥を曝すばかりだ。幸いと私はここに少しばかり持合せがある。足りるか足りないか知らないが、課長さんに頼めば、どうとかしてくれるだろう。亭主の方の始末は俺が引受けるから、とにかくこれを持って、一度帰りなさい」

一気にこう云い切ると、惣太は驚くおかみさんの手に紙幣束を無理やりに握らして、踵《きびす》を返えすと、さっさと元来た道に引返えした。おかみさんは後を追おうともせず、ぼんやり立っていた。

惣太は元の洋館に引返えすと、忽ち窓を破って飛び込んだ。中でキャッと異様な叫声が聞えた。はっと驚く惣太の前に背の高い年寄の西洋人がピストルを突きつけて立っている。その後ろに婆さんが震えている。

「だれ！　だれ！」西洋人は叫んだ。

「こいつはいけねえ、あぶねえあぶねえ」惣太は手を振った。

「早く、出て行く宜し。ピストル打つぞ」西洋人は呶鳴《どな》った。

惣太は毬《まり》の如く窓から飛び出した。何が何やら分らなかったが、つまり惣太は以前の洋館の隣へ這入ったのだった。

「驚いた、驚いた。ピストル打つぞと来やがった。ドンとやられて耐《たま》るもんけえ」

惣太は隣の洋館に近寄った。窓から燈火《あかり》が洩れている。覗いて見ると、さっきの男が、チョッキのボタンをはずしたまま長椅子に長々と寝ている。

窓から飛び込むと、ピストルの恨みもある、惣太はいきなり男の頬を撲《は》り飛ばした。男はムニャムニャと云っただけで、また眠ろうとする。二発、三発目に漸く男は起き上った。

「痛いっ！　何をするのだ」彼は寝惚け眼をこすって惣太の立姿を見ると、タジタジと後へ下った。「誰だ！　き、君は！」

「誰も蜂の頭もあるもんけえ。鼻の下を長くしやがって、ちったあ女房の事でも考えろ」

「あら、乱暴じゃありませんか。誰なの？」

女の声が後ろでした。

振り向くと、唇の真赤な洋服女、無論それが巴里《パリー》の職業女の厚化粧の真似とは惣太知る由もなかったが、虫酸《むしず》が走った。

「おや、出たな。化物め！　指輪をくすねて靴の中へ入れやがって、――」惣太がなおも云おうとすると、蒼くなった女はツカツカと惣太の傍へ来て遮った。惣太の袖を引きながら、低声《こごえ》で云った。

「誰だか知らないけれども、指輪の事は云わないで下さい、ね、きっとお礼するから」

この様子を眺めていた男は、始めて腹を立てるのに気が付いたように怒号した。

「どこのどいつだ。断りなしに俺を撲《なぐ》った奴は！」

「へん、憚《はば》りながら手前《てめえ》のような性質《たち》の悪い盗人にゃ、俺の名前は聞かされねえ。女に熱くなって銀行の金をくすねるような卑怯な奴は俺達の仲間にゃねえんだ」

男の顔は忽ち蒼白《まっさお》になった。ブルブル震えだして、口が利けなかった。

「態見《ざまみ》ろ！」惣太は勝誇って云った。「手前達は紳士の――」惣太はちょっとつかえた。彼には紳士に対する女性の言葉が急に出て来なかった。「何とかのたって、俺のように生活のために盗みをするものより、よほど心は汚いのだ。ヘボ盗人め、気をつけやがれ」

次の瞬間に彼の姿は消えた。

三

それから暫く惣太は稼ぎに出なかった。攫って来た指輪を宿主のけいいず買いの助五郎に見せると、この老爺《おやじ》は踏み倒しやで、仲間から毛嫌いされているのだが、それでも十五円に買ってくれたので生活《くらし》のたつ間は稼ぎに出ないのが、惣太の定《き》めだったからである。

でも十五円の金は一週間とは保たなかった。

一週間後に彼はまた出かけた。洋館には懲りたから、今度は日本家を覗《ねら》った。

下町で、ちょっと妾宅といった構えの粋な見つきの家が無人らしかったので、その家へ忍び込んだ。十二時は夙《とう》に過ぎていたのだが、奥の一間に近づくと、燈火《あかり》が洩れて、コソコソ話声が聞える。惣太は立止まった。

女二人らしい。どうも聞き覚えのある声なので、そっと襖の隙間から覗いて見ると、一人はまぎれもない先達《せんだっ》て洋館にいた女で、今日は和服でだらしない風で足を投げ出して坐っている。驚いた事にはもう一人の女は例の暗闇から出て惣太を搔き口説いた女である。化粧などしてこざっぱりとした身装《みなり》をしている。

「結局あたいの負《まけ》かね」

「そうともさ、お前さんが男を誑《だま》して金をとるには、好い身装《なり》をして、色仕掛けに限ると云ったからさ、あたいもふと逆らう気になって、汚い身装で泣き落しても男は誑せると云って、つい賭になったんだが、ああ旨く行こうとは思わなかったよ」

おや、と惣太は耳を傾けた。

「あたいだって、成功していたんだがなあ。あの男はあの晩ちゃんとお金を持って来たんだものねえ。もっともあたいも拙かったの。例のから貰った指輪をはめていてね、あの男はそら嫉妬《やきもち》やきで、殊に例のと来ると、一層妬《や》くんでしょう。それに何だか機嫌が悪くってね、あとで考えれば悪い訳があったんだが、その時は気がつかずさ、指輪を見られちゃ拙いと思ってそっと脱いで靴の中へ隠しちゃったり、お酒を飲ましたり、そりゃ苦心したもんよ。ところがいつの間にか御存じの泥坊が出て来て、おじゃんさ。おまけにあの男の前で指輪の事を云い出して困ったわ、それから男の金も銀行から盗んで来たって事を知ってたのよ」

「あら、銀行から盗んで来たの」

「そうらしいの、あの泥坊が、銀行から金を盗んだ卑怯者めと云うと、あの男は蒼くなって黙っちゃったわ」

「そう、それじゃ、女房の事を云わなくて」

「云ったようだわよ、女房の事を考えろとかなんとか」

「じゃ、あたいが云った事なのよ。あの家に私の亭主が銀行の金を盗んで、女と一所に居りますって」

「じゃ、それを本気にして飛び込んで来たのね」

「そうよ、きっと」

「そうすると、銀行泥坊っていうのは、お前さんの作り事で、まぐれ当りだったのね」

「そうよ、オホホホホ」

「オホホホホ」

畜生！　惣太は烈火の如くなった。畜生、飛び出して恥を掻かしてやろう。だが待てよ、口じゃとてもこの二人には勝てねいぞ、惣太はこう思うと、ちょっと二の足を踏んだ。

「でも、あの泥坊はさっぱりしていて好い男だわ。あたい惚れても好い」

惣太はちょっと首を縮めて舌を出した。

「あたいも満更でもないわ、第一気前がよし」

「そりゃ盗《と》った銭《あし》だもの」

「でも、ああ気前好く行くもんじゃないわ。あたいお前さんの客がさ、お金を持っているに違いないから、誑してやろうと構えていたけれども、機会《おり》がなくて駄目さ。暫く宅の廻りをウロついているとあの泥坊が窓から這入って、やがて出てきたから、ちょっと一狂言書いたのだけれども、真逆《まさか》三百円呉れようとは思わなかったね」

もう我慢がならなかった。惣太は二人の前へ躍り出ようとしたが、まて、金を取り戻してやろう、もう少し様子を見た方が好い、と思い直した。

「とにかく、賭はあたいの負だから出すわよ」

この家の主人らしい方が立って、用箪笥をコトコトさしていたが、やがて百円紙幣を一枚出した。

「有難う。じゃ貰っとくわよ。三百円も未だ持ってるのよ」

女は手提袋から脹《ふく》れた紙入れと出すとその中へ百円紙幣を押し込んだ。その時である。

「御用だ、神妙にしろ」惣太は襖越しに叫んだ。

二人の女はキャッと云って逃げ出した。

惣太はこの言葉がそう利目《ききめ》があるとは思わなかった。第一この頃の警官がこんな旧式な言葉を使うかどうかさえ、知らなかった。ただ講釈で聞き覚えた言葉を応用してみたのだった。

惣太は落ちていた手提袋を拾うと悠々と外へ出た。

「これで一、二ケ月は楽に暮せるか。だが気早という事は考えものだなあ。少し改良しなくちゃいけねえかな」
独言《ひとりごと》を云い云い、惣太は上機嫌で家路に歩いて行った。

惣太の喧嘩

惣太はとうとう喧嘩を吹っかけた。対手《あいて》は禿《はげ》の勘兵衛である。一体気早と渾名《あだな》を取った惣太が今日まで辛抱していたのはよくよくの事で、大風《おおふう》な陰険な（こんなむつかしい言葉は惣太は知らなかったが）それでいて下劣な禿勘は顔《つら》を見ても癪に障るのだったが、その道の――というのは盗む事だが――先輩と思えばこそ、唾を呑み込んで、云いたい事も云わずにいたのだ。名にし負う気早の惣太だ、喧嘩の素早い事は鳶《とんび》の油揚を攫《さら》うが如く、かつておでんやの前を通ると、小男が荒くれ男に胸倉を執《と》られて、眼を剝《む》いているのが眼に這入ったから耐《たま》らない、盗みこそすれ、正義観念の人一倍強い惣太だ、忽ち大男の腰に喰いついた。大男があっと悲鳴を挙げる隙に、小男の方は脱兎の如く逃げ出したが、逃げ遅れた惣太は二つ三つぶん殴られた末、逃げた小男の勘定を払わされた。つまり惣太は食逃《くいに》げを助けたのである。それ以来見ず知らずの喧嘩にはなるべく飛び込まないようにした。ある時惣太は友達に煽《おだ》てられて、魚釣を試みた事がある。雑《ざ》魚《こ》でも一匹につき十円という懸賞つきだったが、二分の間に七遍竿を上げて、四遍餌を取り替えて、八遍目に枯枝を釣上げると、忽ち残った餌を河の中へ蹴込んでしまい、竿でヂャブヂャブと引掻き廻した。隣で釣をしている人が怒ると、あっと云う間に餌同様河の中へ蹴込んでしまった。が、生憎《あいにく》釣人には餌と違って手というものがあったので、素早く惣太の帯を摑んだから耐らない、惣太もズルズルボシャンと河の中へ陥《おっこ》った。ところがまた生憎な事には惣太は泳ぎを知らなかったので、散々水を呑んで、三日間故買《けいずかい》の助五郎の二階で呻吟した。それ以来彼は河の傍では喧嘩をしない事にした。

こうしてだんだん喧嘩の出来る範囲は狭まって来たが、三度の飯の次ぎに止められないものだった。その惣太が辛抱を重ねて来たのが、些細な事から、とうとう爆発してしまったのだ。

「何をっ！　禿勘め、てめえは……てめえは……」

惣太は余り大きくない拳固を突き出して、敦圉《いきま》くのだが、一体口の滑りの悪い彼はこう昂奮すると、いよいよ口が利けない。

「何だと、あわて者め！」

禿勘は額から抜け上った赤ちゃけた頭から湯気を立てて、頬の肉をピクピクさせて、落着こうと急《あせ》りながら云うのだ。

「何を口をもぐもぐさせやがるのだ。早く云わねいか馬鹿め！」

　ここはこういう仲間の集る一膳飯屋といった所で、土間の上に薄暗い電燈が一つある切り、亭主を始め二三人の仲間達は止めようともせず、ニヤニヤ笑いながら見物している。

「こう、俺はな」惣太は云った。「こう見えても一本立だ。けちな真似はしねえ。てめいはなんだ。女房から倅まで遣やがって、泣言を並べたり、出鱈目《でたらめ》を云ったり、へん面白くもねえ、卑怯な真似をして、人様のものを騙して盗《と》りやがる。憚《はばか》りながら惣太さまは——」

「夜になるとノソノソと野良犬のように歩いて」禿勘は遮った。「ビクビクもので人様の家へ這入《へえ》るのか」

「だ、誰がビクビクもので這入ったい。俺はいつでも正々堂々と這入らあ」

「そうしちゃ、金の塊の積りで国旗の頭を盗んだり、手提金庫だと思って台所のテンピを盗んだりか」

「何をっ！」惣太は真赤になった。「稀《たま》にゃ間違わい。大きにお世話だ。だけど、憚りながら俺はいつでも一人だぜ。てめいみたいな大勢がかりのペテン師とは違わあ」

「俺はな手前《てめえ》みたいな労働者たあ違うのだ。紳士だぞ。ここんの所を働かすのよ」勘兵衛は頭を指した。

「へん、その禿頭をか」

「そうよ」禿勘は苦笑した。「頭は禿げていても、こいつを一度働かせりゃ、忽ち何百両よ。手前みたいなケチな小盗人と一緒にされて耐るけえ」

「なんだと、ふん、余計に盗るのが偉《えれ》えと極っちゃいねえぞ。俺なんざ、喰うだけありゃいいのだ。そんなに盗っちゃ盗人《ぬすっと》の冥利が尽きらあ。盗ろうと思や、いくらでも盗らあ」

「おや、ていそうな事を云ったな、口惜しきゃ、一度に何百両と盗んでみろ」

「そう云う手前も大風な事たあ、云えた義理じゃねえぞ。手前や、変相が旨いの、頭を働かすのたって、一体《いってえ》何度喰れい込んだのだい。へん、俺様なんざ、一度だって捕ったこたあねえんだぜ。ええおい、前科者たあ違わあ」

これは確に禿勘の急所だった。惣太は古今稀なあわて者で、盗みに這入るのは行当りばったりだったが、どういうものか幸運にも一度も捕った事がないのだ。惣太は何よりそれを自慢にしていた。

禿勘がぐっと詰ると、惣太は図に乗った。

「態見《ざまみ》ろ、手前などはあり余ってるのに、その上盗んじゃ、女房子を持ちながら、詰らねえ女にひっかかったり、酒に食い酔ったりしやがるから、捕るのだ。馬鹿め！」

「うるせい」いよいよ急所を突かれるので、さすがの禿勘もしどろもどろで、とうとう立上って、拳固を振り上げた。「しゃら臭《く》せえ、小僧め、さあ来い、対手になってやらあ」

気早の惣太、何條猶予すべき、忽ち禿勘に飛びついたが、仲間の者に引戻された。

「惣太、いけねえ、勘兵衛にゃ手は出せねえ」

仲間の一人が云った。

「な、何だと」惣太は敦圉いた。

「手前や未だ駆出しだ。俺達ゃ勘兵衛にゃ厄介《やっけい》になっているのだ。逆っちゃ為にならねえ。まあ、今日の所は我慢しろ」

惣太は歯軋《はぎしり》しながら、とうとう仲間に抑えられてしまった。

惣太は口惜しくて耐らなかった。こんな下劣な卑怯な男が、ただ自分より年が上で、従って早くから盗人をしているという事だけで、仲間に幅を利かし、自分のような潔白な――どうもこれは可笑《おか》しいが、惣太は真面目にそう考えていた――外に生活の道を知らないので盗みはしているものの、少しも貪らない者が下手に出なければならないのが業腹でならなかった。彼はどうかして仲間に鼻を明かしてやらねばならぬと考えた。

惣太はむしゃくしゃ腹で、そこを飛び出すと、涼しい夜の街をうろつき廻った。残暑の酷《きび》しい時だったが、さすがに十二時を過ぎると、起きている家は少かった。惣太は暗い横丁から横町へと潜《もぐ》った。何でも大きな仕事をしようというので、大きな家を物色したが、生憎なもので、大きな家は大抵洋館だ。惣太は前に洋館で懲々《こりごり》した事があるので、這入らない事にしている。そのうちに運好く日本建の大きな家にぶつかった。大嫌な犬がいなかったので、忽ちその家へ飛び込んだ。

いつもの惣太なら何か一品《ひとしな》で済ますのだが、今夜は禿勘にケチな小盗人と云われた腹立まぎれだから、そこいら中を引掻き廻して、時計、指輪、鎖その他従来の経験に徴して金目になると思うものを、持ち切れないほど抱えて、雀躍《こおどり》しながら、故買《けいずかい》の助五郎の二階へ引上げた。

翌日の夕方だ。惣太は浴衣《ゆかた》の尻を端折って、例の仲間の集会所へ、昨日の鬱憤を晴そうと、助五郎に値踏をしてもらった数々の獲物をしっかりと懐中《ふところ》に入れて、足どりも軽くスタスタと歩いて行った。

ある横町を曲ると、

「ちょいと、惣太さん」と艶《なま》めかしい声がする。

一体惣太は女が嫌いだった。惣太は無学で字も碌に読めず、従って資本主義に楯つこうと思って盗人をしている訳ではなくまた女なるものが、資本主義の弊害を助長する上において、どんな位置を占めているのか、そんなむつかしい事は一向解らなかったが、とにかく、女が嫌いだった。一つは仲間の多くが捕えられて、暗い所で呻吟するのはみんな女のためだと信じ切って、多少迷信的に女を恐れていた故《せい》かも知れない。ただささえ女が嫌いな所へ、往来で呼び留められて、酷《ひど》い目に会った事があるので、彼はひやっとした。

「惣太さんてば」声は近附いて来た。

見ると禿勘の女房だ。年増《としま》振りの好い上に弁口が達者で、仲間でも姉御《あねご》と立てられているのだ。ぺっ、こいつも敵《かたき》の片割だ。

「何でい」

「大そう威勢がいいね」

「大きにお世話だ」

「何がさ」

「何でもいいや。うるせい!」

「あら、惣太さん、何を怒ってるのさ」

「手前の知らねい事よ」

「亭主《うち》の事?」

「うん」

「昨夜《ゆうべ》、亭主のと喧嘩したんだってねえ」

「それがどうしたっていのだ」

「変に搦《からま》るわねえ。あたしゃお礼をしようと思ってるんだよ」

「えっ!」

「そんな可笑しい顔をしなくってもいいさ。あたしゃお礼がしたいんだよ」

「どうも分らねえ」

「血の巡りが悪いねえ。あたしゃほんとうに亭主の奴には愛想を尽かしているのさ」

「そうかい」

「それでお前さんが昨夜散々《ゆうべさんざん》云ったていから、よく云ってくれたと喜んでるのさ」

「ふん」

「こんな所で立話も出来ないじゃないか。惣さん交際《つきあ》ってくれよ」

禿勘の女房は明るい方へ促すように歩き出した。惣太は狐につままれたような恰好でフラフラついて行った。二人は薄汚い支那料理屋の暖簾《のれん》を潜《くぐ》った。割に空いていたので、隅の方へ腰をかけて焼売《しゅうまい》を誂えると、低声《こごえ》で話出した。

「ねえ、惣さん。あたしゃつくづく嫌になってしまう。だって卑怯じゃないか。人を誑《だま》してお金を盗るんだものねえ」

「そうよ、だから俺も云ってやったんだ」惣太は得意である。

「それにね、あの老爺《おやじ》と来ちゃ道楽者で始末に卒《お》えない。そんなこんなであたしゃ苦労するんだよ。惣さん」

「そうよ。いい年をしやがって女に構ってやがる。だからとっ捕るのよ」

「しっ！　もう少し静かにお話しよ」

「おや、手前ややっぱり亭主の肩持《かたあ》つな」

「そうじゃないよ。お互の身が可愛いからねえ」

こう云われて惣太は懐中《ふところ》の贓品《ぞうひん》の事を思い出した。そうだ、こいつを刑事にでも見られちゃ大変だ。こうしちゃいられない。

「そろそろ出かけるぜ、俺《おら》こうしちゃいられないのだ」

「だけど何だね」禿勘の女房は惣太の云う事には耳を借さず、しんみりした調子で続ける。「惣さんなぞはいい身分だね。一人でさ、苦労はないし、稼ぎは男らしし。――ね、惣さん、惣さんの仕事などは度胸がなくちゃ出来やしまい」

「うん、まあそうだね」

「それに男振りは好いし、道楽一つするじゃなし、亭主なんかと比べものになりゃしない」

「そう賞められると、俺《おら》何と云っていいか分らねえ」

惣太はニコニコした。

「でも、何だって云うじゃないか。惣さんの稼ぎはちっとばかし細いと云うじゃないか」

「何だと、こう、おかみさん。もう一度云ってみねえ」

「気に障ったら堪忍しとくれ。あたしゃ惣さんの稼ぎが少いと聞いたから」

「冗談云うねえ」惣太は忽ち険悪になった。

「夫婦狎合《なれあ》ってやがら。禿勘が昨夜そう云ったから、俺云って聞かしてあるのだ。こう、おかみさん、俺稼げねえんじゃねえぜ。稼がないのだぜ」

「おや、そうなの、どうしてさ」

「どうもこうもねえ。俺食うだけありゃ好いのだ。何も貪る必要はねえ」

「なるほどねえ」

「仲間の奴はあるが上にも盗みやがるからついお上の御厄介になるのだ」

「なるほどねえ」

「俺なんざあ、稼ごうと思や、訳なしなんだ。証拠を見せてやらあ、こう見ねえ」

惣太は懐中の品物を掴み出すと、バラリと食卓《ちゃぶだい》の上へ蒔き散らした。

「こう見ねえ、これあ昨夜ほんの一時間ばかりに稼いだものだよ。この時計を見ねえ」惣太は金時計をブラ提げて見せた。「アメリカの飛切《とびきり》ていのだ。オル――オル――なんて云ったかな」

「オルサムかい」

「それよ。捨売《すてうり》にしても百円がとこはあるのだ。この留針《ピン》を見ねえ」惣太は襟飾留針《ネクタイピン》を取り上げた。「これあ、猫目石ていのだ。そう云や猫の眼に似てらあ」

「綺麗だね」禿勘の女房は感心している。

「この指輪はどうだ。台はプラチナだぜ。宝石《いし》を見ねえ、宝石を、赤鞘《アカマリ》ていんだ」

「だって、ちっとも赤くないじゃないか」

「俺も変だと思うんだが、助五郎が云ったんだから仕方がねえ。捨値で七八十両は欠かさねえと云ったぜ」惣太はだんだん機嫌がよくなってきた。

「赤鞘は可笑しいね、アクワ・マリンじゃないかしら」

「そうかも知れねえ。おかみさんは宝石の事は委《くわ》しいのかい」

「委しいてほどじゃないさ」

「これやどうだい。翡翠《ひすい》ていんだよ」

「まあ、綺麗だこと」

「こんな性質《たち》のいいのは今時珍らしいて助五郎が云ったよ」

「そうだろうね」

「これはどうだい。これはルビーていんだ。もっとも拵えものだって云うが、しかし――」

「ちょいと惣さん」おかみさんは声を潜めた。

「何だい」

「いい加減に片づけておしまいよ。変な奴が居るから」

「えっ！」

惣太が振り向くといつの間に来たか、いやに綺麗に頭髪《かみ》を撫でつけた、にやけたような、だが眼つきの鋭い洋服男が、隅の方に腰を掛けてジロジロこっちを見ている。惣太はあわてて机の上のものを掻き集めて懐中《ふところ》にねじ込んだ。

「いけねえ、うっかり出来ねえ」惣太は低声で独言《ひとりごと》のように云った。

「あたしゃすっかり驚いたよ」禿勘の女房はさも感服したように云う。「ほんとに偉いね、これだけ腕があるんだもの。亭主なんぞは足許にも及びやしない」

「なにそれほどでもねえやね。——だが、そろそろ出かけようぜ」

惣太は隅の洋服男が薄気味悪いので、早く外へ出たくなった。


支那料理屋を出ると、日はトップリ暮れていた。惣太は禿勘の女房と連立ったまま、ものの二三町も歩いて、薄暗い横丁へ来かかると、後からオーイオーイと呼ぶ声がする。

惣太は素早く下駄を脱いで尻を端折ると、禿勘の女房を後に庇いながら振り向いた。駆けて来たのはさっきの洋服男である。

「何だっ！」惣太は呶鳴った。

「君、君は食卓《ちゃぶだい》の上へこれを忘れて行ったろう」

洋服男は惣太の見幕にもめげず、何やら光るものを開けた掌《てのひら》に乗せて差出した。

「やあ、どうもすみません」惣太は端折った尻を直しながら、極り悪そうに手を出した。

が、忽ちその手はしっかり摑えられた。

「惣太、御用だ！」洋服男は低いしかし底力のある声で叫んだ。

惣太はポカンとした。これが対手が刑事でなかったら、彼は忽ち撲り飛ばして、逃げるのだが、惣太にはお上には抵抗《てむかい》出来ぬものという抜くべからざる信念があったから、もうどうする事も出来なかった。

「さすがは惣太だ。いい覚悟だ。さあ来い」

さっきから刑事は惣太々々と云う。大方惣太を捕えようと思ってつけ覘《ねら》っていた刑事だろう。惣太も顔と声のどこやらに覚えがあるようだが、思い出せない。惣太は悄然と歩き出した。

「惣太、俺は一度はお前を摑えてやろうと思って覘っていたが真逆《まさか》、お前が人中で公然と贓品を見せびらかすとは思わなかったぞ。いい度胸だな、お前は。だが神妙だったから、出来るだけお慈悲を願ってやるぞ」

刑事は惣太を捕えた嬉しさに、ニヤニヤ微笑《ほほえみ》ながら喋りつづけた。

だが、惣太の耳にはそんな事は一切這入らなかった。

彼は悄然と頭を垂れて歩みながら、ああ、とうとう捕ったんだなとそればかり考えていた。惣太の前には厳《いか》めしい鉄の扉が浮び出た。縄を打たれた哀れな自分の姿、贖罪の笞《しおき》、そんなものが次々に頭脳《あたま》に浮んだ。そうして最後に仲間に威張っていた僅な誇を遂に失った事につき当ると、胸が痛くなって、涙がにじみ出ようとした。惣太は畜生、畜生、と心に叫びながら手の甲で女々《めめ》しい涙をこすり取っていた。

惣太は昨夜《ゆうべ》禿勘を罵った言葉を思い出した。彼は禿勘にお前達はあるが上にも慾張って貪るから捕るのだと云った。そうして今夜は、たとえ慾のためではなかったと云え、いつもの決心を破って、貪り盗んだために、こんな目に会ったのだ。

それからお前達は女に構うから捕るのだと罵倒したが、たとえ色慾のためではなかったと云え、自分はやっぱり女のために捕ったのだ。禿勘の女房の口車に乗せられて、あんな所で獲物を得意そうに並べさえしなければ好かったんだ。ああやっぱり女は身を破る基《もと》だ。女というものは恐ろしいものだ。

惣太はだんだん忙《せわ》しく手の甲を動かしたが、もう防ぎ切れなかった。

ポタポタと滴《しずく》が眼から落ちた。

刑事はさっきからの様子を見ていたが、気の毒になったものか、割に優しく云った。

「なあ、惣太、悪い事をすりゃ、いい報いは来ない。捕まらないなんて自慢なんかしちゃ大間違だ。だが惣太、お前がまっこと悪かったと思うのなら、俺も何とかしないものでもない」

「えっ」

惣太は吃驚《びっくり》した。

「大分こたえたようだ。それに始めての事だ、見逃してやってもいい」

「えっ、本当ですか」惣太は子供みたいに涙の光った眼で、嬉しそうな顔をした。

「うん、だが、惣太」

彼は声を低めた。

「埋合せをしろよ」

「埋合せ?」

惣太は分らない。

「うん、今日の所は見逃してやるから、お前の持ってる品物を置いて行け」

洋服男は狡猾《ずる》そうな顔をした。

おやっ!　と惣太は思った。と忽ち惣太本来の面目が復活してきた。なんだと、見逃すから品物を置いて行け。

何を云やがるんだ、俺は盗人が商売だが、刑事は盗人を捕えるのが商売だ、そのためにお上からお扶持を貰ってる役人じゃねえか。それに賄賂《わいろ》を取って盗人を逃がすとは何事だ。こう聞いちゃ惣太は黙っちゃいられない。こん畜生！

「な、なんだと可笑しな事を云やがらあ。盗人を捕えるのが役なら、とっとと捕《つか》めいて行きやがれ、オタンチン奴《め》」

惣太は忽ち鉄拳を飛ばして洋服男の横顔《よこづら》を撲《は》り飛ばした。そうして仕返えしをじっと待っていた、が、が——

惣太の眼の前には、つやつやした髪毛《かみのけ》をどこかへふっ飛ばされて、代赭色《たいしゃいろ》の醜い禿頭を現しながら、口をへの字に曲げて、泣いているような笑っているような勘兵衛の姿がスックと立っていた。

惣太の幸運

惣太は夜店が気に入った。

夏の夜店は嬉しいものである。今は電燈になってしまったので、アセチリン瓦斯《ガス》や、もっと溯《さかのぼ》ってカンテラや蠟燭《ろうそく》の時代から見ると、風情は薄いが、さまざまの形に張られた小さな屋台店が両側に並んで、いろいろな色彩の品物が小児《こども》や小児らしい大人の購買慾をそそる。薄暗い所に荷を据えた風鈴屋、小さな虫籠を一杯つけた虫屋の店が、明るい所に一杯拡げた水桶に大小さまざまの美麗な金魚を泳がせた金魚屋と隣合っているのも面白い。もしそれ軽羅《けいら》を翻えして白い襟足を見せて行く町内の娘の二三人連《づれ》などと擦れ違い、あるいは重合《かさなりあ》って肩越しに香具師《やし》の口上を聞くなどは夜店最上の収穫であろう。

だから、惣太が夜店が好きになったと云って、別に不思議はないはずである。——もっとも彼には娘の方の趣味はなかったが——けれども、惣太は諸君の御承知の通り夜盗である。それに何とも手のつけようのない周章者《あわてもの》で気短《きみじか》である。それが毎日のように夕方になると宅《うち》を飛び出して、夜店を素見《ひやか》すというのは少し可笑《おか》しく感じる。事実、気早の惣太がポカンと口を開けて、長い間香具師《やし》の口上に聞き惚れたり、汚いバケツの中で縦横無尽に走り廻るセルロイド製の小さな魚に驚異の眼を見張って、二十銭出して説明書を買って、振仮名を頼りに拾い読みをしたり——無論、生きた魚に引張らすべしと読み下すが早いか破ってしまったが——玩具《おもちゃ》店の前に半時間も立って見たりしたのはどういう理窟か、ちょっと説明がつき難《にく》い。

もっとも気早の惣太は飽くまで気早の惣太である。何度しくじったか分らない。

一度は外《ほか》の店とちょっとかけ離れた所で、五六人の人が何かを取囲んで覗き込んでいるので、掻き分けるようにして割込むと、小僧が蹲《しゃが》んでしきりに反物《たんもの》を拡げていた。すると、その前に蹲んだ紳士体《てい》の男が横柄に云うのだ。

「いくらなんだって、お前それじゃ安過ぎるじゃないか」

「へい」小僧は神妙である。

「僕もこう見えてもこの道の事は少しは知っているが、品物は立派なものだ。ざらにある偽物とは違う」

「へえ、そりゃもう本物に違いないので、へえ」小僧はピョコンと頭を下げた。

「それがお前」紳士はかさに懸るように、「市価《しか》の三分の一にも足らない値で売ろうと云うのは可笑しいじゃないか。怪しい品だろう」

「冗談じゃありません。旦那」小僧は悲しそうな声を出した。

「これはお店《たな》が破産しちゃったので、私達奉公人が給金代りに品物を貰ったんです。私は早く金にしたいので、こう安く見切るんです」

「どうだか」紳士は未だ疑いを晴さない。「大方店の品をくすねてきたか、それとも盗んで――」

さっきから、ぎりぎり歯軋りをして、横柄な紳士面《づら》を睨んでいた惣太は、盗んだ、という言葉を聞くと、憤然として呶鳴った。

「おいおい、いい加減に止さねえか。唐変木《とうへんぼく》め。云わしておきゃ、可哀想に小僧さんを捕えて、くすねたの盗ったのと、やい手前《てめえ》等にゃ分らねえだろうが、一体、盗んだものを往来傍《ばた》でこう大勢の前で公然と売れるもんかどうか考えてみろ。盗んだものなんていのは――」

勢いに乗じて、うっかり自分の商売を話しそうになったので、惣太はあわてて口を押えながら、小僧の方を向いて云った。

「こう、小僧さん、こんな唐変木にゃ構わないで、早く商売をしねえ」

紳士は惣太の勢いに呑まれたか、それとも対手《あいて》にするのが嫌だったのか、それっきり黙ってやがてこそこそと姿を隠してしまった。反物は飛ぶように売れた。

惣太は好い気持になって方々素見しながら、横町を曲ると、思いがけなくそこに先刻《さつき》の紳士が小僧を従えて立っていた。惣太は忽ち尻を端折って、草履を脱いで懐中《ふところ》に入れた。そうして、口程にもない痩せた拳固を固めて待っていると、傍《そば》へ寄って来た紳士はぴょこんとお辞儀をした。

「旦那、さっきはどうも有難うごぜいやした。お蔭で大繁昌《だいはんじょう》で」

「――」惣太はあっけに取られて、目をパチクリした。

「旦那、有難うございました」小僧も礼を云う。

「な、なんだお前《めえ》達あ」

「御存じないのですか」

「知るもんか」

「あっしゃ、さくらですよ」

「何でい。さくらたあ」

「つまり、この小僧と共謀《ぐる》なんで。ああ云って客を釣《つる》んでさあ」

「ああ、そうか」

平生《ふだん》の惣太なら忽ち怒る所だが、どうしたのかひどく感心してしまった。というのは一週間ほど前、彼はやはり、夜店の尽《はず》れの淋しい所で、一人の婆さんを四五人の人が取り巻いているのに遭った。その婆さんは神田の真中で浦和へ行く道を聞いているのである。

「浦和、そいつは大変だ」一人の男が云った。「とても歩いちゃ行かれない」も一人の男がつけ足した。

その様子を見ると、惣太は忽ち腹を立てた。

「何でい、大変で候《そうろう》の、歩いちゃ行かれないのたって、婆さんはどうもならねいじゃねいか。う、その、うなんとか云う所は汽車に乗れば好いんだろう。だからさ汽車賃を出してやりゃ好いじゃねいか」

こう云って、惣太はいくらか金を摑み出して老婆に与えた。それで外の人もそれぞれ金を出したのだった。例によって惣太は好い気持でいると、意外にも彼は老婆と一緒に巡査に捕って交番へ連れて行かれた。

民衆運動の勇者も、交番となると意気地がなかった。惣太はペコペコお辞儀をした。その時である、巡査が彼に、

「お前はさくらだろう」と云った。

惣太は真面目な顔で、ピョコンと頭を下げながら、

「冗談云っちゃいけません、旦那、あっしは人間ですぜ。木じゃありません」と答えたのだ。巡査は失笑《ふきだ》して間もなく、彼を放免してくれた。そのさくらの意味がやっと今分ったのだ。

「へえ、そうかい、さくらかい」惣太は機嫌が好い。

「旦那も中々調子が好うがすぜ」紳士体の男は煽《おだ》てた。

「毎晩ああいう風にやってくれませんか」

「まあ、止そう」

穏かに云って、惣太は別の事を考えていた。いつでも社会的に――こういう簡単で概念的な熟語は彼は知らなかったが――正義を行ったと思う事が、極って悪意のある第三者に利用されているという事が何となく悲しかったのだった。

ある晩例によって夜店を素見して、暗い横丁へ曲った。どうも度々暗い横丁へ曲るので恐縮だが、これは惣太の下宿である故買者《けいずかい》の助五郎の宅《うち》へ帰る順路だったし、そ

れに一体惣太の商売がとかく暗い横丁で事を起す性質なので仕方がない。それに今までの出来事はいわば挿話《エピソード》に過ぎないが、これは話の本筋に関係があるので省く訳に行かない。で、もう一度暗い横丁へ曲らしてもらう。

暗い横丁を少し歩いて行くと、ポーンと草履に触れたものがある。惣太は思わず立止って、拾い上げた。

惣太は直ぐ後悔した。拾い上げたのは大変な間違だという事を発見したのだ。と云うのはそれはかなりふくらんだ蟇口《がまぐち》だったのだ。盗人《ぬすっと》が蟇口を拾って困ったと云っても誰も本当にしやしまい。ところが惣太という男は不正な事が大嫌なのだ。と云って盗みをするのは可笑しいが、彼は盗みだけは正業だと思っている。それは彼の育った環境、つまり盗人の子と生れて、両親に分れるなり、盗人の親方に拾上げられ育てられて、殆ど教育を受けていないために起る、一種の社会意識の錯覚で、盗みは生計を立てるために必要な事だと深く信じているのだ。それだから盗みだけは別で、他の不正、例えば拾った金を横領するなどは非常な罪悪だと心得ている。

で、彼は金を拾って困ったのだ。

今は拾った物は交番へ届ければ好い事になったが、その頃は警察へ持って行かねばならん。惣太はいくら正業だと思っていても、盗みは天下の法度《はっと》だから、惣太も警察は恐い。況《いわん》や住所姓名を名乗らねばならぬにおいておやだ。惣太は思案に余って、前後《あとさき》を見廻して、拾った蟇口をまた捨てようとした。ところがその時にすーっと彼の傍を通り抜けた人がある。

そこで、はっと思いついた惣太は忽ちその人を呼び止めた。

「もしもし、落し物ですよ」そう云って彼は蟇口を突出した。

不意にギラリと光が眼を射た。思いがけなく彼は懐中電燈で惣太を照らしたのである。

「私じゃない」彼は答えた。

「そ、そんな事はない」惣太は一生懸命である。暗い上に、向うから照らされているので対手の風体は少しも分らないが、こいつを外しては蟇口の処分に困る。

「あ、あなたのです。そう云わないで受取って下さい」惣太は無理やりに対手の手の中に蟇口を押込むとトットと逃げ出した。

それから二三日経った晩、惣太はヒョッコリ仲間の集っている飯屋に顔を出した。すると、そこにいた四五人が今まで彼の噂でもしていたらしく、一斉に彼の方を見たので、惣太は少し照れた。

「イヨウ、御本尊がお出《いで》なすったぜ」かまきりの由公が大きな声を出した。

「惣兄い、近頃顔を見せねえなあ」ここでは禿《はげ》の勘兵衛の次に据えられる、むっつりの吉次が珍らしく愛想が好い。

「どうもすみません。御無沙汰しやした」何だか様子が変で、持上げられるような気がして、惣太はくすぐったくなった。

「どうしたんだい。好いのでも出来たのかい」由公が黄色い声で聞く。

「ああ」惣太は澄して答える。

「へえ」かまきりと渾名《あだな》を取っただけ、由公は細い頸をいよいよ長くしながら、「そいつは豪勢だ。素人かい、それとも商売人か」

「素人も商売人もないさ。夜店と云う奴さ」

「ハハハハ、こいつあ旨くやられた。夜店は好かったね。そういえば毎晩夜店の素見しだってね」

「うん」

「商売替えかい」

「商売替え?」惣太は首を捻っている。

「するんじゃないか」

「冗談云うねい」惣太はもう険悪だ。「あんな卑劣な事をするもんかい」

「卑劣は好かったね」由公は面白そうである。「じゃ、夜稼ぎは卑劣じゃないのかい」

「ああ」惣太の答は簡単である。

「どうして?」由公は追究する。

「どうしてって、お前、そっと寝静った所をよ、起さないように、驚かさないようにして、別に暮し向きには差支えないような一品を頂戴してくるんだ。罪にゃならないさ」

「じゃ、なんだってお上でとっ捕えるんだい」

「捕るもんか」惣太は力んだ。

「そりゃ、お前は運が好いから捕んないのだが、俺達の仲間では捕って、暗い所へ入れられたのが沢山あるぜ」

「そりゃ、慾張って余計盗るからさ。そして酒を飲んだり、女に構ったり、贅沢をするからさ」

「なるほど、そんなものかなあ」由公は感心したような声を出した。

「そうとも」むっつり吉次が口を出した。「惣兄いの云う通りだ。手前《てめえ》っちは盗り過ぎるのだ」

「だがね、吉兄い」由公は云った。「そう一概には云えねえぜ。いくら少く盗っても捕る時にゃ捕るぜ」

「うん、そう云いやそうだ」

「例の番町の鬼岡なんざ、なんだぜ、這入りゃどうしても捕ってしまうからねえ」

「うん、鬼岡にゃ這入れねえ」吉次は大きくうなずいた。


彼等は着々《ちゃくちゃく》として惣太を釣って行くのだ。彼等は何にも知らない惣太を用心堅固の鬼岡の邸《やしき》に這入らして、捕らそうというのだ。鬼岡というのは有名な高利貸で、番町辺に宏壮な邸を構え、吝嗇《りんしょく》な彼は雇人も置かず一人で住っている。その代りに一丈《じょう》何尺という煉瓦塀を周囲に巡らして、あらゆる機械力を利用して、邸の内外を固めているので、とても普通では忍込めない。彼等の仲間は尽《ことごと》く失敗したのだ。そこへ惣太を向けようというのである。これには訳がある。まず第一には惣太がとかく捕らないのを自慢をするのが癪に障る、そこへ持って来て、最近に彼等の首領株の禿の勘兵衛を凹《へこ》ました、それで彼を難攻不落の鬼岡邸へ向わして、失敗させて大きな顔の出来ないようにさせたいのだ。もしひょっと彼が成功したら、何か旨い汁が吸えようというものだ。どっちへ転んでも損はない。そこで彼等は諜《しめ》し合せて、惣太を引《ひっ》かけたのだ。

果せるかな、惣太は黙っていない。


「何だって、鬼岡がどうしたと云うんだい」

「鬼岡にゃ這入れないという事さ」由公が答えた。

「どうして?」

「どうしてって、お前《めえ》、とても用心が酷《きび》しいのだ。われこそはと思ったが皆いけない。お前だって這入れやしないよ」

「何だと、どうしてお前《めえ》にそんな事が分る」

「そりゃ、お前はいい盗人さ。どこへでも造作なく這入るさ。だが、あすこだけは駄目だ」

「冗談云うねえ、面白くもねえ、這入れねえって事があるものか」惣太はプンプンして来た。

「そうかい」由公は逆らわない。

「だが」惣太は急にもごもごしながら、「何かい、犬はいねえかい」

「ハハハハ、なるほど、お前は犬が嫌《きらい》だったね」由公は笑った。「大丈夫だよ。鬼岡の爺《おやじ》はしみったれで、奉公人も置かない位だ、犬なんか税はかかるしよ、食うものは食うし、そんな無駄なものは置きやしねえ」

「そうかい、じゃ俺が這入って見せらあ」

「ほんとかい」

「うん」

「止したが好いぜ」吉次が口を出した。「惣公、捕るに定《きま》ってるから」

「捕るもんか」惣太は力んだ。

「ふん、じゃ、やってみるが好いや」

「やってみるとも、だが、無事に這入ったら、お前達はどうする」

「そうさ、無事に一品でも持って帰って来たら、惣兄い様々って三拝九拝してやらあ」吉次はにやにや笑いながら云った。

「よしっ、その言葉を忘れるなっ！」惣太は意気天を衝《つ》くといった形で呶鳴った。


翌晩、惣太は鬼岡の庭へ忍込んだ。

一丈《じょう》何尺という煉瓦塀、しかも頂上《てっぺん》に硝子《ガラス》の片《かけ》の一杯植《うわ》っている高塀をどうして彼は越えたか。もし高い塀は飛越さなければ這入れないものと思っている人があったら、その人に一言しておく。塀のどの部分にも這入口がなければ無論飛越すよりない。けれども人の住居である以上出入口がないはずはない。御用聞、訪問客、あるいは主人自身の出入口がなければならん。例え御用聞や訪問客がないまでも、少くとも特殊郵便の配達夫はどうしても玄関まで這入らねばならん。惣太は配達夫の後をノコノコついて行っただけである。


一旦這入ってしまうと、高い塀があるという事は身を隠すのに非常に好都合だ。彼は毫も往来を通るものに懸念する必要がないのだ。惣太はこのもと公使館かなんかだった、だだっ広い荒涼たる庭に夕方から深夜まで数時間忍んでいたが、十二時過ぎそっと草叢《くさむら》を抜出て、用心深く警鈴《けいれい》の電線を切り放して、石の迫持《アーチ》の下に固く締っている鉄の扉をギイと開けると、由公始め二三人の仲間を引入れた。これは彼の成否を見届ける証人なのだ。

惣太は無言でこれ等の仲間を従えて、古ぼけた、しかしがっしりとした洋館の一角にかかると、いつの間に用意したか、大きな石でガチャンと窓を一撃した。

四十七士が吉良上野介《きらこうずけのすけ》の邸を夜討にかけた時は、堂々と太鼓を鳴して、表門を叩破ったと云うが、今時盗みに人の宅へ這入るのに、窓を叩破るという法がない。防ぐ方でもそんな法がないと思えばこそ、窓をゆすぶってみたり、こじたりすると直ぐ鈴《ベル》が鳴るようにしてある。ところが生憎《あいにく》、こんな風に突然《いきなり》叩破られると、鈴を鳴らす装置《しかけ》も一緒に壊されてしまう。もっともその代りガチャンと大きい音はするが、鬼岡の爺さんは寝室で好い気持に寝ていて、窓や扉《ドア》にちょっとした異状があれば忽ち部屋も割れよと鈴が鳴るのを待っているので、ガチャンと大きい音がしても寝室から余り離れているので聞えない。

義経が無茶で一の谷を攻落《せめおと》したようなものだ、惣太はあっけに取られている由公外二三名の僚友を残して、ひらりと破れた窓から飛込んだ。

這入った室《へや》は少しも使わない室らしい。埃が堆高《うずたか》く積って、何一つ盗るものはない。よしあっても、惣太はこんな手近な所から盗る気はない。懐中電燈を照らしながら扉に近《ちか》づくと、錠が下りている。惣太はドシンと身体をぶっつけた。三度目にミリミリと扉が破れる。これにも報知器がつけてあったはずだが、幸運にも鳴らない。惣太は廊下に出た。どうも惣太のやり方は乱暴だ。彼はきっとこの大きな家に鬼岡老人一人しかいないと聞いて高をくくっているのだろう。

廊下に出ると、さすがに足音を忍ばせながら、そろそろと奥まった所へ進んで行った。歩きながら惣太は内心安々と成功したのを得意がっていた。が、それは早計だった。ものの十間《けん》と行かない中に、彼の足に触れた廊下の板がギイと少し下った。はっと思って足を引いたがもう遅い。あっと云う間もなく、天井から得体の知れぬ白いものがフワリと下って来た。

惣太はヒラリと後《うしろ》に飛び退《の》いて、懐中電燈で照らすと、思わずよろめいた。天井から下って来たのは人の形をした化物で、髪を振り乱した顔は真白な眼鼻のない、のっぺらぼうである。大抵ならここでキャッと云って逃げ出す所である。だが、惣太は危《あやう》く踏止まって、彼の方へヒョロヒョロ寄って来る化物の横顔を張り飛ばした。途端に家中に燈火《あかり》が煌々《こうこう》と点いて、電鈴が数ケ所で鳴りはためいた。化物の顔の中には電線が仕込んであって、撲《な》ぐると共に電路《サーキット》が閉じて、電流が通じ、電燈のスイッチが這入る事になっていたのだ。

惣太が余りの意外さにポカンとしている間に寝台で跳ね起きた鬼岡老人は忽ち指頭《しとう》を働かして、壁のボタンを押した。すると不思議な事が起った。

それはあの燈台で見るような現象で、凡そ十秒置き位に、家中の電燈が明滅するのである。これには惣太も面喰った。いっそ闇なら、じっと隠れて敵の来るのを待っていられる。明るければ適当な方面へ逃げ出す事が出来る。けれどもこの十秒置きの明滅は始末が悪い。明るくなったと思って見当をつけようとすると、パッと消える。闇にまぎれた積りでいると、パッと点く。一体敵がどこに居るのやら、どこへ隠れて好いのやら、どこへ逃げて好いのやら、無我夢中である。

ところで電燈は明滅しながら、順次に一室ずつ消えて行くのだ。消えた方の室へ逃げれば永久の闇の中に潜めるのだが、丁度尖った筒の尖《さき》から広い籠に這入った虫が、広い出口広い出口と漁《あさ》って、元の入口を訪ね出す事の出来ない錯覚のように、惣太は電燈の明滅する度に、明るい方へと引摺られて、後へ下れない。その中に到頭、異様な一室へ誘《おび》き寄せられた。と、前後左右から金網が降って来て、惣太は鼠落しに落ちた鼠のように、すっかり捕虜《とりこ》になってしまった。

「畜生！　畜生！」と連呼して彼は一生懸命に金網を揺ったが、みじん動きもしない。彼はとうとう捕ったのだ！

惣太は口惜くて耐らなかった。警察、獄屋、そんな所を思うのも悲しかったが、それより、由公始め外の奴等はどう思ってるだろう。電鈴の響、電燈の明滅、そんな事で彼等はもうすっかり自分の失敗した事を知ったろう。今頃は手を叩いて喜んでいるだろう。ああ。「畜生！畜生！」惣太は地団太《じだんだ》を踏んだ。

所へのそりのそりと足音がした。鬼岡老人が這入ってきたのだ。

彼はダブダブの寛服《ガウン》を着て、舟のように大きいスリッパをそろりそろりと引摺りながら、大きな骨張った手に、柄《え》のついた大きな凸《とつ》レンズを持っていた。脂でギラギラ光る禿頭の前額に一握りの縮毛がトグロを巻いている。年の割にぶくりと脹《ふく》れた頬を一層脹らして、口をへの字に曲げながら、眼尻を下げて、嬉しさを噛殺すという風で、鼠を取った猫のように獲物の傍へそろりそろりと近寄った。

「畜生！　けだもの！」惣太は鬼岡老人の姿を見ると、噛みつくように叫んだ。

「よし、よし、好い子じゃ」鬼岡老人は獲物が元気が好いほど、嬉しいのである。「けだものは畜類な事は昔から極っとるのじゃ。そう暴れてはいかん」

「何だと禿頭奴《め》」惣太は真赤になった。「早くこの籠から出しやがれ。愚図々々しているとただは置かないぞ」

「元気じゃな」老人は恭悦している。「だが、永い年月にこの網まで来たのはお前を入れて、たった三人じゃ。外《ほか》の奴は窓でしくじるか、扉で鈴《ベル》を鳴らすか、化物を見て胆を潰すのじゃ。お前はそれでも中々勇気がある」

「や、喧しいやい。禿鬼め、俺を、ど、どうしようていんだ」

「ハハハ。禿鬼とは怪《け》しからん事を云う奴じゃな。ハハハハ」

「狂気奴《きちがいめ》」さすがの惣太もこの老人には歯が立たない。彼の貧弱な語彙《ボキャブラリー》ではもう云う事がなくなった。「唐変木《とうへんぼく》め、赤禿め」

「どれどれ、元気な若馬の顔をとっくり拝見する事にしよう」

鬼岡老人は委細関《かま》わないで、大きな凸レンズを眼の前にずっと突出して、眼尻に皺を寄せて、惣太の顔をじっと眺めた。暫くすると彼は呻り出した。「うむ、似とる。そうだ、違いない」

「な、何を云やがるんだい」惣太はもうぐったりとなって、口を利くのが大儀だったが、惰性でブツブツ云っていた。

「うむ、そうに違いない」鬼岡老人は独言《ひとりごと》のように云い続けていたが、「おい、若いの、お前《まえ》さんは俺《わし》を知らんかい」

「知るもんけい」惣太は鼻で返事をした。

「お前は何と云うのだ」

「惣太よ」

「商売はなんだ」

「盗人よ」

「ふん、やはり盗人か」鬼岡老人は暫く感心していたが、「お前は神田の夜店へ行くじゃろう」

「行くよ」それがどうしたんだと、惣太は老人の顔をじっと見た。

「何か拾ったろう」

「何をっ！　可笑しな事を云うねい。拾って悪いか。俺は横領なんかしないぞ」

「ふん、盗人の癖に何故拾った物を自分の物にしないのじゃ」

「俺は不正な事はしねえ」

「可笑しいな、盗人は不正じゃないのかな」

「盗人は商売さ。商売なら仕方がねえ、だが、盗んでも俺一人がけちに食うだけだぜ。お前《めえ》みたいに慾張って溜めやしねえ」

「ふん、中々面白い奴じゃ。やっぱり一流の達人じゃ」

「俺や、剣術なんか遣わないぜ」惣太はあわてて云った。

「いよいよ話せる奴じゃ。ところでお前は何故拾った金を通行人にやったのだ」

「何故って、横領するのは嫌だし、といって警察へ届けるのはなお嫌だし、いっそ元の所へ捨てようと思ってる所へ、通りかかったから押しつけてしまったんだ。――だが、お前さんどうしてそんな事を知ってるんだ」

「お前の押しつけたのは俺《わし》だったんじゃ」

「えっ、じゃお前さんだったのか」

「そうじゃ、二十何円かあったよ。天の与うる所と押《おし》戴《いただ》いたよ」

「じゃ横領したんだな」

「まあ、そうだ」

「じゃ、お前さんは俺と同じ盗人じゃないか」

「そう云われると面目《めんぼく》ない。とにかく、その籠から出して進《しん》ぜよう」老人が壁のボタンを押すと、籠はスウッとどこかへ隠れてしまった。

「ああ、ひどい目に遭った」

「窮屈じゃったかな」老人は気の毒そうに云った。「じゃこうしよう。この間の蟇口には二十三円十五銭這入っとったから、改めて半分ずつとして、お前さんに十一円五十七銭五厘《りん》上げよう」

「俺《おら》そんな金はいらねえ」惣太は断った。

「でも――」

「いやいらねえ、主義に関るからなあ」惣太は例の如く好い気持になった。「その代りに何かお前さんのものを一品《ひとしな》下せえ」

「品物？　十一円五十七銭五厘の値打のある品物かの」

「そんな半端はいりやせんや。何だって好いんです、一品」

「ふん、じゃ、このスリッパはどうじゃ」彼は足許を指《ゆびさ》した。

「そいつは御免だ。もう少し気の利いたものを下せえよ」

「じゃ、思切って俺の湯呑茶碗を進ぜよう。少し欠けているが」

「欠けた湯呑茶碗も有難くないな」


で、結局惣太は鬼岡老人の居間に案内してもらって、そこに並べてあった数々の骨董品や、貴金属類の素晴らしい品々の中から、やっとの事で古びた十八世紀頃の、紅茶茶碗ほどの大きさのある懐中時計を貰う事にした。

別れ際に鬼岡老人と気早の惣太とは百年の知己《ちき》でもあったように固い握手を交した。夜はほのぼのと明けかかっていた。惣太はスタスタ歩きながら、む、つ、つりの吉次と、か、ま、きりの由公の前へ、古びた懐中時計をポンと抛《ほう》り出す時の痛快さを考えて、ゾクゾクしていた。

「だが」惣太は独言を云った。「あの時、あの拾った金を懐《ふところ》中へ入れてしまえばそれっきり、今朝はどんな事があっても帰れっこねいんだ。してみると、やはり不正をやらねいという事は中々好いもんだなあ」

惣太の意外

惣太には暫く平和な日が続いていた。

もっとも気早と呼ばれた彼だけに周章《あわて》る事だけは止められなかった。例えば電車が故障を起して立往生した時に、無論彼は一刻だってじっとしていない、忽ち飛降りたが、折柄チンチンとけたたましく警鈴を鳴して走って来た反対の側の電車を見ると、身を翻して飛乗ってしまった。そして独言《ひとりごと》を云った。

「あっ、いけねえ、これじゃ元へ帰ってしまう。だが好いや、とにかく動いている方が気持が好いや」

ある晩、活動見物に出かけて、遅く帰ると、寝衣《ねまき》に着替るのが面倒なので、そのまま寝てしまった。翌朝起ると、周章て外出着《よそゆき》を脱ぎ、寝衣に着替て、澄まして外へ出た。ふと皆が自分を見ているのに気がつくと、継ぎだらけのみすぼらしい着物を着ているので、彼は宙を飛んで宅《うち》に帰り、大急ぎで外出着に着替えたが、何と思ったか、そのまま寝床に潜り込んで、グウグウ寝てしまった。

ある時は省線電車の上野駅へ行って「上野を一枚！」と呶鳴った。駅員がどうしても売ってくれないので、彼は癇癪を起して暴れ廻り、もう少しで警察へ突出される所だった。

がしかし、懐中《ふところ》にはいくらか金もあったし、毎日口笛を吹きながら、至極無事に暮していた。ところが二三日前に下宿の主人《あるじ》の故買者《けいずかい》の助五郎から、女持の指輪が欲しいという注文が出たのである。古来盗人《ぬすっと》を注文生産者として分類したものはないだろう。盗人は仕入専門で、仕入れた商品を古物店なり質屋へなり持込むものと昔から定《きま》っている。だから注文生産者としての盗人は惣太を以て嚆矢《こうし》としたかも知れない。助五郎は惣太に四五日のうちになるべくよく光る石のついた上等指輪を一つ間に合せてくれないかと頼んだ。大方彼は仲間内から注文を受けたのだろう。一体、惣太は盗みはするが貪らない主義で、生活上緊急欠くべからざる以外は盗みをしない。盗人の癖に清貧——も可笑《おか》しいが——に甘んじて決して贅沢な真似をしない。粗衣粗食である。もっとも惣太は贅沢は破滅のもとと堅く信じているので、一面から云うと捕えられて暗い所へ入れられたくないという自衛観念から出発しているのだが、とにかく無学でこそあれ、そうして盗みこそすれ、彼は克己心《こっきしん》の強い一箇の道学者だった。だから懐中に少しでも金のある時に盗みをする惣太ではなかったが、彼は平生《ふだん》から助五郎に非常に感謝している。彼が今日まで無事でいられるのは一重《ひとえ》に彼を下宿さして、彼の贓品《ぞうひん》を買ってくれる助五郎爺《じじい》のお蔭だと思っている。彼は助五郎が彼の剰余価値をいかに搾取しているかという事には一向に気がつかない。もっとも助五郎の方だって危険な仕事をしているのだから、儲けがなくては詰らぬので、（彼等の社会では剰余価値の事を簡単に儲けと呼んでいる。）それに助五郎は惣太に対しては一種の愛着の念があったから、どっちかというと惣太のものは高く買ってやったので、この点では彼は惣太の感謝に値するかも知れない。

とにかく、惣太は助五郎の注文を快く引受たのである。

だが惣太は注文生産のいかにむつかしいものであるかという事をつくづく悟った。行き当りバッタリに盗んで、それを金に代えるという事はさして難事ではないが、何時何日《いついくか》までに、これこれのものを盗んで来いというのは、殊に惣太のような熟慮を欠いた周章者には、地中海の底に沈んだ金塊を揚げるのよりもむつかしいのである。

指輪を盗むには指輪屋が一番好いと誰でも思うだろうが、こういう店は得て警戒が厳重だし、そういう店から盗んだものは足がつき易いから、助五郎の方でも嫌う。どうしても素人の家で数年以前に買込んだようなものでないと工合が悪い。

惣太に好い考えがありようはずがない。彼は仕方がないから、主義を破って、懐中に未だいくらか金があるにも関らず、この二三日来手当り次第に方々へ盗みに這入った。一晩に四五軒這入った事がある。しかし注文の指輪以外のものは眼をつけない。諸君のうちには朝起ると明かに盗賊の這入った形跡がありながら、一向紛失物のないという不思議な眼に遭われた人があるかも知れない。それは確に惣太が這入ったので、目的に添うような指輪がなかった結果なのだ。

女持の指輪なら芸者屋へでも忍び込めばザラにあるだろうが、惣太は生れついて女が嫌いなのだ。いや嫌いというよりは恐いので、女にかかるときっと誑《だま》されて酷《ひど》い目に遭うと考えている。（また実際その通りだった事は一再ならずあった。）だからとても芸者屋へなどは忍び込めない。惣太はホトホト困り果てた。

秋晴《あきばれ》の気持の好い午後だった。惣太は差迫った指輪の問題で心を痛めながら、大通《おおどおり》を電車で走っていた。電車は四五人の人が吊皮に捕《つか》まって立っている程度の混み加減だったが、惣太の直ぐ前に立っていた人が、電車の動揺でよろける拍子に、前の座席からキラリと光ったものがある。惣太は元の位置に帰った前の人を押し退けるようにして前の方を覗くと、一人の身装《みなり》のキチンとした二十五六の美しい奥さん風の女が掛けていて、その左手の無名指《くすりゆび》にダイヤだろうと思われる見事な指輪がキラキラ光っているのだ。惣太の眼はすっかり奥さんの手に吸いつけられてしまった。

あの見事な光る指輪! あれを助五郎爺《じい》の所へ持って行ってやったら、奴はどんなに喜ぶだろう。あんな光った指輪が欲しいばかりに俺はこの二三日痩せるほど苦労しているのだ。ああ欲しいなあ、助五郎を喜ばしてやりていなあ。そう思って、惣太はまるで子供が玩具屋《おもちゃや》の店に立った時のような無邪気な貪婪《どんらん》な眼を光らして、飽く事なく指輪を見入った。

そのうちに前に立っていた人が少し移動したので、ものの十秒ほど前の婦人が見えなくなった。惣太は急いで自分も腰を少しずらして、再び前を覗くと、彼はあっ!と声を挙げたのである。

奥さんの指に指輪がないのだ!

彼は急いで奥さんの両側を見た。右側は職人風の男、左側はでっぷり肥った紳士体《てい》の男である。彼は突嗟《とっさ》に叫んだ。

「車掌さん、誰も下しちゃいけねいぜ。掏摸《すり》がいるんだ。掏摸が! もう仕事をしやがったんだ。きっとズラかるに違《ちげ》えねえから」

乗客は驚いて惣太を見た。

惣太は何と思ってこんな事を叫んだか。彼自身は御承知の如く夜盗である。いわば同類同様の掏摸をどうして彼は発《あば》く事が出来るか。彼は別に深い考えがあった訳ではない。彼は目前に一人の弱い犠牲者を見て憤慨したのと、掏摸が賤しむべき職業であるという彼の考えと、——盗人はそうではない——それから彼が非常に執着していた指輪の紛失が彼を昂奮させたのと、そういった色々の原因が錯綜して、彼の叫びになったのだ。

だが車掌には惣太の心理の動きなど分ろうはずがない。しかし、こう呶鳴られると彼には職業的責任観と、人間的好奇心とが相次いで起らざるを得ない。車掌は今しも栗鼠《りす》のように車掌台から飛降りようとした怪しい男の腕をムズと摑んだ。

「いけません、飛降りちゃ」

摑まえられた男は一生懸命にもがいたが、そこへ忽ち脱兎の如く惣太が飛んで来て、あっと云う間もなく、ポカリとその男を撲りつけた。

「ち、畜生め、太い野郎だ、さあ指輪を出せ」

惣太が果して異常な推理力を以て、この男を犯人として撲りつけたかどうかは甚だ疑問である。女の指輪が短時間に紛失したのは彼女の両側に席を占めた二人のうちの一人が巧にすり盗《と》ったので、その盗った指輪は前に立っていた仲間に逸早く渡した。そこで彼は指輪を以て飛降りようとした、それがこの男である。とこういう経路を惣太は早くも見破ったのだろうか。が理論はとにかく、惣太に撲りつけられた男は泣面《べそ》をかきながら、ピカリと光る指輪を惣太の前へ出した事は事実である。

「済みません」

彼は低声《こごえ》で云って、惣太が指輪を取る隙に、身を躍らして飛降りた。車掌が周章て紐を引いて停車させようとすると、惣太は押し止めた。

「まあ、好いじゃねえか、指輪は返ったのだ。許してやれよ」

惣太が指輪を不器用につまんで中へ這入ると、乗客一同は凱旋将軍を迎えるように一斉に彼を見た。中には手を叩くものもあった。

惣太はすっかり照れて、指輪を奥さんの前へ差出して、口籠もりながら、

「さあ、仕舞っときねえ。気をつけなくちゃいけねえよ」

今までの出来事に吃驚《びっくり》して大きな眼をグリグリさせていた美しい奥さんは立上って丁寧にお辞儀をした。

「有難う存じます。あなたがお出《いで》なければ飛んだ事になるのでございました。これは夫の遺品《かたみ》なのでございます。何ともお礼の申上げようがございません」

乗客は口々に惣太の手腕を賞め、奥さんの幸運を祝福した。奥さんの隣の肥った紳士だけは黙って苦笑《にがわら》いをしていた。

惣太は眼のやり場もないほど困り抜いていた。丁度電車が停留場で止ったので、彼はコソコソと降りようとした。奥さんは驚いて、

「ああ、モシモシ、ちょっとお待ち下さい」

と云ったが、惣太は素知らぬ顔で降りて行く。奥さんも急いで彼の後を追った。そうして彼に追いすがりざま、袂を摑んだ。

「あの、甚だ失礼でございますが、お礼にあがりとう存じますし、どうぞ、お所とお名前を――」

「冗談云っちゃいけねえ」惣太は真剣に云った。「来られて耐《たま》るもんか。お前さんのものがお前さんに返ったの

だ。お礼も蜂の頭もねえや」

「でも、それではあんまり――」

「嫌だて事よ。そんなにお礼がしたきゃ、えーその」彼は一生懸命に孤児院とか救世軍とかを考え出そうとしたが、「その、どっかへ寄附でもするさ」

「立派なお心がけですこと」女は感心した。

「感心しちゃいけねえ」惣太はいよいよ照れる。

「では無理とは申しませぬ。私はこういう者でございます。所も書いてございます。何か御用の節は御遠慮なく申聞け下さいませ」

彼女は小型の名刺を差出した。

「そうかい、じゃまあ、貰っとこう。だけど何だぜ、行きゃしないよ」

惣太は名刺を受取ると、スタスタと後をも見ずに歩き出した。


あてもなくブラブラと一廻りした末、惣太は下宿に向った。ゴミゴミした場末の横丁を曲って下宿近く来ると、向うから仲間の一人がやって来た。彼は常から惣太に好意を持っている一人だった。

「こう惣太」彼は惣太を見ると呼止めた。「どうしたんだい。助爺がひどく怒ってたぜ」

「え？　助爺が、俺《おら》知らねえな。助爺が怒る訳がねえ」

惣太は驚いて答えた。

「そうかい。じゃ好いけれども、何だぜ、確に怒るには怒っていたから気をつけて行きねえ」

「有難うよ、だけど、どうも怒られる覚えはねえなあ」

惣太は友達に別れると、すごすご宅に帰って、

「爺さん、帰《けえ》ったよ」と声をかけて、そのままトントンと古めかしいものがゴタゴタ並べてある店先から二階へ上ろうとすると、

「惣公、ちょっと待ちねえ」助爺が平生《いつも》と違った声で呼止めた。

「来たな」そう思いながら惣太は「あいよ」と梯子にかけた足を下して、薄暗い奥の一間を覗き込んだ。爺さんの外に見馴れない男が坐っている。

「まあ、こっちへ這入んねえ」

惣太は少々気味悪く思いながら中へ這入ると、居合した男がだしぬけに、

「惣太、さっきは御苦労だったなあ」無表情な顔で云った。

「えっ」

惣太が驚いてその男を見ると、彼はさっき電車の中で、美しい奥さんの隣に席を占めていたでっぷり肥えた紳士

体の男だった。

「惣公、お前この方を知らねいのかい」助五郎はポカンとしている惣太に、一語々々念を押すように云った。

「知らねえ」惣太は相変らずぶっきら棒に答える。

「何知らねえ」助爺はあきれたという風に、「鉄次親分だよ。冗談じゃねえ」

鉄次というのは音に聞えた掏摸の親分だった。ハハン、これが有名な掏摸か、と感心している耳許に助爺の甲高い声が響いた。

「やい、惣太、手前《てめえ》は何だって親分の仕事を邪魔をしたんだ」

「別にその」惣太は口籠りながら「別に訳があるんじゃねいんだ。親分って事を知らねえし、それに一体掏摸なんてものは……」

「ほざくなっ!」鉄次親分は呶鳴った。「青二才の癖をしやがって、掏摸がどうしたっていんだ」

「別にそのどうもしねえ」

「何を云ってやがるんだ。一体手前《てめえ》が電車の中で女の指輪を、女湯でも覗いているようなだらしのねい眼をしやがって、一生懸命に見詰《みつめ》るもんだから、女は薄気味悪がって、そっと指輪を指から外したんじゃねいか。そして帯の間に挟んだのを、以前《まえ》から機会《おり》を的《ねら》っていた俺が電車が揺れる拍子に手早く抜いたのだ。いわば手前が手伝ったんじゃねいか。それを辰の野郎に渡したのを何だって変な真似をしやがったんだ。もっとも辰の野郎も随分頓馬だ。手前みたいな痩せ小僧に締め上げられるたあ」

「親分はお前」鉄次の勢いが激しいので、助五郎は幾分執《と》りなすように云った。「俺がお前にも頼んでおいた通り、光る指輪が欲しいとお頼みしておいたので、せっかく骨を折って下すったんじゃねいか」

惣太はもうさっきから喧嘩と極めていた。いつもに似ず急に手を出さなかったのは、掏摸にせよ、とにかく親分と云われて仲間の先輩だし、それに助爺に迷惑がかかると思って、じっと堪《こら》えていたのだった。ところが今聞けば鉄次も助爺に指輪を頼まれていたんだと云う。惣太も助爺の恩を思って一生懸命に指輪を探していたんだが、そうだったのか、こいつはどうも俺がよくねえ。

「どうも済みません」惣太は詫《あやま》った。

「何を云やがんでい」鉄次は未だ虫が治まらない。「手前みたいな虫みたいな奴でも、周章者の愛嬌者というので、俺の方じゃ顔《つら》を見知っていてやったのだ。だから今日だって手前と知ればこそ、気を許していたのだ。それに土壇場であんな真似をされちゃ、俺の顔が立たねい。一体どうしてくれるのだ」

「どうも済みません」

「済みませんじゃ事は済まねい。人を馬鹿にしやがって」

「じゃどうすれば好いんだ、豚の化物め」惣太はとうとう本性を現わした。

「な、何だと」親分は拳固を固めて立上がった。

「まあ、まあ、親分」助五郎は驚いて鉄次を宥めながら、「惣太、血迷うな」と惣太を睨みつけた。

「ちっとも血迷やしねえ。悪いと思えばこそ詫っているのじゃねえか。ちぇっ、面白くもねえ。何だろう、指輪を持ってくりゃ文句はねえだろう。晩まで待ってくんねえ。遅くっても十二時までにはあのピカピカ光る奴を持って来るからね、あばよ」

惣太は真赤になって怒っている鉄次を尻目にかけて、そこを飛出した。二三間《けん》行きかけると何と思ったか引返した。

「いけねえ、いけねえ。ちっぽけな名刺だけれど、変にむつかしい字で読めねえや、仕方がねえ、助爺に教わろう」

そっと戻って店先から覗くと、鉄次は未だぷんぷんして、

「あんな奴は生かしておけねえ。見ろ」と怒鳴っていた。

「爺さん爺さんちょっと耳をじゃねい、眼を貸してくんねえ、例の女の宅《うち》だが、名刺に書いてあるんだが読んでくれねえか」

助五郎は渋々出てきた。

「ちょっ、しようのねえ奴だな、親分を怒らしてしまって、――麹町《こうじまち》だよ、番町《ばんちょう》さ、齋藤龍子《たつこ》っていいんだ。なるほど、手前には読めねいはずだ」

麹町番町辺は夜も十一時を過ぎると、すっかり寝静まっていた。空はすっかり晴れて、無数の星が美しくキラキラしている。

惣太は例によって策戦も何もない。昼間見つけておいた、土塀を巡らしたかなり大きい家の勝手口の前にピタリと止まった。

いつもの惣太なら、直《すぐ》に裏口を押し破るか、いきなり塀を乗越すのだが、今日は悲しいかな、昼間見た所ではこの家にかなり大きい犬がいるのだ。犬の大嫌いな惣太は普通の理由ではこんな犬のいる宅へは這入らないのだが、今日は騎虎《きこ》の勢いそんな事は云っておられぬ。で、

いつもと違ってそっと様子を見ながら、裏木戸に手をかけた。ところが天の助けと云うのだろう、木戸は手堪《てごた》えもなくスーと開いた。

犬に吠えつかれはしないかとビクビクもので、ジリジリ庭の方へ行くと、どこかでウーウーという微《かすか》な犬の呻り声がする。惣太は忽ち傍にあった松の樹にしがみついて、不器用な足取りでよじ登った。そうして今にもあの狼のようなむく犬が飛んで来て、尻の辺へ飛びつかれるものと観念していた。

ところが一向犬らしいものはやって来ない。ただどこかで微なウーウーという唸声が聞えるだけである。

「しめ、しめ」惣太は思ったのである。「繋いであるらしいぞ。あの犬は」

惣太は樹からポンと飛降りると、庭の中に這入り、縁側の雨戸を難なくコジ開けて、家の中へ忍び込んだ。

昼間の鑑定では少くとも書生女中合せて四五人はいると睨んだ家が、夜とは云いながらしーんと静まり返って、人気のない空家のようである。さすがの惣太もちょっと薄気味が悪い。

奥の方から薄明りが差すので、一生懸命に音を立てないように用心しながら――惣太としては蓋《けだ》しこれまでにない念入りだった。――這うようにして燈火《あかり》の方に近づくと、それはかなり広い一室で畳敷ではあったが、中の調度品はすっかり洋式だった。無論、中には誰も居なかった。眩しいような電燈が輝いて、フワフワとした椅子が二つ人待顔に相対していた。室《へや》の隅には大きなピアノが置かれていた。

惣太は人のいないのを見澄ますとノッソリ中へ這入った。そうして丹念に四辺《まわり》を見廻したが、例の指輪がこんな所にあるとは思えなかった。

惣太は暫くボンヤリ突立っていた。

「あら、やっぱし本当だったんだわ」

突然、背後《うしろ》で艶《なま》めかしい声がしたので、惣太は飛上って振向いた。美しい奥さんがニコニコしながら立っていた。

「あらっ！」奥さんは惣太を見ると、冷静な態度を失いながら、「まあ、あなたでしたの。昼間の――」

「奥さん、静かにしてもらいたいので」惣太は敵意のなさそうな奥さんの態度にやや安心しながら、「少しお願《ねが》えがあるんで」

「指輪が欲しいのでしょう」奥さんは平然として答えた。

「――」惣太は図星をさされて、あっけに取られた。

「驚かなくても好いわ」奥さんはニコニコしながら、

「ちゃんと警察から知らせがあったのよ」

「えっ、警察から？」

「そうなの、今日夕方ね、刑事って云う人が来て、私のダイヤの指輪を盗りに今晩盗人が来るから御要心なさいって、それから警察から電話がかかって、警戒に巡査を上げると云ったけれどもそれは断ったの。そしてね、書生も女中も皆暇をやって、裏の木戸の鍵を外して、犬も轡《くつわ》をはめて繋いでおいたの。私、盗人を待っていたのよ。だけど、真逆《まさか》あなただとは思わなかったわ」

「ど、どういう訳だね」惣太はすっかり面喰らった。

「指輪が上げたいからだわ。あなた、本当にあの指輪が欲しいんでしょうね」

「うん」不承不承、惣太は答えた。

「でも変じゃありませんか。昼間どうして私に返したの」

「昼間の時は欲しくなかったんで――」

「妙な人ね。そして私がお礼すると云うのに振向きもしないで行ったりして。それにあなたは私が名刺を上げた時、『行きゃしないよ』って云ったじゃないの。行きゃしない所か、早速やって来たじゃないこと」

「それがその」惣太は穴にでも這入りたいように縮みながら、

「変な羽目でね、来なくちゃならねえ事になっちゃったんだ。昼間、ああ云ったのは嘘じゃねえんだ。あの時は全く来る積りなんかなかったんだよ」

「ホホホホ、面白い方ね。真顔《むき》になって弁解してるわ。指輪が欲しければ玄関から大威張で這入って来ればいいのに。私は誰にだってこんな指輪は上げるんだわ」

女はちゃんと手に持っていた小さな箱からキラリと光る指輪を取り出した。

「そりゃしかし、お前さんも変だぜ」漸く元気が出て来た惣太は云った。「お前さんはそれを亡くなった亭主の遺品《かたみ》だと云って、大層有難がっていたじゃないか。あれは嘘かい」

「いいえ、嘘じゃありません」

「じゃ、俺にくれようっていのは変だぜ」惣太は勝誇ったように云った。

「変じゃないわ」奥さんは吐き出すように云う。

「でも俺が返《けえ》してやった時には嬉しそうだったぜ」

「そりゃ、人中でまさか取返してもらったのを苦い顔も出来ないじゃありませんか。お前さんに上げるという訳にも行かないし」

「じゃ今は本当にくれるんだね」

「ええ、上げるわ」女は指輪を差出した。

「変だな」そう云いながら惣太は指輪を受取った。

「ねえ、泥棒さん」女は何を感じたか、沁々《しみじみ》云う。

「ええ」惣太は釣込まれて返辞をした。

「あら、御免なさいよ。私うっかりして。あなたは何と云う方？」

「惣太さ」

「そう、じゃ、惣太さん」

「何でい」

「私はね。嬉しいのですよ。今晩は」女は声を潤ませた。「ねえ惣太さん、私はもと芸者だったの」

「こいつはいけねえ」そう思って惣太は首を縮めた。

「でね、この家の御主人に落籍《ひか》されたの。五六年前の事よ。私は未だやっと廿歳《はたち》だったわ。御主人は年も若いし、男振りもよし、それに優しくて、お金はあるし係累《かかりあい》はなし、私来た時から、ずーっと天国にいるようだったわ」

「おやおや」惣太は心の中で救《たすけ》を呼んでいた。

「ところがね、三年前に、そう全《まる》二年しか添っていなかったわ。御主人は風邪がもとで肺炎になって、ポックリ死んじゃったの」彼女はポタリと涙を落した。「そうしてね、その臨終の枕許で、私にお前は若いからいずれ再縁するだろうと云うので、いいえ、私は一生独りで暮しますと云ったら、嬉しそうにしてね、取り出したのがその指輪なの。そうしてね、お前が一生独りでいる事はむつかしいだろう。だがそう云ってくれるのは嬉しい。それで遺品にこの指輪を上げるから、私だと思って大切にしておくれ。そうしてその指輪のあらん限り、私と一緒にいる積りで、独りで暮しておくれ。もしその指輪を落したり、なくしたり、盗られたりしたら、その時はお前は自由だ。どうなり勝手にしておくれ。と云って私の手にその指輪をはめてくれたんですの。私は当座、夫の事を思い出しては泣いてばかりいましたわ。そして今だって私思い出しては懐かしく思っているのですが」彼女は恥かしそうに口籠りながらつけ足した。「何だか、その指輪と別れたくなりましたの」

「なるほどねえ」惣太は少し分ったような気がした。

「ですから、今日電車の中で指輪を盗られた時にはホッとしましたわ。私、盗られるのを知っていたんですの。そしたら、思いがけなくあなたが取り返して下さるんですものねえ。ああ、まだ自由になれないのかと嘆息していましたわ」

「な、なるほど」惣太は何の気なしにした事が、思いがけない影響を人に与えているのに驚きながら、「じゃまあ、この指輪は貰っときますぜ」

女は淋しそうにうなずいた。

十二時ちょっと前惣太が指輪を握りながら、我家の前へ立つと、ひそひそ話が聞えるので、思わず聞耳を立てた。

「惣太の野郎今頃はジタバタしてやがるだろうよ」鉄次の声だ。

「ど、どうして」助五郎爺の声だ。

「辰、教えてやれよ」

「助爺さん、俺《おら》親分の云いつけでね、留《とめ》の野郎を刑事にしてさ、女の家へ今晩盗人が来るから要心しろって云わしたのさ。それから俺は俺で警察からだと云って、巡査を警戒にやろうかと、へん、誠しやかに電話をかけたもんだ。幸いに断られたが、頼めば頼んだでまた謀《はか》り事をめぐらして、巡査を出す手筈だったのよ」

「そ、そいつあ、あまり酷いじゃねいか」助爺は驚いている。

「何を、あの野郎は俺をこっ酷《ぴど》い眼に遭わせやがって、おまけに親分にまで楯をつきあがった。あんな野郎はちったあ懲らしてやらなきあね」

ガラッと格子を開けて惣太は飛込んだ。そうしてあっけに取られている鉄次と辰の二人を尻目にかけながら、キラリと光る指輪を助爺さんの前に差出した。

「爺《とっ》さん、巡査を二人ばかり投げ飛ばしてね、盗って来たよ。へん、親分だと」鉄次の方を向きながら、「親分ていなあ、そういう卑怯な事をするものなのか。笑わせやがらあ。俺の腕はどんなもんだい。態《ざま》あ見ろ」

だが、勝ち誇った惣太は急に声を落して、次の数語を加えた。

「だが、爺さん。女なんてものは分らねえものだなあ」

惣太の受難

一

気早の惣太は久し振りで街に出た。

一体惣太は商売が商売なので、滅多に昼間ブラブラと外に出る事はなかったが、殊にこの正月以来、風邪のために贓物買《けいずかい》の助五郎の二階に寝た切りで、二月余りを過したので、こうして仮令《たとえ》夕方にしろ、街へ出たのは全く暫く振りだった。

街には、漸く冬が終りに近づいて来たためでもあろうが、驚くほどの人が群れていた。

「ちょっ、相変らずウヨウヨと歩いていやがるなあ。これでみんな相当に用があるのかい。これじゃ食うに困るはずだあ。一体人間が多過ぎらあ」

惣太は暫く寝込んでいたという証拠に、頬が少しこけて、顎に二三本短かい髯を生やして、顔色も悪く元気も平生ほどではなかったが、それでも心のうちにこんな啖呵《たんか》を切りながら人群れを分けて行った。

と、ドシンと惣太に突当ったものがある。

「あっ、こん畜生！」

惣太はいきなり前に居た男の胸を掴んだ。

「な、なにをするんだ」胸を掴まえられた男は眼を白黒させながら、「俺じゃない、君に突当った奴は、それ向うへドンドン行くじゃないか」

「何だって構うもんかい」惣太は猛り立った。

「こうなりゃ人違いでもなんでも、手前《てめえ》が相手だ。さあ、どうするか見ろ」

「乱暴な男だな、君は。俺じゃないったら、そら向うへ行く背の高い男だよ」

「喧しいやい」惣太は呶鳴った。「向うへ行く奴を今から追かけたって、間に合わねえや。違ったってなんだって構うものか。手前が相手だ」

「実に乱暴な男だ」「これは酷《ひど》い」「やっつけてしまえ」

こんな呟き声が惣太の四方に起った。

が、ただ何となくむしゃくしゃしていた惣太は、こんな呼声にはビクともしなかったが、誰かが鋭い声で、「巡査を呼んで来い」と云った時に、彼は思わずヒヤりとして、相手を放してしまった。

　惣太は夜盗だった。いろいろと正業を試みたが、持って生れた軽卒が煩いして、どれもこれも勤まらなかった。で、結局親譲りの盗人《ぬすっと》になってしまったのだが、この方は不思議に成功して行き当りバッタリの無鉄砲だったが、未だ一度も捕まらなかった。もっとも彼が盗みに入っても貪らず、盗んだ金で切詰めた生活をして、少しも奢らず、それだからこそ、こうやって二月余りも寝た揚句でも、なお何がしかの金を持っているという奇特な盗人だったためでもあるが、とにかく盗人には相違ないのだから、仮令まだ一度も捕った事がないにせよ、巡査は苦手だったのである。

　惣太は喧嘩の相手の腕を放すと、コソコソと人混みに隠れた。暫くはあっけに取られていた周囲の人々は、やがてドッと笑い崩れた。

「アハハハハ、何だい、あいつは」

「巡査と聞くと、一ぺんに逃げ出しやがった。アハハハハ」

　こういう笑声《わらいごえ》を浴せかけられながら、逃げて行く惣太の顔は変に歪んでいた。

「畜生！　俺は何も好きで盗人になってるんじゃねえんだ。他に仕事がねえからだ。畜生！　ああ、巡査なんか恐くねえ仕事が欲しい」

　惣太は身体中火に包まれたように、カッとしながら、漸く薄暗くなって来た裏通りを、裏通りへと抜けて行った。

　とある横町で惣太はギョッと立止った。

　彼の眼の前に、相当な身装《なり》をしながら、魂の抜けたような商人風の若い男が、胡散《うさん》らしくニョッキリ立っていたのである。

「こう、威《おど》かすねえ」惣太は忽ち声を上げた。

「ちょっ、何とか挨拶しろ、間抜けめ。往来の真中に根を生やしているやつがあるかッ！」

「これはどうも失礼」相手の男はウロウロしながら、

「別に、その、根を生やしている訳ではございませんので――」

「当り前《めえ》よ」惣太の機嫌は中々治らない。「人間からそう易々と根が生えて耐《たま》るもんけえ。例え話だ、分らねえのか」

「は、はい、好く分りました」相手はペコペコ頭を下げた。

「一体、お前さんは」相手の大人しいのに少し張合抜けのした惣太は、いくらか言葉を和げた。「そこで何をしているんだい」

「は、あの探しものをしていますんで」

「何、探しものだ。そんならそうと早く云えば好いじゃないか。俺も一緒に探してやらあ。何だい、落しものは金かい、指輪かい」

「実は」相手の男は云い悪《に》くそうに、「子供なんで」

「何ッ！　子供だ。なるほど、迷子って訳だね。男の子かい、女の子かい。そしてどっちの方へ行ったんだね」

「女の子なんです」

「呑気だなあ、お前さんは。子供は一つ所にじっとしちゃいねえぜ。俺《おら》あ、こっちを探すから、お前さんはそっちを探しなせえ」

　こう云って惣太は駆け出そうとしたが、相手はあわて呼び留めた。

「もしもし」

「何だい、ちょっ、じれってぃなあ。じゃ、こっちかい」

「もしもし、そう無闇に駆け出しても駄目なんです」

「じゃ、どうすりゃ好いんだい」惣太は立止って、いらいらしながら云った。

「実はその迷子になったのは今日じゃないんです」

「エッ、今日じゃない！　じゃ昨日《きのう》かい」

「いえ、もう少し以前《まえ》なのです」

「一体いつなんだい」

「三年前なのです」

「なにっ、三年前だと、馬鹿めッ！」惣太は拳固を振り上げた。「な、なんだって、そんな古い事を俺に頼みやがったんだ」

「これは迷惑な。手前はあなた様にお頼み申した覚えはございません」

「う、う」惣太は振り上げた拳固の始末に困りながら、呻り出した。「うん、なるほど、俺も頼まれた覚えはねえや。だが、一体、お前さんは三年前の事を、何だって、今頃ウロウロと尋ね廻っているんだい」

「実は」相手の男は急に首を垂れて涙声で語り出した。「その迷子になった女の子と申しますのは私の主人の娘なのです。三年前にその子は未だ漸く三つでしたが、私が手を引いて、お祭の山車《だし》を見に行きました所、丁度通りかかった荷馬車の馬が暴れ出して、騒ぎにまぎれて、子供を見失ってしまいました。たった一人の女の子なので、主人夫婦は気狂《きちが》いのようになり、私も大責任ですから、何もかも打抛《うっちゃ》って、毎日々々尋ね歩いているのですが、三年経った今日少しも行衛《ゆくえ》が知れないのです。この頃は主人夫婦は店も人手に委《まか》したまま、恰《まる》で死んだようになっています。私ももう生きた空はありません。こうやって毎日毎夜うろうろと魂の抜けた人間のように歩き廻っているのです」

「ああ、そうかい」ジリジリして聞いていた惣太は云った。「じゃ、お前さんの好いようにするさ。これが五円か十円の金ですむ事なら、俺も片棒担ぐがね、三年前に迷子になった子供を探すなんざあ、御免だよ、あばよ」

惣太はスタスタ歩き出した。

「ああ」惣太の後姿には眼も止めず、若者は溜息をついた。「これだけ探して行方《ゆくえ》の知れないのは大方悪者のために、支那人にでも売飛ばされたのだろう。あの時はお祭りで、金目のものがあの子の腰に下げてあったから、そんな所へ目をつけられたのだろう」

彼はしょんぼりと、惣太と反対の方に歩いて行った。

二

「ちょっ、人を馬鹿にしてやがる。暗闇で何かうろうろ探しているから、何だって訊けば、三年前の迷子を探しているんだとさ。世の中にゃ、あきれた気の永い奴もいるもんだ」

惣太は忌々《いまいま》しそうに呟きながら、相変らず暗い横丁を歩いて行ったが、ふと前の方をすかして見て、またギョッとして立止った。

「な、何だ。今日はいやに驚く日だぜ。子供じゃないか」

見ると六つか七つかと思える女の子が一人、シクシク泣きながら佇んでいる。

「嫌《いや》だなあ。こう、お前は狐か狸じゃねえか。今し方迷児《まいご》の話を聞いて来たばかりだ。そこへこう手際よく出られちゃ驚くじゃねえか。こう、お前はどうしたっていんだよ」

惣太はおずおずと子供の傍へ寄った。

「アーンアーン」子供は泣きじゃくりをしながら、「おっ母《かあ》が恐いんだよう」

「何、おっ母が恐い。じゃ、何だな、迷児じゃないんだな。おっ母に怒られたのかい。何か悪戯《いたずら》をしたんだろう」

子供はかぶりを振った。

「じゃ、どうしたんだい」

「おっ母があたいを苛《いじ》めるんだよう」子供はまたシクシク泣き出した。

「馬鹿云ってらあ、どこの国に子供を苛めるおっ母があるもんか。お前が悪いんだよ。さあ早く家に帰って謝まるが好いや」

子供などに一向興味を持たない惣太ではあったが、子供のいじらしさに釣込まれて、思わず優しく云ったのだった。

ところが、子供は強情にかぶりを振るばかりで動かない。

「こう、帰れったら」惣太は少し腹を立てた。

「いやだあ」子供は動かない。

「くそっ！　強情な奴だ。云う事を聞かなけりゃ腕力だ。さあ来い」惣太はとうとう本気に怒って、子供の腕を握った。

「いやだあ、いやだあってば」子供はよくよく家に帰るのが嫌だと見えて、足をバタバタさせた。惣太は構わず明るい通りの方へ引立てた。

「オイオイ」不意に惣太の背後《うしろ》で声がした。「その子供をどうしようていんだい」

惣太がヒョイと振り向くと、恐ろしく背の高い遊人風《あそびにんふう》の男が突立っていた。

「大きにお世話だ。引込んでろ」惣太は呶鳴った。

「引込んじゃいられねえや」大男は割に静かに答えた。「その子をどうするんだい」

「おや、未だ何か云ってやがるな、電信柱め。この子をどうしようと手前《てめえ》の厄介にならねえやい。俺はこの子を家へ連れて行ってやるんだい」

「おや、そうかい。それは御親切さまだね」相手の男は相変らず落着いている。「で、その子の家はどこにあるんだい」

「家かい」惣太は忽ち詰ってしまった。例の気早で、家も何も分らないうちに子供を引立てたのだった。「家はその――この先だい」

「この先のどこだね」

「うるせえッ、この子に聞きゃ分らあ」

「ウフフフ、利いた風な事を云うな。手前はその子を攫《さら》う積りだろう」

「ふ、巫山戯《ふざけ》るな」惣太は息巻いた。「誰がこんな薄汚ねえ子供を攫うかい。人聞きの悪い事を云うな。俺《おら》あこの子が泣いているから、家へ連れて行ってやろうてんだよ」

「嘘つけ」大男はきっとなった。「体裁の好い事を云やがって。第一その子はいやだって泣いてるじゃねえか。それから手前はその子の家を知らねえじゃねえか。胡散《うさん》臭《くせ》え奴だ。人攫いに極ってらあ」

「じょ、冗談云うな、こんな薄汚い――」

「フン」大男は冷笑した。「おい、好い加減にしな。薄汚くても、その子は俺の子だぜ」

「えっ」惣太は仰天《ぎょうてん》した。「な、何だって、この子はお前の子だって」

「そうだよ」

見ると子供は惣太の蔭に隠れて、大男の顔を見ながら、ブルブル顫えている。

「え、そうかい」惣太はあわて出した。「そいつあ済まなかったね。何、別に薄汚なかねえや。だが、いい所で出食わして好かった。じゃ、この子を渡すから、連れて行ってくれ」

「ヘッヘッ」大男は嘲笑《あざわら》った。「虫の好い事を云うなよ。俺に会ったからって急にそんな事を云ったって駄目だよ。手前がこの子を攫おうとした事はちゃんと証拠があるんだ」

「じょ、冗談云っちゃいけねえ」

「つべこべ云うな」大男は呶鳴った。「さあ、俺と一緒に警察へ来い。この辺りには近頃物騒な奴が徘徊しているので、警察でも旦那方がとうから眼をつけているんだ。手前を連れて行きあ俺は、お賞《ほめ》に預かるんだ。さあ来い」

「巫山戯ちゃいけねえよ兄貴」惣太は警察と聞いて青葉《あおな》に塩である。「警察は勘弁してくれよ。俺あ、何も悪い事をしちゃいねえんだから」

「悪い事をしてなきあ、警察だろうがどこへ行ったって好いじゃねえか。フフン、手前は何か後ろ暗い事があるんだね」

「馬鹿云え。俺あそんな――」

「馬鹿とは何だ」大男は気色ばんだ。「云わしておけば方図《ほうず》がねえ。さあ、とっとと来い」彼は惣太の腕をグイと摑んだ。惣太は振り解《ほど》こうとしたが、ビクともしない。

「逃げようたって逃がすかい」大男は嘲笑った。

「逃げるもんかい」惣太は口惜しくって耐らなかった。

「俺あ警察へ行くのは嫌だ。理由がねえ」

「フン」大男は惣太の踠《もが》くのを鼻の先であしらっていたが、何を思ったか急に調子を変えた。「手前ほんとうに警察は嫌かい」

「嫌だとも」惣太は腕を取られたまま力んだ。

「フン、じゃあ五両出しねえ」

「えっ」

「俺あ、実はすっかり取られちゃって困ってるんだ。今夜はきっと好い目が出るんだ。十両貸しねえ」

「おやっ、お前はさっき五両と云ったじゃねえか」惣太は咎めた。

「うん。ところが手前が余り驚かねえから、もっと持ってると見て取ったんだ。さあ、十五両出せ。愚図々々《ぐずぐず》してると未だ増えるぞ」

「嫌だよ」惣太は首を振った。「俺は金を出すなあ嫌だ。そんな威しに凹《へこ》みたかねえ」

「そうか」大男はうなずきながら、「じゃ、一緒に警察に来てもらおう」

「嫌だ」

「嫌だって、俺は引摺って行くよ。お前は現在わんわん泣いている俺の娘を無理やりに持って行こうとしてたんだからね。家へ連れて行く積りだって駄目さ。お前は家を知らねえのだから。警察へ行ってみろ。お前は何日も留め置かれて、散々《さんざん》引っぱたかれるんだぜ」

惣太はブルブルと身顫いをした。

「それみろ」大男は図に乗った。「お前顫えてるじゃないか。ねえ、大人《おとな》しく二十両出しな」

愚図々々してると、金の高はいくらでも増えるので、惣太は渋々《しぶしぶ》二十円の金を出した。

「お前のような奴に会っちゃ叶わねえ。仕方がねえ、呉れてやらあ」

「兄い」大男は金を受取ると、急にニコニコし出した。「じゃ、貰っとくよ。済まねえな」

「くそッ！」惣太は忌々しそうに呶鳴って行こうとした。

「おっと、待ちねえ」大男は呼び留めた、「済まねえが、その子を家まで送ってくんねえ。この先の横町だから」

「馬鹿にするねえ」惣太は怒った。「御免だよ、そんなこたあ」

「おや、ひどく強気《ごうぎ》になりやがったな。生意気な事を云うな。警察へ訴えるぞ！」大男は嚙みつくように呶鳴った。

「また、警察か」惣太は落胆《がっかり》しながら、「好いや、送ってやらあ」

三

惣太は大男に威かされて、仕方なく教わった通りの横町のとある路次の奥へ子供を連れて行った。

「おや誰だい」

惣太の足音を聞きつけて、家の中から鋭い女の声がした。子供は犇《ひし》と惣太に獅噛《しが》みついた。

「子供を連れて来てやったんだよ」惣太は外から呶鳴

った。

「おや、それは済みません」

そう云って、戸口からぬっと半身を現わした顳顬《こめかみ》に青い疳《かん》の筋を立てたおかみは、子供を見ると噛みつくように云った。

「一体手前はどこをうろついていたんだ。また知らねえ他所《よそ》の伯父さんに縋りつきやがって、散々おっ母の悪口を云ったんだろう。この恥曝し奴《め》」

「なに、そうじゃねえよ。おかみさん。何も云やしないよ。この子は」惣太は取り做《な》した。「そこんとこでね、父《とっ》さんに会ってね、ここまで送ってくれと頼まれたんだよ」

「何、あの野郎に頼まれたんだって」おかみの形相は忽ち変った。「じゃ、お前さんはあの野郎の友達なんだね。碌でなし、お前さん達が寄って、亭主野郎をあんなにしてしまったんだ。口惜《くや》しいッ！」

「おかみさん、俺は友達でも何でもないんだ。じゃ、子供をここへ置くよ。あばよ」惣太はおかみの剣幕に恐れて、早々退却しようとした。

「ちょっと待っとくれ」おかみは呶鳴った。

「変な事をお云いだね。亭主野郎の友達じゃねえと。友達でもないものがどうして子供を預かって来たんだよ。怪しいじゃないか。ちょいと、みなさん来て下さいよ。変な奴が来たよ！」

「オイオイ、おかみさん」惣太はあわてて留めた。「俺は逃げも隠れもしないよ。変に疑って大きな声を出したりするのは止してくんな」

「白ばっくれてらい。手前は何だろう。その子を攫う積りだったんだろう。あたしは先刻《さっき》からその子の帰りが遅いんで、どれ位心配していたか知れやしない。きっと、何だろう。途中で父さんに会って威かされたんで、子供を届けに来たんだろう」おかみは雄弁に捲《まく》し立てた。

「おいそれと子供はうけ取れないよ。身体検査をしなければ」

「えっ、身体検査だって」惣太はあきれた。

「へえ、そうでございますよ」おかみは憎々しく云った。「その子の腰には金の這入った巾着《きんちゃく》が下げさしてありますのでね」

惣太があきれているうちに、おかみはブルブル顫えている子供の側に寄ったが、忽ち頓狂な声を上げた。

「それ見ろ、巾着がない。思った通りだ。さあ巾着を返せ」

「冗談云っちゃいけないよ、おかみさん。俺はそんなものは知らないよ」

「何を、盗人め。お前が盗んだのに違いないのだ。さあ返せ」おかみは喚《わめ》き出した。「巾着はどこかへ棄ててしまったんだろう。金を返せ。巾着代と一緒で十円に負けてやらあ。早く出さないと、近所の人を呼んで、警察へ突き出すぞ」

物太は溜息をついた。そうして、口惜しさに身体をブルブル顫わせながら、最後の十円紙幣《さつ》をおかみに渡した。

「そう素直に出りあ、あたしも何も云わないよ」おかみは金を受取りながらなお毒づいた。

物太は煮えくり返る思いで、足音荒く立去ろうとすると、子供がしっかりと彼に抱きついた。

「おじちゃん」

しかし、この幼女のいたいけな有様も物太の眼には這入らなかった。彼は邪慳《じゃけん》に彼女を振り飛ばした。

「何をするんだい」おかみは噛みつくように叫んだ。

「その子は貰いっ子だけれども、あたしの大事な子だよ。怪我でもさしてみろ。承知しないぞ」

四

さすがの気早の物太も散々な目に会って、すっかり悄《しょ》気《げ》切っていた。元はと云えばやはり彼が子供の行先も聞かないで、無理に引張った軽卒から来たのだけれども、彼は世の中にはとても恐ろしい悪党が充満《みちみち》ているのに慄《りつ》然《ぜん》たらざるを得なかった。

「それから思えば、俺なんざ、ケチな盗人だな」

物太は自分が盗人であるという事にすっかり愛想《あいそ》が尽きて、悲しくなってきた。けれども彼は差当り盗人の他に出来る事はなく、悪党夫婦にすっかり持金を捲き上げられた現在は、とにかくどこかに忍び込むより仕方がなかった。

「そうだ。取り返してやろう」

物太はいつでも大きな家を選んで忍び込んだ。そこでは一品《ひとしな》位取られても平気のように思えた。そしてその一品が物太の一月の糧位にはなるのだった。貧乏な裏長屋などへは決して這入らず、また這入りたくなかったのだが、今の場合はあの鬼のような夫婦の家に忍び込んで、取られただけのものを取り返して、思う存分復讐を遂げてやろう、とそういう気持で一杯だった。復讐を遂げて後の痛快さを思うと、ひとりでに微笑《ほほえ》まれてきた。

彼はずっと夜の更けるのを待った。

高の知れた裏長屋だから忍び込むのに造作はなかった。彼等夫婦は六畳の一間に居汚なく酔潰れていた。五十燭光を、越すと思われるような明るい電燈が、彼等の醜体を照らしているのだった。

「ちょっ、だらしのねえ野郎だな」

ペッと唾でも吐きかけたい気持で、酒臭い呼吸《いき》をしている夫婦の寝相を見たが、彼から捲き上げた金で、二人が散々呑み食いをしたかと思うと、疳癪《かんしゃく》がムラムラと湧き起ってきたので、惣太は思わず、男の頭を一つポンと蹴った。

しまった！　と思って惣太は直ぐに逃げ仕度をしたが、男はムニャムニャと云って、寝返りを一つしたきり、また死んだように眠りこけた。そこで、惣太は今度は女の頭を一つ蹴飛ばした。

「何をするんだい！」

思いがけなく女が鋭い叫声を上げたので、惣太は吃驚《びっくり》仰天して、土間に走り下りたが、女は起き上ろうとしなかった。見ると、彼女は眼をしっかり瞑《つぶ》ってグウグウ寝ている。

「なあんだ。威かしやがったな。寝言《ねごと》かい」

惣太はまたノソノソと這上って、金目のものを物色したが、何にもない。枕の下でも探れば金があるかも知れないが、ちょっと恐くて手が出せなかった。「馬鹿にしてやがら」惣太は腹立まぎれに大男の頭をまた一つ蹴飛ばした。ところが、今度は薬が利いて、彼が目を覚ましそうになったので、惣太は急いで逃げようとしたが、その足に纏《まつ》わったものがある。

「おじちゃん」

それはあのいたいけな幼女だった。彼女は先刻《さっき》から目を覚していたと見える。彼女は感謝に充ちた懐しそうな眼で惣太を見上げていた。惣太は未だ生れてから、こんな優しい目で他人《ひと》から見られた事がない。目前に危急が迫っているのだけれども、彼は思わず立止った。と、「泥棒！」と云う叫声がした。次の瞬間に惣太は背中に打撃を感じた。と、また「泥棒！」と云う女の金切声が聞えた。そして、惣太は足にしなやかな腕が絡みつくのを感じた。万事休す！　惣太は渾身《こんしん》の力を籠めて、暴れ廻った。これほどの力が彼の身内にある事を今まで知らなかったほど暴れ廻った。

ドン、ガチャン、すべては破壊である。

それでも天命の尽きない所か、惣太は漸く二人を振り捩《ねじ》って逃げ出す事が出来た。酔眼朦朧《もうろう》とした男女二人は惣太の逃げた後を、未だ夢中で荒れ狂っていた。火の始末の悪かったためか、室《へや》の隅から黒煙が濛々《もうもう》と立上っていた。

数町ほど逃げてホッと一息ついた惣太は振返って見て驚いた。

炎々たる焔が渦を巻いて火の子が飛散っている中を、黒い人影が右往左往している。

「しまった！」

惣太の眼前には居汚なく寝こけていた悪漢夫婦の居間の有様が浮んで来た。転った燗徳利、燗をつけるために持ち込んだらしい七輪《しちりん》の残火！

「火を出したのは俺が元だ」惣太は驚きのあまりブルブル身体を顫わしたが、彼はふと可憐な幼児の姿を思い浮べた。「こうしては居られぬ」

彼は忽ち一散に元来た道に引返した。人々があれあれと騒ぐうちに、火の子を被って、狭い路次の奥に飛込んだ。

「おじちゃん」煙に巻かれてウロウロしていた女の子は、惣太の姿を見るとしっかり獅噛みついた。惣太は夢中で彼女を抱上げた。再び火の子を潜りながら表に突進した。それっきり彼は気を失ってしまった。

ふと気がつくと、惣太は大嫌いな警察の一室に寝かされていた。傍には厳《いか》めしい制服姿の警官が立っていた。惣太は驚いて起き上ろうとしたが、一寸も動く事が出来なかった。

「では何だね」惣太の頭上に警官の声が響いた。「お前が子供を探している事を、この男に云ったのだね。それで危険を冒して助け出したのだね」

「さようでございます。それに相違ございません」惣太の聞覚えのある声が答えた。

「うむ、即時上申せねばならん。人命救助として賞状ものだ」

「あの」惣太に耳馴れない年寄の声が聞えた。「この方の生命《いのち》は大丈夫でしょうか」

「大丈夫です」医者らしい声だった。「手当を十分にすれば」

「どんな手当でもいたします」年寄の昂奮した声が叫んだ。「私の三年来尋ねてた可愛い児《こ》を助けて下すったのですもの」

惣太は夢のようにそれらの声を聞いていた。

惣太の求婚

気早の惣太はノソノソと二階から降りた。

彼は最近にちょっとした仕事をしたので、より以上に貪らないのは彼の年来の主義だから、例によって、その金のなくならない間故買者《けいずかい》の助五郎の二階でゴロゴロしていたのだが、今日も盗人《ぬすっと》の昼寝という奴で、梅雨晴れのカンカン照りつける八つ下《さが》りウトウトと好い気持になっていた。ところが、階下《した》でガヤガヤと人声がしたので、ふと眼を覚まして舌打ちをしたが、得意そうに喋っているのが、大嫌いの禿《はげ》の勘兵衛だと分ると、見る見る彼の顔は曇った。彼はひどく不機嫌な顔をして、梯子をトントンと降りたのである――

と、あたかも待ち構えたように、禿勘が嘲けった。

「よう、惣太、手前《てめえ》は未だ生きていたのかい」

「何をッ！」

惣太は口をモグモグさせて、何か旨いピクッとした事を云おうとしたが、中々急に出て来ない。

「相変らず、五両か十両のケチな仕事をしているんだな」

図に乗って禿勘は畳みかけた。禿勘は若い惣太から見ると、ズッと年長で、仲間では兄い株に立てられている腕利《うできき》の詐欺師《いかさまし》だった。彼の云った通り、他人《ひと》の家へ夜中にこっそり這入りこんで、一晩にせいぜい五円か十円の金を盗んで、それをチビチビ使って暮している惣太などは、眼中に置かなくても好さそうなものだが、惣太という不作法者は先輩も年長者もあったものでなく、ツケツケものを云うし、その上、一度惣太をやっつけようと思って、却って禿勘の方が赤恥を掻いた事があるので、それ以来、禿勘は年甲斐もなく惣太を目の敵《かたき》にするのだった。

「な、なにを云やがるんでい」惣太は呶鳴った。「禿頭の詐欺師《ぺてんし》め。俺あな、こう見えても地力《じりき》で仕事をするんだ。手前《てめえ》みたいなお利益《ため》ごかしに人を騙して、金にするような卑怯な真似はしねいやい」

「大きな口を利くなッ！　手前は下らねい小盗人の癖

に」禿勘は真赤になった。

「大きにお世話だい。俺あな、何も好き好んで盗人をしているんじゃねいんだい。俺あ、小せい時に親に棄てられて、他に仕事を知らねいから仕方なしにやっているんだ。だから、俺あ、大きな事はやらねい。十両や二十両奪《と》られても差支えのない家に這入《へえ》って、借りて来るんだ。そして、これッぱかりも贅沢な真似はしねい。節約《しまつ》して銭を費《つか》って、銭のある間は盗みをしねいんだ。ところが、手前は騙し放題に人を騙しやがって、それで酒を食らったり、女を買ったり、碌な事はしねい。手前みたいな奴は仲間の面《つら》汚しだ。ヘン、口惜しいか、態《ざま》あ見やがれ」

一体惣太は咄弁《とつべん》なのだが、最初の出が旨く行くと、案外スラスラと澱みなく雄弁になる。殊に、悪口雑言《あっこうぞうごん》となると、いつの間に覚えたか、とても言葉の種類に富んでいて、そいつを使う時には、ひどく愉快そうでキビキビして来る。こうなると、さすがの禿勘もタジタジだ。

「な、なにをッ！　怠け者のあわて者め。手前は鞄だと思って鉄瓶を提げて来たり、黄金《きん》の塊だと思って、国旗《はた》の球を持ち出したりするじゃねいか。間抜けめ。それで盗人で候《そうろう》もねえもんだ」

遺憾ながら我が惣太は、気早の惣太と渾名《あだな》されるだけあって恐ろしいあわて者で、禿勘の云った事は全く事実相違がないのだった。つい二三日前、往来で彼に突当った奴があるので、いきなり引っぱたいたら、ガーンと手が痺《しび》れた。彼は郵便函《ポスト》を殴ったのだった。それから上野駅の切符売場で上野を一枚と云ってどうしても駅員が売ってくれないので、彼は悪口雑言を云って暴れだし、もう少しで警察に引渡される所だった。彼が手提金庫だと思って、台所のテンピを盗み出したり、紙入の積りで、子供の紺足袋を片方懐中《ふところ》に捻じ込んだりした事も珍らしくなかった。こんなあわて者が盗人をしながら、今まで一度も捕らなかったのは、全く奇蹟と云うより他はなかった。

「あわて者でも盗人は出来らい」惣太は口籠りながら云った。「手前みたいに、ヘマをやって再々お上の御厄介になるかいッ」

この最後の言葉は禿勘には急所だった。彼はいよいよ茹蛸《ゆでだこ》になった。

「う、うぬッ、云わしておけばつけ上りやがって――」

「だって、その通りじゃないか。俺はこう見えても、そんなヘマをやった事あねいぜ」

「手前みたいなケチな、やっと一人暮しが関の山なんてい奴に俺達の大きい仕事が分るけい。俺達の仕事は手前達のと桁《けた》が違わあ。稀《たま》にゃボロを出すのも仕方がねえやい！」

「な、なにを云やがるんでい。俺あ、一人だから一人暮しをしているんだ。二人なら二人暮しをすらあ」

「笑わせるねえ、オタンチンめ。手前なんか、二人暮しをしようって、誰が手前みたいなケチな野郎の女房になる奴があるもんか。俺《おら》あこう見えても、女ばかりでも三人も養っているんだぜ」

「な、なんだ、二人暮していのは、女房の事か」惣太は眼をパチパチさせながら云った。

ドッという笑声が周囲《まわり》に起った。惣太の無愛想に平素余り好意を持っていない連中が、惣太を嘲けったのだった。

「そうとも、手前なんかに女房になり手があるかい」

禿勘は図に乗った。

「女は俺あ嫌いだ」

周囲に笑声がまたどよめいた。しかし、実際惣太は女嫌いだった。彼は女に戯《たわむ》れる事が、罪の発覚する基《もと》と固く信じていたので、決して女に触れようとしなかったのだった。

「女嫌いが聞いて呆れらあ。女の方で手前を嫌うんだぜ」

「な、なにを云やがるんだい――」

と云ったが、惣太は急に何だか悲しくなった。不意に何だか胸の中に塊りが出来て、身体中が痒《かゆ》いような気がした。惣太も二十七八になっていたはずだから急に何か微妙な恋心と云ったようなものに襲われたに相違ない。

彼は襟元に寒気を感じながらつけ加えた。

「俺あ、女房を貰わあい」

ドッとまた周囲の者が笑った。惣太は生れて初めて真赤になった。すると、どういう訳だったか、彼はふと、この近所に住んでいる、あるだらしのない後家の――取沙汰では禿勘と関係があるとかいう――一人娘で、色が茄子《なす》のように黒く、雀斑《そばかす》があって、背が低い癖に横に肥っている、まるで餡麺包《あんパン》を踏み潰したような女を思い出した。彼はその娘を私《ひそ》かに餡麺包娘と名づけていたが、その娘に逢う度に、彼はブルッと顫えて、ますます女嫌いの殻を固くしたので、時々夢に見て、魘《うな》される事がある位だった。「女房を貰わあい」と啖呵を切った途端に、因果にもその娘を思い出したのだから耐《たま》らない、彼は蒼くなって、口の中でブツブツ呟き出した。

「やっぱり、俺あ女は嫌いだ。餡麺包娘のようなのにぶっ突かった日にゃ、俺や死ぬより辛いや」

その場は喧嘩にもならずに済んだが、その時から惣太は、「女房を貰わあい」と云った言葉がひどく気懸りになり出した。餡麺包娘の事などを思い起すと、身うちをげじげじに這い廻られるようで、ぞっとするのだったが、さて大勢の前で、殊に目の敵の禿の勘兵衛に向って、云い放った言葉であるから、実行しない事がひどく意気地なしと思われるような気がした。惣太は柄になく三日ばかり、悄気《しょげ》返った。蓋し、惣太として空前絶後の煩悶だったろう。三日目に彼は前日来、その前を行きつ戻りつしていた××結婚媒介所と看板を掲げた家へ思い切って這入った。

　中には蒼白い顔をした人相のあまり好くない中年の親爺《おやじ》がただ一人坐っていたが、惣太を見ると、ニヤッと笑った。

「いらっしゃい」

「俺あ、ソノ」惣太は口籠りながら、「女房が一人欲しいんだが」

「はあ」媒介所の主人は惣太をジロジロ眺めて、「初婚ですか」

「しょこんたあなんでい」

「初めてですね」

「初めてとも。誰がこんな事を二度する奴があるものか。俺あ一度だってしたかないんだけれども、ソノ、止むに止まれない訳があってね――」

「お年は？」媒介所の主人は帳面を取上げた。

「年かい。俺あ実は能《よ》く知らねいんだ。何しろ両親《ふたおや》が早く死んじゃったからね。好いようにしといとくんなよ」

「お商売は？」

「何をッ、商売だ、そんなものが要るのかい」

「商売が分らなくては、お世話する見当がつきませんからね」

「商売か。商売はその、実は定《き》まってないんだ」

「はあ、ではどうして暮しを――」

「なに、暮しの事は心配ないんだ。二人になりゃまたそれで何とか増やすからね」

「お名前は？」

「惣太ていうんだ」

「苗字は？」

「うるせいな。苗字なんかどうでも好いや。好きにしておいてくんな」

「ええと、それでは手数料を五円頂きます」

　媒介所の主人はこういう変な客を扱いつけていると見えて、格別驚きもせず、帳面をパタリと閉じると、手数料を請求した。

「それで、いつ見つけてくれるんだい」

「これはどうも縁のものでしてな。急に定《きま》る事もあり、また中々定らない事もありますよ。とにかく、今候補者の写真をお目にかけますから、これはと思うのを選《よ》って下さい」

「なに、写真なんか好いよ。俺あ、女房が出来せえすれば好いんだ」

「しかし、一度は顔を――」

「なに、好いんだ。俺あ、もう諦めているんだ。女房なんか持っちゃ、碌な事はないに定っている。俺はつい口を滑らしたもんだからね」

「どうも妙な方だな。あなたは」さすがの媒介所の主人も聊《いささ》か呆れながら、「最初からそう悄《しょ》気《げ》ていては、お世話の甲斐がありませんな。元気をお出しなさいよ。素敵なのがありますから」

「何でも好いや。世話してくんな」

「この話は取っておきでね、とても素敵なんですよ。立派な家庭のお嬢さんで、非常な美人で、教育もあり、年も若いし、何一つ非のない上に、一生食うに困らないというお金がついているんですからね。まあ、これに上越す話はないでしょう。どうです、乗ってみますか」

「乗るも乗らねえもねえや。向うが来るかい」

「来ますとも。腕次第ですよ」

「腕次第？　じゃ盗み出すのかい」

「冗談云っちゃいけません。向うは生物《いきもの》ですからね。盗み出すてい訳には行きませんよ。つまりものにするのでさあ」

「変に廻りくどく云わねえで、もっと手取早《てっとりばや》く云ってくれよ」惣太はじれ出した。

「つまりですね。あなたが先方へ手紙をやるんですよ」

「手紙？」

「ええ、あなたを一眼見て忘れられないとか、毎日思い焦れているとか――」

「ちょッ、人を馬鹿にするねえ。俺に、見もしねえ女につけ文をしろというのかい」

「写真ならここにありますし、正物《しょうぶつ》だって、見るだけならいつでも見せますよ。そりゃ、飛びつくような美人ですよ」

「俺あつけ文なんか真平だ」

「じゃね、どうです。一つ考えを変えて、先方を慰めてやるという気になっては」

「慰めてやるのは？」

「つまりこうなんです。先方の娘はね、年頃ではあるし、男恋しいという訳で、誰かしら優しい言葉をかける若い人を待ち焦がれているんですよ――」

「何だい。色情狂《いろきちがい》か」

「そうじゃありませんよ。年頃の娘ていのはみんなそうなんですよ。みんな優しい言葉をかけてくれる人を待っているものなのですよ。ですから、最初にその言葉を掛けた奴が勝ちなんです。まあ、一つやって御覧なさい、旨く行けば、あなたも好い運を引き当てて、素敵な花嫁さんが貰えるという訳です」

「旨く行くだろうか」

「行きますとも」

「だけれども、ソノ」惣太は言葉を濁らしながら、「俺には手紙が書けねいや」

「その心配は要りません。私が書いて上げますよ」

「お前さんが。そうかい」

「ちょっとお待ちなさい」

媒介所の主人は机に向って、模様入りのレターペーパーを拡げたが、やがてペンを取上げてサラサラと書き出した。

「まあ、こんな風ですね」

媒介所の主人は読み上げた。


「花の顔《かんばせ》の花子さま。

おお、あなたは何という美しい女神でしょう。あなたは私のハートです。この間往来でお目にかかりました時に、あなたはニコリと微笑《ほほえ》まれましたね。ああ、私はよくあの時に死ななかったかと思います。あなたはなんと罪なそうしてお優しい方でしょう。それ以来あなたの笑顔は、夢にも現《うつつ》にも私の眼の前にチラついて消えません。私は何とかしてあなたから優しい言葉を聞かせて頂きたいものだと、そればかり思って夜も昼も悶えつづけています。どうぞ私を失望させないようにして下さい。

焦がれる惣太より」


「厭だ、厭だ」惣太は生唾をペッと吐いて、ブルッと顫えた。「真平《まっぴら》だ。許してくんねえ。そんな変に擽《くすぐ》ったい事を並べられると、俺あぞっと毛が立っちまう。第一《でえいち》俺あ、その女が笑ったのを見た所《どころ》か、会った事もねえ」

「まあ、そう云ったものじゃありませんよ」媒介所の主人は落着き払って云った。「申分がないという奥さんが貰えるかも知れないんだからね」

「でも、俺あどうも進まねえ」

「しかし、あなたは奥さんが欲しいんでしょう」

「なに、欲しかあねえんだ」

「オヤ、じゃ、あなたは冗談を云って、私を嬲《なぶ》ったんですか」

「な、なに、そんな訳じゃねえ。実の所は、欲しかねえ、欲しかねえが、なくちゃ困る破目なんで――」

「そうでしょう。じゃとにかく私の云う通りなさい」

「うん、じゃまあ、お前さんの云う通りにしよう」

惣太は媒介所の主人の真面《むき》になった見幕に渋々《しぶしぶ》承知した。


二三日して、浮かぬ顔をしながら、惣太が媒介所を訪ねると主人はニコニコして彼を迎えた。

「どうして、上々首尾ですぜ」

そう云って彼は惣太に女から来た手紙を見せた。桃色のレターペーパーにすっきりしたペン字で細々《こまごま》と書いてあったが、無論惣太には読めない。惣太は悲しそうな顔をして、

「読んでくんな」

と云ったが、惣太には万事が今まで為馴《しな》れた事と、余りにかけ離れているので、さすがの彼もいつもの元気な調子は出ない。

「ではお聞きなさい。とても素敵ですぜ」

媒介所の主人は読み出した。

「懐しい惣太さま
お手紙どんなに嬉しく拝見したでしょう。私読んでいるうちに胸がドキドキして、頬が熱くなって、気が遠くなりそうだったの。驚いて脈を計ったら百二十ありましたわ。それから熱を計ったら百度四分ありましたわ。驚いて？ でも華氏《かし》なんですもの。うちは万事アメリカ式なのよ。お手紙に書いてあった事本当？ あなたは本当に私をあれほどまでに思って下さるの。嬉しいわ。でも信じられないわ。

私ね、幾度も幾度もあのお手紙にキッスしたのよ。そうして夜はしっかりと私の心臓の上に乗せて寝たわ。まさかあなた私を試すつもりじゃないでしょうね。そんな殺人的意地悪をしちゃいやあよ。私なんでも直ぐ真《ま》に受けてしまう性質《たち》なんですから。直ぐお返事下さいね。直ぐよ。きっと、ね、ね。

憧れの花子より」

「どうです。大したもんでしょう」

読み終って媒介所の主人はまたニヤリとした。

「――」

惣太は真蒼になって膏汗《あぶらあせ》を流していた。

「早速、返事を書かなくちゃなりませんな。この機を逸しちゃ駄目ですよ」

「俺あ、俺あ、もう止してい」

惣太は肩で息をしながら、切々《きれぎれ》に云った。

「冗談じゃありませんぜ。今更止して耐るものですか」

媒介所の主人は押しつけるように惣太に云って、この前のようにレターペーパーを拡げて名文を綴り始めた。

女からの返事は直ぐに来た。惣太は折返し彼女に手紙を書かなければならなかった。惣太は恰《まる》で底無沼《そこなしぬま》に引きずり込まれるような気持だった。彼はだんだん元気がなくなった。惣太の元気のなくなるのに正比例して、手紙の遣り取りは非常に激しくなってきた。

ある日とうとう惣太は結婚の申込みをし、彼女は即座に承諾の手紙を送って来た。

「どうです。とうとうものになりましたぜ」媒介所の主人は鼻高々と云った。「飛切《とびきり》美しくって、金持で、教育のあるお嬢さんなんですから、あなたは三国一の果報者ですぜ、ところで、惣太さん」

媒介所の主人は急に調子を改めた。

「今更変更《へんが》えはしないでしょうな」

「俺あもう諦めてらあ」惣太は喘《あえ》ぐように答えた。「俺あどうせ女房を貰えば死んじまうんだ」

「縁起でもない事を云うものじゃありませんぜ。確乎《しっかり》して下さいよ。では、もう一度繰返しますが、大丈夫ですね。もっとも、今となって厭だなどと云われちゃ、ただじゃすまされないけれども――」

「俺あ覚悟しているよ」

「心細いね。じゃ、とにかく、この契約書に印を押して下さいよ」

「俺あ印などは持たねえよ」

「拇印《つめいん》で結構ですよ」

惣太は魂の抜けた人間のように、フラフラと云われるままに拇印を押した。

「結構々々」媒介所の主人は叫ぶように云った。「じゃ、惣太さん。早速花嫁さんにお引合せしますかね。その前に云っときますが、もう変更えは出来ませんよ。今更厭だなんて云うと、契約不履行で警察に訴えられますよ」

「な、なに、け、警察だって」

「ええ、あなたの書いた手紙は先方にちゃんとありますからね。それに結婚の申込をして、契約書に印まで押したんですから、今更厭だてい事になると、誘拐罪か、よし刑法の罪にならなくても、民事で結婚不履行による損害賠償をうんと取られますよ」

「俺あ、厭だなんて云やしねい。元々、女房が一人欲しいのが起りなんだから、俺あ、もう覚悟しているよ。俺あ、どんな女だって女房にしちまあ」

「じゃ、こっちへお出でなさい」

媒介所の主人は先に立って、惣太を奥の一室に招き入れた。

「ちょっとここで待っていて下さい。花嫁さんは仕度の出来次第、ここへ見えますからね」

媒介所の主人と入れ替りに、パタパタという足音がして、派手な錦紗《きんしゃ》の単衣《ひとえ》を着た令嬢風の娘が、母親らしいのに伴われて這入って来た。惣太は石像のように固くなった。

惣太は徐々に頭を上げた。相手の腰の辺から胸へ、胸から肩へ、それから顔へ……

「アッ!」

惣太は叫んでグラグラとした。

眼の前に立っているのは、茄子のように黒い、雀斑だらけの顔に、所斑《まだ》らに白粉《おしろい》を塗って、背の低い横にでぶでぶ肥った、餡麵包を踏み潰したような、夢にまで魘されていた、餡麵包娘!

「惣太さん、不束《ふつつか》な娘ですがね、どうぞ末永くよろしく」

娘の傍についていた淫乱そうな、豚を煮染《にし》めたような母親が、物凄くニタニタ笑いながら云った。

「――」

惣太は一眼見ると石になるというメヂウサの首を見た人のように、棒立ちになって、目《ま》じろぎもしない。

「惣太さん。末永く可愛がって下さいね」

餡麵包娘はしなを作って、惣太に寄り添うようにした。

「――」

夢から覚めたように、惣太はキョロキョロしたが、四辺《あたり》に聞えるほどガチガチと歯を鳴らして、顫え始めた。

「オヤ、惣太さん、どうしたの」

様子を悟った母親は急に柳眉《りゅうび》を逆立てた。

「な、なに、ど、どうもしない……」

「惣太さん」母親の声はますます険しくなった。

「娘が気に入らないと仰有《おっしゃ》るんですか」

「お母さん、口惜《くや》しいよう」餡麵包娘は奇声を上げた。

「惣太さんは私を騙したんだわ。手紙で散々《さんざん》私を嬲《なぶ》っておいて、今になってあんな顔をするんだもの、あたし口惜しいッ」

「静かにおし、静かにおしったら」母親は云った。「大丈夫、お母さんがついているから。このままには済ましゃしないよ」

「ど、どうしたていんですか」

結婚媒介所の主人は驚いたような顔をして、部屋に這入ってきた。

「ど、どうしたもありませんよ」豚を煮染めたような母親は、媒介所の主人に食ってかかった。「あの惣太さんの顔を見て下さい。散々人の娘に厭らしい附文をして、揚句に結婚を申込んでおいて、いざという時にあの態《ざま》はなんです。詐欺です、堪えられない侮辱です。私は誰がなんと云ったって、訴えます。訴えます」

「困りますな。私の所でこんな事が起っては。第一信用を落して、商売の将来に関係しますよ」媒介所の主人はしかつめらしい顔をして、惣太に向いて、「どうして下さるんです。だから、先刻《さっき》もあれほど念を押したじゃありませんか」

「さ、詐欺はそっちだ。俺あ、知らなかった、どんな女だって好いけれども、まさか、あ、餡麵包とは気がつかなかった」

「な、なんだって」

「餡麵包娘とは気がつかなかった――」惣太は夢中で指《ゆびさ》した。

「な、なんです。失礼なッ。人の娘を餡麵包とは！」母親はいきり立った。


「惣太さん。どうするんです。罪はどっちにあるか、出る所へ出てやりますかね」媒介所の主人は落着き払って云った。「どうせ賠償ものですぜ。あなたは結婚すると云って、嘘をついたんだからね」

「嘘をつきやしないッ」突然惣太は呶鳴った。

「嘘になるんですよ」媒介所の主人は云った。

「俺あ、餡麵包を女房にするッ！」

惣太は無我夢中で呶鳴った。ことによると、惣太は何を云っているんだか、よく知らなかったかも知れない。しかし、惣太を興奮さしたのは嘘という言葉だった。盗みこそすれ、彼は正直を以って自ら任じ、直情径行、渾名の通り気早の生一本《きいっぽん》の男だった。げじげじより嫌いな、夢にまで魘される娘だったけれども、そして騙されて約束したんだけれども、約束は約束だ。嘘と云われては男の一分《いちぶん》が廃《す》たる。

「え、え、何ですって」媒介所の主人は耳を疑うように叫んだ。

「俺あ、その娘と一緒になるんだ！」

「え、惣太さん。正気ですかい。よくその娘さんを見て云って下さいよ」

「俺あ正気だ。約束通りするんだ」

「お母さん」餡麵包娘は母親にしがみついた。

「じょ、冗談云っちゃいけないよ。惣太さん、お前さんは本気でこの娘と一緒になる気かい」

形勢一変して、母親はオドオドしながら惣太を見た。

「当前《あたりまえ》だい。俺あ、生れてから嘘を云った事あねえんだ。約束した事は決して破らねえんだ。畜生！　俺あ、生命《いのち》を棒に振っても餡麺包を女房にするんだ。愚図々々《ぐずぐず》云うなら出る所へ出ろ」

「惣太さん、そう真面《むき》にならないで、能く考えとくれよ」母親は嘆願するように云った。

「考えるから約束通りしようってんだ」

「ところが、そうは行かないんだよ」母親は溜息をつきながら、「この娘《こ》は自由にならないんだよ」

「ど、どう云うんだい」

「実はこの娘は亭主持ちなんだよ」

「ええッ」惣太は呆れた。「じゃ、なんだな、手前達共謀《ぐる》で、俺を一杯引っかけたんだな」

「そう云われると面目《めんぼく》ないがね、惣太さん。勘弁しとくれ。得心の行くようにするから」母親は平謝りに謝った。

× × × × × ×

餡麺娘の家で、禿の勘兵衛がプリプリして母親に喚いていた。

「こう、手前はドジだな。俺あ惣太の奴を一杯嵌《は》め込んで、銭を捲き上げた上に、赤恥を掻かしてやろうと思ったのに、野郎に余《あん》り薬を利かし過ぎて、真面にするものだから、態《ざま》あねえや。あべこべに銭を取られて、謝ってやがら。ちぇッ、意気地のねえ奴だッ」

それと同時刻に気早の惣太は、助五郎の二階でホクホクしていた。

「俺あどうも気が早くって、馬鹿正直で、すぐ人に騙されるからいけねえと思っていたが、何だな、人はやっぱり気早で正直に限るようだな」

惣太の嫌疑

一

気早の惣太久し振りでノソノソと家を出た。惣太は御承知の通り、恐ろしく気短かであわて者で、親譲りの姓などは彼自身でもよく知らない位、気早という綽名《あだな》で通っている小盗人である。彼は盗人《ぬすっと》をこそすれ、曲った事が大嫌いで、というと大変可笑《おか》しく聞えて、説明するのに骨が折れるのだが、つまり彼は両親に早く死に別れ、犬の子のように裸で世間に抛《ほう》り出されて、持前のそそっかしい性癖《くせ》から、何をしても勤まらず、結局小盗人以外に仕事がないという事になったのだ。が、彼はどういうものか、決して酒色に溺《おぼ》れず、故買者《けいずかい》の助五郎の二階に下宿して、最もつつましやかに暮して、盗み以外の不正な事には断じて手を出さないのだ。つまり惣太の考えでは、盗みは生計《くらし》を立てる基《もと》だから仕方がないというので、両親に早く別れ、何の教育も受けず、盗人の親方に拾われて成長した彼としては、蓋《けだ》しその錯覚も止むを得ないだろう。

惣太のもう一つの特徴は、いろいろある盗みのうちでも、夜他人《ひと》の家に這入る窃盗以外はやらず、しかもその窃盗の方法が全く無計画で、行き当りバッタリで――もっとも犬が嫌いなので、犬の飼ってある家だけは避けたが――その上に、盗むものが極く僅少で、それを盗まれても、そこの家で大して困らない程度のものと定《き》めていることだった。惣太が長い間小盗人を働きながら、ついぞ一ぺん捕えられた事のないのは、多分彼の余りに無計画なのと、盗むものが少く、しかも金のある間はつつましやかな生活をして、決して貪らないという特性があったためだろう。

惣太はケチな盗人だが、盗人以外の不正な事はせず、しかも一度も捕まった事がないというのが自慢だった。そのために仲間では親分株のペテン師禿の勘兵衛や、勘兵衛におべっかを遣うかまきりの由公や、むっつり吉次などと衝突してはいじめられたが、その度に奇態に惣太の方に凱歌が上るので、今では少しばかり兄哥株《あにい》になっていた。

　さて、気早の惣太がのっそりと家を出たのは、懐中《ふところ》が淋しくなったので、稼ぎに出たのだった。時は夜中の一時近く、春には未だ早く、筑波下しの寒風が吹いているので、人通りも稀である。惣太は例によって、行き当りバッタリ主義で、スタスタと山手の住宅地を歩いて行くと、一軒、相当の構えの家の裏木戸が細目に開いていた。

「オヤ、不用心な家だな」

　そっと傍に寄って見ると、大嫌いな犬はいないらしい。惣太は例の調子で、ぞんざいにガラガラと木戸を開けて、庭の中に這入った。と、遥か向うの突当りの洋館から、燈火《あかり》が洩れている。

「今頃起きてるのかな」

　大抵の盗人なら引返す所だが、惣太は平気だ。スタスタと洋館目指して歩み寄って、ヒョイと中を覗いて見ると、電燈をつけ放して中には誰もいない。主人の書斎らしく、二十畳近くもありそうな広い部屋で、書棚椅子机置物に至るまで、中々凝っている。どう見ても何十万という金持の住居《すまい》だ。

「しめたぞ」

　惣太は窓に手をかけて押してみると、思いがけなくスルスルと開《あ》いたのだった。

「ヘヘッ」

　大喜びで部屋の中へポンと飛込んだが、見ると、外からつい気がつかなかったが、机の上に十円紙幣《さつ》が二三十枚むき出しのまま載っている。

「こ、こいつア」

　さすがの惣太も些か薄気味が悪くなってきた。あんまりすべてがお誂え向き過ぎるのだ。惣太はキョロキョロあたりを見廻した。が、別に人の来る様子もなく、机の上の紙幣は確かに本物に違いなかったので、彼はそれを鷲掴みにするや否や、元の窓からとポンと飛降りた。無論他に高価な品物は沢山あったし、抽斗《ひきだし》にはもっと現金があったかも知れないが、そんなものには元より眼をくれない惣太だ。それに、何となく気味も悪かったので、いつになく追われたような気持で逃げ出したのだった。元の裏木戸から外へ出た。幸いに誰も見咎めるものはなかった。

「ありがてい。これで当分は嫌な仕事をしなくても済まあ。ここの家だって、こればかりの金に困るこたアないだろう」

　惣太は上機嫌で、今出た家の塀について、薄暗い横丁に曲った。

　と、彼はギョッとして立止った。

　そこの塀の根元に、真黒なものが蹲《うずくま》って、ゴソゴソしているのである。

刑事？　万事休す！

立止った瞬間に惣太は逃げ腰になった。

すると、先方でも驚いたらしく、パッと起き上ったが、薄明りに透して見ると、どうやら角帽を被った学生らしい。

「だ、誰だッ」

逃げ腰になりながら、ちょっと踏み留《とどま》った惣太は、虚勢を張って叫んだ。

すると、相手はどぎまぎしながら、

「ぼ、僕、け、けっして怪しいものじゃありません」

惣太は安心して傍へ寄った。やはり角帽に制服の学生で、良家の息子らしい気品があったが、その顔は物凄いように蒼ざめていた。

「き、君、そこで何をしていたんだい」

学生は黙って答えなかった。

惣太はジロリとたった今まで学生の蹲《しゃが》んでいた塀のあたりに眼をやると、根元の所にポッカリと穴が開いていた。

「おや、君はここへ這入《へえ》るつもりだったんだな」

「そ、それは」

「なアんだ。お前《めえ》も盗人か。ちぇッ、智慧のねえ話だなア。こんな所へ穴を開けなくたって、木戸が開いてるのに」

「ち、違います。ぼ、僕、ぬ、盗人じゃありません。こ、ここはぼ、僕の叔父の家です」

「なに、叔父の家だア。そんならなんだって、穴なんか掘って潜り込もうっていんだ」

「ぼ、僕、し、死ぬつもりなんです。叔父の家の庭先で、じ、自殺するつもりなんです」

「なんだと」

惣太は呆れながら学生の顔を見つめたが、凄いように蒼白い顔色といい、血走った眼の据え方といい、全く思いつめているらしく、冗談とは受けとれなかった。

「オイ、書生さん、死ぬの生きるのと容易にいうこッちゃねえ。理由《わけ》を聞こうじゃないか」

「だ、駄目です。留めようたって駄目です。ぼ、僕は決心してるんですから」

「聞かなきアそれまでだが、死ぬてい話を聞いて、抛《ほっ》とけるもんけえ。さア一緒に来な。もう一時は過ぎているが、新宿へ行けば未だ起きてる店はあらア」

惣太は学生の腕を掴んで放さなかった。

二

惣太は学生を新宿のあるカフェに無理やりに連れ込んだ。

「姐《ねえ》さんや、俺ア酒は呑まねえんだ。なに、お前さんも呑まねえ。じア酒はいらねえんだ。すまねえが酒ぬきにして、何でもいいや持って来ておくんな。それから姐さんや、なるべく傍に寄らねえでおくれ。俺ア傍に寄られると寒気がするんだ。大丈夫だよ。チップは出すから、なるべく構わねえでくれ」

「ホホホホ、面白い方」

女給は呆れて照れ隠しに可笑しくもないのに笑いながら引込んで行った。

惣太はすぐ学生に向って、

「さア、理由を聞こうじゃないか」

「ぼ、僕は佐和村という――」

「名なんかどうでもいいや。お互いに名乗らない事にしようじゃねいか」

「ぼ、僕はし、失恋したんです」

「しつれん？　そのなんだね、失恋ていと、つまり女の子に惚れて、断わられたんだね」

「ぼ、僕の場合はそうじゃないんです。先方の女は承知なのです。ぼ、僕を愛してくれるんです」

「そ、それなんだが、どうも俺にアその愛してくれるていのが分らないんだが。一体、ど、どんな気持だね。あ、愛とか恋とかいうやつは」

「実に耐《たま》らないものです。実に遣る瀬ないものです。苦しいものです」

「ふうん」

「が、一面には実に楽しいものです。心が浮き浮きして、未来の希望に恵まれ、周囲《まわり》には絶えず音楽が奏でられ、百花が咲き乱れ、常春《とこはる》の天国にいるようです」

「そんなものかなア」

「一面には心を痛まし頭を悩まし、実に辛いものですけれども、真《しん》に正しい恋愛を得た気持というものは、何に比《たと》えようもありません。実に幸福なものです」

「ふうん、そんなに仕合せかなア。じゃ、お前さん死ぬ事はないじゃないか」

「ところがです。先方の家柄も相当であり、娘も美しく、かつ私を熱愛しているにも係らず、叔父が断然反対するのです」

「何故だい」

「理由《わけ》はないのです。イヤ、むろん叔父には何か理由があるのでしょうが、僕がなるほどと思うような理由は全然ないのです」

「分らねえ話だな。だが、変じゃないか。叔父が反対したって、壊れるものじゃあるめえ」

「ところがです。僕の場合は違うのです。僕は両親がないのです」

「え、両親がない、じゃ孤児《みなしご》だな」

「そ、そうなんです。僕、早く両親に別れました。それで叔父に引取られたのですが、僕の父は相当の財産を遺しました。それを弟の叔父に預けたのです。叔父はやはり佐和村といいます。実業界で中々活躍しています。それも元はといえば僕の父のお蔭なんです」

「じゃお前、孤児だって上等だ、俺たア訳が違う」

「あなたも孤児ですか」

「うん、だが、そんな事アどうでもいいや。じゃ、何じゃねえか、お前さんは叔父さんに遠慮するこたア、これンばかしもねえじゃねえか」

「ところがです、父は遺産を叔父に預けて、利雄――僕の名ですが、僕が満二十五になる時に渡してくれ、それまでは贅沢な真似をさせずに、一心に勉強させてくれと遺言したのです」

「ふん、いいお父さんだな。全くその通りだよ」

「感心しちゃいけません。それで叔父が父の遺言を楯にとって、勉強を抛《ほっ》といて色恋に耽けるようなら、勘当する、遺産も渡さない――」

「一理あるな」

「そ、そればかりじゃないんです。女の家へ手紙をやって、散々《さんざん》僕の悪口《あっこう》をいって、利雄は無一文だ。素寒貧《すかんぴん》だ、取柄《とりえ》のない奴だと、とうとう、ぶち壊してしまったのです」

「そいつア、少しひどいな」

「ひどい所じゃありません。叔父は僕の前途を踏みにじったのです。僕の生涯をめちゃめちゃにしてしまったのです」

「それはどうかな」

「いいえ、そうです。僕はもう生てる甲斐がありません。死んでやろうと思ったのです」

「死ぬのに恩を着せるのは変だな」

「恩に着せるんじゃありません。叔父がどんな事をしたか。現在甥に当る有為の青年をどう取扱ったか、ぼ、僕はし、死んで叔父に悟らせてやろうと思ったのです」

「つまり、面当《つらあて》に死ぬんだな」

「そ、そんな訳じゃありませんが――でも、僕は叔父の前で死んでやろうと思ったのです。叔父の家の庭で死んでやろうと思ったのです」

「なるほど、それで先刻《さっき》潜り込もうとしていたんだな」

「そうです。叔父はもう僕に会おうとしないのです。それに締りが馬鹿に厳重なものですから」

「そんな事アないぜ」

「いいえ、叔父以外の人間を見れば、直ぐに飛びつく猛犬を二匹も飼っています」

「え、え、い、犬を――驚いたね、よく食いつかれなかったな。俺ア運がよかったんだなア」

「え?」

「な、なに、じゃ、お前さんにだって、食いつくだろう」

「大丈夫です。二月以前《まえ》に死にました」

「な、なんだい、人を馬鹿にするない」

「どういう理由ですか、二匹ともコロコロと死んでしまいました。ですから今は大丈夫です」

「威《おど》かしちゃいけないよ」

「威かしたんじゃありません。犬がいなくなったので、僕はこれ幸と毎晩々々そっとあそこの塀際に行っては、穴を掘りました。今日でもう三週間目です」

「恐ろしく根気がいいなア」

「僕は叔父の家からそッと盗んで来たピストルを持っています。これで、ズドンとやるつもりだったのです」

「話を聞くと、もっともな所もあり、もっともでないような所もあって、俺のような無学なものにはよく分らねえが、とにかく、ピストルでズドンなんか詰らないよ。止したがいいぜ」

「ええ、僕ア先刻はむろん死ぬつもりでした。ですが、あなたと話しているうちに、何だか死ぬのが馬鹿々々しくなってきました」

「そうだよ、そう来なくちゃいけねえ。色だの恋だのと女々《めめ》しいよ。男にゃ未だ他に仕事があらア。第一手紙位でお前さんを断ろうてい先方も先方だ、思い切っちめえ」

「はア」

「女の家や叔父貴の家の廻りをウロついてると、また変な気になるめえでもねえや。こう、一月《ひとつき》か二月《ふたつき》、ウンと遠くへ旅に行って来ねえ」

「ええ、そうします」

「こいつア少ねえが、俺の志だ。旅費の足《たし》にしねえ」

「そ、そんな事はいけません」

「そういわねえで、とっときなよ。つまりはお前さんの叔父貴が呉れたようなものなんだ」

「でも――」

「まあ、とっときな。お前さんも死ぬ気じゃ、銭なんか持っていめえ。それから断っておくが、俺の名は聞きっこなしだよ。見かけの通り吹けば飛ぶような男で、名なんかねえんだから――オッと待ちねえ、そのピストルてい奴を置いときねえ」

「は」

学生はポケットを探って小型の自働拳銃を差出した。

「これがピストルかい。やに小《ちっ》ちゃいんだなア。玩具《おもちゃ》じゃねえかい」

「いいえ、叔父が一対持っているやつを一つ持って来たんです。昨日代々木の原で一発ぶっ放してみました。玩具じゃありません」

「あ、危なかねえかい」

「ここに安全装置がありますから大丈夫です」

「ひどく請合うがいいかい。まア仕方がねえや、預かっとくよ」

「ええ、どうぞ」

「姐さん勘定だ。じゃまた会おうぜ」

「ぼ、僕の再生の恩人です。一生御恩は忘れません」

「変な気を起しちゃいけねえぜ。じゃ、達者で暮しな。あばよ」

惣太は勢よくカフェを出た。

三

翌朝である。惣太はのっそりと起きた。昨夜学生に気前よく金を呉れた時に、さすがに二三枚はくすねておいたので、未だあわてて仕事に出る事はない。彼はのうのうした気持で、ガタピシと階段を降りた。

「小父さん、お早う」

助五郎は新聞を見ていたが、眼鏡をヒョイとお額《でこ》の上にやって、惣太を見やりながら、

「あんまり、早くもねえぜ」

「昨夜《ゆうべ》遅かったから仕方がねえよ。何か変った事があるかい」

「人殺しがあったよ」

「へえ、運転手かい」

「違う。金持だ」

「金持でも人殺しをするかい」

「違うよ、殺されたんだ」

「気の毒だな、金持の癖に殺されるなんて」

「住居は麹町《こうじまち》だ。広大もない邸《やしき》で佐和村という実業家

だ――」

「ちょ、ちょッと待ってくんな。佐和村だって」

「うん。どうしたんだい。急に顔色を変えて、お前に金持の知合がある訳がねえが」

「ちょ、ちょっと心当りがあるんだ。ど、どいつが殺したんだ」

「それが分らねえ。盗人じゃねえかと書いてある」

「ぬ、盗人だって。じょ、冗談じゃねえぜ。ど、どんな事なんだア。ちょ、ちょッと、話してくれよ」

「今晩《こんぎょう》一時頃ていから、つまり夜中の一時だな、佐和村てい実業家が自宅の書斎で、何者とも知れず、ピストルに射たれて殺されたんだ。被害者、つまり殺された老爺《おやじ》は、一時頃書斎で起きていたんだな、ところが庭の方に何か怪しいものが来たんだな、そこで、それを見ようと思って、窓の傍によって、窓を少し開けた途端に、窓のすぐ外から、ズドンと心臓に一発やられたんだ。そこで老爺はそこへつっ伏す。すると殺した奴は部屋の中に這入って、部屋中を掻廻して、その日銀行から下して、机の抽斗に這入っていた三千円の金を奪《と》って逃げたて――」

「嘘だ、嘘だ、そ、そんなはずはねえよ。俺アせいぜい二三百よりとらねえよ」

「お前這入《へえ》ったのか」

「うん、俺ア這入った。だが、殺しやしねえ」

「そうだろう。お前が殺す訳がねえが、じゃ、やられてぶっ斃れている所へ這入ったんだな」

「違う、違う、俺の這入った時には、部屋の中には誰もいねえ。ちゃんとしていた。畜生！　じゃ、あいつがやりアがったのだ」

「誰だい」

「困ったなア。俺アとんでもねえものを預かっちゃった。新聞にピストルの事ア書いてないかい」

「ピストルは犯人が持って逃げたと見えて、現場に見当らずとある。だが、弾丸《たま》の寸法から、口径四五の自働拳銃と推定さるとあるよ」

「ま、まってくんな」

惣太は大急ぎで二階に駆け上って、昨夜預かったピストルを持って、飛降りて来た。

「こ、こいつを鑑定してくんねえ」

「ど、どうしたんだ。飛んでもねえものを持っているじゃねえか。貸しな。自働拳銃だぜ。口径も四五だ。一発射ってあるぜ。しかも最近だな、これは」

「し、しまった。い、一杯食った。代々木の原でぶっ放したなんて、い、いい加減な事をいやがった。道理で血相が変っていたと思ったが」

「オイオイ、落着いて話をしろよ」

「お、落着いてなんかいられるか。お、俺はひ、人殺しで捕まるのだア。と、飛んでもない事になったア」

「見っともねえ。泣くなよ」

「泣くなたって無理だよ。俺ア、あの家に這入って、銭を盗《と》ったのだア。おまけに一発ぶっ放したピストルを持ってるんだア。ど、どうして逃《のが》れられるんだア。死刑だア、うわアー」

「少し落着いて、委しく話をしろよ」

「落着いちゃいられねえッたら。俺が出てから、アノ書生が這入って、一発やって、出て来やがったのだア。這入る所かと思ったが、そうじゃねえんだ。野郎、尻から逆に出て来る所だったんだア。うわア。そいつを俺が旅費を呉れて、逃がしてやったんだ。世話はねえや。うわア」

「静かにしろッ。近所に聞えらア」

助五郎、惣太から一通りの話を聞き出すのが容易の事でなかった。

×　×　×　×

「だが、変だぞ」

惣太の話を聞き終った助五郎は、分別臭い顔をしていった。

「お前《めえ》ピストルの音を聞いたかい」

「いいや」

「お前が裏木戸を出て、家について廻って、その書生に会うまで、どれ位かかったい」

「一分、せいぜい二分かな」

「それ見ろ。いいかい、お前が紙幣を攫《さら》って飛び出す。入れ違いに書生が這入って、ドンと一発うって、塀の穴から這出す。この芸当が二分で出来るかい」

「なるほど」

「おまけにお前の見た時には部屋の中はちゃんとしていたんだろう」

「うん」

「ところが、部屋の中はかなり掻き廻されていたというから、なおさら、その書生がそんな事をしている暇はあるめえ」

「そ、それはそうだ」

「見ろ。あわてる事アねえや。落着いてろ。殺された時間が曲者だよ。被害者の腕時計が一時の所で止っていたから推定されたんだが、確実な所は分らねえんだ」

助五郎、さすがに年の功だ。あわてる惣太を制して、したり顔にいった。

四

夕方になった。階下《した》から助五郎がどなった。

「惣太、可笑しな事になったぞ」

「えッ」

一日中蒼くなって、縮こまっていた惣太は脱兎の如く飛降りて来た。

「夕刊が来たんだが、自殺説擡頭《たいとう》すとあるぜ」

「なんだい、そりア」

「擡頭ていのは、もち上るという事だ。自殺じゃないかという説がもち上ったんだな」

「へえ」

「佐和村の事をだんだん調べてみると、夙《と》うから事業に失敗していて、ウンと借金があって動きがつかなくなっていたんだ。それと、つい二月ほど以前《まえ》に莫大もない保険に這入っている。つまり何だな、保険を取るために、自殺して他殺と見せかけたんじゃないかというのだ」

「死んでから金が取れたって仕方がないじゃねえか」

「それもそうだが、後の者のためという事もある。自殺じゃ保険は取れねえからな」

「だって、お前、ピストルがねえんだろう」

「そこだよ、自殺ならピストルがなくちゃならねえ――」

「アッ、畜生！　じゃ馴合《なれあい》だ。叔父の野郎がズドンと自殺する。甥の野郎がピストルを持って逃げる。それを俺に預ける。もっとも俺の方で預かろうといったんだが」

「なにをブツブツいってるんだ。ピストルが現場にねえ点から、自殺説は怪しくなったんだ。そこで他殺説に逆戻りして、甥の佐和村利雄が疑われてきた――」

「へえ、とうとうそうなったかい」

「何しろ、結婚問題でひどく叔父と喧嘩をしているし、それに伯父が死ねば遺産を相続する――」

「だって、借金で何も残らねえというじゃねえか」

「甥の方じゃあると思ったかもしれねえさ。それに、保険はとれるし」

「じゃ、やったかな。だが、そんな様子はなかったぜ。人柄を見ても、そんな大それた事をしそうじゃねえ、メソメソしていたぜ」

「警察の方にも、そういう説があるようだ。飽くまで強盗の所為だという見込みで、窓から指紋をとって

――」

「えッ、し、指紋！」

「うん」

「と、とれたか」

「うん」

「うわア、そ、それは俺のだア。お、俺はこ、殺しやしねえよ。畜生！　こうなりゃ、あの書生が出てくれなきア、俺は助かりこねえや。そ、そいつを俺ア旅費を呉れて逃がしちゃッたんだ。うわア」

「泣くなてば。大丈夫だよ。ここを見ろ。佐和村利雄は自首して出たぜ」

「えッ、自首?」

「うん、関西に旅行していたが、新聞記事を見て、とても逃れぬ所と自首して出た」

「じゃ、やっぱり奴がやったのかなア。すると、俺と別れてからかな。ピストルはどうしたんだろう。もっとも二挺あるような話だったが」

「ピストルをどこへやったかという事は、絶対にいわないそうだよ」

「偉いッ。そ、そいつをいわれちゃ、俺はお終いだア」

「そこで、警察じゃ利雄の自首を疑っているのだ。真犯人を庇っているんじゃないかッてね。それに窓にあった指紋が全然利雄と違う――」

「うわア、俺ア一体どうなるのだア」

「つまり、今の所警察では三つの意見があるんだよ。一つは自殺説だが、これは今の所一番薄弱だ。他殺説に二つあって、一つは自首した利雄が犯人だという説、一つはやはり金を盗って逃げた強盗で、利雄がそれを知って隠しているのではないかという説」

「うわア、いよいよ助らねえな。俺でもねえ、書生でもねえという説はねえのかなア」

「ねえな」

「とうとう、俺ア死刑か」

「うん、ピストルが出ねえと危ねえな。――おい、ど、どこへ行くんだ」

「俺ア、ピストルを探しに行くんだア」

「ば、馬鹿め。ノコノコ出歩いて、取っ捕ったらどうする。お前の指紋が挙ってるんだぞ」

「だって、いつまでも隠れちゃいられねえよ。それに俺が出ねえで、ひょッと書生が死刑になってみねえ」

「そうすりゃ、お前は助かるじゃねえか」

「俺が助かったって、書生が無実だったら、な、何にもならねえや。いっそ、俺ア、あの書生と一緒に死刑になりていや」

五

その翌朝、惣太は生れて始めての不眠症を経験して、眼を脹《は》れぼったくしながら、二階から降りて来た。

「こう、助爺《すけじい》さん。小父さん、ど、どこへ行ったんだ。助五郎、助五郎てば」

「うるせい」

助五郎は煙管《キセル》を片手に、奥から出て来た。

「朝ぱらから何をウロウロしてやがんだい」

「し、新聞だよ。し、新聞はどうなったい」

「あわてるなったら。新聞は今来たばかりだ。これから見るんだ」

「早く見ておくれよう」

「見てやるよ。俺だって気になってるんだから――待てよ、オヤッ、ピストル発見さる――」

「な、なんだって、ピストルが発見されたッ。しまッたッ。確かに蒲団の下に隠しておいたんだが――」

「オイオイ、何を泡食って二階へ駆け上るんでい。手のつけられない野郎だな。お前の持ってるのじゃねえよ、別の奴だよ、めっかったのは」

「なアんだ。別のか」

「ええと――『佐和村氏変死事件は意外なる転回を見た。それはかねて捜査中だった兇行用のピストルが、同邸西南隅女中部屋の屋根の瓦の間から発見せられ』――」

「なに、屋根の上にあったんだって」

「うん、『該ピストルには尾端に丈夫な麻糸が二寸余結びつけられ――』ピストルの端に麻糸がついてたのだとさ」

「へえ」

「驚いた。とんでもねえ事を企んだものだなア。人間の考えていものは恐ろしいものだなア」

「ど、どうしたんだい」

「驚いたよ。全く」

「じらさねえで、早く話しとくれよ」

「発見されたピストルは佐和村を射ったピストルに相違ねえんだ。ピストルの端に糸がついている。その糸の先にホンの少しこびりついているものを、よく調べて見ると、それが牛肉なんだ。分ったかい」

「ちっとも分らねえ」

「こうなんだ。佐和村は夜中に家の人の隙を覗《ねら》って、そっと起きて、書斎の窓を開け、窓の上にピストルを載せて、自分の胸へズドンと一発射って、途端にピストルを放す。ピストルは窓の下に落ちる。ところがピストルの先には牛肉がつけてある。野良猫がそいつを咥えて、屋根に持って行く」

「ハハン。つまり、ピストルを隠して、他殺に見せようていんだな」

「どうだい驚くだろう。つまり自殺じゃ保険金が取れないから、考えたんだな。飼っていた犬を殺したのも先生のやった仕事で、犬がいちゃ、猫が来ねえからなんだ。飼犬じゃ犬小屋へでも持って行かれて、面白くねえからな。裏木戸を開けといたり、紙幣を出しといたのも、時計の時間を早くしたのも、みんな手だ。つまりお前みたいなのを誘《おび》き寄せて、罪を背負《しょわ》せようていんだ」

「ちきしょう。ひでい奴だ。俺アもう少しで死刑になり損《そこな》ったじゃねえか」

「お前がどじだからよ」

「だが一体、なんだって、そんな途方もねえ事を考えつきアがったんだろう」

「甥に保険金を取らせる積りなんだな。甥に譲るべき金を遣い込んだから、死んでそれを返そうていんだよ」

「ふうん、つまり何だな、自分は失敗して、どうせ死ななければならねえ。せめて、甥に兄から預かったものを返そうていんだな。悪い事だが、憎めねえな。そうと知ったら、俺ア下手人になってやりアよかった」

「馬鹿いうな」

「だが、分らねえ事がある。それほど甥思いが、何故縁談の反対をしたんだろう」

「迷いだな。弁護士の話によると、甥が結婚すると、兄から預かった遺産を渡さなければならない事になっていたそうだ。渡そうにも渡す金はなし、一時延ばそうとしたんだな」

「なアるほど。もう一つ分らねえ事があらア。あの書生さんは何だって、下手人だなんて、自首したんだろう」

「ここを読んでみな。佐和村利雄君は語る、というのがあらア。『僕は誤解していました。僕はある人が叔父を殺したのだと思いました。その人は僕の生命《いのち》を救ってくれた大恩人なのです。僕は捨てようと思っていた生命を、その人に救われたのですから、よし死刑にあってももともとです。それで僕は――』――」

「な、なんだって。じゃ、アノ書生さんは俺が殺したと思ったんだね。無理はねえや。そ、それで、あ、あれんばかりの事を、お、恩に着て、お、俺の代りに死刑になる気だったんだね。そ、そいつア、あんまり結構すぎらア。お、俺みたいなものに――お、小父さん、ひ、人のためにゃ、なっとくもんだなア。お、俺は口が利けねえや」

銀の煙草入

一

美くしく晴れ上った晩春の午後だった。

今年になってから碌《ろく》なことのない会社員石川大吉は、安物のステッキで無暗《むやみ》にアスファルトの床を叩きながら、いらいらして省線電車のN駅のプラットフォームを歩き廻っていた。上下とも電車が暫く来ないので、プラットフォームは乗客で溢れていた。

「チョッ、間に合やしない」

彼は肘を曲げて腕時計をのぞきながら舌打をした。時計はやがて二時半になろうとしている。最近の財界不安の影響を受けて、彼が少しばかり貯金している銀行に取《と》り付騒《つけさわ》ぎが起ったので、急いで引出すべく会社を早目に出て来たのだったが何かの故障で電車が遅延したので、間に合いそうもないのだった。

「ほんとに碌なことはありゃしない」

彼が絶望的にそうつぶやいた時に、五つの車台にギッシリ乗客を載せた電車が勢いよくプラットフォームに驀《ばく》進《しん》して来た。

プラットフォームで待っていた人達は忽ち出入口に群がって洪水のように中から押出されて来る人達をもどかしそうに眺めていた。中には降りる人を押返して潜り込もうとするものがあった。苦しい思いをして電車の中から出て来た人達は乗ろうとしてひしめいている群衆の間を分けるためにまた新たな努力をしなければならなかった。

降りて来る人が疎《まば》らになると、乗客は堰《せき》を切ったように勢いよく車内へ飛込んだ。まだ降り切らない人達は人波に揉み込まれて怒号したり悲鳴を上げたりした。

そうした降り遅れた客の一人が乗ろうとする人達に揉みに揉まれながら、アタフタと降りて来た。石川はその四十恰好の青白い顔を見ると、あっと叫んで一二歩後ずさりをした。その男は石川には気がつかないようだったが、よほど先を急いでいると見えて、プラットフォームに立っていた人を突倒すようにして、ドンドン歩いて行った。

「君、君」

石川はうなされた人のように、思うように出て来ない声を振絞りながら後を追った。

その男はまるで何かに追われているように傍見もしないで、人と人の間を分けて行ったが、ふと上衣のポケットから何か重そうなものをガチャリと落した。がそのまま振向きもしないで急いで行った。すぐ背後にいた石川は忽ちそれを拾い上げたが、その暇にはっと男を見失ってしまった。彼はあわてて改札口を出てあたりを見廻したが、もうどこにもさっきの男の姿はなかった。

「きゃつだ。確にきゃつだ」

石川はうわ語のようにいいながから、手にしたさっき拾ったものを見た。それは銀製の巻煙草入だった。

「あっ」彼は叫んだ。「これは確に寺島のものだ。きゃつの持っていたのをよく知っている。うむ、いよいよきゃつに違いない」

寺島というのは二三年前石川と同じ会社に勤めていたが、間もなくやめてある無尽《むじん》会社の外交員になった男だった。石川はそう親くしていなかったが石川と同じ課にいる川村というのが、懇意にしていたので、彼に寺島の手で無尽に這入ることをしきりにすすめるのだった。

「どうだね、あの寺島という人ね、お前も知っているだろう」石川は妻に相談した。「あの人が外交員をしているのだが、川村君がすすめるがね、無尽に一口這入らないかい」

「そうね」妻は考え深そうな顔をして答えた。「会社が大丈夫だというし、寺島という人も見た所堅そうな人だから這入ってもいいけれども、あたし、何だか川村さんという人は信用出来ないわ」

「それなら好いじゃないか。川村は何にも関係はないのだから」

そういう訳で、石川は一口月掛三十円で三年間に千円になるというのに加入した。一月三十円の掛金は落さずいればだんだん額が少くなるので、それに四ケ月目には一回抽籤《ちゅうせん》があって、当たれば千円そっくり手に這入るのだった。

石川はそれを二年ばかりかけていたが、今年の一月に思いがけなく抽籤に当たったのだった。石川夫婦は好運を非常に喜んで千円の金をどう遣うかという話で毎日浮々《うきうき》として過していた。それでいよいよ現金を寺島が届けてくれるという日にはわざわざ川村を呼んで、みんなで夕食を共にすることにした。

その日は細君の富子は今まで倹約に倹約を重ねて辛苦した甲斐があって、見たこともない大金が手に這入るというので、いそいそとして、食事の拵《こしら》えをして、会社から帰って来た晴々した夫を迎えた。

ところが肝心の寺島は中々やって来なかった。お客の川村も容易に姿を見せなかった。

「どうしたんでしょう」富子は不安そうに石川にいった。

「さあ、もう来そうなものだがね」

夫婦がいらいらとして待わびていると、漸く川村が浮かない顔をしてやって来た。暮れ易い冬の日はもうトップリくれていた。

「どうしたんです。寺島君は」彼は這入って来て、手持無沙汰の夫婦を見ると、直《す》ぐ驚いたようにいった。

「まだ来ないんだよ」

石川は平気で答えた積りだったけれども、その声は我ながら怪しく響いているのだった。

「おかしいなあ、そう遅くなる訳はないんだがなあ」

川村のすすめで無尽会社へ電話をかけると、寺島は金を持ってとうに出掛けたということだった。

「どうしたんだろう」

三人は互にそういいいいして、つくねんと待っていた。けれどもいつまで経っても寺島の姿は見えなかった。

石川夫婦は仕方なく、遠慮する川村を促して夕食を初めた。しかし川村もさすがに落胆している夫婦に気の毒に思ったか、そこそこにして帰って行った。その後で二人は押黙ったまま、いつまでも茫然としていた。

それっきり寺島は行方不明になってしまったのだった。

そんな記憶がまざまざと石川の頭に蘇ってきた。

「今のは確に寺島だった」口惜しそうに石川は呟いた。「捕まえられなかったのは残念だった。けれどもきゃつが東京にいることが分ったからにはきっと探し出して見せるぞ」

石川はそういいながら時計を見た。もう三時に五分しかなかった。銀行にはとても間に合いそうもなかったので彼はまたもとのプラットフォームに上ると、恰度やって来た電車に乗って直《す》ぐ家に帰ることにきめた。途々彼の頭は寺島のことで一ぱいだった。

二

「おい、さっき寺島に会ったぜ」

石川は家のしきいを跨いで妻の富子の顔を見るとすぐそういった。

「えっ」彼女は顔色をかえた。「そして、どうして?」

「人込《ひとごみ》の中でね、声はかけたんだけれども、奴夢中で駆けるように歩いていて、とうとう見失ったよ」

「まあ、惜しいことをしましたね。あたしなら大声を出して誰かに捕えてもらうんだけれど」

富子は口惜そうにいった。

「そうも行かないさ」彼は苦笑《にがわら》いした。

「寺島に違いないの。人間違いじゃなくって」

「違いないとも」彼は言葉に力を入れて、「奴あわてたものだから、これを落して行きやがった。そら覚えがあるだろう」

彼は先刻拾った煙草入を差出した。

「あら、ほんと」富子は眼を丸くして煙草入を受取りながら、「確に寺島さんのだわ」

「そうだろう。さっき内《なか》の煙草を見たが、奴、今だに生意気に西洋煙草を吸ってやがる。いつもきゃつの吸っていたダブルエースが二三本這入っているよ」

「ほんにね、あの人は中々倹約家で堅そうな人で、それでだまされたんだけれども、煙草だけは贅沢だったわね。やっぱし煙草を贅沢するような人はいけないんだわ」

「愚痴をいってやがら、ハハハハ」石川は自嘲するように笑った。

「ちょっと、あなた」富子は何に思いついたか急に驚いたような声を上げた。「変だわよ、あなた。ほら、いつかこの煙草入を川村さんが持ってやしなかった？」

「知らないね。いつかって、寺島の逃げる前かい」

「いいえ、あの後よ。じゃあなた居なかったのかしら。確《たしか》川村さんが持ってたわ。私がオヤ、それは寺島さんのですわねえといったら、川村さんはええ奴から貰ったのですっていったのよ。そういえばあの時に川村さんは少しあわてていたようよ」

「ふん、そんなことがあったのか。しかし、そうすると少しおかしいね。寺島がも一つ持っていたんだろうか」

「そんなはずはないと思うわ」

「じゃその後川村が返したんだろうか」

「そうらしいわね。川村さんがずっと持っていたんなら、そのダブルなんとかいう煙草は這入っているはずはないでしょう」

「うん、中々旨いことをいうな」妻の推理に感嘆の言葉を洩した石川はふと思いついたように声を上げた。

「お前はなんだね、確に寺島が逃げてから、この煙草入を川村が持っているのを見たんだね。とするとなんだな、その後煙草入が寺島の手に返ったのだから川村は寺島とつき合っているな。きっと居所を知っているに違いない」

「ええ、そうよ」富子は忽ち賛成した。「きっとそうなのよ」

「うん」石川は唸り出した。「奴等二人狎合《なれあ》って僕を一ぱいはめたんだな」

「そうらしいわ」富子は残念そうにうなずきながら、「そういえば怪しい節々があるわ。川村さんたら寺島さんを熱心に探しもしないし、その後寺島さんの話しを持出しても、一向冷淡で直ぐ外の話しに紛らしてしまうんですものね」

「確に、お前のいう通りだ。僕は金の事は川村に関係のないことだし、責任でもあるようにいわれちゃ誰だって迷惑だから、なるべく触れないようにしているんだと解釈していたんだが、畜生！　蔭で赤い舌を出していやがったんだ」

「直ぐに川村さんに聞いてみるといいわね」

「そうだ」石川はうなずいた。「そういえば川村はあの後いつでも浮かない顔をしていたし、それに近頃少し変なんだ。神経衰弱だといっていたけれども怪しいね。よし僕は直ぐ行って突留《つきとめ》て来る」

「そう早い方が好いわね、じゃ、御飯の支度をするから、喰べたら直ぐ行ってらっしゃい」

石川はむしゃくしゃしながら夕飯の支度を待っていた。銀行に預けた金はどうなるか分らないし、ほんとに碌なことは少しもありゃしない。彼は肱枕《ひじまくら》をしてゴロリと横になりながら、大きな溜息をついた。

三

川村は神経質らしい蒼白い顔をして石川を迎えたが、石川の様子がなんとなくふだんと違うのを見て取ったか、眉根に深い皺を寄せて、何事か切出されるのを恐れているようだった。川村は三十を二つ三つ過ぎていたが、まだ独身である家の離れ座敷を借ていた。離れの一室は彼らしい華奢な好みでかざってあった。赤いシェードをかけた電燈がやわらかく部屋を照していた。

「川村君」石川は彼の弁舌を恐れているので手間取らないように単刀直入に切出した。「ざっくばらんにいい給え。君は寺島のいる所を知っているだろう」

「えっ」川村は忽ち真蒼になった。「き、君は何をいうんだ」

「君は寺島の行方を知っているだろうというのだ」

「け、怪しからんことをいう」彼はなぜかぶるぶる顫えながら、杜切《とぎ》れ杜切れにいった。

「知らんはずはない」相手が何か恐れているらしいのを見ると、石川はぐっと落着いてきた。

「君はどうしても知っているはずだ」

「き、君はどうしてそんないいがかりをいうのだ」彼はすっかり血の気を失いながら、倒れようとするのを僅《わずか》に机の一角に手をやって堪えているという風だった。

「いいがかりじゃない」石川は静にいった。

「君はこれに見覚えがあるだろう」

石川は川村の眼前にさっきの銀製の巻煙草入を差出した。

「あっ」

一眼見ると、川村は異様な叫び声を上げたが、忽ち撞《どう》と卒倒してしまった。

石川はあわてて川村を抱き起こして机の上にあった水差の水を与えたりした。川村は漸く息を吹き返したが、うわ語のように杜切れ杜切れにしゃべり出した。

「わ、悪かった。石川君、許してくれ給え。悪いことは出来ないものだ。ぼ、僕は一月以来良心の苛責《かしゃく》の断えることはなかったのだ」

「川村君」石川は彼の弱り方が激しいので、自分の執《と》った余裕のない態度を少し後悔しながらやさしくいった。

「そんなに心配しなくてもいいよ。ただ寺島の居場所をいってさえくれればいいのだ」

「いうよ。ぼ、僕はもういわずには居られないのだ」

川村は喘ぎながら、「君、驚かないでくれ給え。寺島はこの床下にいるのだ」

「ええっ！」石川は飛び上った。

「君、本当なんだよ。寺島はもう死体になって、この床下に埋まっているのだ」

「ええっ！」

石川は歯の根が合なかった。彼はガタガタ顫えながら血の気のない川村の顔を打守っていた。生温い風がスーッと顔を撫でて行くようだった。

「ぼ、僕が殺したんだ」川村は細い声で力なく続ける。

「今年の一月僕は金がほしかったのだ。僕は遊蕩に遣う金に困ったのだった。そこへちょうど君が抽籤で無尽の金が千円這入ることになったので、借られれば借たいものだと思って、それとなく君の気をひいてみたが、君達夫婦は喜びで有頂天になってとても僕の遊蕩費などを貸してくれそうにもなかった。そこで僕は君達が寺島が金を持って行く日に僕も一緒に夕飯を御馳走してくれるといったのを幸に、一緒に行くからといって寺島を僕の家へ呼んだのだ。そして寺島に無尽の金を君の方へは日が延びたとか何とかいって、暫く僕の方へ融通してくれるように頼んだのだ。ところが彼は中々頑強で応じてくれない。のみならずはては僕を罵倒するのだ。しまいには僕の不名誉を公然といいかねないのだ。かっとなった僕は彼に飛かかって、そうしてとうとう絞殺《しめころ》してしまった。僕は飛んだことをしたと思ったが、俄《にわか》に罰を受けるのが恐ろしくなって、人知れず床下に埋てしまった。しかし、僕は三月の間十分罰を受け通した。僕は恐ろしくてならなかったのだ。今日は銀行の取付があると聞いて、人命を奪うような大罪を犯して盗《と》った金がまだ少し預金してあったのをあわてて取出しに行ったのだが、とうとう朝から昼過ぎまでかかってしまった。会社への出勤が遅くなるので、急いで電車に飛乗ったが、僕はなぜか絶えず何者かにつけられているような気持だった。寺島君の亡霊だったかも知れない。僕はまるで憑物《つきもの》のした人のように夢中だった。電車がN駅にとまった時にホッと救われたような気持になって、プラットフォームへ飛出したのだった。今も今とて今までにない不安な気持に襲われていたのを、君に訪ねて来られ、寺島の行方を追求せられた上、その煙草入を出された時にはもういけないと思った。その煙草入は寺島を殺した時に彼が机の上に置き忘れたものだったが、僕はどうしてだか一度間違えて洋服のポケットに入れておいたため、君の細君に咎められたことがある。その後机の抽出《ひきだし》の奥深く隠しておいたのだが、どうして君の手に這入ったのか。そのなかには三月前に寺島が入れておいた煙草がそのまま這入っているはずだ。さあ、もうすっかり話してしまったから、僕をどうともいいようにしてくれ」

　これだけのことを語り終ると、川村はガックリとつっ伏《ふし》てしまった。石川は失神した人のように唖然としていた。

× × ×

　離座敷の床下からは川村が自白した通り、寺島の絞殺された死体が現れた。川村は直ぐ検事局へ送られた。ただ一つ分らないことはN駅で石川の見た寺島の姿だった。無論寺島はすでに殺されていたのだから彼であるべきはずはない。川村の自白によると凡《およ》そ同時刻に彼は同じ停車場へ夢中で何者かに追われるようにあわてて下車している。問題の煙草入は川村が持っていたのであるから、石川が寺島と見た人間は川村ではなかったかと思われる。しかし、どうして川村の姿がハッキリと年も人相もまるで違う寺島の姿に見えたか、また銀の巻煙草入は机の奥深く仕舞ってあったはずであるが、どうしてそれが川村の外出着のポケットに這入っていたかは解くべからざる謎として残った。

川村が強奪した千円のうち二百円ばかりはまだ預金として残っていたのでそれはそっくり石川のものになった。石川にはその金が何だかひどく無気味に思われた。妻の富子も、

「何だか遣うのが嫌だわ」といって眉をひそめていたが、やがていつの間にかなくなってしまった。

そうして石川には白昼乗降のはげしい停車場で見た寺島の蒼ざめた姿がいつまでも忘れられずに残った。

都会の一隅で

一

帝都の熟み爛れた皮膚の一角、ゴミゴミした××町の軒の傾いた幾軒かの家の間に、ちょっと鶏群《けいぐん》の一鶴《いっかく》といったように目立つ家がある。そこに盗人の上前を刎《は》ねる所の世の中で最も不都合な商売の一つ、贓物買《けいずかい》の由五郎という強かな爺が、世間体を胡麻化すために、店先に古道具類を並べて骨董品屋と称していた。

ある晩そこへヒョロヒョロと痩せて凹《くぼ》んだ眼を眼鏡越にギロギロさせる紳士風の男がツカツカと這入って来た。

「お出《いで》なさい」由五郎はそう答えながら、鋭く紳士をジロジロと眺めた。

「爺さんは大阪に禿七《はげしち》、またの名を紳士七ともいうケチな盗人のあるのを御存じですかい」紳士は急に語調をかえていった。

「額がひどく禿上って、背のヒョロヒョロとした、眼鏡越しにジロジロ人を見る、少しばかり腕の好い人間だと聞いてまさあ」由五郎は迂散《うさん》そうになおもジロジロ紳士を見ながら答えた。

紳士は静かに帽子を取った。額が頭の領分に切り込んでテカテカ光っていた。

「そうと話が分れば早い方が――」彼はポケットに手を入れて取り出した革製の巾着《きんちゃく》を、逆さに帳場の台の上で振ると、バラバラと出て来たのは、眩しいようにキラキラ光る粒が、一つ二つ総計五粒あった。

が、由五郎は蛙の面《つら》に水を掛けたほども、顔の筋一つ動かさなかった。彼は一粒々々取上げては丹念に調べた。やがて彼はホッと息をついた。

「正真まがいなしのダイヤモンドだ」

「禿七がまやかし物などを持込むものか」紳士は嘲笑《あざわら》いながら、「早い所で、爺さん、いくらだい」

「お前はいくらに売りたいんだね」

「玉はみんなで五つだ。どこへ出したって三万両は欠かさねえ。だが、俺も野暮はいわない。その半分の一万五千両だ」

「ふざけちゃいけないよ。三万円のものが三千両にもならないのが通り相場だ。お前の顔を立てて、五千両なら置いときねえ」

紳士はだまって、五粒のダイヤモンドを摑むと、そのまま出て行こうとした。

「おいおい、どこへ行くんだ」由五郎はあわてて声をかけた。

「知れたことよ。帰るんだ」

「いやに、気の短い野郎だなあ。ちょッ、仕方がねえや、じゃ買ってやらあ。だが、今手元に現金がねえ。小切手でいいかい」

「嫌だよ」紳士七は首を振った。「お前も俺もちったあ顔を売ってるが、会うのはお互に今が初めてだぜ。こういう品物の取引に小切手てい法がねえんだ」

「もっともだがね」由五郎は当惑しながら、「全く、現金がねえんで——」

「じゃ、またにするぜ」

紳士はダイヤモンドを元の革袋に仕舞い込んで、さっさと出て行こうとした。

「待ちねえ」由五郎はいかにも口惜しそうだった。「お前もせっかく俺を見込んで来たんだ。何とか都合をすらあ」

「都合をつけてくれりゃ、俺だって、滅多な所へ持ち廻りたかねえや」紳士七はまた元の所へ引返してきた。

「都合をつけるといっても、全く今夜の所は俺の手許に現金はねえんだ」

「何だい。爺さん、お前俺をからかう気かい」紳士七はきっとなった。

「何の、そんな気は毛頭《もうとう》ないよ。実はね、この先にね、呉《ご》てい支那人の贓物買いがいるんだ。そいつに俺あ先達《せんだつ》て一杯嵌《は》められて口惜しくて仕方がねえんだ。そこでその腹《はら》癒《い》せがしたくて耐らない所なのだが、こう、耳を貸しねえ」

由五郎は何かコソコソと紳士七の耳に囁いた。

「え、どうだい。お前だって儲かるじゃねえか」

「うん、そいつは面白そうだ。片棒担ごうぜ」紳士七はニヤリと笑ってうなずいた。

二

「大将」由五郎は呉の肩を叩きながら、「これは上方で腕利の禿七またの名紳士七てい人なんだ。今俺の所へ素晴らしい玉を持込んだのだが、ちっと俺の手に負えないのでここへ連れて来たんだよ」

「玉を拝見しましょうかね」呉は落着き払って支那人とは思われないほど、あざやかな日本語でいった。

紳士七は黙って例の革袋をポケットから出して、ザラザラと机の上に明けた。キラリキラリと美しい光を放ちながら、五ツのダイヤモンドは、草頭の露のように揺れ動いた。

呉は眉毛一つ動かさなかった。由五郎がやったように彼は丹念に一つ一つ調べた。

「いくらで売るんですか」

「どこへ持出しても三万両は欠かさねえが」由五郎がいった。「野暮はいわねえ。その半分の一万五千両と、こういう話なんだ」

「それは無理です。掛引のない所をいいますが、丁度一万円まで奮発しましょう」

「呉さん。踏み倒しちゃいけねえぜ」由五郎は不服そうに、「一体、これはあっしのお客なんだ。そいつを現金がねえばかりにお前さん所へ持って来たんだから、器用に一万五千両出しておくんなさい」

「駄目です」呉は首を振った。「一万円の上は一銭も出せません」

「それは余り――」

由五郎がなおもしつこくいうのを、いらいらして耐りかねたという風に紳士七は叫んだ。

「いい。私は一万円で売る。一万円で結構だ。愚図々々《ぐずぐず》押問答をしているうちに、探偵《でか》にでも嗅ぎつけられたら大変だ。俺あ売るよ」

「えッ」由五郎はびっくりした。「そいつは話が違う、さっきは一万五千円が一円欠けても――」

「さっきはさっき、今は今だ」紳士七は早口に遮った。「俺あ、時間が惜しいんだ。愚図々々していられないのだ。一時も早く金がほしい」

「だって、見す見す相場でないものを売っちまうのは惜しいじゃねえか」

「私が買うのですから」呉は由五郎を押えるようにいった。「それにあの方も承知されたのですから、あなたが口を出すことはありますまい」

「しかし、俺が紹介したんだ」

「紹介は紹介、商売は商売ですよ。私の買うのを邪魔してもらっては困る」

「呉さん、爺さんには構わないで早く買ってくれ」紳士七は叫んだ。

「承知しました。では現金で払いましょう。無論その方がいいでしょう」

「いいや」意外にも紳士七は大きく首を振った。「現金では困る。ぜひ小切手にしてもらいてえ」

「ええッ、お前はなんていうことをいうのだ」由五郎は腹立しそうに叫んだ。「こういう品の取引を小切手でするということがあるものか。さっきお前は——」

「またさっきか」紳士七は吐き出すようにいった。

「さっきはさっき、今は今だ。俺あ、こうやっていても気が気じゃねえんだ。一時も早くそいつを売飛してしまいたい。それに俺は今夜終列車ですぐ大阪へ帰るんだ。そんな大金を持って行くのは険難《けんなん》だ。途中でひょっと身体でも改められたらそれっきりじゃねえか。だからよ。明日の朝大阪で受取れる小切手にしてもらや、この上はねえというものだ」

「だって、お前もし銀行で支払わなかったらどうする」

由五郎はまだ承知しなかった。

「こう爺さん」紳士七はじっと由五郎の顔を見詰めた。「変なことをいうじゃねえか。さっきお前はなんといった。呉さんはとても信用のある人だっていったじゃねえか」

「さっきはさっき、今は今だ」由五郎はいった。

「何といっても、小切手は俺が不服だ」

「お前の品を売りやしめえし。どうしようと俺の勝手だ」紳士七はプンプンしながら、呉の方を向いて、「爺さんには構わないで、早く小切手を書いて下せえ。大阪の銀行ならどこでも結構でさあ」

呉はニヤニヤ笑いながら、二人の争うのを見ていたが、

「よろしい。では小切手を書きましょう」

彼は小切手帳を出して、サラサラとペンを走らせた。

「では、どうぞ。改めて下さい」

呉の差出した小切手を引攫《ひっさら》うように受取ると、紳士七はチラリと額面を見て、そのままポケットにしまい込み、ちょっと礼をして出て行こうとした。由五郎は眼の色をかえて、彼の後を追って、戸口の所で腕を捕《とら》まえた。

「オイ」由五郎は怒鳴った。「お前はどうあっても俺の顔を潰すんだな」

「くどいッ！」紳士七も腹立しそうに叫んだ。

「俺あ急ぐんだ。放してくれ」

「いいや、放さねえ。お前はさっき何といった。小切手ではいけねえといったじゃないか。だからここへ連れて来たんだ。小切手でいいなら、俺が買ったんだ。それともお前は俺が支那人の呉より信用が出来ねえというのか」

「うるせえな、俺あ急ぐんだったら」紳士七は由五郎を突飛した。

「玉はどうあっても俺が買う」由五郎は勝ち誇ったよ

うに叫んだ。

「俺が小切手を書く。俺は一万五千円で買うんだ」

「困ったなあ」紳士七はジリジリしながら、

「俺あ、別にどっちに売ったっていいんだが、早くなくちゃ困るのだ。さっき爺さんは何だか愚図々々していたからやめたばかりさ。せっかく取引を済ませても、邪魔をされちゃ困っちまう。爺さん、小切手を書くなら早くしとくれな」

そういいながら紳士七はさっき一旦ポケットに収めた小切手を、渋々取り出した。

と見るより早く由五郎は紳士七に飛びかかって、小切手を引ったくり、ズタズタに引裂いてしまった。

「な、なにをするんだッ」紳士七が怒鳴った。

「なにもねえや。この小切手を引裂いてしまえば、取引は取消しだ。ダイヤモンドは俺の手にあるし、呉の振出した小切手は消えちゃったから、これで俺が一万五千両の小切手をお前に渡せばそれでいいんだ。さあ、俺の家に来ねえ」

「また、お前の宅《うち》に行くのか」紳士七は情けなそうな顔をした。

「仕方がねえさ。お前が最初俺の小切手を受取らねえなんていったから、その報いさ」

由五郎が先に立って、紳士七が渋々後について行こうとすると、不意に呉が呼び留めた。

「お待ち」

びっくりして二人が振返ると、呉はピカピカ光るピストルを二人に向けていた。

「な、何をするんだッ！」二人は叫んだ。

「ハハハハハ、この呉さまの眼を胡麻化そうといっても駄目だ。さあ、俺の書いた小切手を出せ！」

「なにッ」

「ハハハハ、古い、古い、その手は古い。爺さんの破いた小切手は身代りの古小切手だ。引《ひき》さいたと見せて俺に安心させて、明日はゆっくり大阪で金を引出そうというのだ。愚図々々いわずに小切手を出せッ！」

「チョッ」

いまいましそうに舌打をしたがピストルの威力には勝てない、紳士七はポケットからさっき呉の書いた小切手を取出して、彼に渡した。

「ハハハハ、それ見ろ。呉さまをだまそうなんて飛んでもない心得違いだぜ。それから将来の心得のためにいってやるが、由五郎さん。お前さんの大切そうに摑んでいるダイヤモンドは偽物だぜ」

「ええッ」由五郎は飛上って、手の中のダイヤモンドを見たが、「ち畜生！」と口惜しそうに怒鳴った。

「ハハハハ」呉は勝誇って、ピストルを玩具《おもちゃ》にしながらいった。「お前さん達二人がさっき戸口の所で狂言にいい争っている隙に、テーブルの上のダイヤモンドを手早く模造品の安物とスリ変えたのだ。そいつを爺さんがあわてて摑みとったのだ。だから、俺は黙っていても、ダイヤを一万円で買ったと思えば済む所だったが、あまりお前達が人を嘗《な》めた真似をするからダイヤモンドも小切手も一切自分のものにしたのさ」

「己れ、うむ」由五郎は口惜しそうに唸った。

「呉さまを一杯はめようなんて、お前のような老《おい》ぼれに出来ることじゃないんだ」

呉は由五郎を見ながら、なおも憎々しげに嘲《あざけ》ったが、ふと、紳士七の方を見ると、あッと顔色を変えた。

紳士七はいつの間に取り出したか、大きなピストルを二挺取り出して、一挺をピタリと呉の脇腹に当てて、一挺で由五郎をねらっていた。

「二人とも神妙にしろ。俺は警視庁の刑事岡田だ。俺の人相が大阪の紳士七とかいう盗人に似ているのを幸いに、まんまと奴に化けてお前達を胡麻化したのだ。お蔭でお前達のやり方がすっかり分った。もうジタバタしても駄目だぞ。さあ、手を出せ」

支那人呉も、由五郎爺も呆気に取られて眼をパチパチさせながら両手を紳士七事《こと》岡田刑事の前に差出した。

暗黒街の紳士

秘密書類

都会の真中《まんなか》とは思えないように、鬱蒼とした樹木に囲まれた宏壮な××大臣の官邸は、何か盛大な催しがあると見えて、宵のうちから自動車の往来が激しく、美しく着飾った貴顕富豪とその夫人令嬢が星の如く集って来た。

客達が群れている広間からズッと隔った密室では、官邸の主人であり、内閣では副総理格の白髪温顔の江口男爵が、若い婦人と静かに対座していた。婦人というのは江口男爵の私の秘書《プライベート・シクレタリー》の宮下鈴子で、ハキハキした新鮮《フレッシュ》な感じのする美しい娘だった。

江口男爵は手に持っている厚い大きな封筒を示しながら、

「これが外山《とやま》博士を殺した悪漢が覘《ねら》った重大書類じゃ。悪漢は態《わざ》と時計や紙入を盗んで、普通の強盗の所為のように見せかけているが、実はこの書類を盗もうとしたのに違いないのじゃ。外山博士が殺されたのは国家の一大損失で、痛恨に堪えんが、この書類が無事だったのは、不幸中の幸いだった」

「それが、アノ」美しい秘書は眼を見張りながら、「外山博士の発明の書類でございますの」

「そうじゃ。これが外山博士が骨を削り肉を殺《そ》いで、苦心惨憺《さんたん》研究した結晶じゃ。この発明のために遂《つ》いに悪漢に殺されるようになったのだから、全く生命《いのち》がけの仕事だったのじゃ」

「その発明と申しますのはどういう事なんでございますか」

「あなたは、もしアルミニウームよりも遥かに軽くて、鋼鉄《はがね》のように弾力があり、高速度鋼《ハイスピードスチール》のように堅く、容易に弾丸の貫通を許さないような金属が発明されたら、どんな結果になると思う」

「まあ」鈴子は息を弾ませながら、「それが外山博士の発明でございますの」

「そうじゃ」男爵は重々しくうなずいた。「一朝《いっちょう》事があれば、タンクも飛行機も潜水艦もすべてこの金属で装甲される。兵士はこの金属で造った軍服を着て進軍するのじゃ。皇軍の向《むか》う所敵なしじゃ」

「まあ、何という心強い事でございましょう」

「その代りにじゃ」男爵は急に声を落した。「この秘密が敵国に洩れたら大変じゃ。現に敵国の間諜《スパイ》共はこの秘密を盗み出そうとして、夜となく昼となくつけ覘っている。外山博士を殺した悪漢も確かにその一味の者じゃ。今夜の客のうちにもきっと間諜が潜んでいるに違いない。いや、実はわしは間諜共を誘《おび》き寄せるために、態《わざ》と今夜の宴会を開いたのじゃ」

「まあ」鈴子は気遣わしそうに男爵を仰ぎ見た。

「それはそれとして」男爵はふと思い出したように、「お父さんは相変らずかな」

鈴子の顔は急に暗くなった。

「はい。相変らず飲んでばかりおりまして、私の云う事などは少しも耳に入れません」

「困ったものじゃ。宮下君はどうしてあんな始末に卒《お》えない飲んだくれになったのかなあ。わしと外山博士と宮下君とは年齢《とし》の差こそあれ、みんな同郷の出身で、昔から君僕と呼び合った仲なのじゃ。だからこそ、あなたにもこうして秘書をしてもらっているし、またどうかして宮下君を救いたいと思って力を尽しているのだが、あの有様ではどうする事も出来ない。それに心配なのは近頃評判の好くない者と一緒に呑み歩いているという事じゃ。もしそれが本当なら、あなたからそう云って止めさせるが好い」

「は、はい。そんな噂がお耳に這入りましたか。近いうちに父に会いまして、もしそんな事がございましたら、必ず止めさせる事にいたします」

鈴子はうつ向いてそっと涙を拭《ふ》いた。父が評判の好くない人達と交際《つきあ》って、呑み代《しろ》を貰っている事は、噂を通り越した事実だった。彼女は幾度泣いて父にそればかりは止めてくれと嘆願した事か。しかし、いつもグデングデンに酔っている父は、ただ嘲笑《あざわら》うばかりだった――

「おお」江口男爵は思い出したように、「もうそろそろ宴会の始まる時間じゃ。あなたも広間の方に行って、お客のもてなしをして下さい」

男爵は立上って、手にした秘密書類を背後《うしろ》の壁に塗り込めた大金庫に蔵《おさ》めた。

鈴子は父の事ですっかり頭を占領されながら、ぼんやりと男爵が、符号《コンビネーション》の撮《つま》みを動かす手許を見つめていた。

父の重罪

「ちょっと」

広間から庭に出ようとする扉《ドア》の所で、鈴子は不意に呼留められた。振向いた彼女はハッと顔色を変えた。そこには背の高い、眼のギロリとした尖《とが》り鼻の日本人とも外国人ともつかない中年の男が立っていた。彼は浅井という混血児で、某国大使館の通訳をしているのだが、金箔つきの間諜《スパイ》だった。最近に彼は鈴子の父と接近して、一緒に呑み廻ったり、金を貢いだりしているので、呼び留められた瞬間に、鈴子の胸は不吉の予感で戦《おのの》いた。

「何か御用でございますか」

「ええ、ちょっとお話がしたいんですが」

「私、今忙しくて手が離せないんですけれども――」

「でも重大な用事ですから」

「えッ、重大な用事?」

「ええ、あなたのお父さんの事なのです」

やっぱりそうだったかと鈴子の胸は早鐘のようにどきついた。浅井は鈴子にスリ寄って囁くように云った。

「他人《ひと》に聞かれては困る事ですから、庭の方へお出下《いで》さいませんか」

舞踏室《ボールーム》では今しも音楽が始まったばかりで、あたりに客はいなかった。鈴子はうなずいた。

「どんな御用ですか存じませんが、庭の方で伺いましょう」

浅井は鈴子を伴って、人影のない庭の一隅に連れて行って、そこにあったベンチに腰を下した。

「どういう事ですか。忙しいんですから早く話して下さい」

鈴子が急《せ》かすと、浅井は態と悠々と煙草函《シガレット・ケース》から煙草を取り出して火をつけながら、

「あなたは外山博士が誰に殺されたのか知っていますか」

「そんな事は存じません」

「あれは、外山博士の所持品を奪《と》って、恰《まる》で強盗の所為のように見せかけていますけれども、全く別の目的で殺したんですよ」

「あなたはそんな事を話すために私をこんな所に引張り出したのですか。そんな話ならもう沢山です。私は用がありますから失礼させて頂きます」

「おっとお待ち下さい。話はこれからですよ。私の話したいのは外山博士を殺した犯人の事です」

「そんな事でしたら聞く必要はありません――」

「お待ちなさいと云ったら。外山博士を殺したのはあなたのお父さんですぞ」

「えッ、父が、外山博士を。オホホホホ。馬鹿らしい」

鈴子は笑ったが、その笑いのうちには絶望的な調子が含まれていた。

彼女も父を疑っていたので――

「あなたは笑うんですか」浅井は真剣な顔をして云い続けた。「あなたが子として信じようとされないのは御もっともですけれども、私だって、仮りにも、殺人の大罪です。証拠のない事は云いませんぞ」

「なに、証拠ですって」

「そうです。お父さんが外山博士を殺したという証拠をお目にかけましょう」

浅井は憎いほど落着払って、ポケットから封筒を取り出して、中からペンで走り書きした手紙を取出した。

鈴子は一歩前に進んで、浅井が両手で拡げている手紙を、葉蔭から洩れて来る電燈の光りで読んだ。

浅井君、
僕は今夜はどんな事があっても、外山から例の書類を盗み出すよ。もし、外山が邪魔したら、仕方がない、可哀そうだが一発で奴を打殺《うちころ》してしまう。首尾を待っていてくれ給え

宮下

非常に急いだらしい乱暴な書体だったが、父の手蹟に違いなかった。鈴子はグラグラとして危く倒れようとした。

「日附を読んで御覧なさい」

浅井は勝誇ったように云った。鈴子は一生懸命に唇をしめしながら、辛うじて声を出した。

「九月十日」

「そうです。外山博士の殺されたのは何日《いつ》でしたか。今から一週間前、即ち九月十日ではありませんか。あなたのお父さんは私にこの手紙を送っておいて、その夜外山博士の所へ行ったのです。もし未だお疑いでしたら、直接お父さんに詰問して御覧なさい。無論隠すでしょうが、返事の様子で分るはずです」

ああ、動かすべからざる証拠！　父の平生の行状からして、いかに抗弁しても、叶うべくもない証拠である。もしこの手紙が公表されたら父は恐ろしい殺人罪の上に、忌わしい売国の罪も背負《しょ》わねばならない。

鈴子は声を顫わしながら云った。

「そ、それで、あなたは私にどうしろと仰有《おっしゃ》るのですか」

「そこです。もし、あなたが、私の要求を容れて下さるなら、この手紙をあなたに差上げようと云うのです。この手紙さえなければ、他には何の証拠もありませんから、お父さんは決して罰せられるような事はありません」

「その要求というのはどんな事ですか」

「あなたには何でもない事です。この官邸の秘密金庫の中に這入っている、外山博士の遺した書類を私に渡して下されば好いのです」

「ええッ」

「あなたはお父さんを恐ろしい殺人の罪で絞首台に送るか送らないかという境に立っているのですぞ。あなたが子として親が忌わしい罪で死刑に処せられるのを、じっと見ている事の出来る人か出来ない人かは、私は能《よ》く知っています。あなたが私のためにちょっとした働きをさえしてくれれば、お父さんは永久に罪の追跡から逃れる事が出来るのです」

「でも、でも——」

「即答が出来なければ私は待ちましょう。そうです。今夜の十二時まで猶予しましょう。今夜正《しょう》十二時、私は芝公園の山門の所で待っています。もしその時に書類が私の手に渡らなければ、遺憾ながらあなたのお父さんは殺人罪で拘引されますぞ。宜しいか。お父さんを救うか、殺すかはあなたの考え一つですぞ。では待っています」

浅井はきっとなってこう云い捨てると、さっさと家の方に向った。

後に残った鈴子はハンカチで顔を蔽うて、身を顫わして泣いていたが、やがて思い直したように、浅井の後を追うて家の方に行った。

鈴子の姿が見えなくなる頃、ベンチの背後からヌッと姿を現わした夜会服姿の怪紳士があった。彼は疑いもなく今夜の客の一人であろうがいつの間にかベンチの背後に潜り込んでいたものと見える。

怪紳士は何やらうなずきながら、同じく家の方に向った。

アッ！　書類が！

増上寺《ぞうじょうじ》の夜半の鐘の音《ね》が芝山内《しばさんない》に轟き渡る時に、一台の自動車が公園内に驀地《まっしぐら》に駆けつけた。

「その辺で好いわ。下して頂戴」

人影は愚か犬一匹歩いていない公園に降り立ったのは美しい若い婦人だった。運転手はちょっと首を傾けて美人を見送りながら、車を元来た方に走らせた。

真夜中の芝公園に降り立った人は云わずと知れた宮下鈴子だった。彼女は僅か数時間のうちにどんなに苦しんだのだろうか、すっかり変り果てていた。赤味を帯びたふくよかな頰はげっそりこけて、灰のように白く、活々《いきいき》とした眼は血走って怪しく光っていた。

彼女は全くその変り果てた容貌が示すように、悩みに悩んだのだった。父を助けるためには恩人に背いて恐ろしい罪を犯さなければならない。罪を犯すまいとすれば父を絞首台に送らなければならない。彼女は悶えに悶え考えに考えた揚句、浅井の要求した通り書類を秘密金庫から盗み出した。そうして書類と引替えに浅井から父の手紙を受取った上、彼を短銃《ピストル》で打殺して、書類を取戻そうと決心した。それが彼女の考えられた唯一の方法だった。書類を持って行かないで浅井を殺す方法も考えたけれども、老獪《ろうかい》な彼の事だから、万一を慮って手紙をどこかに隠して携帯していないかも知れない。とにかく書類を与えて油断をさせ、手紙を受取ってから書類を奪い返す方が好いと考えたのだった。ああしかし、鈴子は父を救けたい一心でこんな考えになったのだが、果してそれは最良の方法だったろうか。

鈴子は書類と短銃を胸の所に秘めて、両手でしっかり上から押えながら、恰《まる》で酒に酔った人のようによろよろと山門の方に歩いて行った。彼女には秘密金庫を開いて書類を盗み出す事さえも、非常な重荷だった。父を救い書類を失わないように、浅井のような男と闘うには、死物狂の努力を要するのは無理のない事である。

鈴子が山門に近づいた時に、バタバタという足音がして、不意に横ざまに彼女に突当った者があった。アッと叫んで鈴子がのめりそうになっている暇に、その男は忽ち闇にまぎれてしまった。

「アッ！　書類が！」漸く立直って胸に手を当てた鈴子は忽ち顔色を変えた。胸の所にしっかり収めておいた書類がないではないか。

今の怪しい男がスリ取って行ったのだ！

ああ、どうしたら好いだろう。一旦浅井に与えて油断させてから取戻す積りだった重大書類は何者とも知れぬ者に盗まれてしまった。鈴子は最早父を救う事は出来ぬ。父を救うどころか、国に対し、恩人に対して絶対に顔向けのならない事になった。

「ああ」

鈴子は魂の抜けた人のようにヘタヘタと地上に座り込んでしまった。泣いたって泣き切れる事ではない。軽卒だったという後悔の念が湧き上るけれども、後悔したって済む事ではない。

「もう死んで詫をするより外はない」

鈴子は夢中で短銃を摑んだ。ああ、浅井を射とうと思って持って来た武器で、自分自身を射つ事になろうとは。

どこへ？

短銃《ピストル》を顳顬《こめかみ》に当てた鈴子の頭には、呑んだくれの父の事や、盗まれた秘密書類の事を考える前に、幼い時に経験した事が夢のように浮んでは消え、消えては浮かんだ。

鈴子は引金を握り締めた。ドンと一発、この哀れな佳人は遂に息が絶えたか。いやいや彼女の命数は未だ尽きなかった。彼女はこの時に、遠くの方で微かに死んではいけないと叫ぶ声を聞いた。ハッと我に返えると、短銃の引金は未だ引かれていなかった。ふと、眼の前を見ると、直ぐそこに秘密書類の封筒が横たわっているではないか。

「アッ」

彼女は訳の分らない叫声を上げて封筒を引摑《ひっつか》んだ。ああ、有難い、封筒には何の変りもなかった。封筒をスリ取った曲者は、それが何の役にも立たないものと見ると、直ぐに投げ出したものと見える。

鈴子は思わぬ幸運に秘密書類を取戻して、ホッと安心の息をつきながら、短銃を帯の間に入れて、秘密書類を片手にしっかりと握りながら、約束の山門の方に向った。一難去ってまた一難、鈴子には大きな難関が残されているのだ。ああ、彼女は果して浅井のような男を相手取って、身を守り書類を守り父を救う事が出来るであろうか。

「鈴子さんですね。遅いじゃありませんか」

鈴子が漸く山門の所に辿り着くと、門の蔭から黒い影がスーッと浮び出て呼びかけた。

「はい、遅くなって相すみません。約束のものを持って来ましたから、父の手紙と引替えにお渡しします」

「持って来ましたか。いや、あなたのお父さん思いには感心しました。そうあるべき事です」

浅井は込み上げてくる嬉しさを噛み殺しながら、真面目な顔をして云った。

「早く、手紙を返えして下さい」

鈴子はもどかしそうに催促したが、浅井は反対に落着き払って、

「オッと、そう安々と手紙は渡せません。手紙を渡して破かれたらそれっきりですからな。書類の方を先にお渡ししなさい」

「でも書類を渡せば手紙を――」

「アハハハハ、その御心配は御無用ですよ。私はその書類さえ手に入れれば好いのです。書類を手に入れた上は、何を苦んであなたのお父さんを罪にしましょう。手紙は即座に差上げますよ。さあ、その書類を早くこちらへ」

浅井は長い手を延ばして、鈴子の手にしていた書類を捥《も》ぎ取った。

「では早く手紙を」

書類を取られた鈴子は浅井に詰め寄って、きっとなって云った。

「アハハハハハ、そう簡単に手紙は上げられませんよ。と云うのはですね。私はお父さんの手紙をあなたに渡す瞬間に、あなたに対する征服力を失ってしまうんだから。ここでうっかり手紙を渡すと、あなたはそれを破っておいてから警官を呼ぶでしょう。それじゃ私は書類を取り返えされた上にひどい目に会うというものだ」

「えッ、では手紙を渡さないと云うのですか」

鈴子は今は必死だ。帯の間に手を入れて短銃を握りしめながら、浅井を睨みつけた。

「そんな恐い顔をしなくても手紙は上げますよ。ただここでは渡せないと云うのです。私の身体《からだ》が安全だと思われる所で渡しましょう」

「そ、それは卑怯です。あなたはここで引替えに渡すと――」

「ええ、引替えに渡すとは云いましたがね。考えてみると危険ですから、他の場所で渡します」

「他の場所とは、他の場所とは」

「まあ、私と一緒にお出なさい。そこに自動車が置いてありますから、お乗りなさい。私が運転します」

「それでどこへ行くんですか」

「私が危険がないと思う所までです」

「そ、それはどこですか」

「まあ好いから黙ってお出でなさい」

ああ、書類を取られた鈴子は鋏《はさみ》を取られた蟹のようなものである。黙って浅井について行くより他はない。いっそ一発にと思うけれども、悲しいのは父の手紙がどこにあるのやら分らない事で、浅井を殺しても手紙が手に這入らなければ、父はいつ殺人の罪で捕えられるやら分らない。浅井を射つ事は浅井にくっついていさえすればいつでも出来る。鈴子は意を決して、浅井の云う通り自動車に乗る事にした。

浅井が運転手台に乗ると、鈴子は直ぐその傍《かたわら》の助手席に腰を下した。浅井が怪しい行動をすれば、最後の手段を取ろうと、彼女は油断なく短銃を握りしめている。浅井はそれを知るや知らずや、平気な様子でスターターを押して、濃い闇の中を驀地《まっしぐら》に自動車を走らせた。

肝腎の所が！

自動車は闇を縫うてどこまでも走って行く。瞬く間に品川に出て、京浜国道を矢のように——

「どこへ行くんですか」

不安に堪えないで鈴子は訊いた。

「横浜ですよ」

「横浜で手紙を渡してくれるのですか」

「ええ、結局はそうなりましょう。横浜には私の仲間が待っているのです。その男に私はこの秘密書類を渡します。そうすると、その男は書類を持って上海《シャンハイ》に行きます。その男が上海に無事に着いた日に、お父さんの手紙をあなたに差上げますよ」

「な、なんですって」

「今あなたに手紙を上げると、あなたは直ぐそれを焼いてしまうでしょう。そうして証拠をなくしておいてから、私が秘密書類を持って逃げたと訴えるでしょう。どんなに旨く隠れていても、結局私は見つけ出されてしまいます。そんな詰らない話は御免ですからね。書類が完全に外国に持出される日まで、手紙を上げられませんよ。ハハハハ」

ああ、何たる狡猾漢《こうかつかん》！　手紙を手に入れたら、短銃を突きつけて、次第によったら射殺してでも秘密書類を奪い返えそうと思っていた鈴子は、あまりにも相手を見縊《みくび》り過ぎていた！　彼女の顔は蒼白となり眼は血走った——

「そ、それで、その間私をどうしておこうと云うのですか」

「仲間が上海に着くまでは、あなたは横浜の友人の家にいて頂くんですね」

「な、なにを云うんです。失礼な。さあ、手紙を出せ。出さないと承知しないぞ」

鈴子は必死の声を絞って、運転中の浅井の胸に短銃を突きつけた。

「アハハハハ」

何たる不敵、浅井は自動車を止めようともしないで嘲笑った。

「お射ちになるならお射ちになって宜しい。私がもし殺されたら、私の友人はお父さんの手紙を持って、直ぐに警察に行く事になっています。そうしたら、あなた方父子《おやこ》は二人とも揃いも揃って恐ろしい人殺しで、しかも忌わしい売国奴《ばいこくど》と云われるようになるのだ。それが承知なら短銃の引金を引きなさい」

ああ、浅井のような骨の髄まで悪で固めた男の前に出ては、鈴子のようなものは狼に弄ばれる仔羊にも及ばぬ。鈴子は力なく短銃を持った手を垂れた。

が、これではならぬ。これでは国を売る悪漢にまんまと重大極まる書類を盗まれてしまう事になる。鈴子は尽きんとする精力を一生懸命に奮い起した。と、窮余の一策、ふとある考えが浮んだ。

「オホホホホ」

彼女は甲高く笑った。必死に嘆願し強要した彼女の態度には一瞥をも与えないで嘲笑っていた浅井は、不意に彼女がヒステリカルに笑い出したのには飛上るほど驚いた。

「オホホホホ」鈴子は笑い続けた。「馬鹿、馬鹿。お前はその秘密書類が本物だと思っているのか。馬鹿のお人好し。そんなものを後生大事に抱えて、どうしようとお云いなのだッ」

鈴子の窮余云い放った言葉は確かに相手の急所を衝《つ》いた。浅井はハッと顔色を変えた。

「な、なんだと」

彼は急に自動車を停めた。そうしてポケットから秘密書類を出して封を切ると、車内の豆《しつない》ランプに照らしながら急いで眼を通した。彼の顔にはホッと安心の色が浮んだ。

「大丈夫だ。ああ、驚いた。鈴子さん、詰らない威《おど》かしは止して下さい。アハハハハ、これは私の欲しい書類に違いありませんよ。外山博士の発明の事を委しく書いた書類です。オヤッ！」

勝ち誇ったようにここまで云った浅井は、この時にまたもやサッと顔色を変えた。

「うーむ。こ、これは変だぞ。この書類には肝腎の所が抜けているッ！」

「えッ」

意外な言葉に鈴子は思わず叫んだ。

「肝腎の公式の所が抜けている」

浅井は半ば独言《ひとりごと》のように唸った。

「えッ、公式の所が」

鈴子はハッとした。もしや、先刻《さっき》書類をスリ取った怪漢が、手早く公式の所を切取ったのではなかろうか。しかし、それにしては余りに短時間だったし、盗む積りなら、何も態々《わざわざ》公式の所だけを切取らないで、全部持って逃げれば済む訳だ。

「うーむ」

浅井は苦しそうに唸り続けた。彼の額からタラタラと汗が垂れた。

「公式の所だけを切取ったものとは思われない。この書類には公式は始めから書かれていないのだ。外山博士は万一を慮って、肝腎の公式だけ、どこかへそっと隠しておいたのだ。しまった。博士はどこへ隠しておいたのか。この書類のどこかに公式を隠した所が書かれているだろう。アッ、そうだッ」

何を思いついたか、浅井は急に眼を輝やかした。

深夜の原中《はらなか》

浅井は鈴子の存在などを忘れたように自動車に飛乗った。鈴子はどうして浅井の傍《そば》を離れられよう。何の猶予もなく彼の後に続いた。

浅井は自動車を元来た道に向き変えた。そうして疾風の如くに走らせた。自動車は忽ち品川を過ぎた。死んだような都会の真夜中を狂ったように自動車は飛んで行く。

狂った自動車は走った、走った、忽ち帝都を横断して郊外へと走り出た。狂った自動車が交番を通過するごとに、立番の巡査は制限外の速力を咎めようとせずに、直ぐに警察電話で怪自動車の通過を警視庁に知らせた。浅井が必死に運転する自動車の行動は刻々に警察首脳部に知れるのだった。しかし、そんな事は浅井も鈴子も夢にも知らない。

郊外に出た自動車はある大きな野原に出た。

「外山博士の近所だ」

野原に見覚えのあった鈴子は、それが外山博士の家の近所だと知ると浅井の目的がどこにあるのか計りかねて、不安に戦いた。

自動車はやがて野原の入口で停った。

浅井は飛降りて、運転台の下を暫く掻き廻した末、野原の方に足を向けた。鈴子は無論彼の後について行った。彼女は浅井について行くのではない。浅井の持っている書類について行くのである。

浅井は真暗な原中を懐中電燈を照らしながら、時々立止って舌打をしたりなどして、しきりにうろつき廻った。原中は都会の附近とは思われないほど無気味な静寂さで、遥か向うの地平線近くに瞬いている星の色も、妙に物凄く澄み切って見えた。

浅井は何か心覚えを頼りに歩いているらしいのだが、昼間とは違って真夜中の事だし、原にはちょっとした丘もあり、谷もあり、所々には腰まで没するように雑草が生い茂っているので、容易な事で目的の場所が見つからぬらしい。

いらいらした浅井は夜の明けるのを恐れる野獣のように、足に委せて歩き廻るのだった。彼の後をつけて見失なわないようにするのは鈴子にとって容易な事ではなかった。

「うむ」

暗くて分らないが、キラリと眼を光らしたかと思われるような呻き声を出した浅井は突然立止った。そうして懐中電燈であたりを二三回照らして見た末、電燈をつけたまま地上に置いて、片手に持っていた鉄の棒のようなもので、地面を掘り始めた。鉄の棒のようなものは自動車の修繕に使う道具らしく、先刻《さっき》ここへ来る前に、運転手台でゴソゴソ何か探していたのはこれだった。地面を掘る道具がないので、こんなものを持って来たのだ。

蹲《しゃが》んで懸命にあちこちを掘り返えしていた浅井は、漸く目的の場所を探し当てたと見えて、急にピッチを上げて一つ所を熱心に掘り出した。割に柔かい土と見えて、不完全な道具ながら、グングン掘れて行く。

ものの一尺余り深く掘った時に、下から泥に塗《まみ》れた品物の一端が現われた。

「アッ」

先刻から何事かと怪しみながら、浅井の掘り返えす手許をじっと見詰めていた鈴子は軽い叫声を上げた。浅井がズルズルと土中から引張り出したのは、何と金鎖のついた時計ではないか。

時計に続いて革の紙入が出た。所々に黒い汚点《しみ》のついているのは血ではないか。紙入に続いて手帳が、それから煙草入《シガレット・ケース》が――

鈴子は思わずゴクンと唾を呑んだ。時計、血に汚れた紙入と手帳、銀製の煙草入、それらの品物はすべて外山博士の持物ではないか、外山博士を襲うた犯人は、博士の所持品を残らず奪い取った。そして、それは博士を殺したのは強盗の所為だと思わせるためだと信ぜられている。ところが、その奪られたはずの博士の持物らしいものが、博士邸から遠くない原中の土中に隠されている。それを今浅井が夢中で掘り出しているのだ！　何の目的で？　いやそれよりも浅井はどうして博士の持物がこんな所に隠されているのを知っているのだろう。

掘り出した品物の泥を払って、紙入の中の紙片《かみきれ》と手帳とを比べて眺めていた浅井は突然叫び声を上げた。

「これだッ！」

鈴子は驚いて訊いた。

「何がこれですかッ！」

「公式が分ったのだッ。公式がこんな所に隠されていようとは夢にも知らなかった。ああ、危い所だった。この事に気がつかないで、書類だけ持って行けば飛んだ失敗をする所だった」

浅井は独り言のように云って、嬉しそうにニヤリと笑った。

闇中《あんちゅう》の声

深夜郊外の原中から掘出した血染の紙入や手帳を打眺めながら、公式を発見したと云ってニヤリと笑った混血児浅井の物凄い顔に鈴子は顫え上った。

浅井は鈴子が傍にいるのを忘れたように、急いで手帳その他のものをポケットに収めて、元来た方へ立去ろうとした。

「浅井さん、待って下さい」

鈴子は浅井に追い縋った。

「手紙を返して下さい」

「手紙？」浅井は立止って眉をひそめたが、急に爆発したように笑い出した。「アハハハハ、お父さんの手紙ですか。あれは今はもう大したものではありませんが、今夜の事について、あなたに永久に沈黙を守って頂くために、もう暫く預っておきます」

「な、なんですって」鈴子は顔色を変えた。「い、今になって、そ、そんな――」

「ハハハハ、鈴子さん、お静かになさい。お父さんの手紙はお返し出来ませんが、その代りに今夜あなたが持って来た書類は、そっくりお返ししますよ。あなたはこれを持って帰って、元通り金庫の中に入れて、知らぬ顔をしていらっしゃい。そうすれば、あなたには何の咎めもない訳です。実は私はこの書類を非常に重大なもののように考えていましたが、調べてみると肝腎の所が欠けていて、案外詰らないものです。そうして肝腎な所は殺された外山博士の手帳にちゃんと書かれていました。外山博士は万一の事を慮って、肝腎の公式は態と書類の中に書いておかなかったのです。私は先刻あなたの暗示《ヒント》で計らずも、秘密の公式を発見する事が出来ました。イヤ、全くあなたのお蔭ですよ。あなたの教示《サゼスチョン》がなかったら、私は飛んでもない失敗をする所でした。では、この書類はお返しします」

浅井は得意そうに喋りながら、秘密書類を封筒のまま鈴子に差出した。鈴子は半ば無意識に封筒を受取ったが、秘密の公式を認《したた》めた手帳をみすみす浅井に持って行かせてはならぬ。彼女は必死となって叫んだ。

「その手帳も置いていらっしゃい！」

「なに、この手帳を置いて行け？　アハハハハ、それは余り勝手過ぎますよ。この手帳は私が発見したのです。手帳の中に秘密の公式が書かれている事も私が発見したんですよ。私は秘密の書類をあなたに返した以上、あなたから何等指図を受ける義務はありません。じゃ、これで失礼しますよ。あなたも直ぐに官邸へ帰って、書類を元通りに金庫へ入れておきなさい。私はあなたのお父さんの手紙は預っておくだけで、あなたさえすべての事を黙っていて下されば、決して発表しません。じゃ、さようなら」

浅井は冷やかに云い放って大股に立去ろうとした。鈴子は必死になって浅井に獅噛《しが》みついた。

「な、なにをするんですかッ」

浅井は振飛《ふりとば》そうとした。しかし、女ながらも力のあらん限りで摑みかかるので、容易に振離《ふりはな》すことが出来なかった。

「は、放せッ」

「いいえ、放しません。手帳をお渡しなさいッ！」

浅井と鈴子の争いは暫く続いた。しかし、鈴子の力は次第に尽きてきた。浅井はハアハアと息を弾ませながら、上に蹲《うずく》まった。浅井はとうとうヘトヘトになって地

（sic）

「ちょッ、詰らない力だてをしおって、一骨折らせやがった」

浅井は忌々《いまいま》しそうに云い放って、洋服の皺を伸ばしながら一足歩み出した。と、その途端に不意に闇中に声がした。

「浅井、待てッ！」

浅井はギョッとして立止って、声のした方をすかして見た。すると、闇の中からバラバラと出て来たのは、思いがけない警官の一隊だった。

浅井はサッと顔色を変えた。

「浅井、御苦労じゃったのう」

警官隊の中から白髪の堂々たる老紳士が現われて、射《い》竦《すく》めるような眼で浅井を見ながら云った。

「アッ。あなたは江口男爵！」

「いかにも江口じゃ」老紳士はうなずきながら、「浅井、意外な所で会うのう」

「……」

「わしは君に感謝しているんじゃ。と云うのは君のお蔭で外山博士の秘密手帳の在所《ありか》が分ったんじゃからなあ」

「えッ！」

「ハハハハハ、そんな妙な顔をしなくても好い。わしはその秘密の手帳の在所を知りたいばかりに、書類が盗み出されて君の手に渡るのを態《わざ》と知らん顔をしていたのじゃ」

何たる意外の言葉！　さすがの悪漢浅井もただ茫然として、老男爵の顔を見守るばかりだった。

真犯人

唖然としている浅井の顔を心地好さそうに眺めながら江口男爵は悠然と話し続けた。

「俺《わし》は君達のような悪漢が書類を覘《ねら》っているのを恐れて、態と偽の書類を金庫の中に入れて、君達の仲間を釣ろうとしたのじゃ。秘書の宮下鈴子に書類の話をして、面前で金庫の中に入れて見せたのも、みんな反間苦肉《はんかんくにく》の謀計《はかりごと》じゃ。江口ともあろうものが、考えがなくてどうして軽々しく書類の話などを口外するものではない。官邸の金庫へ入れたのは君達を誘き寄せる餌なのじゃ。

ところが、君が盗み出させた書類には実は肝腎の所が抜けていたのじゃ。俺《わし》は迂濶にもその事に気がつかなかったが、ある人の忠告で始めてその事を知って、書類を調べてみると、暗号で肝腎の公式は外山博士が肌身離さず持っている手帳の中にある事が書かれていた。が、困った事にはその手帳は外山博士を殺した悪漢のために盗まれてしまったのじゃ。わしはどうしてその重要極まる手帳を取戻す事が出来るか、全く途方に暮れたのじゃ。

そうすると、俺に忠告してくれた奇妙な人物は、わしに素晴らしい智慧を借してくれたのじゃ。その人の云うには、書類を覘っている悪漢も恐らく書類が肝腎の所が抜けている不完全なものである事に気がついてはいまい、じゃから、態と書類を悪漢の手に渡して、それが不完全のものである事を知らせるが好い。そうすると、彼は恐らく外山博士の手帳がどこにあるかという事を好く知っているに違いないから、直ぐに手帳のある場所に行くであろう。その時に手帳を取戻せば好いと云うのじゃ。わしは早速その通り実行した。そうして、首尾よく手帳のある所を見つける事が出来たのじゃ」

「……」

無言で男爵の語るのをじっと聞いていた浅井の顔には、

見る見る憤怒の色が浮んで、口惜しそうに歯噛みをした。

「うーむ」

浅井は苦しそうに唸ると、老男爵に飛かかろうとした。しかし、彼は左右から飛ついた警官に押えられてしまった。

「手帳を取戻す事が出来た上に」老男爵は警官に羽交《はがい》締《じ》めになって藻掻《もが》いている浅井を、小気味好さそうに見下しながら、「わしは外山博士を殺した真犯人を捕まえる事が出来たのじゃ」

「ええッ！」浅井は顔色を土のように蒼くした。

「外山博士の手帳紙入時計その他の所持品の隠し場所を知っている人間は即ち外山博士を殺した犯人なのじゃ。外山博士を殺した犯人は、態と強盗の所為と見せるために所持品を奪ったのじゃ。彼はその時には書類が欲しいばかりで、手帳にそんな重要な事が書かれているとは気がつかず、外山博士邸から遠くないこの原中に、盗んだ品物を隠したのじゃ。

彼は実に恐るべき悪漢で、外山博士の書類を手に入れるために、外山博士の友人であって、今は一種の性格破綻者になっている宮下という人間を買収したのじゃ。そうして宮下が彼に外山博士を殺してでも書類を奪って見せるという手紙を送ると、彼はそっと先廻りをして博士を殺してしまった。しかし、彼は書類を手に入れる事が出来なかったので、今度はその手紙を宮下の娘に見せて、彼女を脅迫して官邸の金庫から書類を盗み出させたのじゃ。考えてみると、彼が苦心して盗み出そうとした書類よりも、彼が手に入れて原中に埋めてしまった手帳の方が遥かに価値があった訳じゃ。わしはしかし、旨々《うまうま》と悪漢を誘き寄せて、その大切な手帳の行方と、同時に憎むべき外山博士殺害犯人を発見する事が出来たのじゃ。どうじゃ浅井、天命と諦めて潔よく何事も白状せい」

「うぬ、うぬ」

浅井は顔色を蒼白にして呻いていたが、さすがに彼ほどの悪漢になると、女々《めめ》しく弁解しようとせず、口をつぐんで黙っていた。

「うむ。さすがは名のある男だけある」老男爵は満足したようにうなずきながら、「無言の白状じゃ。警官、ポケットから手帳その他のものを取上げい」

「閣下」

犯した罪の恐ろしさにうつ伏したまま戦いていた鈴子は、この時に漸く顔を上げた。

「申訳のない罪を犯しました。何とも弁解の言葉はありません。いかようとも御処置下さいまし」

「いや、その心配は無用じゃ」男爵は温顔に微笑を湛えながら云った。「あなたの取った方法は間違っておったが、何事も父を救おうという孝心から出た事じゃ。それに、聞いている通り、あなたに書類を盗ませたのは、実はわしの謀計《はかりごと》なのじゃ。わしは書類を餌にして悪漢を釣り出し彼だけが知っている手帳の在所《ありか》を探ろうとしたのじゃ。わしはあなたを咎める所は少しもない。むしろ、あなたのお蔭で手帳の在所を知り、外山博士殺害の真犯人を知ったのじゃ」

「あ、有難うございます」鈴子は涙にむせびながら云った。「私の犯した大罪をお咎めがないとは、何とお礼申上げて好いやら分りません。その上に外山博士殺害の真犯人を見出《みいだ》して、父の濡衣《ぬれぎぬ》をお晴らし下さいましたのは、こんな嬉しい事はございません」

「その礼はわしにでなく、わしに忠告してすべての謀計を授けてくれた奇妙な人物に云ってもらいたい。わしは今その人をあなたに紹介しよう。名を名乗らない奇妙な紳士よ。どうぞここへ出て下さい」

老男爵は警官隊の方に向いて声をかけたが、答えをするものはなかった。

「奇妙な紳士よ。出て下さい」

老男爵は再び叫んだが、やはり答えはなかった。警官達はめいめいあたりを見廻したが、口を揃えて不審そうに呟いた。

「はてな、アノ紳士は今までここにいたが、いつの間にやら見えなくなってしまったぞ」

暗黒街の紳士

外山博士の遺して行った書類と手帳によって、驚嘆すべき大発明も完全となり、奸智に長《た》けた浅井も、外山博士の所持品を隠した場所を掘り返す現場を押えられて、博士を殺害した顚末を、悪びれずに一切自白した。こうして一方では国家の重大秘密が保たれ、外山博士殺害の真犯人も判明して、鈴子の父も青天白日となって、その後は身持を改めたので、鈴子にはかつて無かった幸福の日が来たが、ただ一つ不審に堪えないのは江口男爵に忠言を試み、秘計を授けた怪紳士の行方であった。鈴子にとっては大恩人なので、彼女は毎日のように怪紳士の正体を知りたく思っていたが、ある日思いがけなく次のような長文の手紙を受取った。それは怪紳士から来たものだった。

鈴子さん、

先日の事件では度々失礼を重ねました。大体の真相はお分りの事と存じますが、未だ二三御説明申さねばならぬ点もあり、もうその時機に達したと思いますから、この手紙を書きました。実は私はこの間の江口男爵のお催しの夜会には、「招かれざる客」として出席しまして、庭であなたと浅井との会話を残らず聞きました。私は実は外山博士の発明につきましては、以前《まえ》から興味を持っておりまして、書類だけではなく、博士所持の手帳にも秘密が隠されている事を確《かた》く信じておりました。それで、私は以前からなくなった手帳を探し出さなければならないと思っていましたが、手帳の隠し場所は外山博士殺しの犯人が知っているだけで、第三者がそれを探そうとしても、何の手掛りもなく、雲を摑むような事で容易な仕事ではありません。そこで、私は犯人自身に隠し場所に行かせる方法を考えました。

私はずっと以前から真犯人は浅井ではないかと考えていましたので彼に手帳が、どんな重要なものであるかを知らせたら、きっと手帳の隠された場所へ行くだろうと信じましたので、あなた方の密談を聞くと、直ぐに江口男爵の所へ行きました。男爵は幸いと快よくお会い下さいましたので、私は庭で盗み聞いた話をしました所、男爵は非常に驚かれましたが、金庫には偽の書類が入れてあるから安心だと云われました。

私は書類の欠陥について考えた所を男爵に云いますと、男爵は早速書類を調べて見られましたが、果せる哉《かな》、私の考え通りだったので、一時も早く手帳を見つけなければならないと云う私の献言に同意されました。私はそれについては、浅井に真《しん》の書類を渡し、彼に書類の欠点を悟らせたら、きっと手帳を隠した場所に行くと申しました。男爵は事柄が余り重大事なので、暫く躊躇しておられましたが、漸く決心して、金庫に真の書類を入れる事にせられましたが、私共が金庫の所へ行きました時には、書類はすでにあなたに盗まれた後でした。

私は直ぐに真の書類を持ってあなたの後を追って、芝公園であなたに突当って、持っておられた偽の書類をスリ盗《と》って、代りに真の書類をあなたの足許に落しておきました。あなたが足許の書類に気がつかずあわや自殺をせられようとした時には全くヒヤリとしましたよ。私は大声を挙げてあなたにその事を知らせて、漸く事なきを得ました。

それから後の事はあなたが御承知の通りです。あなたの乗っておられた自動車の背後《うしろ》には私は蜘蛛《くも》のようにへばりついていました。私はいつでもいざと云えばあなたを救うつもりでした。浅井の運転した自動車の行動は逐一警視庁に報告せられていたのです。

私の考えは幸いに成功しました。手帳の重大な事に気がついた浅井は直《すぐ》にその隠し場所に向いました。こうして我々は何等労する所なく手帳を取戻し、外山博士殺害の真犯人を捕まえる事が出来たのです。

最後に私という人間について、ちょっと説明を加えておきますが、私は社会の暗黒面に隠れて、悪い者に苦しめられている人々を救けるのを目的に働いている者で、自《みずか》ら暗黒街の紳士、略して暗黒紳士とも名乗る者です。私はそうした気の毒な人を救うためには時には非常手段として合法的でない方法を取ります。人によると私の事を義賊だと云われますが、私は何と呼ばれても差支えありません。

さて、そうした悪漢に苦しめられる気の毒な人々を救うために、時には金が必要ですが、私はこれを悪漢から取る事にしています。例えば先夜の事件でも、表面的には手帳の隠し場所を探るためですが、私一個の仕事としては、浅井が少からぬ金品をどこかに隠しているので、その隠し場所が知りたかったのです。ところが私の見込通り、あの原中は浅井の不義の財産の隠し場所だったので、私はあの翌日そっとあそこへ行って、少からぬ金品を掘り出しました。つまりこれが私の今回得た報酬で、これがまた他日苦しめられている正義の人々を救う資金になるのです。

以上の説明で大体の所はお分りの事と存じます。殊によりますと他日また何かの縁でお会いするかも知れませんが、今回の所はこれで再びお話しするような事はないと存じます。では、さようなら。暗黒街の紳士

兇賊を恋した変装の女探偵

一

その日の新聞を読んでアッと驚かなかった人は決してなかったでしょう。余り物に動じない私ですら、一般の人達とはまた違った意味ではありましたが、思わず顔色を変えたものでした。と云っただけでは余りだしぬけでお分りにならないでしょうが、昭和×年から×年に掛けて、風の如くと云いましょうか、電光の如くと云いましょうか、真《しん》に人間業とは思えないように、神出鬼没帝都を荒し廻った怪盗の最後の活躍の場面だと云えば、ああの事かとみなさんは直ぐ頷かれる事と存じます。

今云う怪盗は、華々しい最後の活躍で満都の人をアッと驚嘆させて、不思議や、ふっつりと姿を見せなくなってしまいました。過去二年の永い間に亘って、警察の存在などは恰《まる》で無視したように、大胆不敵に帝都を横行した怪盗だけに、こう急に姿を現わさなくなると、世間の人達は反《かえ》って気味悪く思って、今にも彼が現われて以前《まえ》よりももっと不敵な振舞いをするだろうと、怯《お》じ恐れていましたが、彼はどうしたのか、それっきり全く消息を断ってしまいました。そのために噂は噂を呼んで、彼は捕まえられたのだが、警察の憎まれ者だった彼は正式の裁判にかけないで私刑を加えられたのだろうと想像する者もあれば、いやそうじゃない、彼はどうして尋常《ただ》の者ではない、身分のある人が金持を懲らすためにああいう事をしたので、警察でもどうする事も出来ないのだと知った顔に云う者もあれば、なに、そんな馬鹿な事があるものか、彼だって生身の身体《からだ》だ、大方病気をして死んでしまったのだろうと心得顔に云う者もあるという有様で、一時は世間の人は口を開けばこの怪盗の話になるというほど、世の中を騒がしたものでした。

無論今云ったような噂は取るに足らない臆測に過ぎないのですが、こういう風に評判になるというのは、つまり怪盗に人気——と云っては可笑《おか》しいですが、こんな大それた犯罪人でありながら、どことなく憎まれないと云ったような所があったためで、その訳は彼の活躍振りが余りに人もなげで、大胆不敵で、ちょっと人間業とも思えなかった点と、も一つは彼が強慾非道と云われる、細民の血を絞って肥え太ったような金持の所ばかりを覘《ねら》って、決して中以下の所には這入らず、その上盗み取った金は大部分は施しのために散じるという風だったので、所謂義賊というので本来憎まれるべき犯罪人でありながら、一種の人気があったのでした。

しかし、いかに人気があったとはいえ、盗賊は飽くまで盗賊で、こういう人間に人もなげに帝都を横行させるという事は到底許しておけるものではありません。彼の評判が高まれば高まるほど、心ある人は眉をひそめますし、新聞は筆を揃えて帝都の治安維持に責任ある警視庁を無能呼わりして責めますし、当の警視庁では総監はじめ一巡査まで切歯扼腕《せっしやくわん》して怪盗を捕えようと急《あせ》りましたが、何を云うにも風のような彼は厳重な警戒線を悠々と潜《くぐ》り抜けて、自由自在に怪腕を振うのです。終いには彼は何日《いくか》に誰それの家に這入るからその積りでいよなどと愚弄的な予告を警視庁に送って、約束の日にはちゃんと約束の家に忍び込んで目的を果して、警戒の警官達に地団駄を踏ませるのでした。

さて、この話の冒頭にちょっと書きました彼の最後の舞台ですが、それは昭和×年の三月五日の真夜中で、場所は麴町《こうじまち》××町の富豪皆川佐兵衛の邸《やしき》でした。皆川というのは御承知の如く強慾を以って聞えている高利貸で、巨万の富を積みながら錙銖《ししゅ》の利を争い、見上げるような高いコンクリートの塀に囲まれた牢獄のような邸に家族もなくただ一人暮している老人です。ある日この老人の所へ一通の書面が届きました。それには来る三月五日真夜中を期して、金庫の中の在金《ありがね》を頂戴に出るから、宜しく頼むという恐ろしい言葉が書かれていました。老人は顫え上って所轄警察署に保護を願い出ました。ところが、老人の家に手紙の着いたのと前後して、警視庁の方へもちゃんと怪盗から三月五日の真夜中に皆川佐兵衛の所へ行くから手配をしたら宜かろうという手紙が来ていたのでした。

「うぬッ！」

刑事部長大田代《おおたしろ》英夫の眉は見る見る昂《あが》りまして、額には太い青筋がむくむくと動きました。重ね重ねの侮辱に怪盗横行の責任を一身に浴びて、夜もおちおち眠る事が出来ず、頰がげっそりとこけて見るも痛ましくなっている彼は、爛々《らんらん》たる眼を輝やかして天の一方を見つめながら、今度こそ彼を捕えずには措くものかと悲壮な決心をしました。彼の胸底には既に一つの秘策が秘められていたのでした。

三月五日の日没から真夜中にかけて、麴町××町の皆川佐兵衛邸の厳重な警戒は正に歴史的のもので、警視庁初まって以来の大袈裟なものでした。まずコンクリートの高塀に沿うて、内と外とに数百人の制服巡査が、手を拡げると隣りの人の肩に触れる位の間隔でズラリと配置されました。家の中には選《え》りすぐった数十の警官が刑事部長自らの指揮の許に要所々々を固めていました。家の内外の聯絡には捜査課長の率いる捜査課の精鋭がこれに当って、怪しい者の紛れ込むのを防ぐために、特別に作った合言葉で互に警《いま》しめていました。

大金庫のある部屋は固く錠が下されました。その部屋に出入出来るものは皆川老人と大田代刑事部長の二人だけという事になっていました。金庫には万一怪盗が忍び込んで開けようとした場合を慮《おもんぱか》って、金庫の扉を開けると同時に外部に向けて発射する恐ろしい自働短銃《ピストル》が仕かけてありました。そうして金庫の中には万々一怪盗が盗み出した場合を考慮して、刷立ての手の切れるような百円紙幣が一千枚即ち十万円の紙幣がちゃんと番号を揃えて置かれていました。怪盗が万々一盗み出したとしても、使えば忽ち足がつくはずです。紙幣の番号は予め全国の銀行両替店株式仲買店その他の金融業関係者には洩れなく通知してありました。

かくて皆川佐兵衛の財産は水も洩らさぬ三段備えで守られたのです。即ち第一は数百の警官で邸の内外を犇々《ひしひし》と固めて蟻一匹這い出る隙もない警戒、第二段は金庫に据えつけた自働短銃、最後には全国に番号通知済みの紙幣。ですから仮りに怪盗が数百の警官の眼を掠《かす》めて金庫に近づいたとしても、金庫の扉を開けると同時に短銃で射たれる恐れがありますし、よし無事に中の紙幣を持ち出したとしても、一枚使えば忽ち見破られる恐れがあるのです。いや、そんな事はとにかくとして、第一にこの厳重な警戒の中をどうして彼が潜り抜ける事が出来ましょうか。警官達の中にはこんな厳重極まる警戒は、反って怪盗を恐れさせて近寄らせないから、彼を誘《お》びき寄せるためには、どこかに隙を拵《こしら》えておく方が好いではないかという考えを抱くものもありましたが、怪盗のやり方を能《よ》く知っている幹部級の人々は、これだけの警戒でもなお不安なのでした。従来の経験によると、怪盗はどんな厳重な警戒でも平気で潜り抜け、約束の日にはきっと約束の場所に現われたのです。彼には厳重過ぎる警戒と云うのはないのでした。

さて、当日は日没と同時に皆川邸は表門一ヶ所を残して、他は全部交通を遮断されました。表門を通過する者も一々厳重な取調べを受けて、漸く許されるのでした。中落しましたが、正式の警戒は日没から始まりましたが、既に数十名の警官は昼間から出張していて、正式警戒の開始以前に、邸の内外はどんな隅々までも改められましたので、元より邸内に怪しい者が潜んでいるという事は絶対にあり得ないのでした。

いかに怪盗が従来警察の警戒を破って必ず約束を果したとは云え、こんな尋常一様でない厳戒の中に果して忍び込む事が出来るでしょうか。誰の考えもまず不可能であろうという事に一致するのでした。ところが、予期に反して怪盗は悠々と仕事をして、刑事部長以下数百の警官を尻目にかけて逃げ失せたのですから、当局者の唖然としたのは無論の事、翌日の新聞でこの事を知った人達がアッと叫んだのも無理はないのです。

怪盗はどんな方法でこの厳重な警戒の中を出入したのでしょうか。それには怪盗の活躍を助けた怪しい女の事をお話しなければなりません。その怪しい女というのは年頃《はたち》はやっと二十か多くて二十一位の美しい令嬢風の女で、問題の三月五日の夜十一時半頃忽然として、皆川邸の表門に現われたのです。そうして、どうした訳か居並らぶ警官は易々と彼女を邸内に入れました。大田代刑事部長も快よく彼女を引入れて面談したのでした。

この怪しい美人はそも何者でしょうか。また何故に刑事部長は怪盗厳戒中に彼女を快よく皆川邸内に入れたのでしょうか。この事を説明する前に私は彼女に最初に会った時の事からお話しなくてはなりません。

二

当時私は学校を出て二三年の青年で、ある商会の外交員を極めて実直に勤めておりました。元より独身者ですから、郊外のあるアパートメントの二階の小さい一室を借りて住んでおりました。何分仕事が外交員ですから、別に正規の勤務時間がある訳ではなく、時には朝遅く出る事もあれば、その代りに夜まで働く事もありましたが、その点はアパートメントの独り住居《すまい》というものは至って呑気なもので、世話を焼いてくれるような親切な老婦人もいない代りに、出入りにうるさく見張っているような人もなく、何となく物淋しいのさえ我慢すれば、アパートメントの独り住居は若い者にとっては楽園みたいなものです。

さてお話というのは問題の三月五日から約二週間ほど前の忘れもしない二月二十日の夜でした。私がただ一人ぼんやりと部屋に居りますと、突然廊下にバタバタと足音がしまして、部屋の前に立止ったかと思うと、案内も乞わずに扉《ドア》をグイと開けて、一人の人間が飛込んで来ました。思いがけない出来事に私はきっと身構えましたが、見ると、楚々とした若い婦人でしたから、二度吃驚《びっくり》して婦人の顔を見詰めました。

婦人は蒼い顔をして肩で息をしながら、非常に急《せ》き込んだ調子で、

「御免遊ばせ。私、アノ、悪い奴に追駆けられたものですから――」

「そうですか」

どうやら事情が呑み込めましたので、私も張りつめた気をゆるめて、彼女を椅子に掛けさせようとしました。

「いいえ、そんな事をしていては見つかってしまいます。どこかへ隠して、隠して――」

彼女は恐ろしそうに叫びました。その途端に廊下にドヤドヤという足音が聞えました。彼女はハッと顔色を変えてブルブルと顫え出しました。私は急いで戸棚を開けまして、彼女を押込みました。

その時早く足音は部屋の前に止りまして、扉を荒々しく叩きました。私は勉《つと》めて平気な顔をして扉を開けますと、外には眼のギロリとした洋服姿の男が二人立っていました。私は一眼見てそれが刑事である事が分りました。

「今ここへ若い娘が飛込んだろう」

二人のうちの一人が横柄な口調で知らぬとは云わさぬぞと云うようにのしかかって訊きました。私は憤《む》っとしながら、

「若い娘？　存じませんね。部屋をお間違えになったのではありませんか」

「君、嘘を云ってはいかんよ。僕達はこの部屋に飛込んだのを見たのだから」

「何と仰有《おっしゃ》っても私は知りませんよ。一体あなた方は何ですか」

「僕達はこういう者だ」

彼は渋々《しぶしぶ》××署刑事と肩書のついた名刺を取り出しました。

「今そこで挙動不審の女を見かけて調べようとすると、忽ち逃げ出してこのアパートメントへ逃げ込んだから、直ぐその跡を追ったのだ。そうしたらこの部屋に這入り込んだのだ」

「あなた方は何だか思い違いをしていらっしゃるようですね。ここは御覧の通り両側に同じような部屋が並んでいますから、入口をお取違えになったのでしょう。この通り狭い部屋で人一人隠れるような場所はありませんが、お疑いでしたら一応中をお調べ下さっても宜しゅうございます」

私は決然として云い放しました。私の断乎たる態度に刑事達は暫く無言で見合っておりましたが、やがてボソボソと何事か話合った末、一人が私に向いまして、

「イヤ、どうも失礼しました。あるいは私達の思い違いかも知れません。他を探してみましょう」

二人が立去りますと、私は頃合を計って、女を押入から出しました。彼女の顔色は未だ蒼ざめて、駆け出したり押入に潜り込んだりして、髪の形が少し崩れて鬢《びん》の毛が頬に二筋三筋かかってはおりましたが、危難が既に去ったと知ったためか、先ほどのおどおどとした様子はどこかへ消え失せて、これが挙動不審で咎められた女かと疑えるような、確乎《しっかり》した落着を見せながら云いました。

「どうも有難うございました。何ともお礼のいたしようがございません」

私は改めて彼女を見ました。ここで少し彼女の様子を委しく申述べるのをお許し下さい。彼女は年頃は二十位《はたち》と思われました。私が第一番に彼女の顔から得た印象は理智と教養の閃めきでした。世の中には美しい女の方は沢山あります。ある人はあどけなく、ある人は性的魅力に富み、ある人は淑《しと》やかに、ある人は威圧するように、それぞれ美しさの特徴を持っています。しかし、人々の顔は同時にその人の心の内面を反映している事は争われない事です。いかに眼鼻立の整った美しい顔でも、そこに内面から来る潑剌とした生気がなければ、それは畢竟《ひっきょう》死んだ人形の美しさに過ぎません。愚かしい人または教養のない人はいかに美しくても、どこかに卑しい影のあるものです。それに反して教養の高い理智に富んだ女性の美しさは、正に太陽にも比すべき香《かぐ》わしい美しさです。私は今彼女を一眼見て彼女のうちに清浄な自然と頭の下るような美しさを、あたかも電光に打たれるように感じたのです。私は告白します。私は彼女を一眼見た瞬間にすっかり恋してしまったのです。「一眼の恋」などはあり得ないと否定されるような方には、どうしても私のこの時の気持を察して頂く事は出来ないでしょう。

私はどうして彼女が警官から挙動不審のために疑われるようになったかという事は訊きませんでした。彼女を疑うような者は疑う方が間違っているに極っています。それにその夜の私の気持では、そんな惨酷な質問をするどころか、彼女の所や名を訊くのでさえ、平生《ふだん》ならスラスラと滑る舌がともすればつかえ勝ちで我ながら不思議なほど胸がドキドキして、ハキハキと喋る事が出来ないのでした。彼女の方も言葉少なに答えるだけで、その夜は彼女がタイピストをしている事と城田さき子と名乗る事を訊いただけで別れました。

しかし、それからと云うものは、彼女は三日に一度、多い時は隔日位に私を訪ねて参りました。私は彼女と会わないでいると淋しくて淋しくて耐らないのですが、さて面と向うとボウッとして胸が重苦しくなり、殆ど口が利けないのでした。

　彼女は一体どういう積りで私をしげしげと訪ねて来るのでしょうか。それは私には多少分っておりました。しかし、彼女も私の前に出ると、極めて言葉少なになり、時々ホッと溜息をつくのでした。こうして甚だしい時には、私と彼女は向い合って坐ったきりで、一時間も二時間も口を利かず、ただ互に思い出したように時々溜息をついてばかりいる事がありました。

　こういう風にして彼女と四五度も会っているうちに、私は彼女が何かしら秘密を抱いている女である事が分りました。彼女は恐らくその秘密のために刑事に追われたりしたのです。彼女はその秘密のために苦しみ、その秘密を私に悟られないように苦んでいるのでした。

　が、人一倍鋭い探偵眼を持っている私には、その秘密が分らずには済みませんでした。彼女も他の人になら容易に秘密を悟られるような愚かしい女ではありませんが、否、私にさえ悟られまいとすれば、隠し過《すご》すだけの理智はあったでしょうが、人が人を恋した時には、理智は光りを失うものです。ここまでお話すれば賢明な読者諸君《みなさん》は私と彼女との関係を既にお見抜きになった事と存じますが、ここで話を変えて、いよいよ三月五日真夜中の事件に移る事といたします。

三

皆川邸は内と外とを犇々《ひしひし》と警官達に取り巻かれたまま次第に更けて行く夜を迎えました。

「いくら相手が人間離れをした怪盗だと云っても、この厳重な警戒の中をどうして忍び込めるものか」

　警戒の任に当っていた警官達は誰もそう信じていましたが、真夜中近くなってくると、もしやどこかの隙から這入って来はしないかと、恰《まる》で何かに憑かれでもしたように、云い知れない不安に襲われ始めました。こうなると平素見知った同僚の顔までが、怪盗ではないかと疑われ出すほど神経はいら立ってきます。

「十二時十分前だ。もうそろそろやって来るぞ」

　誰の胸のうちもこうした怪しい予感に戦《おのの》き初めた時に、一人の美しい女が皆川邸の表門の前に現われました。門を固めていた警官はその美しい女を見ると、何故か直ぐ門内に入れました。この女こそふとした事から私を繁々《しげしげ》と訪ねるようになった、何かしら密旨を帯びているとしか思えない怪しい美女でした。この怪しい女がどうして警戒厳しい皆川邸に易々と入る事が出来たか、その理由は（既に気づいていられる方もありましょうが）追々《おいおい》に分って頂く事といたします。

ところで右の怪しい美女は皆川邸の奥まった部屋に通ると、そこに厳然と構えていた刑事部長と何やら話合った末に、邸内のどことなく消え失せましたが、それから、十分ほど経った後、真夜中の十二時きっかりという時刻に、この宏大な邸の主人《あるじ》である皆川佐兵衛老人が鰐皮《わにがわ》の大きな鞄を抱えて、非常に昂奮した面持で刑事部長の前に出て来ました。

「ど、どうしたのですか」

老人のただならぬ様子を見て、刑事部長は驚いたように訊きました。

「だ、駄目じゃ」皆川老人は何者かを怯《お》じ恐れるように、「こ、こんな警戒は駄目じゃ。あの恐ろしい盗人《ぬすびと》は今までに目的を達しないという事はないのじゃ。奴が這入るぞと云った所は、どんな厳重な警戒がしてあっても、きっと忍び込んで悠々と仕事をして行くのじゃ、じゃから奴もきっと今夜約束の時刻に、わしの金を盗み取って行くに相違ないのじゃ。わしはその事を考えただけでも気が違いそうじゃ。わしの生命《いのち》より大切な金をどうしてむざむざと盗まれてなるものか。わしは心配で心配で立っても居ても居られないわい。奴は今夜十二時にわしの金庫から金を盗むと誓いおった。彼はきっとそれを実行するのじゃ。じゃからわしは金を金庫に置く事は出来ん。わし金庫の金をこうして外へ持って出るのじゃ。そうすれば奴はこの金を盗む事が出来ん。わしはそうしなければ不安心でとてもじっとしておられんわい」

皆川老人は気違いのように喚《わめ》きました。なるほど生命よりも金を大切がる守銭奴《しゅせんど》の彼は、金庫に金を入れておいて、じっと恐ろしい怪盗を待っているなどという事は出来ないのも無理はありません。しかし、今になって大金を持って外へ出るというのは不用心極まる事ですから、刑事部長は極力留《と》めましたけれども彼は頑《がん》として聞きません。

「泥棒は金庫の中の金を盗《と》ると云っているのじゃ。外へ持って出れば盗られる気遣いはない」

皆川老人がどう云っても聞き入れませんので、金は元より皆川老人のものですから、刑事部長も強《し》いてという訳に行きません。とうとう根負けがして、それではと部下の腕利に護衛をさせて門の外に出しました。

金庫の中は金はなくても、斯《か》くとは知らない怪盗が忍び込んで来るかも知れませんから、皆川老人が出て行った後も、刑事部長は部下を励ましながら、厳重な警戒を続けました。一時、二時、と時刻は経ってやがて夜もほのぼの明け初めましたが、怪盗は金庫の中に金のない事を知ったのか、それとも余りに厳重な警戒に恐れたか、とうとう姿を見せませんでした。

夜が明け初めましたので、ホッとした警官達は重荷を下したように、安心すると共にがっかりしましたが、この時に突如として大騒動が持上りました。

と云うのは夜が明けると共にふと皆川老人の居間を覗き込んだ警官が、部屋の隅の方に何だか人らしいものが斃れているのを見つけまして、何心なく傍に寄りますと、驚いた事には一人の老人が血に染って転がっているのでした。警官は思わずアッと声を上げました。

警官の叫声に刑事部長以下ドヤドヤと集って来ましたが、刑事部長は一眼冷たくなっている屍体を見ると、サッと顔色を変えました。

「アッ、これは皆川だッ！」

何という不思議でしょう。そこに殺されて横《よこた》わっている老人は、十二時にこの邸を出て行ったはずの皆川老人なのです。何度見直して見ても彼に違いないのです。

警官達は互に顔を見合せました。もしこれが皆川老人に相違ないとすると、夜中に出て行った老人は誰でしょう。

「うむ」

突如何事かに思いついた刑事部長は部下に例の怪しい女を探させました。ところが、確かに邸内にいるはずの怪しい女はどこを探しても影も形もありませんでした。

いら立った刑事部長は金庫を開けさせました。ところが、中に這入っていた十万円の新しい紙幣はすっかりなくなっていました。紙幣は偽の皆川老人が抱えていた鞄の中にぎっしり詰められていたに違いないのです。けれども怪盗はいつどうして邸内に忍込んだのでしょうか。

ところで、皆川老人について行った刑事達ですが、彼等は市内の某所へ連れ込まれて、上機嫌になった皆川老人から散々御馳走になって、いつの間にか老人が見えなくなったのに一向気がつかないのでした。

夜が全く明け離れて、ぼんやり帰って来た刑事達が部長から眼の玉の飛出るほど叱り飛ばされている時に、門前にまたしても例の怪しい女が現われました。警官達は思いがけない彼女の出現に驚きながらも、今度は有無を云わさず、彼女を搦《から》め取りました。

四

以上が三月六日の夕刊から七日の朝刊にかけて、全紙面を埋《うず》めて書き立てられた怪盗事件の顚末で、既に申上げた通りこの記事を読んで、驚かない人は一人もありませんでした。数百の警官で蟻の這込む隙もなく固められた皆川邸へ、約束の日約束の時間にちゃんと怪盗は這入り込んで、悠々と金庫の中の金を出して、刑事の護衛までつけながら外へ出たのですから、人々の舌を巻いたのも当然です。

それに怪盗がいかに大胆にかつ用意周到であったかという事が能《よ》く分るのは、彼はちゃんと紙幣の番号が控えられている事を知って盗み出すと同時に疾風迅雷《しっぷうじんらい》の如く使ってしまった事です。

三月五日以後、怪盗の盗み出した紙幣を使って捕まった慾の皮の突張った連中はどれだけあった事でしょう。数十万円の財産を擁して前代議士の肩書のある某氏は、贋造紙幣だと云って、半値で多額の紙幣を摑まされていました。また、ある大きな小売商人は拾ったところがあなたの名刺が這入っていましたと云って怪盗から盗み出した紙幣を届けられて、落した覚えがないにも係わらず、半額近い礼金を与えて猫糞《ねこばば》をきめていました。そんな手合はその紙幣を使った時に警察に連れて行かれてすっかり紙幣を取上げられた上、うんと叱り飛ばされたのでした。

ところで、前にも申上げました通り、私もこの新聞記事を読んで、アッと驚いた一人でしたが、私の驚いた点は一般の人と少し違っていまして、私の恋人である怪しい美女が警察の手で捕えられた事と皆川老人が何者かの手に依て殺されていたという事でした。というのは、怪盗はこれまで何軒かの家に忍び込んでいましたが、いつもいつ忍び込んだか分らない位に巧妙にやりまして、手荒な事をした事は一度だってありません。殊に彼は盗んだ金を貧しい者に施す義賊だと云うので、一種妙な人気を得ていた男です、今回に限って皆川老人を殺したというのは実に腑に落ちない事のなのです。が、もし怪盗が皆川老人を殺したのでないとすると、一体誰が殺したのでしょうか。真逆《まさか》邸内を警戒していた警官のうちにそんな事をする者があるとは思われませんから、怪盗の仕業でなければ、例の密旨の女の他はないでしょう。警察でもその見込で、彼女は警視庁の留置場に入れられて、日夜責め問われているのでした。

ここで怪しい女の事を少し申し述べますが、私はふとした事から彼女が実は大田代刑事部長の娘ではないか疑っているのです。というのは彼女が、写真で見た刑事部長に好く似ている事で、殊に横顔などそっくりなのです。刑事部長の娘である彼女が何故《なにゆえ》タイピストの城田さき子などと名乗って怪しい振舞いをしているのでしょうか。それは大田代刑事部長が一身を賭《と》して怪盗の逮捕に苦心している点を考え合せれば、御合点《ごがてん》の行く事と存じます。

怪しい女が刑事部長の娘ではないかという事は私の臆測に過ぎませんけれども、もしこの臆測が当っているとすると、彼女が当夜皆川邸に容易《たやす》く這入れた事も、刑事部長に会って何事か話合った事も、なるほどと思い当るではありませんか。

ところで更に、こういう事は考えられませんでしょうか。というのは怪盗が何かの事から刑事部長の娘が密《ひそ》かに探偵に従事しているという事を知って、三月五日の夜怪盗は自ら彼女に変装して皆川邸に行ったのではないかと考えてみるのです。怪盗がどんなに変装に巧みであったかについて、余り御存じない方は馬鹿なと一笑に附してしまわれるかも知れませんが、この事はそう軽々に笑えない事です。怪盗は実に変装が巧みだったのです。彼が二年に亘って巧妙極まる犯罪を働き、警察を愚弄し続ける事の出来たのも、一つは彼の変装がちょっと信ぜられないほど巧みだったためなのです。

密偵である刑事部長の娘に変装した怪盗は易々と邸内に這入ると、巧みに刑事部長の眼を欺いて、金庫室に這入り、皆川老人の手から鍵を奪って（繰り返えして申しますが、この際彼が皆川老人を殺したというのは実に不思議です。どんな危機に際しても巧妙に立廻る彼が、高の知れた老人一人位、声を立てないように縛っておく事は、彼に易々と出来たはずですが）金庫を開け金を出すと、有合せた鞄に詰めて、今度は皆川老人に変装して、悠々と刑事の護衛をつけて外に出たと、こう考えたらどんなものでしょうか。

右に述べました考えのうちに、炯眼《けいがん》な読者は既にお気づきでしょうが、一つ二つ矛盾した点があります。それは怪盗がどうして危険極まる短銃《ピストル》の自動発射装置を避けて金庫を開ける事が出来たか、また彼がどうして紙幣の番号にトリックのある事を見抜く事が出来たかという点ですが、何しろ人間業とは思われない飛び離れた事を平気でやる彼の事ですから、それ位の事は容易に出来たのかも知れません。

以上のように怪盗の遣り口を見抜いた人は別として、世間の多くの人達は蟻の這入る隙もない厳重な警戒の中で、平然として目的を達した怪盗に舌を巻くばかりで、寄ると触ると怪盗の噂さ話と、皆川老人殺害の嫌疑で留置されている怪しい女の話に花を咲かせていました。

そこで読者諸君よ、私の心のうちを少しお察し下さい。私は城田さき子が、よし刑事部長の娘であろうと、また怪盗の手先であろうと、心から彼女を恋しているのです。私は誓います、私の恋は決して一時の出来心や浮気ではありません。私は真剣に彼女を恋しています。私はもしや彼女から拒絶されはしないかという恐ろしさに、彼女に胸のうちは打明ける事は出来ませんでしたけれども、ひょっとして彼女と離れなければならないのではないかという事を考えるだけでも胸は張り裂けそうです。私は何者にも換え難く彼女を恋しています。

ところが、その最愛の彼女があらぬ疑いを受けて、聞くだに忌わしい留置場に入れられて、日夜鬼のような刑事に攻め問われて呻吟しているのです。どうしてこれが捨てておけましょうか。もっとも私の理性は彼女を救い出すなどという事が危険極まる事だと教えます。いや、彼女は案外そんなひどい眼に遭っているのではないかも知れぬぞと理性は囁きます。しかし、恋はすべてを盲目にします。仮令《たとえ》どんな危険が身に迫ればとて、私は彼女と一日も離れては居られないのです。私は決心しました。

五

さて、私はこれから新聞に出なかった奇々怪々な場面をみなさんにお話いたします。それはちょっと信ずる事が出来ない位奇怪な事です。しかし、事実あった事に相違ないので、この章を読まれる方は、余りの奇怪さに眩惑されて茫然となさらないように、また奇怪のうちに隠れた事実をお見逃がしにならないように、特に眉に唾をつけてお読みになる事を希望しておきます。

三月七日の夜半、即ち皆川邸の事件があってから二日経った晩に、僅々《きんきん》二三時間の間に大田代刑事部長が三度警視庁に出入しました。もし非常に炯眼な人がいたら、刑事部長が三度も出入する事に疑いを持って、三度出入した刑事部長の様子が、その度に少しずつ違っていた事を見破ったかも知れません。しかし、事実は刑事部長の出入について疑いの眼を向けた人は一人もなかったのでした。

最初に刑事部長の現われたのは午後十一時頃でした。彼は無言で当直の警官の礼を受けながら、直ぐに例の怪しい女が留置されている独房に向いました。暫くすると刑事部長は非常に悄然《しょうぜん》として、うつ向きながら出て行きました。それから三十分ばかりして刑事部長は再び引返えして来ました。この時は彼は大へん元気な足取りで、出迎えた警官にもやあ御苦労だねと云いながら、やはり直ぐに怪しい女の独房に向いました。そして、やがて彼はやはり元気な足取りで出て来ました。帰りには彼は別に警官達に声を掛けませんでした。

三度目に刑事部長の現われたのは、もう午前一時でした。この時には彼は以前《まえ》と違って元気がなく、何事かを思案するようにうつむき勝ちにトボトボと歩いていました。彼はやはり直ぐに怪しい女の入れてある独房に向いました。そして今度は独房の番人である警官に断って、怪しい女を外に連れ出しました。刑事部長が深夜に留置中の女を連れ出した事については、ある特別な理由で（みなさんの既にお察しのように）誰も怪しむ者はありませんでした。

これまでの話でも既に多少奇怪なのですが、更に更に奇怪なのはこれから先なのです。刑事部長と怪しい女とは連れ立って警視庁を出ると、寂しい濠端を暫く歩んで行きましたが、突如何と思ったか、連れ出された怪しい女は連れ出した刑事部長の腕をむずと摑みました。

「とうとう囮《おとり》にかかったな。怪盗も運の尽きだ。もうジタバタしても駄目だぞ」

怪しい女の口から洩れたのは思いがけなく太い男の声でした。

と、刑事部長の口から洩れたのは思いきや、細い女の声でした。

「アッ、あなたはお父さん」

「な、なんだと」

女の姿をした本当の刑事部長はよろめきながら、刑事部長の姿をした女を覗き込みましたが、

「うむ。お前はきよ子だな」

全く姿を取り違えた父娘《おやこ》は呆れたように、顔を見合せました。やがて刑事部長は唸るように悲壮な声を振り絞りました。

「しまった。また怪盗の奴に逃げられた」

「お父さん許して、許して」

きよ子（即ち城田さき子）は苦しそうに叫びました。

「私が悪いのです。私が悪いのです。お父さんに背《そむ》いたのです。許して、許して」

「な、なんだって、お前が何を、ど、どうしたと云うんだ」

父の刑事部長が驚き怪しみながら娘に詰め寄った時に、突如として闇の中に声がありました。

「お嬢さんが悪いのではありません。私が悪いのです。私はあなたの前で潔よくすべてを告白します」

父娘《おやこ》がアッと驚いている前へ悠々と姿を現わしたのは、ああ、神出鬼没一世を震撼《しんかん》させた怪盗その人でありました。

「アッ、あなたこんな所へ出て来ては――」

きよ子は彼を押し退けようとするように、手を前に突出して一生懸命に叫びました。

しかし、怪盗はまじろぎもせず答えました。

「きよ子さん、お留め下さいますな。私は覚悟しております。お父さんの手にかかって尋常に逮捕せられる積りです」

こう云って怪盗は茫然として突立っている刑事部長の方に静かに振向きました。

六

前章の出来事は余りに奇怪な事実であるから、気をつけて読んで頂きたいと予めお断りしておきましたが、無論大抵のみなさんにはお分りの事と存じますが、中には何が何やらお分りにならない方もあろうかと、ここに少し説明をつけ加える事にいたします。

さて前章に申述べました、三月七日の深夜最初に警視庁に姿を現わしました刑事部長は、何を隠しましょう。実は私が変装したのです。私は恋人が留置場に監禁せられているのを、じっと打すてておくに忍びず、非常に危険な事でありましたが、断然彼女を救い出すために刑事部長に変装して出かけたのでした。ところが、幸いにも私の変装が巧みだったためか、天の助けか、私は少しも疑われないで彼女の独房に通る事が出来ました。

彼女は部屋の隅に悄然と坐っていましたが、私の姿を見ると驚いたように叫びました。

「アッ、お父さん」

彼女のこの一言で私のかねがね疑っていた事は確かになりました。私の所へタイピスト城田さき子と名乗って、しばしば訪ねて来た美女は即ち大田代刑事部長の令嬢きよ子であったのです。

「お父さん」彼女は私にすがりつくようにして云いました。「どうぞこんな所を早く出して下さいまし。死んでもいない皆川さんを殺されたなどと嘘を云って、私をこんな所へ入れて、あの人をここへ誘《おび》き寄せようとするのは余《あん》り卑怯《ま》ではありませんか」

思いがけない言葉に私はぎょっとしました。私も薄々は気づかないではありませんでしたが、かねて疑問にしていた通り、皆川老人は殺されてはいないのです。それを殺されたなどと新聞に書かせたのは、怪盗を誘き寄せようという策略だったのです。

「さき子さん」

私は態《わざ》と彼女の仮名《かめい》を呼んで、顔をグッと彼女の前に突出しました。

「アッ、あなたは、あなたは」彼女は狂気したように叫びました。

「静かに、静かに、私はあなた方の策略に乗ったかも知れません。しかし、私はあなたがこんな所に入れられて苦んでおられる事を知っては、じっとしている事が出来ないのです。私はあなたを救い出しに来ました」

「いけません、いけません」彼女は激しく首を振りました。

「あなたは早く逃げなければ駄目です。私の事は少しも心配はいりません。あなたは早くここを出て下さい。早く、早く」

「いいえ、私は出ません。あなたがここを出ない限り私はここを動きません」

彼女は恨めしそうに私の顔を見上げましたが、私の決心が牢固として動きそうにもないのを見ると、諦めたように云いました。

「仕方がございません。私はあなたの仰有る通りにいたしましょう。どうすれば好いのですか」

「着物を直ぐお脱ぎ下さい」

「ええッ」

「あなたは刑事部長になってここを出るのです。私はあなたになってここに残ります」

「そ、そんな、それはいけません、いけません。あなたがここに残るなんて」

「大丈夫です。私には必ずここが無事に出られるという自信があります。さあ、早くして下さい。あなたは私の云う通りすると云ったではありませんか」

私の押かぶせるような言葉に彼女は仕方なく着物を脱ぎ始めました。

私達はここで着物の交換をいたしました。私は初め気遣っておりましたが、彼女は背も高く、それに前にも申上げた通り父娘とは云いながら実によく似ておりますから、誰が見ても刑事部長としか思えませんでした。

彼女は悄然として出て行きました。ですから最初の回は、這入って来た刑事部長は私で、出て行った刑事部長は彼女なのです。

彼女になり済ました私が独房の中でなす事もなしに居

りますと、暫くすると第二回目の刑事部長の訪問がありました。第二回目の刑事部長は正真正銘の刑事部長でした。

彼は悠然とした足どりで、さすが本物だけに警官達に機嫌よく口を利きながら独房に這入りました。

「アッ、お父さん」

私はかすれた声で云いました。この時の冒険が私の一生のうちで、最後のそうして一番むずかしい冒険だったのです。部長はしかし、一向気がつかないようでした。一つは独房が非常に暗かったためもありましょう。

「永い事不愉快な目に合わして気の毒じゃった。奴は今にきっとここへやって来るに違いないのじゃ。奴は義俠心の強い男じゃから、お前がしもしない人殺しの罪でここに入れられているのをじっと見逃している気遣いはないのじゃ。今夜はわしが代るから、着物を脱ぎなさい」

「えッ、アノ着物を」

「そうじゃ。わしがお前の代りにここへ這入っているのじゃ。しかし、それは絶対秘密じゃから、お前はわしの着物を着て、わしになって出て行くが好い」

いかに独房の中が暗いとは云え、女に変装している私が着物を脱ぐというのは実に危険極る事です。私はためらいました。

「うむ。恥かしいか。なにお父さんの前じゃ、構う事はない。それ、こういう風に横を向いているよ。いや、お前にも長い事苦労をかけてすまなかった。態と刑事に追っかけられて奴の部屋に逃げ込んで、奴の行動を探ってくれたのは大手柄じゃ。奴が犯人と分っていればそんな迂遠な方法は取らなくても好かったのじゃが、ただ怪しい節があるというだけで、証拠になるものが少しもなかったので、お前に女探偵になってもらったのじゃ。お前には苦労をかけて済まなかった。しかし、機敏な奴《きゃつ》にお前に変装されて皆川邸へ這入り込まれたのは大失態じゃったわい」

刑事部長が横を向いて感慨深く述懐している暇に、私は手早く着物を脱いで、刑事部長の脱ぎすてた着物を着ました。

「うむ。さすがじゃ。立派に刑事部長に見えるわい」

彼は私の姿を見て感心しながら云いました。

私は冷汗を流しながら虎の口を逃れる思いで、早々に警視庁の門を出ました。

みなさんにもお分りの通り、二度目の刑事部長は這入って来たのは正真の刑事部長で、出て行ったのは私の変装だったのです。

それから暫くして三度目の刑事部長がやって来ました。三度目の刑事部長は誰あろう、彼女の変装なのです。彼女は初めに私が着て来た刑事部長の服を着て出て行きましたが、再びその服で帰って来たのです。彼女の目的は私を救い出すにありました。彼女はどう考えても私を独房に置いておくに忍びなかったのです。そこで彼女は大胆にも私を連れ出そうと、父の姿に変装したまま、警視庁の門を潜ったのです。その時既に私は独房を逃れでて、皮肉にも彼女の父が彼女の姿をして待っていようとは、神ならぬ身の夢にも知らなかったのでした。

彼女は巧みに独房中の彼女に変装した男を外に連れ出しました。けれども、その男は彼女の考えていたように私ではなく、彼女の父だったのです。刑事部長の方は、彼の姿に変装して這入って来たのは、囮にかかった怪盗に違いないと、勇んで外へ連れ出されたのです。

そこで前章に述べた通り濠端の悲喜劇が起ったのでした。娘の姿をしていた刑事部長が怪盗の変装と思い込んで、刑事部長の姿をした者を捕えると、思いきやそれが娘であったという事になったのです。

もし、私がきよ子に真の恋をしていなかったら、この父娘の失敗をからからと嘲笑《あざわら》って、更に悪事を 恣《ほしいまま》にした事でしょう。しかし、私は――私が問題の怪盗であるという事は、無論すでにお気付の事と存じますが、私は闇の中から突然父娘の者に声をかけました。

彼女はかねて怪しいと眼をつけられていた私の所へ、密偵になって近づくために、あの夜態《わざ》と刑事に追われて私の部屋に逃げ込んだのでした。しかし、私が一眼見て彼女に恋したように彼女も次第に私に恋を感じるようになりました。彼女は密偵の役目と恋との間に板挟みになりながら苦しみ悶えておりました。恋はしかしすべてのものに打ち克ちます。彼女はそれとなく私に皆川邸の金庫の自働短銃《ピストル》の仕かけと、紙幣のトリックを教えてくれたのでした。父の仇、否、社会の敵であり、しかも彼女が密偵として様子を探っている当の盗賊に恋した彼女はどんなに悶え苦しんだ事でしょうか。

煩悶はしかし私も彼女に劣りませんでした。私は遂に翻然悔悟したのです。いかに一身の利を計らないと云っても、国法を犯すものは即ち罪人です。私は潔よく刑事部長の前に名乗り出で、処刑を受けて、過去の罪を清算しようと決心したのでした。

私が一切を刑事部長の前で告白しますと、聞き終った部長はうなずきながら、おどおどしているきよ子と私の顔をじっと見比べました。

×　×　×　×

こうして過去二年間に亘って世間を騒がした怪盗は、皆川邸事件以来ふっつり消息を断ってしまいました。大田代刑事部長は怪盗事件の責任者として、犠牲者だと同情せられ、あの人をと惜しまれながら断然辞職しました。

彼は怪盗の話が出る度にこう云います。

「とうとう奴を捕まえる事は出来なかったが、わしが辞職して以来、奴も義理立てをしたと見えて、トンと悪い事をしなくなった。じゃから捕まえたも同様じゃ。わしはそう思っていくらか慰めているのじゃ」

私はある所で極めて真面目に働いております。過去の罪を贖《あがな》うつもりで一生懸命になっております。妻も幸いに絶えず優しい心を持って私を励ましてくれます。ええ、妻の名はきよ子と申しますよ。

池畔の謎

一

「犯人の眼星はちゃんとついているのですから、探偵趣味の方からいうと、案外つまらないのですが……」

ここで主人は言葉を切って、庭を眺めた。小止みになっていた雨が、また一しきりハラハラと音を立てたのだった。

「花が可愛そうですね」

主人は半ば独言《ひとりごと》のように呟いた。彼の眼は庭の片隅の、半ば開きかけた一株の老桜《ろうおう》に注がれていた。さして広くもない庭ながら、こぢんまりと品よく整って、主人の人柄といい、これが元警視庁の鬼刑事と恐れられた三角《みすみ》氏の住居とは思えないほどの風流《みやび》さだった。

私がなんとか言葉を返そうとする暇もなく、三角氏は私の方に向き直って、話を続けた。

「もう大分以前の事です。深川の細民部落に人殺しがありましてね、殺されたのは若い女でしたが……」

女は浅井はるという売春婦だった。屍体の発見されたのは朝の十時ごろだった。路次の奥の屋根の瓦が大方崩れ落ちた二階だったが、それでも朝日がホンノリ射し込んで、女の蒼白い肌を、屍体とは思えないような艶《なま》めかしさで、照らしていた。

「女はこの辺でもなうてのあばずれでしてね、年は二十三といいましたが、すっかり爛熟し切って、商売女とは思えない、膏《あぶらぎ》切った肉体の持主で、いい縹致《きりょう》とはいえませんが、色白の男ずきのする顔立ちでした。胸もあらわに、裾もまくれ上って、畳の上に大の字に斃れていましたが、血もあまり流れていませんし、何だか変な気持をそそられるようでしたよ。致命傷は背後から心臓部を一刺さされたためですが、短刀が突刺したままになっていたので、外部には余り血が流れていなかったのでした」

女は今もいう通り、男を男とも思わないあばずれで、いい寄ってくる数多い男を手玉に取っていたが、ここ数ケ月足繁《あししげ》く通って来てうるさくつき纏《まと》う一人の男があった。それは本名の奥川亀吉よりはたらしの亀という名で知られている無頼漢《ごろつき》だった。

「たらしの亀というのは、つまり女蕩《おんなたら》しという意味で、元は仕立屋の職人かなんかでしたが、色が白くて顔がのっぺりしているので、近所の子守女なんかに騒がれたのが元で、とうとう身を持崩して、札つきの無頼漢になったので、素人《しろうと》娘や後家さん達を、片っぱしから騙して歩く手のつけられない奴でした」

たらしの亀は最初はやはり浅井はるの溜込んでいる小金に眼をつけたらしい。ところがこの女は思ったより手強く、中々落ちないので、終いには亀の方で、ぞっこん打ち込むようになった。女の方でも最初は亀を嫌っていたのだが、他の素人客よりは幾分張《はり》があるので、つい許すようになって、このごろでは商売気を離れて、だんだん深くなりかけていた。しかし、そうなると、男も男、女も女なので、反《かえ》って痴話喧嘩が激しくなり、顔を見れば互いに口汚く罵り合う日が多くなってきた。

屍体の発見された前夜も、遅く亀がやって来て、激しい争いを始め、夜中には女の悲鳴が近隣を騒がした。しかし、毎度のことなので、階下《した》の老婆も近所のものも、大して気にはしていなかった。そして騒ぎは間もなく静まって、二人は寝たものと思われていた。

翌朝亀は珍らしく八時ごろに起きて、そわそわとして帰って行った。階下の老婆は別に不審も起さず、十時ごろいつもの通り火種を持って二階に上ったが、そこで始めてはるが殺されていることが発見されて、大騒ぎになったのだった。

「前夜から翌朝にかけて、亀以外の人間は出入しませんし、女の背中に突刺っていた短刀も、亀の平生持っていたもので、ちゃんと奴の指紋が出ましたし、亀が殺した事は間違いないのです。亀の奴、夜中の二時ごろに女を殺して、そのまま屍体の傍《かたわら》で夜を明かし、八時ごろ何食わぬ顔をして帰って行ったのです。大胆不敵なやり方ですが、あるいは殺してしまったものの、ちょっと女の傍が離れられなかったのかも知れませんよ。これが探偵小説だと、犯人が最初から知れているなんて、詰らないでしょうが、あたし達の方じゃ、犯人がちゃんと判っていても、いよいよ捕えるまでは、どうして中々骨なんですよ」

たらしの亀こと、奥川亀吉の写真は各署に配付され、刑事は八方に飛んだけれども、彼の消息は少しも判らなかった。亀が女の家を出てから、犯行が発見されるまで、僅々《きんきん》二時間あまりで、忽ち厳しい手配がされ、高飛びをした恐れは絶対にないといっていい。確かに市内のどこかに潜伏しているに違いないのだが、それがどうしたことか、中々発見されないのだった。

「今は何でも科学々々といって、犯罪の捜査にも科学捜査という、綜合的な方法が行われますが、当時は所謂見込捜査というやつで、刑事がめいめいの見込みで、てんでに捜査したものです。少しでも亀に関係のありそうな人間は、どんどん引張って来て訊問する、亀の出入しそうな家には張込む。ちょっとでも聞込みがあれば、どこまでも手繰《たぐ》って行くという風に、ただもう根気で行くより他に仕方がないんです。あたしは所管内の出来事ですし、当時は敏腕刑事だなんて、煽てられて、また実際にも大してヘマな事はやらなかったのですから、たかが遊人風情の亀ぐらいに馬鹿にされるのが癪に障って仕方がなかったのですが、犯行発見後五日ばかりというものは、足を擂りこ木にするだけで、てんで見当がつかないって訳なんです。そこでね――」

三角元刑事はここで言葉を切って、私の顔を意味ありげに眺めたが、やがてニヤリと笑って、

「恥かしい話ですが、当時はよくやった手で、あたしは易者《えきしゃ》の所へ行ったんですよ」

二

雨はいつの間にか上って、雲の切れ目から薄日がさしていた。雫にぬれた桜の花びらは、ホッとしながら嬌羞《きょうしゅう》を含んだ眼で私達を眺めているようだった。

「雨が上りましたね」

主人はまたしても半ば独言のように呟いたがすぐ向き直って、

「犯人《ほし》の消息が判らないような時に、あたし達はどうかすると易を見てもらったものですよ。非科学的といえば非科学的ですが、犯人が何者であるかを探偵する場合でなく、既に判っている犯人が、どこに潜伏しているかという問題で、てんで見当がつかない時に、まあステッキの倒れた方向を捜すような気持で、易者に頼ったという訳なのです。この時にあたしが訪ねた易者は女でしてね、一風変った易者でしたよ」

女易者は浅草の奥山に住んでいた。易者といっても筮《ぜい》竹《ちく》や算木《さんぎ》を持ち出すのではなく、水晶で拵《こしら》えた玉を机の上に置いて、その前に端座して、無言のままじっとそれを見つめるのだった。暫くすると、彼女の身体《からだ》に何者か

の霊が憑《の》りうつって、いわゆる神がかりの状態となって、依頼者の知りたいことを、半分謎のような言葉で告げるのだった。

「あたしは以前に二度ほど御厄介になったことがありました。それで、この時も訪ねる気になったのですが、年のころは三十位でしょうかね、面長《おもなが》の鼻の尖《とが》った狐みたいな顔の女ですが、顔の道具は整っていましてね、あれで頬があれほど痩《こ》けていなければ、美人のうちに這入ると思います。洋髪に結って、ちょっと見には奥さん然としていますが、神がかりの状態になって、ポツポツ喋り出しますと、妙なもので、なんとなく後光《ごこう》がさしているような気がして、威圧を感じます。気の弱いものなら、女の前に出ただけで、おじけてしまいましょうよ」

女の住居《すまい》がまた一種異様な雰囲気のうちにあった。まず第一にその住居を見つける事が容易ではない。そのあたりは狭苦しい路次が、変に入り乱れていて、馴れないものが踏み込もうものなら、いつまでも一つ所をグルグル歩いていて、中々抜け出ることが出来ないのだ。そうした一角に、やっと一人通れる位の入口が細長く奥に続いている。路次の両側は鼠色になって所々醜く剝がれている壁なのだが、天井にどっちかの家の二階がかかっているので、恰《まる》で洞穴《ほらあな》にでも這入って行くようだ。漸く奥に這入ると、そこは石畳になってちょっと広くなっている、どうかすると乞食のような女がいて、黙ってジロジロと顔を眺める。そこにボロボロになった門があって、そこから曲りくねった石段が二階に連っている。

石段を怖々《こわごわ》上って行くと、ぷうんと異様な臭いが鼻をうつ。それは安い線香の匂いと、にんにくの臭いとジュウジュウと動物の屍体を焼く臭いの交錯だ。部屋は変にうす暗く、支那式の祭壇が設けられて、そこでは神への犠牲に、蛇、蛙《かえる》、蜈蚣《むかで》、時々は鼠の屍体が火の中に投げ込まれるのだ。そこで女易者は、大きな水晶の玉を置いた机を前にして、グッと客を睨む。

「全く馴れないものは、家を探し出すことが出来ませんし、気の弱いものは家の中に這入れませんよ。その代りに、奇妙によくいい当てるというので、中々信者があるんですよ。その夜、あたしが女の前に腰をかけると、例の如くじっとあたしを睨んで『尋ね人だね』といいました。あたしは別に驚きません。向うではあたしを刑事だと知ってるんですから、尋ね人位の察しはつこうという訳です」

三角刑事がうなずくと、女は黙って立上って、祭壇の火に何かの動物を投げ込んだ。ジュッという音と共に、濛々《もうもう》と煙が上って、耐え切れない異臭が部屋に渦を巻き

出した。女は再び元の座について、

「尋ねる人は」

「男」

「名は」

「奥川亀吉」

「奥川？　亀吉？」

「人殺しだ。美しい女を殺した男だ」

「美しい女を、殺した、お、と、こ」

女は途切々々《とぎれとぎれ》に三角刑事の言葉を繰返したが、やがてじっと水晶の玉を見つめ始めた。

女の相好《そうごう》がサッと変った。眼が異様な光を放ち始めた。呻くような声で、

「塔が見える」

「塔が……」

三角刑事は一言一句を聞洩らさないように、息を凝らした。

「広い原が――砂原だ」

「砂原？」

「アア、タンクだ。大きなタンクだ」

「タンク？」

「池がある。水の濁った池が」

「池」

「両側に家が並んでいる。二階家だ、西洋館――」

「西洋館」

「その隣だ。つんぼ、聾《つんぼ》の婆」

「つんぼ？」

と、その途端に女易者はグッタリと身体を曲げた。神がかりの状態が醒めたのだ。

三角刑事は料金をポンと投げ出して、曲りくねった石の階段を、トントンと降りた。

三

「こういう風にお聞きになると、なんのことだか、ちょっとお判りにならないでしょうが、始めにお話した通り、この女易者はいつでもこんな謎みたいなことをいうのです。これから先の判断はこっちでしなければならないのです。つまり女のいった言葉が、奥川亀吉の行方を暗示しているわけなんです。最初女が『塔がある』といいましたね、この時にあたしは直ぐ上野と芝公園を考えました。と、次の『広い原――砂原』です、上野にも芝にも、広い砂原はありません。では、他に塔のある所はと、頭の中で忙しく考えていますと、次の『タンク』で

す。芝浦だな、と思いました。あすこは砂原とはいえませんが、大きな原だし、誰も知っている大きな瓦斯溜《タンク》があります。が、次の『池、濁った池』で、参りました。アノ辺には池なんかありません。やっぱり上野かなと思いましたが、上野にはタンクなんかありません」

三角刑事は女易者のいった言葉が解けないので、ハタと当惑した。考えてみると、水晶の玉だか、神がかりだか知らないが、得体の知れない女易者の出鱈目《でたらめ》な言葉を、真《ま》に受けるのが、馬鹿々々しくなったりした。彼はフフンと彼自身を冷笑しながら、思い切ろうとしたが、その時にふと、新宿にある大きなタンクを思い出した。

「そう思いますと、大きな砂原というのが代々木の練兵場に当りますし、濁った池というのが、タンクの近くにある十二社《じゅうにそう》の池に当りはしないかと思われるのです。ただ、始めの『塔』といった言葉に相当するものはありませんが、無駄ならそれまでと、とにかく新宿に出かけることにしました」

女易者の所を出たのは十時近くだったが、新宿のタンクに思いつくまでに、思いの外の時間を費やし、いよいよ十二社の池のほとりについたころには、もう十二時を過ぎていた。

「あそこは御承知の通り、連れ込み宿や、あいまい料理屋が両側に建並《たちなら》んでいますから、夜中近くでも、いまだ起きている家が相当ありました。ずっと両側を見て歩くと、たった一軒二階建の西洋館が眼につきました。もっとも西洋館といっても木造のペンキ塗りで、一品料理かなんかやっているチャチな建物でしたが、確かに一軒、しかもたった一軒だけの西洋館じゃありませんか。あたしはハッとしましたよ」

西洋館の右隣は、このあたりでは一流らしい料理屋だったが、左隣はみすぼらしい二階屋で、下は駄菓子屋とも、荒物屋ともつかない、名ばかりの店で、それでも軒下にボール紙を吊るして、それへ金釘のような字で、「サックあり」と書いてあるだけに、夜の客の用もあるらしく、未だ細目に戸が開いて、どうやら起きているらしい。三角刑事は傍によって、そッと中の様子を窺った。

と、店先に白髪の老婆がチョコナンと坐って、歯のない歯茎をもがもがさせていた。それがちょっと猫が化けているのではないかというような気をさせたが、やはり人間で、三角刑事を客と見たらしく、ツと立って、傍に寄って来て、ニタニタと笑いながら、人差指で自分の耳を指して見せた。

聾！　聾の老婆だった！　タンク、池、池の周りの西洋館、その隣りの聾の老婆！

「あたしはグッと唾を呑み込みました。迷信といわれても何でもいい。ここが女易者が教えてくれた家だ。この家の二階に、人殺しの亀が隠れているのだ。どうしよう、踏み込もうか。そっと様子を窺おうか、と、ちょっと迷った途端に、二階からトントンと足音荒く降りて来る音がしたのです」

四

南無三！　亀に気《け》とられたか、逃がしてなるものかと、三角刑事が身構えた途端に、スーッと現われたのは、思いがけなく一人の女だった。ハッと三角刑事がたじろぐ暇に、女はちょっと老婆に会釈して、草履《ぞうり》を突かけると、そのまま外の闇に消えてしまった。

その背後《うしろ》姿を見て、三角刑事はハテなと首を傾けた、どうやら見覚えのあるらしい女なのだ。だが、どうしても思い出せない。

聾の老婆は相変らずニタニタと笑いながら、突立っている。何とか恰好をつけなくてはならないし、出て行った女も気にかかれば、二階も気にかかる。

が、一瞬に意を決して、老婆には手を振って、何でもないという事を示し、女の後を追おうと、身を転じた途端に、二階から「ううむ」という低い苦しそうな呻き声が洩れ聞えて来た。

三角刑事はもはや躊躇しなかった。再び身を転じると、呆気にとられている老婆を押退けるようにして、二階に駆け上った。

と、彼はそこに何を見たか。

一人の男が畳の上に大の字にのけ反《ぞ》っていた。彼は断末魔の苦しみに、呻き踠《もが》いているのだった。そうして、見る見る息を引取っていった。低いうめき声と、手足をピクピクと二、三度動かしたが、それが最後だった。

彼の背中には短刀が突立っていた。それが正に心臓を突いたらしく、叫び声も立て得ずに、バッタリと斃れたのだ。

そして、その男は？

彼はたらしの亀だった。正しく奥川亀吉だった！

「さすがのあたしも暫らく茫然としていましたよ。何が何だか、少しも分らないのです。女易者の謎のような言葉を辿って、漸くそれらしい家を見つけると、女が飛び出して来る、二階の呻き声、二階に上ると、亀が殺されている。しかもそれがたった今のことです。あたしの鼻先で人殺しが起ったのです。被害者が尋ねあぐんでいた殺人犯人、加害者はむろん今出て行った女です。女を殺した男が、また女に殺される――しかもその殺され方まで、殺した時と同じなのです。あたしは全く夢を見ているのではないかと思いましたよ」

だが、決して夢ではなかった。

茫然とした状態から漸く我に返った三角刑事は口惜しくて耐らなかった。殺人犯人の亀を捕えるばかりになって、ムザムザと殺されてしまった残念さと、眼と鼻の間で、亀の加害者を逸してしまった無念さとが、腹の底からこみ上げて来るのだった。

だが、あの女はここの婆が知っているのだ！

三角刑事はやっとそのことに気がついて、彼の後からついて来て、腰を抜かしている老婆に問いかけたが彼は直ぐ落胆した。

金聾《かなつんぼ》！　老婆は金聾なのだ。どうすることも出来ない。

「あたしは全く泣きたくなりましたよ。畜生！　お前みたいなドジの刑事は、首でも縊って死んじまえッて全く大声で怒鳴りたくなりました」

が、幸運が待っていた。この時にふと三角刑事は思い出したのだった。

あわてて家を出て行った女は、どうも見覚えがあると思ったが、どうやらそれがつい二時間ほど以前に別れた女易者ではなかったか。

三角刑事はドキンとした。考えれば考えるほど、それに相違ないように思われるのだ。思いがけなく女が降りて来て、ハッと思っている隙に飛出して行ったのだが、確かに女易者に違いない。そうだ！　それは間違いのないことだ！

「あたしは飛上りましたよ。亀を殺させたのはヘマでしたが、とにかく亀の居所を突き留めて、亀を殺した犯人がちゃんと判ったのですから、こいつア喜んでいい訳でさあ。女易者は本名を駒木おいとという女でしてね、二、三日して捕まりましたよ」

五

おいとは亀にたらし込まれた一人で、今では反って亀に惚れ込んでいたのだが、このごろになって、亀がまた他の女即ち浅井はるに関係し始めたので、ひどく亀を恨んでいたが、偶然三角刑事から亀の隠れ家の占を頼まれたのがきっかけで、むらむらと復讐心を起して隠れ家に飛込んで、亀を殺したのだった。

「おいとが何故あたしに亀の隠れ家を教える気になったか、自分を寝とったはるを、亀が殺したと聞いて、何故亀を殺す気になったのか、あたしにはどうもハッキリしません。女、殊にああした女はむら気ですから何をするか判りませんよ」

と、ここで三角氏はまた眼を庭にやりながら、

「いい塩梅《あんばい》です。すっかり晴れましたよ。明日は上天気でしょう。二三日うちに花は見頃になりますね」

ビルマの九官鳥

第一章　母と息子

一　奇遇

日本郵船会社汽船秋津丸はカルカッタの埠頭を静かに離れて、洋々たる大ガンジス河を河口へと下って行った。埠頭には健気《けなげ》にも最後まで踏み留って、帝国の権益を護り抜こうとする在留邦人の淋しい群が、名残惜しげにしきりにハンケチを振っているのが、次第に小さく見えた。甲板に群れていた乗客達は同じようにハンケチを振って、それに答えていた。

真赤な夕日が西方の水平線上に落ちようとする頃、船はベンガル湾に滑り出た。海はまるで湖面のように静かだった。熱帯の真夏の太陽が傾いて、甲板は急に涼しさを覚えた。普通の航海なら、人々はホッと解放された気持になって、楽しそうにさざめき合うのだが、どの人の面上にもどことなく憂色が漂い、言葉少なに緊張していた。

帝国軍隊が仏印に平和進駐をすると、理由もなく、事々に日本を敵視し圧迫しようとするアメリカは、資金凍結という無法な手段を取って、無言のうちに、帝国に経済断交を宣言した。アメリカの尻馬に乗って、イギリスも資金凍結を宣した。これで取引の決済が困難になって、イギリスとの貿易は事実上不可能になった訳であるが、飽くまで自己本位のイギリスは我国にインドの棉花を売る事だけは許した。インドの棉花が売れなくなると、その栽培に従事している何百万というインドの農民が困るからである。しかし、棉花は日本でも必要なので、イギリスの勝手だと思いながらも、買付を続けていたのだった。そのために、ボンベイまでは日本の汽船が通っていたのだった。

アメリカの傍若無人な非礼極る処置には、日本の朝野を挙げて憤激したけれども、政府当局者は飽くまで冷静を失わず、隠忍自重《いんにんじちょう》して、メッセーヂを送って、アメリカの反省を求めた。日米、並びに日英の間が事なくすむか、開戦になるかという事は、一にかかって、アメリカが反省して、日本の正しい主張を容れるか容れないかという事に懸っていた。

一部の人はアメリカの反省に期待を掛けていた。しかし、アメリカは中々誠意ある態度を示さず、回答は徒《いたず》らに遅れていた。

今はそういう宙ぶらりんな、しかし、いつ爆発するか知れないという不安な状態を続けている時だった。

だから、印度《インド》航路もこの秋津丸を以って、最後になるかも知れず、また悪くすると、こうしてベンガル湾を走っているうちにも、日米日英は交戦状態になるかも知れないのだ。秋津丸の船長は勿論乗組員も乗客一同も、いざという場合の覚悟はしている。乗客の殆ど全部は政府の命令によって、インドを引揚げる人達で、婦人子供老人が多かったが、一人残らず、最後の場合は日本人として恥かしからぬ処置を取ろうと決心していた。人々の面上に憂いの色があり、緊張して見えたのは、そういう理由だったのである。

太陽はとうとう水平線下に没した。あたりは急に暗くなった。乗客達は三々伍々船室に降りて行った。甲板には人影がまばらになったが、船尾の方で、親子らしい中年の婦人と少年とが、てすりに凭れて、泡立つスクリューの跡に見入っていた。

「ねえ、お母さん」

凛々《りり》しい顔に、澄み切った眼を持った少年だった。

「僕、ラングーンに降りてみたいなア」

「ラングーンにはとても上陸出来ないだろうと、船長さんが仰有《おっしゃ》ってました」

四十近い、しかし、年よりはずっと若く見える気品のある婦人だった。

「でも、僕、降りたいなア」

「お母さんだって、そうですよ」

婦人がこういった時に、麻の白服に、ヘルメット帽を被った中年の男が通りかかった。日本人にしては素暗らしく大きく、肩のがっしりした、色はインド人よりも黒いかと思われる偉丈夫だった。

その男は近づきながら、婦人の横顔をじっと見入っていたが、一旦通り過ぎてから、後戻りをして、ヘルメットを脱ぎながら声を掛けた。

「失礼ですが、素木《もとき》さんじゃありませんか」

「は、素木でございますが」

振り向いて、相手の顔を審《いぶか》しげに見上げながら、婦人は答えた。少年も同じように不審そうに偉丈夫を見上げた。

「やっぱりそうでしたか。先刻チラリとお見受けした時に、どうもそうらしいと思ったのですが。お見忘れですか。いや、お見忘れになるのも無理はない。久しくお目にかかりませんからなア。ハハハハ、随分黒くなったでしょう。奥さん、僕は春海ですよ。春海邦雄です」

「まア」

婦人は眼を丸くして、暫く相手の顔を眺めてから、

「お変りになりましたもンですから、つい、本当に久しぶりですこと。お懐しゅう存じます」

と、さも懐しそうにいって、少年に、

「春海さんですよ。覚えてるでしょう。ホラ、お父さんと中学時代からの御親友で、探検家の――」

「たしか誠一さんといったね」

少年が口を開かない前に、春海はいった。

「もう七、八年会わんから――そうだ、君は未だ五つか六つだった。覚えてはいまい。ハハハハ」

誠一はまじまじと春海を見ながらいった。

「よく覚えてません。でも、名前はお母さんから聞いてます」

「中々利口そうだな。頼もしい。お父さんの跡取になれるぞ」

春海はそういって、軽く少年の肩に手を置いたが、すぐ母親の方を向いて、

「全く、こんな所で、あなた方にお目にかかろうとは夢にも思ってませんでしたなア。いつからカルカッタに――」

「兄がカルカッタの領事をしていまして、是非一度来いというものですから、夏休みを利用しまして――」

「お兄さんがカルカッタの領事、そうでしたか。それは少しも存じませんでした。こういう時節で、ゆっくり御見物も出来なかったでしょうなア」

「はい、でも、初めから見物というような心算《つもり》はなく――実は、是非ラングーンに寄りたいと思って参ったのですが、それが出来ませんで、誠に残念でございます」

「そうですか。ラングーンに」と、春海は十年以前の事を思い出して急に顔を曇らせて、「ごもっともですなア。しかし、何しろラングーンは援蔣《えんしょう》基地で、日本人は白い眼で見られますからなア。御婦人や子供さんの上陸は無理かも知れませんね」

「はい、もう諦めております」

そういって、彼女は元気なく眼を伏せたが、苦い思出を払い退けるように、急に話題を変えようと試みた。

「あなた様はこれからどちらへ――」

「僕ですか。僕は久しぶりで日本へ帰るつもりです。実は飽くまで踏み留《とどま》っていたかったのですが、むしろ一度帰って、出直した方がいいんじゃないかと思い返しましてね」

「え、ではまたすぐこちらへ」

「そうなると思いますね。今度はしかし、日本軍の道案内ですよ。ビルマと印度進軍のね。ハハハハ、なアに、軍部じゃ、ビルマも印度も、十分調べはついてるでしょうが、僕だって、少しは役に立ちましょう。随分歩き廻りましたからね」

「本当に、間もなく、あなたのような方がお役に立つ時が参りましょう。探検という事も、決して無駄ではございませんわね」

「僕などは大した事はありませんが——しかしね、奥さん、日本という国は英米に眩惑されて、随分間違った事をしていましたよ。例えば世界地理ですが」

と、春海は誠一の方に向いて、

「誠一君、君は世界地理を習ってる?」

「いいえ、未だです」

誠一はかぶりを振った。

「そう、今に習うだろうが、その時は大いに変る事と思う。ねえ、奥さん、試みに中等地理教科書の附図を開いて御覧なさい。ヨーロッパやアメリカの地図には、用もないのに、鉄道や都会や、山脈や河川の名が委しく記入してありますが、亜細亜《アジア》や南洋方面はどうです。都会の名も碌になく、山脈や河川は大部分が出鱈目《でたらめ》です。生徒には肝腎の亜細亜の地理はいい加減にして、アメリカやヨーロッパの地理に主力を注いでいるんですよ。歴史だってその通り、全く考えてみると、随分べら棒な話ですよ」

「全くでございますわね」

素木夫人は大きくうなずいた。彼女にも、今こそ、日本の英米偏重教育の弊がはっきり分るのだった。

甲板はすっかり暗くなった。夕食を知らせるらしい鐘の音が、遥か船首の方から聞えて来た。

誠一は探検家春海邦雄を、崇拝に似た気持で見上げていた。彼の堂々たる体軀といい、豪放磊落《らいらく》な気質といい、その正しい信念といい、縋りついて訴えたいような頼もしさを感ぜずにはいられなかったのだった。

二　素木博士

夜十時過ぎ、さすがに大部分の船客は寝静まっていた。船長室には煌々《こうこう》と電燈が点いて、いかにも老練な船乗を思わせる船長と、春海邦雄とが向い合せに椅子に掛けていた。

「あなたは差支えないと思いますが」

船長はパイプに煙草を詰めながらいった。

「婦人や子供の上陸は、私として許す訳に行きませんな。一体どうして、素木さんはそんなにラングーンに上陸したいんですか」

「船長は理学博士素木勝弥の事をお聞きになった事はありませんか」

春海は咥《くわ》えていた葉巻を手に持ち替えていった。

「有名な地質学者で、世界的な探鉱機を発明した――」

「さア、よく知りませんが」

「今から十年以前、その頃シャムといったタイ国に招聘《しょうへい》されて、地質調査と、石油その他の鉱物資源の探検のために出かけて、タイ国の調査を済ませてから、マレーに向い、そこからビルマに這入って――」

「ああ」船長は急に思い出したように、「ビルマで行方不明になった方ですね。そんな記憶があります。素木さんといったかどうか、名は忘れましたが」

「御記憶ですか。当時は大分騒がれた事件ですからね。素木博士はピナン附近で錫鉱山を視察してから、モールメンに行き、マルタハンからラングーンに這入りました。そこまでは消息ははっきりしているんですが、ラングーンから北部山地地方に向ったきり、行方が分らなくなってしまったのです」

「もう十年経ちますかねえ」

「十年半になりますよ。もう大抵の人に忘れられましたね」

「やはり、鉱山の探検に行かれたのですか。私も委しい事は忘れてしまいましたけど」

「それがよく分らないんです。僕は中学時代からの親友の事ですから、すぐラングーンに飛んで行き、随分骨を折りましたけれど、全然徒労でした。実は僕がビルマや印度の探検家になったのは、その時からで、その以前はヨーロッパやアフリカなどを歩いていましたが、その時に、日本人が亜細亜の事を余りにも知らなさ過ぎる事に気がついて、それから宗旨替えをした訳なんです」

「何かイギリス政府の陰謀だというような説を、後に聞いたような気がしますが」

「そういう説もありました。しかし、当時はイギリスに気がねして、誰も公然とそういう説を唱える者もなく、これという証拠はなし——イギリスのやり方は尻尾を押えられるようなそんなヘマなやり方じゃありませんからね。結局うやむやになりました。私の考えでは、素木はイギリス当局に睨まれる理由は十分あったと思いますね。シャムの地質調査を日本の学者にやらせるというだけでも、イギリスの気に入らなかったのです。独立国のシャムに対してすらそうですから、況《いわん》や英領のマレーや、ビルマにやって来て、鉱物資源を調査するという事は、何としても歓迎されなかった事ですよ。殊に、素木の発明した探鉱機は素晴らしい性能を持っていましたから——」

「やはり掘鑿《くっさく》機械なんですか」

「いや」

春海は首を振った。

「そんな大袈裟なものじゃない。一人で容易《たやす》く持ち運びの出来る小さい機械です。簡単にいえば、非常に感度の強い天秤《てんびん》で、地球の重力の僅かな変化を計るんですね。地球の重力は常に地球の中心に向って働くものと考えられる。そこで、天秤に取りつけられた鉛の錘は常に地球の中心に向ってる訳だが、地殻に重い物質があると、そのために重力に僅な変化が起り、天秤が僅かに振れる。軽い物質の場合はその振れが少い。探鉱すべき所を出来るだけ広く取り、その中に出来るだけ多くの点を選んで、重力の変化、つまり天秤の振れを計るんですな。その変化の有様で、地下に埋没している鉱物の有無や種類が分る。そういった機械ですよ」

「微妙なものですな」

「その他に、地下に火薬を仕掛けて爆発させて、その反響によって、岩石の分布を知る方法や、電気法、つまり、地下に埋没している金属鉱物のために生じる僅かな電位の差を計って、探鉱する方法などありますが、この重力差を計る方法が一番有効なんです。素木博士はその機械で、度々重要な発見をしました」

「して見ると、実に惜しい人を亡くしたもんですな。いや、失礼、未だ亡くなったという訳じゃありませんが」

「いや」

春海は悲しそうな表情になった。

「十年以上消息がないのですからな。死んだと考えるのが至当でしょう。しかし、残された家族の身になると、いつまでも諦められないもので——」

「分りました」

船長は大きくうなずいて、

「夫人と御子息がラングーンに上陸したいといわれる気持は、よく分りました。しかし、ラングーンへ上陸されたところで、ただ、一時の思出の種になるだけで——これは、第三者の無慈悲な見方かも知れませんが、そのためにもしもの事があったら、故人に——いや、行方不明の博士に反《かえ》って相すみますまい。どうか、上陸は断念されるように、あなたからよくいって下さい」

春海もこれ以上返す言葉はなかった。実は、彼自身も、夫人や誠一が敵地といっていい所へ、危険を冒して上陸する事には賛成していなかったのだった。

三　貰った九官鳥

秋津丸はラングーンに二日碇泊《ていはく》の予定だった。荷物の積込みと、ここでも、最後の引上げ邦人を収容する事になっていた。

春海は特に許可を得て、一種異様な感慨深い顔つきをしている素木母子《おやこ》に見送られて、単身上陸した。

彼はまず埠頭で、山のように積み上げられている援蔣物資に、まず驚嘆の眼を瞠《みは》った。何千という苦力《クーリー》が、まるで蟻が物を運ぶように、炎熱の許で、酷《きび》しい監督に鞭打たれながら、黙々として貨車に運び入れていた。埠頭にも、街にも、銃剣をつけたイギリス兵や、インド兵が警戒の眼を光らしていた。蔣軍の兵は未だどこにも見当らなかった。

度々訪ねた町だったけれど、春海にはまるで別の都会かと思われるほど、ラングーンは変貌していた。武器売込の英米商人が驚くほど多数流れ込んで、蔣介石麾下《きか》の官吏達に盛んに賄賂《わいろ》を送り毎夜のように盛大な饗宴をするために、料理店は繁昌《はんじょう》し、亭楽街は文字通り不夜城で、抜目のない支那商人は、賄賂で懐中の脹らんだ支那官吏や、高価に売つけて、不当利得をうんと取った武器商人を狙って、ビルマ名産の宝石類や、いかがわしい古仏像や、贋《まが》いものの骨董品を並べ立てる一方には、安物の雑貨品や、野菜、果物などを山のように積んだ店が、通行も出来ないほど目白押しに並んでいた。

春海は人混みに流されるようにして、だんだん場末の方に歩いて行ったが、とある汚い小路に人だかりがして、下品な華僑《かきょう》達がワイワイ騒いでいるのが眼についた。

傍によって見ると、一人の小柄なマレー人を、多勢の支那人が踏んだり蹴ったり、小突廻しているのだった。

春海は見かねて言葉をかけた。

「これこれ、手荒な事をするな。一体どうしたんだ」

春海が堂々たる身体をして、色が石炭のように黒光りがして、どこの者とも国籍がはっきりしないので、支那人達はちょっと気を呑まれて、騒ぎを止めた。

が、すぐに、一座の中で、一番身体も大きく、人相の悪い男が、肩を聳《そび》やかしながらいった。

「お前さんは何だ。この男の親類かね」

「うむ、親類だ」春海は平気な顔で答えた。

「なに」

相手の支那人は意外な返辞にちょっと怯《ひる》んだか、

「そうかね、親類かね。じゃ、この男の代りに宿賃を払ってもらおう。あっしはこの宿屋の主人だ」

と、その男の指した家を見ると、今にも倒れそうな荒屋《あばらや》に、なるほど、宿屋の看板が掲っている。

「宿屋かそれは、俺ア豚小屋かと思った」

春海が嘲笑《あざわら》うようにいうと、支那人は、

「何を」

と、かっとなったが、すぐに金を取った方がいいと思い直したらしく、

「その男は俺のうちに三日も泊って、挙句に懐中には一文も持っていないというのだ」

「その代り、その鳥籠と鳥やる。そういった。分らないか」

ひどく打たれたと見えて、頬に血をにじませながら、マレー人はいった。

「何を、こんな鳥と鳥籠、一ルピーにもなるものか。宿賃は合せて五ルピーだ」

春海はマレー人の指した方を見ると、軒に針金製の鳥籠が掛けてあり、一羽の九官鳥が物怯《ものお》じしたような恰好で、元気なく縮まっていた。

「よし、俺が払ってやる」

春海は五ルピーの紙幣を出して、支那人に渡した。

「へへへッ、これはどうも」

人相の悪い宿屋の主人は、打って変ったように愛想笑いを始めた。

「どうも、これア相すみません。お客さま」

と、マレー人に向って、

「いい御親類をお持ちになって羨ましいですな。また、どうぞお泊りに、へへへへッ」

春海はマレー人に、

「ひどい目に会って、気の毒だったな。しかし、金も持たないで、泊ったりするからだ。どこか寄辺《よるべ》があるだろう。そこへ行きなさい」

そういって、彼は大股に歩き出した。

暫く行くと、背後から呼ぶ者があった。

「旦那さま、旦那さま」

振り返ると、例のマレー人が鳥籠をぶら提げて追って来たのだった。

「旦那さま、ありがとう。私、助かる。ありがとう。これ、持って行く宜しい」

と、彼は提げていた鳥籠を差出した。

「そんなものを貰っても仕方がない」春海は手を振って、「いいよ。持って行け。僕はいらん」

「それ、いけない。旦那、お金払う。その代りある。この鳥と鳥籠、金少い。我慢して持って行く。いいか」

「ハハハハ、中々律義者じゃ。宜しい。では貰って行こう」

春海はそういいながら、蟇口《がまぐち》から一ルピーの紙幣を二枚取出した。

「これア、鳥の代じゃない。お前の顔の傷の治療代だ。取っておきな」

マレー人は春海の手を払い退けるようにして、

「貰わない。それ、貰わない。旦那、先刻《さっき》払う。もう沢山ある」

「正直者だな。お前は。まアいい、取っとけ。宿賃にも困ってるんじゃないか」

春海は無理に紙幣を握らせた。

「ありがとう。ありがとう」

マレー人は幾度も幾度も頭を下げて、名残惜しそうに去って行った。

春海はニコニコとマレー人の後姿を見送っていたが、ふと、手に提げている鳥籠に気がつくと、苦笑した。

「これア、えらいものを貰ったな。まア、いいや、持って帰ろう。誠一君の慰みになるだろう」

第二章　叫ぶ九官鳥

一　我が名を呼ぶ

碇泊中の秋津丸の船室で、素木夫人と誠一と、春海の三人が、卓子の上に九官鳥の籠を置いて興じていた。日没近い頃だった。

「大分馴れたと見えて、元気が出て来ましたようですね」

夫人がいうと、春海は、

「誠一君に餌を貰ったので、元気が出たんでしょう。ハハハハ」と笑った。

「九官鳥って、ビルマなんかにいるんですかね。小父さん。僕は支那の鳥かと思っていた」誠一がいった。

「日本に渡来したのは支那からだがね。九官鳥の原産地は印度支那、マレー北部、印度なんだ。南支那にも産するがね。何故、この鳥を九官鳥というかというと、面白い話があってね。唐の時代だと思うが、この鳥が始めて日本へ持って来られた時に、船に九官という人が乗っていてね、その人が九官鳥を馴らして、自分の名を呼ばしていた。そこで、その九官という人が、日本の役人に、この鳥は我が名を呼びます、といったんだね。我が名というのは、つまり九官自身の名を指したんだが、聞いた方では、鳥自身の名だと考え違いをしたんだ。この鳥は我が名を呼ぶ。九官々々というから、つまり九官が鳥の名だと考えたんだ。それから、九官鳥になってしまった」

「ハハハハ、可笑《おか》しいな」誠一は笑い出した。「飼っていた人の名と鳥の名とを間違えるなんて。ハハハハ、可笑しいな」

「面白いだろう。アハハハハ」

「オホホホホ」

素木夫人はまた誠一の可笑しがるのが可笑しくて、釣り込まれて笑い出した。

三人が揃って笑い声を上げていると、突然鋭い声がした。

「ハルミ！」

三人は急に笑い声を止めた。

「誰か僕を呼びましたか」

春海はあたりを見廻した。

夫人も誠一もキョロキョロと部屋を眺め廻したが、三人の他には誰もいないのだ。

「確かに声がしたようだが」

「はア、聞えました」

「僕も聞きました」

三人は顔を見合せた。

「空耳かな。それにしては三人共聞いたというのは可笑しい」

春海が首を傾けた時に、またしても鋭い声がした。

「ハルミ！」

「あ、九官鳥だ」

誠一が叫んだ。

「まア」夫人は呆れたようにいった。

「こいつ」

春海は笑いながら籠の中の九官鳥を睨みつけたが、次の瞬間に、急に気がついて、愕然としながら、

「どうして、こいつ、僕の名を――」

と、九官鳥がまた一声叫んだ。

「モトキ！」

「アッ」

夫人と誠一は同時に叫んだ。

夫人は驚きのあまり椅子から飛上って、ブルブル震える手で、しっかり卓子を摑みながら、真蒼な顔をして、鳥籠を覗き込んだ。

誠一も顔色を変えて、鳥籠を睨んだ。

「うむ」

春海はスックと立上って、同じように呼吸《いき》を凝らして、九官鳥を見つめた。

九官鳥は三人の異様な凝視に会ったためか、すっかり怯えてしまって、声を出さなくなった。

「不思議です。確かに、ハルミ、モトキといった。マレー語にも、ビルマ語にも、そういう言葉はないはずです」

「ど、どうしたんでしょう」

夫人の声は震えていた。

「小父さん」誠一は叫んだ。「この鳥、僕のお父さんが飼っていたんじゃないでしょうか」

春海はそれに答えないで、じっと両手を組んだ。

暫く重苦しい沈黙が続いていた。

九官鳥が元気を取戻したと見えて、また、黄色い嘴《くちばし》を開けた。

「ハルミ！　モトキ！」

「うん」

春海は大きくうなずいた。

「そうだ。この鳥は素木君が飼っていたのだ！　誠一君のいう通りだ」

「えッ」

夫人は何か恐ろしいものを見るように、九官鳥を見ながら、

「では、あの、この鳥を主人が――まア、この鳥は十年も以前に教えられた事を覚えているんでしょうか」

夫人の声は次第に嗄《か》れた。いつか彼女は涙ぐんでいた。そうして、今は懐しさに変った感情で、九官鳥を眺めるのだった。

「いや」春海は首を振って、「この九官鳥は未だ若い。二歳か、せいぜい三歳です」

「え、じゃ、最近に覚えたのですね。では、主人は

――」

「素木君はその昔九官が自分の名を、この鳥に呼ばせたという故事を知って、自分の名を呼ぶように教えたのでしょう。僕の名も同時に教えたのは、この鳥によって、僕に通信しようとしたのではないかと思われる――」

「え、じゃ、お父さんは生きてらっしゃるんですか」

誠一は春海に詰め寄るようにして叫んだ。

二　父のために

夜は深々《しんしん》と更けた。

秋津丸は寂《せき》として何の物音もしないが、埠頭では夜を籠めて、貨物の積下《つみおろ》し、貨車への積込みをやっていると見えて、クレーンの響きや、汽笛の音が時折けたたましく聞えて来た。

春海の船室では、春海と素木母子が寝もやらず、語り合っていた。

「残念ですが、九官鳥はハルミ、モトキの二言しか喋りませんね」

春海は深い溜息をつきながらいった。もし、素木博士が通信の目的で九官鳥に教え込んだとすると、何か現在の居場所を暗示するような言葉をいいはしないかと、長い間耳を澄していたのだった。それは徒労に帰したのだった。

「しかし」春海は言葉を継いだ。「ハルミ、モトキという二つの言葉が、素木君によって教られた事は疑う余地はないと思います。しかも、九官鳥の年齢で、教えられたのが最近の事である事も確実です。素木君は僻遠《へきえん》の地にいて、しかも蔣軍か、イギリス官憲か、とにかく、敵性に妨げられて、脱出が出来ないために、九官鳥を利用する事を考えたのでしょう。僕の名を教えたのは、僕がインド、ビルマ方面を旅行しているという事を噂にでも伝え聞いて、万一の僥倖《ぎょうこう》を狙って、僕に無事でいる事を伝える心算ではないでしょうか。何故、現在居る所を分らせるような言葉を九官鳥に教えておかなかったかというと、二つの場合が考えられる。一つは、無闇な事を教えておくと、味方に分る前に、敵性の人間に悟られる恐れがあるので、態《わざ》と止めたこと。第二の場合は、何羽かの九官鳥に一つ一つ言葉を教えて、一羽では何の事か分らないが全部揃うと意味が分るようにしたのではないかという事。この場合は、素木君は言葉を教えた九官鳥を、ラングーン方面へ出る人達に一羽ずつ与えたのではないかと思います」

「主人は、主人は」

素木夫人は感極まって、出ない声を振り絞るようにして出しながら、

「生きているんでございますね。ビルマの山の中に、滅多に人の行かないような所に」

「それは近く僕からお知らせします」

「え、あなたから」

夫人は驚いて、探るように春海を見た。

「僕は明日下船します。いかなる障碍《しょうがい》も排して、素木君を探し出す覚悟です」春海は決然としていった。

「でも」夫人は口籠りながら、「あなたお一人では危険です。蔣軍やイギリス官憲や、敵性人の充満している所へ、お一人ではご無理ではありませんか」

「大丈夫です」

春海はニッコリ笑った。

「僕は馴れていますから。どんな所でも平気で通り抜けます。奥さん、安心して、いい知らせを待っていて下さい」

「ありがとうございます。ありがとうございます」

夫人は感謝に充ちた眼で春海を見上げたが、すぐ不安そうに、

「でも、お一人では心配ですわ。あなたにもしもの事がありましたら――」

誠一が突然叫んだ。

「僕を行かせて下さいッ。僕を連れて行って下さいッ！」

「そりアいかん」春海は首を振った。「君の行きたい気持も分るし、また連れて行きたいとも思うが、未だお父さんの居所もはっきりしていない。僅かな手係りがあるばかり、全く雲を摑むような話だし、ビルマの北は山岳が重畳《ちょうじょう》としていて、嶮峻《けんしゅん》であるばかりでなく、猛獣毒蛇と闘い、恐ろしい病気とも闘わねばならぬ。君は日本に帰って――」

「そうです」夫人が遮った。「誠一、よくおいいだった。春海さん。是非誠一を連れてやって下さい。本当は私も行きたいのです。でも、私は女の身で、役に立たないばかりか、反ってお邪魔になります。しかし、誠一は子供でも、男です。日本男子です。きっとお役に立ちましょう」

「そりア、しかし、奥さん――」

「父を探し出すためです。この子の一念はきっと、それを成し遂げましょう。私も一生懸命に神さまや仏さまにお祈りします」

「しかしですね。もし誠一君に万一の事があると――」

「構いません。父のためです。子が父のために生命を棄てて、何を悔いましょう。他人のあなたでさえ、生命を懸けて、お出下《いで》さるのです。それをどうして、私達、妻や子が安閑《あんかん》と見てられましょうか。私も行きたいのです。し、しかし、私は我慢します。この子は連れて行って下さい。この子だけは連れて行って下さい」

「小父さん」誠一は叫んだ。「連れて行って下さい。僕は恐れません。お父さんを探すためです。何故、お父さんを探すのに、僕を連れて行って下さらないのですか」

「うむ」

右左から母子に攻められて、春海は当惑したように黙り込んだ。

「幸いにこの子は旅券にイギリスの査証を貰っていました。船長が上陸は危険だと申されたので控えていましたけれど、今はそんな事をいっている時ではございません」

「しかし、もしもの事があると、素木君にすまんからなア」

「いいえ、素木は喜びます。あの人は勇気が好きです。日本男子としての義務を果すために、勇気こそ最も必要なものだと、いつも口癖のようにいっておりました。自分の子が勇気があったという事を聞いたら、きっと喜びます。賞《ほ》めてくれるに違いありません」

「僕は蔣軍やイギリス官憲はそう恐れないのです。そういう者に対してはまた方法があります。例えば僕は幸いちょっと日本人離れがしているから、インド人かビルマ人に変装してもいいし、誠一君は支那少年に化けてもいい。奥地へ行けば、蔣軍も、イギリス官憲も反っておりません。僕の恐れるのは、嶮岨《けんそ》な路をよじ登る労苦と、炎熱の下に、山に伏し、野に寝て、困苦窮乏に直面する心身の苦労ですな。それに打克つためには、意志が強固でなければいけないし、身体も鉄のように丈夫でなければいけない」

「僕はどんな苦労にも堪えます。身体も丈夫です」

誠一は決然といい放った。

「それからもう一つ、非常な忍耐だ。何しろあやふやな手係りが頼りだから、いつお父さんが見つかるか分らん。五年かかるか、十年かかるか、一生かかっても駄目かも知れん。すぐ落胆《がっかり》するようでは駄目だ」

「大丈夫です。僕はやり抜きます。決して凹垂《へこた》れません」

「奥さん」

春海はきっとなって、素木夫人にいった。

「誠一君の生命は僕に下さいますね。どんな事があっても後悔しませんね」

「はい。誠一の生命は差上げます。後悔いたしません」

「では、お連れしましょう」

「お連れ下さいますか。有難うございます」

夫人は眼を輝かしながら、頭を下げた。誠一も躍り上るようにしながら、

「有難う。小父さん」

「誠一」

夫人は態度を改めて、我が子を呼んだ。

「お前は今小父さんが仰有った事がよく分ったでしょうね。どんな困難に会っても、怯んだり、見苦しい事をしてはなりませんよ。小父さんの仰有ることをよく守って、必ず我ままな振舞いをするのではありませんよ」

そういう母の眼には涙が光っていた。

「はい、必ず卑怯な振舞いはいたしません。小父さんのいいつけをよく守ります」

健気にも答える子の眼にも涙が光っているのだった。

「では、奥さん」

春海は急に緊張を解いて、和《なごや》かな態度になって、

「誠一君は預りました。どうか、あまり御心配なさらんように。不肖春海がお預りした以上、滅多に怪我などはさせませんよ。ハハハハハ、素木君と一緒に帰って来るのを楽しみにしていて下さい」

第三章　奇禍

一　古めかしい壺

秋津丸は次第に小さくなって、やがて碇泊している船の蔭に隠れてしまった。

「誠一君、泣いてるな」

春海はいった。

誠一はあわてて、首を振って、

「僕、泣いてなんかいません」

「別れの時は泣くのも宜かろう。しかし、もう泣いてなどいられんぞ」

「大丈夫です。もう泣きません」

「宜しい。では街の方へ行こう。厄介だが、その九官鳥を頼むぞ。とにかく、あのマレー人を見つけなければな。こんな事と知ったら、せめて名前位聞いておくんだった」

春海は街の方に歩き出した。誠一は鳥籠をブラ提げながらついて行った。

誠一はまず埠頭から街に続いて、山と積まれている援蔣物資に眼を瞠った。

「大へんなものですね。小父さん、これ、みんな重慶《じゅうけい》へ行くんですか」

「うん。これが重慶が抗戦を続ける唯一の頼みなんだ。同じ亜細亜の民族でありながら、亜細亜の解放のために努力する日本に抗戦を続ける蔣介石は、実に不埒《ふらち》極る人間だが、その蔣介石を援けて、日本に抗戦させ、涼しい顔をしている米英は最も憎むべき奴等だ。どうしても彼等の頭上に鉄槌《てっつい》を下してやらねばならん」

「全くですね」

誠一も子供心に、米英がどんなに憎むべき人類の敵であるかがはっきり分った。

「どうだね、この景色は」

そういわれて見ると、眼の届く限り、大平野が開けて、一大水田が連らなっていた。

「まるで日本に帰ったようです」誠一は叫んだ。

「水田があって、大きいと小さいの違いだけで、もし、この辺に熱帯の樹や、原住民がいなかったら、日本だと思いますよ」

「これがイラワヂ河の下流、三角洲地帯の水田だよ。ビルマの米は大方ここで取れる。ビルマの米は年産額五百万噸《トン》。印度支那中では第一だよ。この米はインドとイギリス本国に行くんだ」

「インドへ行くんですか。インドは米が出来ないんですか」

「いや、インドでは三千万噸も米が取れる。しかし、三億五千万人もの人がいるから、足りないのだ」

「ビルマはどれ位いるんですか」

「千五百万人さ。大きさは大方日本全体位ある。生活が楽だから、南方のビルマ人は怠け者だよ。ごらん。田を耕やしている農夫はみんな印度人だ」

「ああ、そうですか。あれは印度人なんですね」

「農業はインド人、商業は支那人に占められ、政治の権力はイギリスに握られている。ビルマは可哀想だよ。だが、今は漸く目覚めて、独立運動の機運が起っている。ビルマ人は日本人にはとても好感を持っているよ」

「北の方でもこの通りなんですか」

「いや、北の方は気候も産物も、住民の気風もまるで違う。いずれ北の方へ行って実際に見るだろうから、その時に委しく話すよ」

やがて、二人は肩を並べて街に這入った。

「あれは何ですか。頭の尖《とが》った塔のようなものは」誠一は訊いた。

「あれはパコダといって、つまりお寺だ。ビルマ中至る所に立っている。大きいのもあれば小さいのもある。ビルマはとても仏教の盛んな所で、全住民が仏教徒だよ。仏教らしい仏教が残っているのは、世界中でビルマだけだといっていい位なんだ」

ラングーンの街の繁華なのには、誠一は驚嘆した。見るもの珍らしいので、キョロキョロするばかりだった。

「待て」

春海は誠一を呼留めた。

「この横町に、例の宿屋がある。他に手係りもないから、とにかく、そこへいって調べてみようと思うんだが、人相の宜しくない支那人ばかり集っている所だから、その心算《つもり》で、決して口を利いてはならんぞ。万一、日本の子供だと悟られると、拙いからな。といって、支那語は出来ないんだから、支那人という訳にも行かん。黙っているのが一番いい。僕が何とか旨く胡麻化《ごまか》しておくからな」

「はい、分りました」

宿屋の前には、例の大柄な人相のよくない支那人が立っていた。

「やア」

春海がヘルメットに手をかけて、ちょっと礼をしながら、呼びかけると、

「ああ、昨日の旦那ですね」

と、支那人はニヤニヤと愛相笑いをした。

「ちょっと、休ましてもらいたいんだがね」

「え」

汚い支那宿に休みそうもない人柄なので、主人はちょっと意外に思ったらしかったが、すぐに、例のニヤニヤ笑いをして、

「へいへい、どうぞ、お這入下さい」

這入った所は土間になって、粗末な腰かけが置いてあった。春海は平気で腰を下したが、誠一はちょっともじもじした。すると、春海に睨まれたような気がしたので、彼は急いで腰を下して、出来るだけ平気な顔をしていた。

「何か召上りますか」

「老酒《ラオチュウ》のいいのがあるかね」

「へいへい、飛切上等がございます」

主人は忙しげに酒の這入った古めかしい壺と、硬玉《こうぎょく》の盃とを持って来た。

「時にな、主人」

「へい。何か御用でございますか」

「昨日泊っていたマレー人ね、ソラ、その鳥籠を持っていた」と、誠一が卓子の上に置いた籠を指して、「あの男にちょっと用があるのだが、どこの者か分らないかね」

支那人はニヤリとして、

「旦那、親類じゃないんですか。確かそう仰有ったと思いますが」

「ハハハハ」

ちょっと困ったので、春海は笑いに紛らして、

「親類だと思ったんだが、違っていたんじゃ。奴は怪《け》しからん男でね。僕に法外な値でこの鳥を売つけたので、一談判したいのだ。宿帳についていると思うが、名と所とを調べてくれんか。いや、ただとはいわんよ。それ」

と、春海は蟇口から五ルピーの紙幣を取出して、卓子の上に置いた。

「へい、承知いたしました。お安い御用で」

と、金を見て、主人は急にえびす顔になったが、実は宿帳などというものは碌々ないらしく、申わけに大福帳のようなものを、二、三枚めくって見ただけで、

「実はその、あの客さんは字が書けないといわれましてな、手前の方で、聞いて書いたのですが、どうも――」

「何と書いてある?」

「それが書いたつもりなんですが、書き落してありまして――確か、タライとかタロイとかいいましたよ」

「所は」

「マンダレーより未だ北だと申しましたよ。シャン地方じゃないかと思いますが?」

春海は落胆した。

「もう少し委しい事は分らんかね。ラングーンの町に、知合のあるような話はしなかったかね」

「宿賃の支払いが出来なかった時に、ラングーンに知合はないかと訊いたんですがね、一向そんなものはないと申しましたよ」

「そうか、これア、邪魔したね」

春海は立上ろうとしたが、急にクラクラと眩暈《めまい》がした。

「や」

春海は卓子の端に摑まりながら、声を出そうとしたが、舌が変に縺れて、思う事がいえないで、涎《よだれ》がタラタラと流れた。

(しまった)

と思ったが、もう遅かった。

人相の悪い宿屋の主人の合図で、奥の方から二、三人

の荒くれ男が飛出して、春海を左右から押えた。いつもなら、すぐ投げ飛ばすのだが、毒酒のために自由を失っているので、どうする事も出来なかった。

誠一はこの有様を見ると、忽ち脱兎の如く表に飛出した。

「逃がすな」

宿屋の主人は叫んだ。

「待て」

バラバラと二、三人の者が追って来た。

誠一は夢中で人込みの中に逃げ込んだ。

宿屋の中では九官鳥が籠の中で、異様な声で叫びながら、荒れ廻っていた。

二　廃屋の一夜

ふと、気がつくと、春海は薄暗い土間の上に寝ていた。頭の上に煤けたランプが灯《とも》っている。

だんだんに記憶が蘇って来ると、春海は愕然として起上った。頭が少しフラフラするが、大した事はない。

誠一は？

急いであたりを見廻したが、少年の姿は見えなかった。

（ああ、なんという大失敗！　スタート早々から、こんなヘマをやってどうなるものか。ラングーン市でまさかと油断したのが悪かった。誠一はどうしたろう。万一の事があったら――）

思わざる油断の招いた大失敗に、春海は犇々《ひしひし》後悔を感じたが、今は徒らに後悔している所ではないのだ。

一体、ここはどこだ！

いや、そんな事は構わぬ。誠一を見つけなくては、と、春海は蹶然《けつぜん》立ち上った。

「旦那、気つく。何ともないか」

裏口からヒョッコリ姿を現わして、声を掛けたのは、思いかけなく例のマレー人だった。

「あ、君は」

「何ともないか」

「有難う。何ともない。どうして、僕をここへ」

「旦那、子供連れて、九官鳥持って歩く。私、それ見る。ついて行く」

「そうか、あそこへついて来たのか」

「旦那、倒れる。子供逃げる。みんな追かける。宿屋の主人、旦那引ずって、隣りの部屋へ隠す。それから表へ出る」

「子供はどうしたッ」

「それ分らない。旦那一人、隣りの部屋に寝てる。私、引ずり出す。旦那重い」

「そうか、主人始めみんな誠一を追っかけている暇に、お前が僕を担ぎ出してくれたんだな。有難う。お蔭で助かった」

「礼いう、ない。私、助けてもらう。それ返す。あたりまえある」

「有難う。よく僅かな恩を忘れないで、助けてくれた。有難う。だが、子供の事が気がかりだ。捕まって、ひどい目に会っていると大変だ。行ってみよう」

「旦那一人で行く。危ない」

「なに、大丈夫だ」

「旦那、日本人、悪者達、警察にいう。捕まえられる」

「ビルマは英領だ。未だ日英は開戦していない。捕まる訳がない」

「旦那スパイ、捕まる」

「僕はスパイじゃないよ」

「駄目々々、悪者そういう」

「そうかも知れない。しかし、子供を抛《ほ》っとく訳には行かん」

「私、様子を見て来る」

「そりア、いかん。お前こそ、捕まる」

「私、身体小さい。そっと見て来る。見つからない。大丈夫」

「そうか、じゃ、そっと見てきてくれ」

「行って来る」

「頼む。しっかり見届けてきてくれ」

「ここ、出てはいけない。宜しいか」

「うん、出ない。ここはどこだ。お前の家か」

マレー人は首を振った。

「ここ、私、家ない。人住まない家ある」

「なに、人の住まない家、空家《あきや》か」

春海はあたりを見廻した。空家というよりはむしろ廃屋だった。マレー人は宿屋住居《ずまい》よりこの方が安上りだと思って、こんな所へ這入り込んだと見える。

「そうだ、お前は名を何というんだね」

「タライ」

「タライか。よし、タライ、頼むぞ」

タライはうなずいて、出て行った。

中々帰ってこないと思ったが、案外早くタライは帰ってきた。支那人の宿屋は近くと見える。

タライは手に九官鳥の這入った籠を提げていた。

「子供いない。誰もいない。卓子の上にこの籠ある。持って来た」

九官鳥は眠りを覚まされて、不平らしく、籠の中を飛廻っていた。

「子供はいなかったか」

春海は考え込んだ。

宿の者も誰もいないとすると、手別けして、誠一と春海を追跡しているのだろう。して見ると、ともかくも誠一はどこかに無事にいる。未だ捕まっていないのだ。

しかし、西も東も分らず、言葉も通ぜず、敵地同様の所で、どこをどう逃げ廻っているのだろうか。

「旦那、お腹空《す》いたか」

タライは黙り込んでいる春海を心配さうに覗き込みながらいった。

「うん」

そういわれて、春海は急に空腹に気がついた。

「そうだ、腹が減ったな。何か食べるものがあるか」

「ないね。買って来る」

「そうか」

春海はポケットを探った。蟇口がちゃんとあった。時計も胴巻もちゃんとしていた。

宿屋の主人は逃げた誠一が気懸りで、毒酒に酔い倒れている春海をそのままにして、表の方に出た瞬間に、タライが担ぎ出したので、何一つ盗んでいる暇がなかったのだ。

「誠一君が素早く逃げ出したればこそ、僕は助かったのだ。この上は、どんな事があっても誠一を助け出さなければならぬ」

春海は思わずそう呟きながら、金を出して、タライに渡した。

「じゃ、何か食べるものを買って来てくれ」

タライの買って来たもので、空腹は充たしたが、いい智慧は出なかった。

春海は殆ど寝もやらず、不安な、そうして長い一夜を明かしてしまった。

三　不覚の涙

長い夜を明すうちに、春海はタライにボツボツと身の上話を聞いた。

タライの語る所によると、彼の生地はマレー半島のタヴォイ附近だった。そこで、彼は錫の鉱山に働いていたが、ある日、モールメンの方から来た支那商人に、マンダレーの北のモゴクの宝石鉱山に旨い仕事があると持かけられ、かねて、北の方に行ってみたいと思っていた彼は、フラフラとその商人について、モールメンに行った。そして、鉱夫世話人の手に渡されて、マルタバンから汽車に乗せられ、長い時間の後にビルマの中央に位する山都マンダレーに着き、そこからイラワヂ河を船で溯り、更に徒歩で、モゴクの鉱山に着いた。そこで、彼は働く事になったが、彼は狡猾《こうかつ》な支那商人に騙され、残酷な世話人に賃金を横領され、酷使されるばかりで、何の希望もない生活を送らなければならなかった。

彼はある日決心して、生命《いのち》懸けの脱走を試みた。追跡を逃れながら、嶮峻な山を這い登り、這い下って、全身に傷を負い、ヘトヘトになって、マンダレーの町に辿りつき、そこから、一路汽車でラングーンに出た。九官鳥はモゴクにいた時に、シャン高原から来た巫女《みこ》の老婆から買ったもので、老婆は九官鳥が将来タライに大へんな幸福を授けるといって、売りつけたのである。

タライは老婆の予言を信じて、そうした嶮峻な山の中を生命がけで逃げ廻る時でも、それを離さなかった。もっとも、現在の籠はラングーンに出てから買ったもので、彼はそのために一文なしになったのである。彼は春海の恩に感じて、九官鳥を差出したが、巫女の予言が忘れられず、ラングーンの町を歩いているうちに、ふと誠一の提げている九官鳥を見て、その後を尾《つ》けたのだった。九官鳥がタライに幸福を齎《もた》らすかどうかは分らないが、少くとも春海には幸いを与えたわけである。春海はタライが九官鳥の後を尾けたために、助かる事になったのだ。

タライの両親は既に死んで、兄や姉妹は現にタヴォイ附近に住んでいるけれども、彼は別にそこへ帰りたいとは思っていない。天来の呑気さで、どこでも、楽しく暮せる所ならいいのだった。

タライの話で得たものは、九官鳥がシャン高原から持って来られたという事であった。

春海は訊いた。

「九官鳥は一羽だけだったか。もっと持っていたか」

「一つ」

タライは答えた。

「時々山から九官鳥を持って来たか」

「いや」タライは首を振った。「一つだけ。誰も持って来ない」

タライが半年あまり、モゴクの鉱山で働いている間に、シャン高原の方から持って来られた九官鳥は一羽だけらしい。別の途《みち》で、バーモやミイトキーナに運ばれ、そこから雲南《うんなん》に向ったものや、また、サルウィン河を下ってモールメンへ出されたものがあるかも知れないが、春海の第二の考えだった、多くの九官鳥に一言《ひとこと》か二言《ふたこと》ずつ言葉を教えて、通信したのではないかという考えは、まず棄てなければならなかった。

こうした物語のうちに、夜は明けた。

タライは九官鳥の籠を廃屋の軒に釣り下げた。

今朝は九官鳥は大元気で、しきりに、

「ハルミ、モトキ」

と叫び続けた。

味気ない朝飯をすませて、春海がどこから誠一の探査を始めようかと思案していると、突然、門口に二三人の足音がした。

「ここだ、ここだ、九官鳥のいる家は」

そういう声がしたと思うと、突然日本語で、

「御免なさい」といった。

春海は驚いて、外に出ると、紛う方なき日本人が二三人立っていた。

「あ、春海さんですか」

一人が帽子を取っていった。

「春海ですが」

春海が怪訝そうに答えると、もう一人が、

「よかったなア。九官鳥のお蔭だよ。大きな声で呼んでいたからなア。春海さん、誠一君は無事ですよ」

「えッ、無事ですか」

「精米所の附近へ逃げて来ましてね。よかったですよ。僕達が見つけたんです。昨夜から随分あなたを探していたんですよ」

「有難う。何とお礼申していいか分りません」

春海は両眼が熱くなった。何年の長い間、かつて流した事のない不覚の涙だった。

第四章　奥地

一　職域奉公

ラングーンの町外れ、堂々たる大精米所だった。これは邦人の経営である。

「小父さん」

「おお、よく無事でいてくれた」

誠一と春海の劇的対面だった。

さすがの春海も感極って、暫くは声が出ないほどだった。

「僕は小父さんがフラフラと倒れかかって、悪者達が

躍りかかったので、これは大へんだと思って」

と、誠一は語り出した。

「危く捕まる所をスリ抜けて、表へ飛出したんです。するど、多勢追かけて来ました。始めての所ですし、どっちへ逃げていいやら、無我夢中で逃げ廻りました。何をいっているのか分りませんけれども、追かけて来る奴が大きな声で喚《わめ》くと、弥次馬《やじうま》が一緒になって、僕を捕まえようとするんです。一度インド人の巡査らしいのがいましたけれど、言葉は通じませんし、うっかり捕まっては大へんだと思いましたから、ドンドン逃げました。僕はランニングの選手ですから、走るのは自信があったのです。横丁から横丁へと逃げ廻っているうちに、いい塩梅《あんばい》に追かけて来る人間がだんだん少くなってきました。公園ですかしら、大きな樹の茂っている森みたいな所がありましたから、そこへ逃げ込みました。そうして、小さくなって、夜の来るのを待っていたんです。でも、小父さんの事が気になって、どうしたらいいかと、生きた空はありませんでした」

誠一の声は次第に涙ぐんできた。

「とうとう夜になりました。それで森を脱け出しました。でも、何の当もありません。明るい方へ行っては危いと思って、暗い方へ暗い方へと歩いて行きました。そうしたら、郊外みたいな所へ出てしまったんです。そうすると、二三人連れの人が向うから来たので、これはいけないと思って逃げようと思いましたが、その人達がイギリス人でもビルマ人でもなく、支那人でもなさそうなんです。それで、恐々《こわごわ》傍に寄りますと、向うから、『君は日本人じゃないか』ッて、それが日本語なんです。僕は、嬉しくて、嬉しくって——」

と、とうとう誠一は泣き出した。

精米所の主任の八巻が代って話し始めた。

「思いがけなくも、日本の子供が日暮れに一人で歩いているので、吃驚《びっくり》して呼び留めたんです。そして、訳を聞くと、容易ならん事なので、取敢えず誠一君を保護して、誠一君のうろ覚えの記憶を頼りに、その不都合な宿屋を探しました。漸くの事で探し当てましたが、あなたの姿は見えない。とにかく、警察にそういって、主人一同を拘引してもらって、調べてもらいましたが、さっぱり要領を得ません。それで、私達は私達で、手別けして、あなたを探し廻りました。九官鳥のお蔭で分ったような訳です」

「何とお礼申していいか分りません」

春海は幾度も頭を下げながらいった。

「全く、一生の誤りでした。不覚千万、慚愧《ざんき》の至りです。あなた方のお蔭で全く助かりました。この男が」

と、タライを指して、

「宿屋へ様子を見に行った時に、誰もいなかったというのは、一同警察へ連れて行かれた後ですね。それで、この男が九官鳥を持って来て、そのために、あなた方に早く発見されたという訳です。奴等は警察で何といいました？　警察では真相が分ったでしょうか」

「いや」主任は首を振った、「警察なんて、いい加減なものです。イギリスは今の所、日本に多少の遠慮をして、そう目立つような圧迫は加えませんが、一方、蔣介石の御機嫌を損じまいと汲々《きゅうきゅう》としていますから、あの支那人達はきっと直ぐ釈放されると思います。ですから、未だ油断は出来ませんよ」

「もう大丈夫です。二度とあんな不覚は取る事はありません」

春海はそういって、誠一に、

「誠一君、よかったねえ。精米所の人達に会えて。本当に小父さんは心配したよ」

「ええ」誠一は涙の乾いた顔で、ニッコリ笑って、「小父さんも何ともなくってよかったですね。僕も随分心配しました」

「よかった。全くよかった。これからは気をつけようね」

「小父さん、僕はこんな所に、日本人の経営している、こんな大きな精米所があるなんて、夢にも知りませんでしたよ」

「小父さんは知ってたんだが、実はもうみんな引上げられたんじゃないかと思って、君にはつい話さなかったんだ。あなた方は」

と、主任の方に向いて、

「よく踏み留ってお出《い》でですね。秋津丸が最後の引上船じゃなかったんですか」

「さア」主任は微笑して、「そうなるかも知れませんね。日英間はかなり険悪ですから。覚悟はしてますよ。万一開戦になったら、ここに籠城《ろうじょう》して、やれる所までやってみるつもりです」

「日英開戦になったら、蔣介石の軍隊がここまでやって来る可能性があるでしょう。ビルマ人は日本人には厚意を寄せてるし、イギリスだって、まア文明国だから、表面はそう乱暴な事はしないでしょう。しかし、蔣介石の兵隊は恐らく規律もないでしょうし、危険じゃありませんか」

「仰有る通りです。イギリスだって、濠洲兵は実に素質が悪いですよ。彼等の文明は仮面ですからな、一朝《いっちょう》開戦となれば野蛮人より悪いかも知れません」

「そういう中に、敢然として踏み留っておられるのは、実に見上げたものですなア」

「なに、敢然となんて、そんな大層なものじゃありません。とにかく、いろいろと不断から圧迫を受けながら、ここまで築き上げた帝国の権益ですから、まア護れる所まで護って行きたいと思いましてな。足手纏《あしでまと》いだけは帰して、我々数名が残った訳です」

「誠一君」

春海は誠一を呼んだ。

「この小父さん達を見給え。お国のために、敵国の真ン中で、生命を投げ出して、頑張っておられるんだ。今まで内地にいる人は一向気がつかなかったけれども、故国を遠く離れて、気候風土が甚しく違った、炎熱瘴癘《しょうれい》の地で、しかも何かにつけて圧迫を受けながら、こうして一歩々々権益を築き上げ、それを護り通そうという人達があればこそ、国威が発揚《はつよう》されるんだよ。今度という今度は、国民もこうした人達の尊い仕事を認識して、堅《けん》忍不抜《にんふばつ》の努力に敬意を表しなければならないんだ」

「いや、これは」

主任は恐縮したように笑いながら、

「そうお賞めになっては困ります。なに、我々のしている事は、前線にいる将兵の事を思えば何でもありません。それよりも、あなたこそ、誠一君の話では、これから奥地へ行かれるそうじゃありませんか」

「ええ、親友の捜査のために」

「それこそ偉いじゃありませんか。全く生命がけでなくちゃ出来ません」

「これも私情だけじゃないんです。この子の父は国宝的学者でしてね。何かの事情で脱出が不可能になっているらしいんですが、この男を救い出すことは、国家のためともいえるのです。危険といったって、弾丸《たま》が飛んで来る訳じゃなし、前線の将兵とは比べものになりませんよ」

「いや」

主任は真面目な顔になって首を振った。

「マンダレー辺には、もう蔣軍の兵が這入っていると思います。蔣兵ときちゃ、無規律ですからね。ビルマ人も南方と違って、奥地の住民は中々剽悍《ひょうかん》ですが、日本人には厚意を持っていますから、これは大丈夫でしょう。しかし、怒らせると、中々恐いという事です。が、なんといっても蔣兵ですね。イギリスの官憲もいますが、これはとても無力で、殊に蔣軍に対しては干渉出来ますまい。もし日英開戦という事になると、奥地の方が危険ですね。奥地というのが、つまり雲南に近いのですから」

「僕達が奥地にいる間に日英、日米は開戦になりますね。僕はそう覚悟しています」

「覚悟は覚悟として、危険極りますね。どっちかというと、私達はお留めしたいですな」

「大抵の危険なら、切り抜ける自信がありますから、いや」と、春海はちょっと頭と掻いて、「今度のようなヘマをやっては大きな口は利けませんが、失敗は成功の母といいましてね、二度とこんなヘマはやりませんから、ハハハハ」

「しかし、それにしても、例の支那人達がどんな仇《あだ》をするかも知れませんし、奴等の口先に胡麻化されて、警察がどんな態度を取るか分りませんし、目的地まで行く事が既に相当むつかしいと思いますよ」

「僕はビルマの僧に変装して、誠一君は支那少年に仕立てます。この男が多分来てくれるでしょう。ねえ、タライ、お前、一緒にシャン高原へ来てくれるね」

「行くよ。旦那と一緒なら、どこへでも行くよ」

タライは嬉しそうに勇んで答えた。

「この男が来てくれますから、大分気強《きづよ》いです」

「どうしても、いらっしゃいますか」

主任はちょっと考えた末に、

「今更お留めしても、お留まりになる事はありますまい。御成功を祈ります。ですが、陸路汽車でお出でになるのは、目立ちますから、途中でどんな不慮の事が起るかも知れません。イギリス官憲がスパイだなどといって、捕まえたりする危険がないとはいえません。少し、時日はかかりますが、船でイラワヂ河を上られてはどうですか。それには都合のいい船がありましてね。イギリス人が船長をしている百噸あまりの小さい汽船で、貨物を運搬しているんですが、これが頼むと乗せてくれるんです。時節柄法外な値を吹きかけるかも知れませんが、これですと、乗組員以外の人と顔を合せなくてすみますから、こっそり行くには持ってこいなんです。幸い私の知ってる船がありますから、それになさいませんか」

「なるほど、それはいい考えだと思います。是非紹介して下さい。船賃はうんと出しましょう。その方が大切にもしてくれるし、秘密も護ってくれるでしょう。長い航路に、始終顔を合わしていて、ビルマの僧や支那少年で通す事はむつかしいから、やっぱり日本人で行きましょう」

「小父さん、イギリスの船で大丈夫?」誠一は訊いた。

「もし、日本がイギリスと戦争でも始めたら――それでなくても、スパイだなどといわれたら、困るでしょう」

「ハハハハ、ところがイギリス人ほど融通の利く人間はないいんだ。手取早くいえば彼等ほど慾が深くて狡猾な人種はない。金さえ出せば、敵国人でも匿《かくま》ってくれるよ。船長を巧く抱き込みさえすれば、イギリスの船で行くのが、イギリスの眼を潜《くぐ》るのに一番いいんだ。ハハハハハ」

春海はもう今朝までの心配を忘れたように、朗かに高笑いをした。

二　イラワヂ河

春海と誠一と、タライと九官鳥を乗せた、イギリスの小汽船ルビー丸は、イラワヂ河を北へ北へと遡行していた。

数知れぬ大デルタを要し、無数の支流に分岐した、大三角洲地方も将《まさ》に尽きようとして、左方、イラワヂ右岸に遠く聳えていたアラカン山脈と、右方のペグ山脈とが、大分迫って来た。

「平野も、もう終いだぞ」

春海がいうと、誠一は感嘆したように、

「大きな平野ですねえ」

「ビルマ産出の五百万噸の米の九割まで、ここで出来るんだからね。ごらん、左の方がアラカン山脈だ。この山脈が北に続いて、ずっとインドとの国境を走り、世界の屋根といわれるヒマラヤ山系に繋っている。この山脈は人跡未踏《じんせきみとう》の所が大部分で、インドへ越える道はないといっていいんだ」

「右の方がペグ山脈ですね」

「そうだ。イラワヂ河は、アラカンとペグの二つの大きな山脈に挟まれた、巨大な地溝だよ。ビルマの地形は完全に南北に走っている。山脈も河も、残らず、正しく南北に走ってるね。ペグ山脈の東にはまた、一大地溝があって、そこをサルウィン河が流れている。ペグ山脈の尽きる所が、ビルマの中央盆地帯だ。ここは雨量の少い乾燥地帯だよ」

左方のアラカン山脈がいよいよ迫って来ると、右方には中央盆地の平均千メートル標高の高原が見えてきた。

「ああ、大きな櫓《やぐら》が沢山立ってますね。ああ、石油だ。そうですね。小父さん」

誠一は叫んだ。

「そうだ」春海はうなずいて、「有名なビルマの油田地帯だよ。下流の方がエナンギャウンで、上流の方がシング油田だ。ここから年に二億七千万ガロンの石油が出るんだ。鉄管でラングーンに送ってるんだよ」

「え、鉄管で、こんなに長い距離を」誠一は眼を丸くしていった。

「四五百　粁《キロメートル》　あるだろうね。その間鉄管を引くなんて、そこがまアイギリスの偉い所さ。偉いといっても、つまり金儲けのためだが、思い切った事をやるね。こういう計画の雄大さは我々も大いに参考にしなければならんね」

「ラングーンに鉄管で送って、それからイギリスへ持って行くんですか」

「そうだ」

「ああ、それじゃ」と、誠一は思いついたように、「この石油は蔣介石の方へも行くでしょうね」

「行くだろうね」

「重慶へは反って近い訳ですね。態々《わざわざ》ラングーンまで出さずに、ここから運べばいいんだから」

「いや、そうはいかんさ」

「何故ですか」

「何故って、ここから出るのは石油は石油でも、所謂原油だからね。原油というのは真黒なドロドロしたものさ」

「ああ、知ってます。原油を蒸溜して、ガソリンや重油に別けるんでしょう」

「そうだ。原油の中に蒸気を吹き込んで、いろいろの温度で、蒸溜して分ける。分溜というんだ。一番低い温度で蒸溜されるのが、揮発油、大体ガソリンと同じだね」

「次が、ランプなんかに使う石油でしょう」

「そうそう、灯油というが、石油発動機にも使う。その次が軽油、これは銹《さび》止めや、潤滑油といって、機械の摩擦を防ぐのに使う」

「その次が重油でしょう」

「いや、重油の前にパラフィンなどが取れる」

「それから重油ですか。軍艦は重油で動くんでしょう」

「うん、最後に残るのが、黒い塊でピッチという。道などに鋪装《ほそう》するアスファルトは、天然に産するアスファルトにピッチ、砂などを混ぜたもの、またアスファルトの代用品として、ピッチに樹脂、砂など混ぜて使う事がある」

「アスファルトというのは石油から取るんじゃないんですか」

「石油から天然に出来たものなんだね。石油が自然に地中で蒸溜して、その後に残ったものから変化したものだという事だ。だから、石油の出る地方に限って、地下に層をなして発見される。柔かいゴム状のものだ。だから、アスファルトは石油とはまア別ものだね」

「そうすると、ここから原油を鉄管で送って、ラングーンで分溜するんですか」

「そうだ。掘り出したままの重油か、多少処理した半製品か、そこまではよく知らんが、とにかく、製油はラングーンでやるんだ。分溜しただけでは未だ不純物を含んでるから、苛性曹達《かせいソーダ》で処理したり、硫酸で洗ったり、酸性白土で濾《こ》したり、中々面倒なものだよ」

「そうすると、ラングーンから重慶へ送られる訳ですね」

「そうだ」

「そんなに石油を送っちゃ、重慶はいつまでも抵抗を止めないなア」

誠一はがっかりしたようにいったが、すぐにいった。

「小父さん、ここを早く日本が取ってしまわなくちゃ駄目ですね」

「そうだよ」

「だけど、むつかしいなア。日本から遠いんだからなア。ラングーンまで来るんだって大へんでしょう。ラングーンからまた遠いんだもの。とても不便な所だし、日本は来られないでしょう。小父さん」

「むずかしいね。だけど、来なくちゃならんよ」

「だって、イギリスやインドの兵隊がいて、その上に蒋介石の兵隊が来るでしょう。こっちは広い広い海を渡って攻めるんだからなア。困るなア」

「そうだよ。ビルマに来る前に、シンガポールという所があるからな。だが、誠一君、日本はきっとやるよ」

「やれるでしょうか。小父さん。畜生！　イギリスの奴、シンガポールに大きな軍艦を置いて、それで日本が押えられると思って、いい気になって、蒋介石を助けて、日本の邪魔ばかりするんですね」

「イギリスは心では日本を恐れてるんだよ。何しろ、ドイツという強敵と闘ってるんだからな。だが、弱味を見せまいと思って、無闇に強がりをいってるんだ」

「アメリカが助けるからでしょう」

「そうだ。アメリカは日本に勝てると自惚《うぬぼ》れて、威《おど》かせば日本が凹《へこ》むと思ってるんだ」

「口惜しいなア。小父さん、日本だって、今蒋介石と戦争してるから、苦しいんでしょう」

「苦しいさ。けれども、苦しいといって凹垂れてどうするんだ。こっちの苦しい時は、向うはもっと苦しいんだ。頑張った方が勝ちさ。戦争だけじゃない、探検だって、研究だって、事業だって、みんな同じだよ。途中で凹垂れた方が負けだ」

「そうですね。小父さん。僕は凹垂れませんよ」

翌日は船はパガムを通り過ぎて、ポパ山の麓《ふもと》に近づいた。

「誠一君、この先で、イラワヂ河は支流のチンドウィン河を合せているよ。イラワヂの本流はマンダレーからバーモに向い、チンドウィン河は印度、ビルマ、雲南の三国の境界に食い込んでいる。チンドウィン河の上流地方は、全く人跡未踏なんだ」

「イラワヂ河って、随分大きな河ですね。船はどこまで行くんですか」

「バーモまで相当大きな船が行くよ。ラングーンからバーモまで、千六百粁《キロ》だというから、青森から下ノ関までに二百粁ほど短いだけだね。バーモからミイトキーナまでも、小さい舟は行く。ああ、ごらん。筏《いかだ》が下《くだ》って来た。あれはチーク材だよ。チークの筏流しはサルウィン河が多いので、イラワヂ河は少い」

やがて、ルビー丸はチンドウィン河がイラワヂ本流に合する所に来た。

「さア、マンダレーは直ぐだ」

春海はホッとしたようにいった。

第五章　艱難辛苦《かんなんしんく》

一　モゴクの鉱山

「大変なお寺ですね」

甲板で誠一が叫んだ。

仏都といわれる名に背かず、パコダが林のように立っているのが見えたのだった。

いよいよマンダレーへ上陸である。

降り際に、春海はまた船長に余分の金を与えたので、船長はサンキュー、サンキューといって機嫌がよかった。

タライが中々出て来ないので、春海は大きな声で呼んだ。

「タライ、タライ」

すると、タライは船員の一人の胸倉《むなぐら》を掴みながら出て来た。タライは胸倉を掴まえているつもりだが、船員は大きく、タライは小さいので、まるでブラ下っているようで、逆にタライが引摺られているようだった。

「約束ある。呉れないか」

タライは大きな声で罵っていた。

「タライ、どうしたんだ」

春海が訊くと、タライは頬ぺたを脹《ふく》らして、

「この男、金、呉れない。降りる時呉れる。そういった」

「金？　金って何だ」

「船員達、私、仕事させる。私、いやといった。むりにやらせた。私、する。金、呉れない」

そういって、タライはまた激しく船員にむしゃぶりついた。

「待て、放せ」

タライをむりに放して、わけを聞くと、船員達は自分達のするべき仕事の中でも、苦しくて辛い事を、いやがるタライにむりにやらせた。そうして、旨い事をいって、ウンとお礼をやるといって騙していた。タライは始めのうちは嫌がっていたが、終いには金が欲しさにドンドン働いた。そうすると、狡猾な船員達は約束の金を払わず、上陸する時に払うといって、胡麻化していたのだった。それをタライが怒っているのだ。

「何だ、お前は僕の知らない間に、仕事なんかさせられたのか。可哀そうに。でもそんな金は貰っちゃいけないね」

「働いた。貰う。あたり前」

タライは不服そうにいった。

「いいから来い」

春海はタライを叱りつけて、九官鳥の籠を持たせて、上陸した。

マンダレーはビルマ中央盆地の中心を占めて、交通の要衝に当っている。ラングーンからは鉄道と自動車路があり、イラワヂ河の航行の便もある。ここから、更にイラワヂ河の上流バーモとミイトキーナに至る鉄道があり、別にサルウィン河の上流ラシオに至る鉄道が分岐している。盆地の産物はいわずもがな、北部山地、シャン高原の宝石類その他の鉱産、畜産物がここに集まり、盆地に産する胡麻、大豆、落花生、更にこれにチーク材などが加わり、人口十五万、こんな奥地にこんな都会があるかと思うほど、繁昌を極めている。

噂に違わず、蔣軍の兵が入り込んでいたが、市中は割に平穏だった。

しかし、ここに長居は無用である。

春海は最早鉄道も舟運も利用せず、ここから徒歩で、モゴクの鉱山に向うことにした。

それというのは、彼に一つの考えがあったのである。

彼が数年前、シャン高原地方を探検した時に、シャン族のある部落で、酋長《しゅうちょう》ともいうべきネカンという老人と知合になった。シャン高原は高度平均千米《メートル》の台地で、西方イラワヂ河の流域シタン平野に出る所は、一大断崖になっている。高原は概ね石灰岩と花崗岩《かこうがん》からなって、農業には適せず、従って住民も少く、多く鉱業と牧畜に従事している。ネカンの率《ひき》いる部落民も羊と山羊の牧畜をしているのだが、所謂放牧で、牧草を追って移動するので、一定の所にはいない。そういう訳で、旨く見つかるかどうか分らないが、とにかく、旧知たるこの人の好い老人を訪ねて、素木博士捜索の基地にしようと思ったのだ。

モゴクの鉱山の近くまでは、馬が利用出来たが、もういよいよ徒歩だ。

「暑いな。誠一君、どうだ、苦しくないか」

春海は笑いながらいった。

中央盆地は雨が少く、照りつけられる一方なので、ひどく暑いのだ。

「いいえ、苦しくも何ともありません」

誠一は汗を玉のように流しながら、元気よく答えた。

モゴクの鉱山が見えるようになると、タライが妙にソワソワし始めた。

「旦那、私、ここ逃げた。見つかる、ひどい眼に会う」

「ハハハハ、大丈夫だ。僕がついている。心配するな」

マンダレーが案外平穏だったので、春海は麻の洋服にヘルメットを被り、双眼鏡を肩から掛け、ヨーロッパ風の探検家の姿をして、ただ、誠一だけ、支那風をさせていた。行き違うビルマ人や、シャン人はこの異様な三人連れを、好奇の眼でキョロキョロと眺めるのだった。

モゴクでは何事もなかった。

春海は九官鳥を養ってる店や、九官鳥を飼ってる家を探したが、案外そういう店や家は少なかった。反って、タライが九官鳥の籠を下げて歩いているのを、不思議そうに見守るのだった。

附近に日本人らしい者がいないか、何か変った者が住んでいるという事は聞かないかと、出来るだけ多くの人に訊いてみたが、すべては徒労だった。

最後に、タライに九官鳥を売りつけた巫女の老婆について、ちょっとした手係りが得られた。老婆はナムツの方から来たらしいのだ。しかし、ナムツへ帰ったのやら、南の方へ出て行ったのやら、少しも分らなかった。

「モゴクはこれで終いにしよう。ネカンの連れているシャン族の部落を探すことにしよう」

数日の捜査の後に、春海はこういった。

タライがホッと安心したように顔を明るくした。

二　謀反《むほん》人

シタン平野から、シャン高原への断崖に取りついて、部落から部落へ、山をよじ、谷を越えて、時に、昼なお暗い大森林に迷い込み、時に象の大群を遠く眺め、野宿しては猛獣の咆哮に肝を冷やし、あるいは糧食が尽きて、餓死線上に彷徨し、辛うじて部落民に救われたりして、約一ケ月の間、高原を訪ね廻ったが、素木博士の消息は元より、ネカンの部落さえ訪ね当てる事が出来なかった。

春海は元より馴れているので、これ位の事は平気だったが、それでも誠一を連れている気苦労で、いつもよりは疲れた。誠一はすっかり憔悴《しょうすい》した。病気こそしないが、疲労の甚しいのは、顔色でよく分った。しかし、誠一は歯を食い縛って、疲れたなどとは一言もいわなかった。

タライは平気だったが、九官鳥は持て余した。籠が破れて、それに嵩《かさ》ばるので、とうとう捨ててしまって、鎖で足を縛って、肩に止まらして歩いた。九官鳥も終いには馴れて、鎖がなくても、じっと肩に止っているようになった。時々、タライの耳朶を突ついては、悲鳴を上げさせていた。そうして、元気な声で、

「ハルミ、モトキ」と叫んだ。

「ネカンはサルウィン河の谷に這入ったのかも知れないな」

春海はある日草原に腰を下しながらそういった。

ビルマの地勢は山も河も、すべて北から南に向っているので、南北に縦断するのは割に楽であるが、東西に横切るのは困難である。イラワヂ河の谷から、サルウィン河の谷に出るには、幾十幾百の山と谷とを越さなければならないのだ。

「ネカン、死ぬないか」

タライが鼻の頭に皺を寄せながらいった。

「そりア死んだかも知れん」春海が答えた。「何しろ、年寄だからね」

「ネカン死ぬ駄目ある。地獄まで行けないよ」

「ネカンが死んでも、部落は残ってるはずだ」

「小父さん、ネカンという人もだけれど、お父さんはどうしたんでしょう。やっぱり死んだのじゃないでしょうか」誠一がいった。

「そんな気の弱いことをいってはいけない。未だ諦めるには早い。もう、凹垂れたのかね」

「いいえ」誠一は首をふって、「そうじゃありませんけ

れど、あんまり消息がないんですもの」

誠一は涙ぐんでいた。

春海は誠一の小さい胸の中は察したけれども、態と荒々しく、

「おや、君は泣いてるのかね。泣かないという約束だったじゃないか。一月やそこらで、そんな弱音を吹いては困るじゃないか。だから最初に、一生かかるかも知れないと断っておいたのに。誠一君、君は昔の仇討の話を知ってるだろう。親の仇を尋ねるために、艱難辛苦して、お金もなくなり、乞食にまでなって、何十年とかかって本望を達した人があるのを知ってるだろう。親の仇を尋ねるのでなくて、親そのものを尋ねるのだ。その方が一層張合がある訳じゃないか」

「はい」

「しっかりし給え。おやッ」

春海は突然、地にヒレ伏した。

どこからともなく、矢が一本ヒューッと飛んで来たのだった。

続いて、また一本。

「危いッ。誠一、頭を下げろッ」

タライは心得たもので、とうに、草原の凹《くぼ》みに身体を隠していた。肩に止っている九官鳥がギャッギャッと騒ぐので、彼はむりに押えつけていた。

やがて、弓と矢を持った、慓悍《ひょうかん》なシャン人が二人、駆け寄って来た。

「旦那、旦那」

タライが叫んだ。

「何故ピストル打たないか」

春海は護身用のピストルを提げていた。それと知っているので、タライはこういったのだが、春海のピストルは野獣を斃したり、危険信号に使ったりするためで、人を打つためではない。事実、目前の二人の原住民を斃した所で、後から後からいくらでも来るであろう。弾丸には限りがあるし、こういう時に抵抗するのは反って危険である。何かの誤解であろうから、素直にじっとしている方がいいのだ。

「騒ぐな、タライ。大人《おとな》しくするんだぞ」

春海がこういって、タライを制した時に、シャン人は叫んだ。

「手を挙げろ」

「おやッ」

春海は手を挙げながら、眼を瞠《みは》った。

「お前達には見覚えがある。おお、お前達はネカンの部落民じゃないか」

「え、ネカン」タライは手を挙げながら、嬉しそうに叫んだ。「助かったね。有難いね」

ところが、二人のシャン人は眉一つ動かさなかった。

「大人しくついて来い。三人は捕虜だ」

「それ、可笑しいね」タライはいった。「旦那、ネカン、友達ないか。友達捕まえる可笑しいね。旦那、どうしたあるか」

「静かにしろ」

シャン人は怒鳴った。

「ネカンはもう俺達の頭目《とうもく》じゃない。新たに雲南の方から武器と織物と部下を持って来たウーカンに、穴倉の中に押込められた。俺達は今はウーカンの部下だ。お前達を捕えるのも、ウーカンの命令だ」

「うむ」

余りの意外さに、春海は唇を噛んだ。

「そうか、ネカンは謀叛人にやられたのか。お前達は謀叛人の味方をするのか」

「仕方がない。ウーカンは武器を持った部下を持っている」

「いつからだ。それは」

「ウーカンが来たのは一月ほど以前だ。ネカンが穴倉に押込められたのは、昨日だ」

「昨日？」

「お前達の姿を見たという部落の者がネカンに知らせた。ネカンはお前達を客として呼ぼうとした。ウーカンはネカンを襲うて、穴倉に入れて、お前達を捕虜として、連れて来させたのだ」

ネカンの後を襲うて、ウーカンなどとは称しているが、雲南から来たというからには、支那系統の人間に相違ない。

可哀相なネカン！

だが、人の事はいってられない。相手がはっきり敵性を持った人間であってみれば、容易に逃れられぬ。事は重大だ。

ネカンの部落に近づきながら、こちらから尋ね出し得ず、向うが発見したために、ウーカンの反乱の原因になったのだ。運の尽きる所なのだろう。

春海は誠一を見た。誠一は少し顔を蒼くしていたが、取乱した様子を見せず、春海の顔を見返した。

タライは今にも泣き出しそうな渋面を作って、口の中で呟いていた。

「旦那友達負ける。駄目あるな。旦那、捕まる駄目あるな」

三　紙幣を摑む手

春海以下三人はウーカンの前に引出されたが、格別の取調べも受けず、主な所持品を取上げられて、牢屋に押込められた。牢屋といっても、大きな岩を抉《えぐ》り抜いた穴で、八畳敷ばかりの広さがあり、出入口には頑丈な格子戸がついて、ウーカンの部下の、刀を提げて銃を持った男が、代る代る番をした。

ウーカンは春海の推測した通り、多少はインド人の血を受けたらしい支那人だった。精悍獰猛《せいかんどうもう》な顔つきをした、春海に負けないような大男で、鉄砲を持った部下数人に護られていた。

もう閉じ込められてから、四五日になる。ひどい食物を当てがわれるので、誠一は少し弱っていたが、春海は平気だった。タライも牢にいる事や食物の事は大して気にしていなかったが、取上げられた九官鳥の事をしきりに案じていた。

「九官鳥、どうしたか。死ぬないか。死ぬ、困るな」

九官鳥の事は春海も少し気がかりだった。というのは、九官鳥が「ハルミ、モトキ」と叫んで、ウーカンに何か悟られはしないかという心配なのだ。

「九官鳥は達者かね」

番兵に訊くのだが、番兵は、

「鳥の事なんか、知らん」

といって、取合わない。

「九官鳥死ぬ、困るね。運逃げる」

タライは巫女の老婆のいった事を信じているのか、幸運を齎《もたら》す鳥が死ぬのを、ひどく恐れているのだ。

彼はどこから出したか、骰子《さい》を二つ取り出して、しきりに床の上へ投げた。大方、運を卜《うらな》ってる心算なのだろう。

「そんなもの。いつから持ってるのだ」

「イラワヂ河の船の中で、船員から貰ったね。旦那、見せるね」

そういって、彼は急に得意そうに、胸を押し拡げて、一束の紙幣を取出した。

「これだけ貰ったね」

春海は呆れた。律義者で正直者だと思っていたのだが、それはそれとして、慾の方も相当らしい。いつの間にか、こんなに勝っておきながら、下船の時に、未だ貸金を取ろうとしていた。元よりタライを騙して仕事をさせたイギリス船員も悪いが、未開の地の原住民が慾の浅くないのも困りものだ。

それに、もう一つ春海の驚いた事は、あれだけ身体検査をされながら、巧みにこれだけの紙幣を隠しておいた事だ。マレー人だと思って、検査もいい加減にしたのかも知れないが、素早くこれだけのものを隠したのは中々狡猾である。しかし、この狡猾さは、イギリスの貪婪《どんらん》飽く事なき、支配階級的な狡猾さでなくて、圧迫された弱者の、ただ逃れたいばかりの狡猾さである。同情していいが、やはり、許す事は出来ない狡猾さだと春海は思った。

「旦那、牢の中、暇で面白くない。賭け事、やらないか」

タライは相変らず、骰子を投げながらいった。

春海が大きな声で叱りつけようと思うより早く、不意に大きな手がニウーッと格子の外から突込まれた。その手はタライの持っていた紙幣をムズと掴んだ。

「アッ」

タライは恐怖に充ちた声で叫んだが、それと見ると、春海はすかさず、突込んだ手をギュッと握った。そうして、力を限り引つけた。

番兵は驚いて、振払おうとしたが、何分格子の間に突込んでいるので思うようにならない。必死に抵抗したが、忽ち、春海の怪力に身体を格子にくっつくまで引寄せられてしまった。彼は苦痛の呻き声を上げながら、左手に持ち替えていた鉄砲を放してしまった。

「誠一、鉄砲を拾え。そして、この男を狙え」

誠一は急いで、格子の間から手を出して、銃を拾い上げ、番兵の胸に狙いをつけた。

春海はなおも捕えた番兵の手を放さず、

「タライ、番兵の腰から、鍵を取り上げろ。格子の間から手を延ばして、鍵を錠の穴に差込め。もっと手を延ばせ。無理でも我慢して、肩を格子の外へ出せ。どうだ、嵌《はま》ったか。よし、捻じろ。反対だ。そっちへ捻じるんだ。よしッ」

格子が開いた。

「タライ、外に出ろ。誠一、狙いをつけていろ。タライ、そいつを縛り上げろ。いい加減でいい。僕が縛り直すから」

番兵を縛り上げて、猿轡《さるぐつわ》を嵌め、刀を取上げて、三人の代りに牢の中に抛《ほう》り込んで、鍵を下した。

牢のある所は部落の天幕とは離れていたし、岩の蔭になっていたし、誰も気がつくものはなかった。

春海は番兵の持っていた刀を抜いて、二三度振って見て、

「これなら、少しは切れそうだ。誠一、お前はこの銃を持て、タライ、お前には今に武器を持たしてやるぞ。シャン人は敵じゃないぞ。ウーカンとその部下の鉄砲を持った奴が敵だ。大方十四五人いるだろう」

「私達三人、一人は子供ある。私は武器持たない。とても敵《かな》わない。逃げる宜しいな」

タライは心細そうな顔をしていった。

「シャン人ばかしなら、むろん逃げる。しかし、謀叛人を棄てておくわけには行かん。シャン高原の平和のために、こんな奴等は血祭りにしなければならんのだ。誠一、後《おく》れるな」

「僕は大丈夫です。恐れません。タライ」と、呼んで、「タライ、しっかりしろ。僕がついてるぞ」

「子供、駄目あるな」

タライはますます心細そうな顔をして尻込みした。

「タライ」春海はいった。「日本人はな、子供でも、いざという時は立派な働きをするんだ。卑怯に逃げたりしないんだ。お前の国の人の土産話《みやげばなし》に、日本人の大人と子供の働きを見ておけ。もし、不幸にして、僕達が失敗したらな、お前は逃げて国に帰って、僕達の勇ましい働きの話をしろ、いいか。分ったか」

タライは泣面《べそ》を掻きながら、合点《がてん》々々をした。

第六章　寡《か》衆を制す

一　陣地戦

寡を以って衆に当る、殊に味方は少年とマレー人だから、白昼の戦いは出来ない。奇襲戦法で夜襲の他はない。

「もう二時間ほどすると、番兵の交代が来る。丁度夕暮時だ。その時まで、この辺に隠れていて、やって来た番兵をやっつけて、それから適当な陣地に引上げて、夜を待ち、急襲しよう」

春海は誠一にいった。

「仮令《たとい》一人でも二人でも、箇々撃滅で、敵の兵力を割《さ》いておくのは策の得たるものだ。では、この辺に隠れていろ。僕は、ちょっと陣地の候補地を視察して来る」

一時間ほどして、春海は帰って来た。

「ウーカンは少しも気がつかない。部落の若い女を集めて、踊を躍らして、酒を呑んで、悦に入っている。今に吠面《ほえづら》掻かしてやるぞ。もう交代のやって来る頃だ。油断するな」

「腹減ったあるな」

タライは情けなそうな声を出した。

「なに、腹が減った。辛抱せい。しかし、腹の減ったのが分るとは、中々いい所があるぞ。ハハハハ」

「しッ、小父さん。来ましたよ。あ、二人だ」

誠一は春海の高笑いを制した。

いつもは一人で来る番兵が、二人連れ立ってやって来た。振舞酒のお裾《すそ》別《わ》けを貰ったと見えて、二人共いい機嫌で、何か高声に話しながら来る。

「小父さん、これで」

と、誠一は鉄砲を渡そうとした。

「いかん、鉄砲では音がして、気づかれる恐れがある」

春海は刀を握って、急に身体中の勇気が迸《ほとばし》り出たように、ブルッと身顫いをした。

二人の番兵が三人の隠れている前に来ると、春海はいきなり、彼等の面前に飛出した。

「えいッ」

一声叫んだと思うと、いきなり一人の番兵に斬り込んだ。

「あッ」

と、異様な声を出して、番兵が倒れると、残ったもう一人はおどろいて逃げようとした。

それを、

「えいッ」

返す刀で、斬り伏せた。

春海は血刀を振りながら、

「可哀想だが、二人に一人で、しかも武器を持っているのだから仕方がない」

と、いって、一人の番兵の鉄砲と刀とを取上げて、ブルブル震えているタライに、

「さア、これを持て。弾丸はあまりないから、無闇に打つんじゃないぞ」

と、もう一挺の銃と刀とを彼が持って、

「交代の番兵が帰って来ないから、やがて、気がつくに違いない。陣地に引上げよう」

春海が見つけたのは、部落から隔った森の入口で、何のために掘ったのか、四五人楽に這入れる大きな穴だった。

「ここで陣地戦をやるんだ。出来るだけ敵をここへ引つけて、その虚に乗じて、僕は部落のウーカンの天幕に飛込んで、一刀の許《もと》に斬り棄てる。ウーカンを退治《やっつけ》てしまえば、後は簡単に片がつく。誠一、タライ、大急ぎで手伝え。穴の廻りに土を積み上げるんだ」

今取上げてきた番兵の刀を、鋤《すき》代りにして、誠一とタライは懸命に土を掘り起して、穴の周囲に積み上げた。その間に、春海は血刀で、立木の枝を払って、鹿砦《ろくさい》に積み上げ、穴の上に被せた。

そのうちに、夜が来た。

それより以前に、部落の方で物騒がしい音がした。二人の番兵が斬られ、一人の番兵が縛られて、捕虜の三人が脱走した事が発見されたのだ。

二　敵潰《つい》えたり

カンカンに怒った謀叛人ウーカンは、残った部下十人あまりに、脱走者の捜索を厳命したに相違ない。武装した部下は、シャン人を指揮して、道のある所、ない所を懸命に追跡を始めたのだ。彼等は素より三人が部落の近くに潜んでいようとは思わない。遠くへ逃げ出したものとして、捜索の円を拡げているのだ。

「タライ」春海はいった。「見つからないように、部落へ行って、偵察して来い。ウーカンのいる天幕と、そこに何人位武器を持った兵がいるか、見て来るんだ。分ったか」

「分ったね。行って来るよ」

昼間正面の敵と闘うことを恐れるタライも、夜そっと敵に近づいて様子を見てくる事は、自信があると見えて、さして怖がらない。彼は身も軽く穴を飛出して、闇の中に消えたが、すぐ戻って来た。

「旦那、いけないよ。敵が来たね」

バーン、

闇を劈《つんざ》いて、銃声がした。

敵の盲撃である。

「打ってはいけないぞ」

春海は制したが、タライはもう堪《こら》えていなかった。

バーン、

と、これも盲目《めくら》打ちである。

バーン、バーン、

敵は盛んに打ってきた。

だんだん近づいて来る。

「誠一、タライ、頭を出すな。出来るだけ打つな。弾丸が少いのだから。敵を引つけろ。近寄ってきたら打つんだ」

敵は遂に我が陣地を発見したと見えて、次第に銃火を集中してきた。

春海は銃を取って、闇をすかし見ながら、真先に近寄って来た奴を狙った。

バーン、

見事命中して、バッタリ斃れた。

敵は一時パッと後退したが、再び、穴を包囲しながら、銃火を浴せ、近寄って来る。

「よし、打て」

春海はまた先頭の敵を狙った。

誠一も、タライも銃をぶっ放した。

バタリ、また一人斃れたようだった。

敵は一旦は怯んだが、相手は子供を交えて三人と見くびって、また近寄って来る。

「暫く打つな。もっと引寄せろ。近くに来た奴を打て」

タライも少し落着いて、要領を覚えたと見えて、無闇に打たなくなった。

敵の銃火はいよいよ熾烈《しれつ》である。

春海は誠一に命令した。

「最後の一発まで抵抗しろ。いいか、どんな辛くても凹垂れては駄目だぞ。いつもいう通り、こっちの辛い時は向うも辛いのだ。近寄って来たら狙って打て。向うはもう七八人だ。恐れる事はないぞ。弾丸がなくなったら、近づいて来る奴を刀で斬れ。一分でも長く、敵を引つけておくんだぞ。いいか」

「分りました。小父さん、しっかりやって来て下さい」

「タライ、負けるな。もうすぐ旨いものを食べさせてやるぞ」

「旦那、大丈夫か。未だ、逃げないか」

「馬鹿ッ」

春海は苦笑して、

「いいか、二人、一緒に打て。二三発続けて打て」

誠一とタライがバーンバーンと続け打ちをして、敵の注意を惹いている隙に、春海は敵のいない方から、そっと地上に出た。そうして、息を凝らして、這うようにして、部落の方に向った。

昼間十分地理は研究してあったが、暗さは暗し、足音は立てられないし、思うように捗《はかど》らない。春海は気が気でなかった。暇取っているうちに、抵抗している誠一とタライが弾丸が尽きたら大変なのだ。

漸く、春海はウーカンの天幕に辿りついた。

遠くの方で、バーンバーンと銃声がしている。未だ二人は頑強に抵抗しているらしい。

天幕の前には、武装した、最も慓悍らしい番兵が二人立っていた。

「えいッ」

春海は飛出しざま、昼間と同じように、右と左に、二人の敵兵を、水も溜らず切って落した。

その物音に、天幕の中では気がついたらしい。すかさず、春海が飛込むと、ウーカンがピストルを握って構えていた。

春海は寸毫の猶予もしていなかった。猶予こそ、最も危険な敵である。この時に、一瞬でも立止れば、相手に狙いをつける余裕を与える。相手に余裕を与えたら、それっきりである。しかし、ピストルを擬している相手に、猶予なく飛込むのは、信念と勇気のあるもので始めて出来る。これが出来るのは国多しといえども、日本男児だけである。

春海は一瞬の猶予もなく、ウーカンの手許に躍り込んだ。ピストルを持っている相手に飛込むなどという事は、ウーカンの徒の考えつかない所だ。彼は狼狽して、バーンバーンとピストルを二、三発打ったが、元より決死で飛込んで来る春海には当らなかった。

「えいッ」

春海は斬り下したが、ウーカンは防弾チョッキか、西洋鎧《よろい》の類を着込んでいたらしい。カーンと音がして、刀が鍔元《つばもと》からポッキリ折れた。ウーカンは忽ち天幕を押し破って、外に飛出した。

「残念!」

春海は後を追って出たが、外は真暗、十米ほど追ううちに、姿を見失ってしまった。

天幕に釣ってあったラムプが引くり返ったと見えて、いつの間にか、メラメラと焔を上げていた。やがて、天に柱する火となり、パッとあたりが明くなった。

シャン人が多勢集って来た。

しかし、彼等は元より春海に抵抗しようとはしない。今まで、ウーカンの暴逆に歯嚙みしていたのだから、

「わア」

と喚声を上げて、春海に感謝したのだった。

春海は誠一達のいる陣地に走った。

シャン人達も喚声を上げてついて来る。

穴を包囲していたウーカンの部下は、五、六人になっていたが、シャン人の喚声と天幕の燃える焔を見て、これまでと、忽ち逃げ出した。

「誠一、タライ、無事か。しっかりしろ」

春海が穴の上から大声を上げると、

「大丈夫です」

誠一の元気な声が聞えた。

「タライが延びました」

「違う。私、延びないよ。眠ったね。腹空いたから、ちょっと眠ったね」

タライが負け惜しみをいいながら、穴から首を出した。春海はホッとして、ついて来たシャン人達に、大きな声でいった。

「ネカンはどこにいる。ネカンの押し込められている所はどこだッ」

ウーカンの天幕が燃え切ったと見えて、もう部落のあたりは暗くなっていた。

第七章　ラシオの西方

一　秘密の使者

無事に救け出されたネカンは老の目に涙を浮べて、春海の手を固く握った。

「有難う。春海さん、有難う」

ネカンの部落では、徹宵《てっしょう》、篝火《かがりび》を焚いて、祝宴が催された。

ネカンの語った所によると、ウーカンと自称した悪漢は、呉某《ごぼう》という、多少インド人の血を混えた支那人で、四五年来、雲南から国境を越えて、ネカンと商品の交易をしていた男だった。モゴクを中心として、この辺一帯は宝石の産地で、殊に支那人の最も珍重する良質の翡翠《ひすい》はこの辺が唯一の産地である。往昔はすべて、陸路雲南に運ばれ、そこから支那各地に売られたが、道路が嶮峻なのと、一方ビルマ南部への交通が開けるにつれ、今はむしろラングーンに運ばれ、そこから海路支那に持って行かれるのが普通だった。しかし、呉のように国境を越えて買出しに来る者もあった。ネカンは呉から織物や塩や、その他生活必需品を買い、呉はネカンから翡翠、ルビー、獣皮などを買った。

そういう間柄だったが、呉は一月ばかり以前に、突然、武装した部下を連れてやって来て、ネカンに半ば強制的に次のような事を命じたのだった。

「シャン高原のどこかに、日本人の仙人が隠れている。それを探し出すのだ。探し出せば褒美を与えるし、いやだといったら、ただでは置かんぞ」

ネカンは呉の兵隊に抵抗するだけの力がなかったから、仕方がなく、彼のいうままに、呉のいう日本人の仙人を探し廻った。春海の一行がネカンに中々会えなかったのは、ネカンの部落がそういう訳で、盛んに移動していたからであった。

ところが、偶然、ネカンの部落民が春海の一行の姿を見かけて、その事を報告すると、呉はすぐ三人を捕まえて来いと命じた。ネカンは強硬に反対した。すると、呉はネカンを捕えて穴倉に押込め、自分が取って代って、酋長になり、ウーカンと自称したのだった。

聞き終って、春海はいった。

「それで、その日本人の仙人というのは」

「全然、知れません」ネカンは答えた。「呉がいい加減な事をいったのじゃないかとも思われます」

春海は別の事を考えていた。呉のいう日本人の仙人というのは、素木博士の事ではないかと思うのだ。

「呉は、その仙人がどの辺にいるという見当をいわなかったかね」

「それが曖昧で、確かな見当はついていないのです」

「日本人の名や、人相などは」

「委しい事は呉も知らないらしいのです」

もう一羽の九官鳥が国境を越えて、雲南に運ばれ、支那の要人の耳に這入り、地利を知った呉に探索を命じたのではなかろうか。

「実はネカン、僕も、友人の行方を尋ねてやって来たのだ」

と、春海はざっと素木博士の事を話して、心当りはないかと訊いた。ネカンには心当りはなかったが、協力して探し出す事を快よく引受けた。

翌朝早くから、タライが変にソワソワして、キョロキョロと部落の中を歩き廻った。

「どうした、タライ。何か探してるのか」

春海が訊くと、タライは答えた。

「九官鳥いない。九官鳥探してるね」

そういわれて、始めて気がついたが、九官鳥の姿が見えなかった。九官鳥はウーカンの天幕が燃えた時に、どこかへ逃げたのか、それとも焼け死んだのであろう、

「そうか、九官鳥を探しているのか。よく思い出したな。僕はちょっと忘れていたよ。ウーカンの天幕の燃えた時に、僕の取上げられた品は、望遠鏡もピストルもみんな焼けてしまった。僕は無一物になったよ。だから、お前も九官鳥は諦めろ」

タライは合点々々をしたが、諦め切れないような顔をしていた。

午後になって、誠一が九官鳥の死骸を見つけて、持って来た。

「小父さん、可哀相に九官鳥は死んでましたよ」

「そうか可哀相に、どれどれ」春海は見て、「これア焼け死んだのじゃないね。誰も面倒を見てやらなかったの

で、餓え死んだのかも知れん。長い間一緒にいたんだ。僕達のマスコットだった。厚く葬ってやろう」

そこへ、タライがやって来た。タライは誠一の持っている九官鳥の死体を一目見ると、忽ち顔色を変えて、誠一の手から捲《も》ぎ取ろうとした。

「何をするんだい。タライ」

誠一は叱るようにいった。

「その鳥、私のある。私の鳥ある。返す。返す」

と、タライはなおも九官鳥を取ろうとした。

「タライ、死んだんだから仕方がない。諦めろよ」春海は宥めるようにいった。「土を掘って、葬ってやろうじゃないか」

タライは春海の言葉を諾《き》かないで、とうとう誠一の手から九官鳥を捲ぎ取って、バタバタと逃げ出した。

「しようがないなア。タライは」

「いい運を授ける鳥だと巫女にいわれたので、よくよく残念だと見える。仕方がない。誠一、したいようにさせてやれ」

誠一はそれでも気になると見えて、そっと様子を見に行ったが、やがて駆け戻って来た。

「小父さん、タライは向うの岩蔭で九官鳥をナイフで割いていますよ」

「なに、ナイフで割いてるって」

春海は誠一に案内されて、そっと岩の傍に行って眺めた。

タライは九官鳥の胸を割き、嗉嚢《そのう》、胃、砂嚢《さのう》などを取出し、今や正にそれを断ち割ろうとしていた。

春海は飛出して、タライの腕を摑えた。

「痛いね。旦那、痛いね。私、鳥、私、料理する、構わないね。放す、放す宜しい」

「おやッ」

春海は立ち割られた砂嚢の中に異様なものを発見したので、タライの手を放した。

タライは砂嚢を摑んで逃げようとした。

春海はその手をムズと握った。

「何だ、それは、ルビーじゃないか」

「ルビーあるね。鳥、ルビー呑んだね」タライは踠《もが》きながら叫んだ。

「九官鳥がルビーを呑むかッ。しかもこんな大きな、貴様ッ」と、タライを睨んで、

「呑ませたなッ」

「違う。鳥呑んだね。私、呑まさないよ」

「馬鹿いえ、本当の事をいわないと、承知せんぞ」

春海はタライの咽喉《のど》首を摑んで、グイグイ絞めつけた。

「く、苦しい。は、放す宜しい。鳥呑まない。私、呑ましたある」

タライは悲鳴を挙げながら白状した。

春海は手を緩《ゆる》めて、

「早く本当の事をいえばいいのに、手数を掛ける奴だ。ルビーはどこで盗んだのだ。いえ」

「盗まない。前から持ってるね」

「未だ嘘をいうかッ」

春海はまたタライの咽喉を押えて、絞めようとした。

「いうね、いうね。盗まないよ。拾ったね。拾ったあるね」

「なに、拾った、嘘つけ」

と、なおも春海は責めたが、結局拾ったというのは本当らしかった。

彼はその小粒のルビーを、マンダレーからモゴクの鉱山へ行く途中で拾ったのだった。彼は鉱山などで働いていたから、ルビーの鑑定も出来て、値打も分ったので、逸早く隠して、知らん顔をしていた。彼がモゴクの附近で変にソワソワしていたのは、彼が以前この鉱山から逃げ出した事があるからだと考えられていたが、それもあったけれども、実はこのルビーを拾って隠していたからだった。

タライはルビーを隠して、シャン高原を歩き廻っていた訳であるが、ウーカンのために捕虜になろうとした時に、せっかく拾ったルビーを見つけられて取上げられるのが恐ろしく、九官鳥にむりやりに呑ましてしまったのだった。

そういえば、ネカンの部落民がウーカンの命令で三人を捕まえに来た時に、タライは凹んだ所に隠れながら、ギャーギャー鳴く九官鳥を押えつけていたが、その時は九官鳥の鳴くのを止めさせるために押えつけているのだと思われていたが、実はその時に、ルビーをむりやりに九官鳥の嘴の中に押込んでいたのだった。

「しようがない奴だな」

春海は苦笑した。

可哀相に九官鳥はむりにルビーを呑まされたために、食慾不振を起し、生命を落したに相違ないのだ。

「ひどい事をするね。タライ」

誠一は顔を曇らして、無慚《むざん》に切り割かれた九官鳥を見つめた。

「おや、小父さん」

誠一は急に春海に呼びかけた。

「砂嚢の中に、何か未だ変ったものがありますよ」

「なに、変ったものが」

春海は誠一にいわれて、足許に転っていた九官鳥の砂囊を拾い上げた。

「うむ」

砂囊の中には米粒の半分位の大きさの石英質の綺麗な小石が交っていた。キラキラ光るので、眼についたのだが、なおよく見ると、形が方形で磨かれているらしく、どうも人工を加えた石らしいのである。

「うむ」

春海は唸るように溜息しながら、掌《てのひら》の上に、この小さい石を撰り分けた。

一つ、二つ、三つ、取り出された。

いずれも方形の米粒の半分位の大きさで、よく表面が磨かれている。

「おや、何か書いてあるぞ」

春海は小石の表面に掻き傷のような跡を発見したが、よく読めないので、

「誠一君、何か書いてあるんじゃないか。僕には小さくて読めないが」

といって、撰り別けた小石を誠一に渡した。

「書いてありますよ。小父さん、確かに何か書いてあります。けど、ちいちゃくて、読めないなア」

それから二人でいろいろと研究したが、確かに小石の表面には何か書きつけてあった。書いたといっても、尖ったもので引掻いて傷をつけたものであるが、それが文字と記号との組合せに違いないのだ。小石は石英質と思ったのは間違いで、透明な石灰石、方解石といわれる石だった。この石は質が柔かいから、傷をつけるのも容易である。

「誠一君、これア、確かにお父さんからの通信だ」

「えッ、お父さんからの――」

誠一は飛上るように驚いた。

「素木君は九官鳥に自分の名と僕の名とを呼ぶように教え、方解石の小さい粒に通信文を書き、呑ませたのだ。旨く砂囊に留るかどうか分らないので、いくつも呑ませた。この三つは形も大きさも同じで、表面に書いてある事も同じらしい。さすがに素木君だけあって、用意周到だ。秘密の通信としては素晴らしい思いつきだよ。だが」

春海は暗い顔をして、がっかりしたようにつけ足した。

「せっかくの思いつきの通信も、僕達には読めない。拡大鏡がなくちゃ駄目だ。素木君は文化から遠く離れた、原始の山の中で、どういう方法で、こんな小さい方解石の粒に、字を書いたか知らんが、僕達には読む術《すべ》がないのだ。情けないなア」

二　代用レンズ

タライが拾ったというルビーは春海が取上げ、秘密の使者だった九官鳥の亡骸《なきがら》は厚く葬ったが、肝腎の小石の上に書かれた文字はどうしても読めなかった。

「望遠鏡が焼けなかったらなア」

春海は溜息と共にいった。

「望遠鏡があれば解体して、凸レンズが得られる。そうすれば、拡大して読めるんだ」

二、三日経つと、春海は誠一にいった。

「凸レンズを作ってみようじゃないか」

「え、凸レンズを作る？」

誠一は眼を瞠った。

「ガラスを作るのさ。透明なガラスの塊が出来たら、それから凸レンズが取れるだろう。ガラスは何でも昔フェネキヤ人の隊商か何かが、砂漠を横断して燃料に困り、硝石を焚いた所、その後に透明な塊が残った。つまり硝石と砂と石灰が、一緒に強い熱にあって、熔け合って出来たのだ。これがガラスの始りだといわれている。石英や石灰はいくらでもあるから、アルカリ質、つまり硝石のようなものがあればいいんだ」

「この辺に硝石があるでしょうか」

「あると思う。探してみよう」

それから二人はタライや部落民を指揮して、鉱石を探し廻り、これと思うもので、春海はいろいろに熔融してみたけれど、どれも失敗で、透明なガラス玉などは得られなかった。

こうして暇取っている間にも、ウーカンの事が気懸りだった。

もしや、ウーカンの呉が素木博士の居る所を見つけはしないだろうか。呉はたしかに素木博士を探しているのだ。もし呉に先に見つけられたら、それっきりである。春海の今までの苦心や艱難辛苦は水の泡になるのだ。呉も、あるいは別の九官鳥を見つけ、その砂嚢から文字を書いた小さい石を取出し、それを読んでいるのかも知れないのだ。

「小父さん、水晶を磨いてみたらどうでしょうか」

ある日誠一がそういった。

「そうだね」春海は答えた。「昔日本では、眼鏡の玉も、望遠鏡のレンズもみんな水晶を磨いて拵《こしら》えたのだ。いい質の水晶さえあればきっと出来るに違いない」

それからまたみんなで良質の水晶を探し廻った。ところが、中々いい水晶は見つからなかったし、見つかっても、磨くべき砥石がなかった。そのためにレンズに磨き上げるという事が容易な事ではないのだ。

そうこうしているうち、月日は遠慮なくドンドン経って行った。ラングーンに上陸したのが八月の末で、マンダレーに這入ったのが、九月の始め、それからシャン高原を一月あまり彷徨して、ウーカンに捕まえられたのが十月の半頃、ウーカンを襲撃して、ネカンを助け出したのが十月の末で、今はもう十一月の半《なかば》になっていた。

素木博士の事は元より、日本の事も気懸りだ。日米交渉はどうなったであろうか。数次の会談でアメリカは反省し譲歩したであろうか。いや、ますます増長して、日本起たずと侮り、いよいよ圧迫を加重しているのではないか。それでも日本は起たないのか。いやいや、日本は堪えられるだけ堪え、忍べるだけ忍んで、いよいよ最後の堪忍の出来ない時に、猛然と起ち上るのだ。アメリカや、イギリスの馬鹿共はそれを知らないのだ。

もう日本は起ち上っているのではないか。

あれを思いこれを思うと、春海はじっとしていられない気持だった。しかし、彼は長い間鍛え上げた探検家である。探検に短気は禁物である。成算のない冒険は絶対排斥される。慎重に研究し、周到に用意し、隠忍時機を待ち、一度用意なり、時機到来すれば、断乎として、危険に立向うのが探検家の面目である。とにかく素木博士の秘密の通信が手に這入ったのであるから、何日かかろうともまずそれを解いて、その解答に従って行動するのが、万全であり、正しい方法である。いかに急ぐからといっても、成算なく無闇に歩き廻るのは無意味なのだ。

誠一も春海の考えがよく分ったから、逸《はや》る心を押え、急《あせ》る胸を撫でて、水晶を磨きレンズ作りに懸命になった。

しかし、水晶の質は悪く、砥石は得られず、仕事は遅々として進まないのだ。

一時も早く父を救け出したいと思うと、じっとしていられない気持になり、たった一人で、心淋しく自分達の無事に帰るのを一日千秋の思いで待っている故国の母を思うと、胸も潰れるようである。呑気そうなタライの様子を見ると、時に腹立しい気持にさえなった。ただ、ネカンを始め部落のシャン人達が親切にしてくれるので、それがせめてもの心の慰めであった。

「眼の中へ這入る位の小さい石に、どうやってお父さんはこんな小さい字を書いたのでしょう」

ある夜、天幕の中で誠一は春海に訊いた。

「お父さんはきっと拡大鏡を持っているんだよ」春海は答えた。「でなきゃ、とてもこんな小さいものに、書けはしない。始め石英だと思ったが、どうもこれは方解石らしいから、割に簡単に傷がつけられる。誠一君、君は鉱物の硬度を知ってるかい」

「ええ、ダイヤモンドが一番硬くて、十度でしょう」

「そうだ。石英、つまり水晶だね。この硬度は七度、だから水晶はダイヤモンドなら、簡単に傷もつけられるし、切断も出来る。方解石の硬度は三度だよ」

「軟かいんですね」

「方解石は炭酸石灰で、つまり大理石なんかと成分は同じだが、ちょっと水晶と間違えられるように透明だ。しかし、堅さですぐ分る」

「拡大鏡があったとしても、よくこんな小さい字が書けますね」

「日本では、米粒に毛筆で百人一首を残らず書いたりする人がいるんだ。むつかしい事だが、出来ない事ではないよ」

「早く読みたいものですね」

誠一はそういって、頭上のランプを見上げたが、急に思いついたように、

「小父さん、レンズでなくても、円《まる》い玉で字が大きく見えませんか」

「円い玉って」

「僕、知ってます。ガラスのまん円い玉に水を入れて、水晶の玉の真似をしたものがあります。あれで、透かして見ると、字でもなんでも大きく見えます」

「そうだ。あれは全くレンズと同じ作用だよ」

「小父さん、あのホヤでは駄目でしょうか。あの中へ水を入れて、無論、何か底を作らなきゃ駄目ですが、あのふくれた所で、レンズの用をしないでしょうか」

「なるほど、そりゃ面白い考えだ」

「やってみましょう。すぐ」

「うむ。旨いぞ」

夜だったけれども、誠一はじっとしていられなくて、ランプのホヤを見つけて来て底を塞いで水を入れた。

水を入れたランプのホヤを通して、例の方解石の粒を見ると、どうやら読めそうである。

「日中なら、もっとよく読めるだろう。方解石は複屈折といって、光線の屈折が二重になる性質があるから、気をつけて読まなけりゃならんぞ」

翌日の午後、誠一の思いつきのガラス玉の水で、不明瞭ではあるが、小石の表面の文字らしい傷は次のように読めた。

回帰線

九十七度半
「小父さん、何の事ですか。これは」

誠一は息を弾ませながら訊いた。

「これア、お父さんのいる所を示しているに違いない。北回帰線というのは無論北回帰線だ。北回帰線は北緯二十三度半で、日本では台湾の嘉義《かぎ》を通っている。ビルマではラシオの附近を通っている」

「え、では、お父さんはラシオに――」

「いいや、ラシオは東経九十八度半、九十九度に近いだろう」

「ああ、この九十七度半というは経度ですね」

「そうだ。そうに違いない」

「すると、お父さんはラシオの西、経度で一度の距離にいるんですね。一度って、どれ位ですか。小父さん」

「経度というのは地球の南北両極と、その地点とを通る弧線だから、南北両極では一点となり、一度といっても、距離は所によって違う。赤道の長さを四千万米《メートル》とすると、赤道では一度の距離が三百六十分の一の、約十一万米、百十キロで、それから南北に行くに従って短くなるわけだ」

「じゃ、ラシオの西百キロ位の中ですね」

「大体そんな所だね」

「すぐ、行きましょう。小父さん」

誠一は飛上って叫んだ。

「うん、大体の見当はついたが、誠一君」と、春海は厳《おごそ》かな顔をしていった。「その辺は人跡未踏の大森林地帯で、その中へ這入るだけでも容易な事でない、まして、その中を探し廻るのは不可能に近い位の事だよ」

「でも、小父さん」

「むろん、探しに行くとも。だが、どうして容易な事でない事を、覚悟しなきゃいかんぞ」

第八章　大木の空洞

一　九官鳥の叫び声

ネカンは自分が行けないのを非常に残念がって、屈強の若いシャン人を三人つけてくれた。春海と誠一とタライと合せて、一行六人は、ネカンの部落に別れを告げて北へ北へと道のない所を進んで行った。

「バーモまで出てしまっては、緯度にして一度ほど行き過ぎる」春海はいった。「誠一君緯度の一度はどれ位の距離だと思う」

「子午線《しごせん》は大体赤道の長さの半分でしょう。緯度は子午線の百八十分の一だから、一度は、そうだ、やはり大体百十キロです。緯度の一度はどこでも変りはないでしょう」

「うん、バーモの南百キロ、ラシオ西百キロ、その辺を探すんだ」

「お父さんは未だそこにいるでしょうか。旨くいてくれればいいなア」

誠一は嘆息するようにいった。

出発の始めに春海がいった通り、この地方は大密林に蔽われて、真直ぐに進むという事は非常に困難で、真直ぐのつもりでもいつか曲ってしまっていた。ただ、今度の探検はタライの他に三人のシャンの若者がついているので、その点は大へん楽であった。

「あ」

誠一は突然立止った。

「しーッ。何か聞える」

何千年の太古から人の這入った事のない大森林で、元より人などがいるはずがない。あたりはしーんと静まり返っている。鳥獣の声さえ聞えない。

「どうした、誠一君、何も聞えはせんよ。君の空耳だ」

「しーッ」

誠一が再び制した時に、不意に近くで、人らしい声が聞えたのだった。

「ハルミ！　モトキ！」

「や！」

さすがの春海も飛上って、あたりを見廻したが、人影などはない。

「ハルミ！　モトキ！」

声は頭上の大木の枝から来るらしい。

「九官鳥か」

春海は咄嗟にそう思った。素木博士が馴らしておいた九官鳥の一羽は、春海の手に這入って、手係りの小石を残して死んだが、他の一羽がこの辺を飛んでいるのかも知れない。

「登って、捕まえて来い」

九官鳥は逃げもしないで、一つ所で叫び続けている。春海はシャン人に命令したが、他の事には勇敢な彼等も、薄気味悪がって、登ろうとしない。

「タライ、登って捕えて来い」

「登る、鳥逃げる。捕らない」

タライも尻込みしながらいった。

「とにかく、登ってみろ」

タライは渋々《しぶしぶ》登って行ったが、九官鳥らしい声はバッタリ止んだ。

「逃げたかな」

春海がそう呟くと、途端に、

「ハルミ！　モトキ！」

「小父さん、未だいます」

誠一が叫んだ。

暫くすると、タライはあわてて降りて来た。真蒼な顔をしてガタガタ顫えている。

「どうした、タライ」

タライは暫く声が出なかったが、

「化物ある。九官鳥、じっとしている。動かない。死んでるある」

「死んでる」春海はいった。「死んでる鳥が声を出すか。馬鹿な」

「死んでも鳥、声出すある。確かに死んでる。死んでる鳥、ハルミ！　モトキ！　という。恐ろしいね」

タライは思い出したように顫えた。

「そんな馬鹿な」

春海が叱りつけようとするのを、誠一は遮って、

「僕、見て来ます」

「大丈夫か」

「大丈夫です」

誠一は大木にスルスルと登って行ったが、やがて、妙な顔をして降りて来た。

「小父さん。タライのいう通りです。九官鳥がいますけれども、剝製《はくせい》になっています。それなのに、時々、ハルミ！　モトキ！　って声を出すんです」

「剝製の鳥が」

春海は馬鹿なといおうとしたが、今度はタライでなくて、誠一だから、そう頭から怒鳴る訳にも行かない。

「剝製に違いないか」

「はい、違いありません」

「剝製になっているとすれば、人間がしたのに違いない。それも原住民ではない。文明人だ。すると」と、春海は考えて、「信ぜられない事だが、鳥の身体の中に何か機械が這入っているのかも知れん。そうだ。素木が仕掛けたに違いないッ」

「え、お父さんが」誠一は叫んだ。

「誠一、喜べ、この近くにお父さんはいるぞ」

「そうですかッ」誠一は躍り上った。

と、遥か向うの方から叫び声が聞えた。

「ハルミ！　モトキ！」

「や、向うでも声がするぞ。しめたッ、あの声は道知るべに違いないッ。みんな来いッ」

春海は先頭に立って、声のする方に急いだ。

声のするあたりに近づくと、また、遥か遠くの方で、

「ハルミ！　モトキ！」

という叫び声が聞えた。

「うむ、道がある」

そこからは森林の中に、ちょっと切開いた跡があって、どうやら道らしいものが続いているのだった。

春海は躊躇なくドンドン進んで行った。誠一も喜び勇んでついて行った。タライとシャン人とはオズオズとついて行った。

間もなく道らしいものが突然なくなった。そうして幾抱えもあろうという大木がまるで絶壁のように聳えて、前進を阻んでいたのだった。

突如、頭上で、明瞭な日本語が聞えた。

「君達は日本人か」

春海はぎょっとしたが、すぐに落着を取戻して、

「そうだッ」

「よしッ、這入り給え」

「え、這入る。どこから」

春海が驚いて反問した時に、大木の幹が突然移動した。いや、移動したのは、幹の外側だった。幹の外側の樹皮がまるで扉のようにスルスルと開いて、ポッカリ大きな空洞《うつろ》が現われた。

タライとシャン人達はパッと飛退いて、逃げ腰になりながら、恐ろしいものを見るように、大木の空洞を眺めていた。

二　白髪の老人

空洞の中には、すぐ地下に通ずる穴があって、土が階段のようになっていた。

「みんな来い、大丈夫だ。恐がるな」

春海はいって、グングン階段を降りて行った。誠一は無論続いた。タライとシャン人達は尻込みして、空洞の中に這入ろうとしなかった。

地下は大きな岩を抉り抜いた穴で、十分立って歩けるほどの高さで、幅も二米以上あった。どういう仕掛か、どこからともなく光線が這入るらしく、そう不自由でない程度に、ホンノリと明るかった。

地下道は百米ほど続いた後に、行詰りになって、そこ

は石の扉がピッタリ閉っていた。

春海と誠一とが石の扉に近づくと、不思議な事には、扉は音もなくスーと開いた。

春海と誠一は一緒に猶予なく、中に突進んだが、その時に、春海はちょっと振り返って見たが、タライもシャン人達も姿は見えなかった。彼等は最初の入口の大木の前で尻込みをして、ついて来なかったのだ。

春海と誠一とが中に這入ると、石の扉はまた元通り音もなく締った。この中は今までの地下道よりずっと明るく、広さも二倍あった。突当りにまた石の扉があって、二人が近づくとまたスーと開いたが、中に大きな机を前にして、一人の白髪《しらが》頭の老人が椅子に腰を下していた。二十畳敷位あろうと思われる部屋には、いろいろの見馴れない機械類が置かれて、周囲の壁には、やはり奇妙な形のものが、無数に取りつけてあった。

白髪頭の老人は静かに頭を上げて、二人を眺めたが、

「うむ。やっぱり春海君だったか」

と、机から身体を、眼を輝やかしながらいった。

春海は吃驚して、老人の顔を暫く眺めていたが、

「うむ、君は素木君！」

と、叫んだ。

素木博士は春海と同じ年だから、五十には未だ大分間のある年である。それがどう見ても六十以上の老人に見えるのだ。もっとも、それは主に白髪のためであって、よく見ると、素木博士に違いないのだ。

「変ったなア、君は、十年会わない間に」

「うん」博士はうなずいて、「君もしかし、大分変ってるよ。よく来てくれたなア」

「君こそ、よく無事でいてくれたなア」

博士も春海もそれから暫く無言で、涙に濡れた眼で、じっと互の顔を見守っていた。

やがて、博士は、

「その少年は」

「誠一君だよ」

「えッ、誠一！」

博士は叫んだ。

誠一は、

「お父さん」

と叫んで駆け寄った。涙が止度《とめど》なく流れた。父と知れた時に、すぐにも飛びつきたいのをじっと我慢していたのだ。

「誠一か」

博士は眼を瞬《しばたた》いた。

「大きくなったア。よく、こんな所へ来たなア」

五つか六つの時に別れたきり、会えなかった子供が、いつの間にか、こんなに大きくなって、しかも日本を遠く離れたこんな異郷の山奥へやって来たのだ。それは何という思いがけない、大きな感激だろう。

「お父さん」

誠一はただお父さんと呼び続けるだけで、他の言葉は出なかった。誠一が夢で描いていた父はこんな白髪頭の老人ではなかった。もっと溌剌とした若い姿だった。けれども、そんな事は問題ではない。ただ、一眼会いたいと思っていた父に会った喜びで一杯だった。

「お母さんはどうしてる。達者か」

「はい。達者です。一人で、僕がお父さんを連れて帰るのを、待ってらっしゃいます」

誠一がこういった時に、不意に声が聞えた。

「ハルミ！　モトキ！」

吃驚して、声のした方を見ると、そこに鳥籠が吊してあって、一羽の九官鳥が羽ばたきをしながら叫んでいるのだった。

「そうだ」

素木博士は九官鳥を見ながら、

「春海君はどうしてここへやって来たのだね。つい、嬉しさに取紛《とりまぎ》れて、訊ねるのが後になったが」

「九官鳥さ」春海は答えた。「ラングーンで偶然手に入れた。しかし、呑み込んでいる小石に気がついたのは、シャン高原に来てからだ」

春海は手短かに今までの事を話した。

「そうだったか、随分艱難辛苦をしたんだなア」

素木博士は眼を瞬《しばたた》いて、

「僕も九官鳥に小石を呑ませて、いろいろの人間に方々に持たせてやったものの、九官鳥の叫ぶ声が、いつ君達の耳に這入るやら、旨く九官鳥が君達の手に這入っても、小石の事に気がつくかどうか。小石に気がついても、文字が読めるかどうか。よし、読めても、はるばるこんな所へやって来られるか、どうか、随分心細い話だった。でも、とうとうやって来てくれたね」

と、また、鳥籠の九官鳥が一際《ひときわ》大きい声で、

「ハルミ！　モトキ！」と叫んだ。

「君は多分」と、博士は語り続けた。「ここへ来る途中、森の中で、この声を聞いたろうね」

「うん」春海はうなずいた。

「剝製の鳥が叫んでいるので、吃驚したんですよ。お父さん」誠一がいった。

「あの剝製の九官鳥の中にはマイクロフォンが入れてあって、ここにいる鳥の叫び声が放送される仕掛けにな

っている。ああいう仕掛けが森の中の数ケ所にあるんだ。もし、日本の探検隊が森の附近にやって来た場合に、気がつくようにしてあるのだよ」

「でも、それじゃ、日本の探検隊だけでなく、原住民や敵方にも分るじゃありませんか」

「原住民はただの鳥の叫び声だと思って、大して気に留めないだろうし、よし樹の上に登って見ても、剝製の鳥が叫んでいるのだから、胆を潰して逃げてしまうだろう。原住民は迷信深いからね。敵方も、ハルミとかモトキとかいう言葉は意味が分らないから、やはりただの鳥の叫び声だと思うし、よし正体を突留めるにせよ、やはり原住民の力を借りなければならぬから、原住民は怖って近づかんだろうし、容易に見つかるような事はないと思っていたのだ。よし、敵方が気がついても、中々ここへはやって来られないから、大丈夫なんだよ」

「そういえば、お父さん、あの大きな樹がポッカリ口を開けた時には吃驚しましたよ。シャン人やタライは怖がって、這入って来ませんでしたもの」

「ハハハハ」博士は笑って、「テレビジョンでここからあの辺はちゃんと見えるんだよ。ここで釦《ボタン》を押せばあそこが開くようになっているんだ」

「途中の扉もそうなんですか」

「いいや、途中の扉はひとりでに開く事になっている」

「ひとりでに？」

「うん。眼に見えない光線が照らされていて、その光線を人が遮ぎると、そのために電流のスイッチが這入って、扉が開くようになっているのだ」

「しかし、君」

春海が堪えかねたようにいった。

「電流はどうして起すのだ。そうしたいろいろの装置を動かす原動力は電気ではないのか」

「無論電気さ」

「しかし、君、石炭もボイラーも、利用すべき水力もないのに、どうして、電気が得られるのだ。発電機もないではないか」

「無論、発電機などありようがない」

「じゃ、どうして」

と、春海が急《せ》き込んで訊くと、素木博士はニッコリ笑った。

「電池で電流を起すんだよ」

「電池で」春海は呆気にとられたように、「電池を作るには、それこそ、いろいろの薬品がいるじゃないか。それをどうして――」

「薬品なんかいらんのだ」

「え、薬品がいらん？」

「うん、それが僕の発明なんだよ」

そういって、素木博士はまたニッコリと笑った。

第九章　不可能を可能にするもの

一　不思議の客

素木博士の話は長かった。

博士は今より十年以前、今のタイ国が未だシャム国といった時分、招聘されてタイ国内の地質と鉱物資源の調査に当り、それが終ってから、マレー半島に出て、そこでも博士の発明に係る探鉱機で、素晴らしい成績を挙げて、そこから更にピナンに出て、モールメンに向い、ラングーンに這入った。

ラングーンに到着して、博士は長途の疲れを休めていると、夜更けて、不意に来客の訪問を受けた。

その客は名もいわず、目的も語らず、是非博士に会いたいというのだ。


やがて、博士の前に現われたのは、ラマ僧のような恰好をして、眼に仮面《マスク》をつけた異様な人物だった。

「素木博士、よくお会い下さいました。私は故あって、こうしたラマ僧のような恰好をいたしておりますが、実はビルマの最北、チンドウィン河とイラワヂ河とに挟まれております地方の、カチン人の王国タラワチ国から派遣されました使者で、バインと申す者でございます」

「え、タラワチ国！」

博士が驚きの声を挙げると、使者は忽ち制した。

「シッ、お静かに願います。私の使命は絶対に秘密でございます。タラワチ王は是非博士を本国にお出願うようにと私に命じました。しかも極秘裡に」

「極秘裡に？　何の用ですか。それは」

「御不審ごもっともでございます。王は博士にイギリスに秘密に、タラワチ国内の鉱物、殊に石油と宝石とを探して頂きたいのでございます。王は常にイギリスの圧政を憤られ、私《ひそ》かに同志と計って、ビルマの独立を計っておられます。そのために、イギリスには秘密に地下資源の開発を望まれ、それには日本人たる博士に秘密にお願いする他に途はありません。王は衷心より博士に頼っておられます。何卒《なにとぞ》王の願いを叶えて下さいますようお願いいたします」

素木博士はかねてからタラワチ王国の事を聞いていていた。その王は誠に進取英邁《しんしゅえいまい》の人で、常にイギリスの羈絆《きはん》を脱せんとして、イギリス政府から睨まれている人だった。また、バーモから西北、イラワヂ河とその支流チンドウィン河に挟まれたタラワチ王国の領土内には、石油が産するらしく、また、稀有金属といわれる、世界に稀にしか産しない貴重な金属を含んだ鉱物が埋蔵されているらしい事も、素木博士は知っていた。

そういう鉱物調査をイギリスに秘密に開発するという事は、タラワチ国の利益であると同時に、ビルマ独立の機運を促す基《もとい》ともなり、そうした仕事を、特に見込んで博士に依頼したとあっては、無下《むげ》に断る訳にも行かない。

博士が些か返事にためらっていると、覆面の使者バインは嘆願するようにいった。

「もしこの企《くわだて》がイギリスに洩れますれば、私達はどうなるか分りませせぬ。タラワチ国も無事では済みませんでしょう。しかし、博士は日本人です。よもや、イギリス政府が危害を加えるような事はありませんでしょう。しかし、むろん私達は万全の方法を取り、秘密の洩れないように安全にお連れいたします。もしお聞届け下さいますれば、タラワチ王はどんなに喜ぶでありましょう。タラワチ国が富み栄えますれば、そこから東亜解放の黎明《れいめい》が起り、暴戻《ぼうれい》イギリスを駆逐し、東亜人の東亜が建設されましょう。切《せつ》に、博士の御援助をお願いいたします」

素木博士はバインの熱誠に動かされた。地質学者としての彼の力がそうした大きな仕事に影響するものならば、一肌脱がなくてはならないと決心した。危険はあるが、義を見て為《な》さざるは日本男子の恥じる所だ。

翌朝といわず、その夜、博士はバインと一緒に誰にも気づかれず、ラングーンを出発した。

「なるほど、そういう訳だったのか」

聞いていた春海はいった。

「それで、全く行方が分らなくなったのだね。イギリス政府にやられたのでなくて、自分から姿を晦《くら》ました訳だね」

「イギリスにやられたのは、それから後の話だよ」

博士はそういって話し続けた。

「タラワチ国に着くと、王を始め多勢の人達が出迎えて、非常な歓待だった。カチン人は性質が中々慓悍で、義理堅く、日本人に似た所のある人種だ。そこで僕は早速地質の研究にかかったが、石油脈は発見出来なかったが、稀有金属は甚だ有望である事を発見した。最初に気がついた事であるが、この国の人達は日本の刀に似た青銅製の武器を持っている。その鍛え方は先祖伝来の特種のもので、元より全く熟練による非科学的のものだが、青銅の性質が実に素晴らしいのだ。原住民の鍛冶工《かじ》は山に這入って、自分で鉱石を見つけて来る。この鉱石の中に、どうも特種の金属を含んでいるらしいのだ。

春海君も知ってる通り、我々人類の原始時代には鉱石から金属を還元する所謂冶金術《やきん》というものが発明されないで、武器その他日常の用具を専ら岩石に依っていた。石器時代というのがそれだ。そのうちに地方によると、金属が自然に産する所があって、それを利用し始めた。南米のチリ国の山地では、原始民が黄金でいろいろのものを作った。魚を釣る針が黄金で作られていたという。また、ロシアのある地方では白金でいろいろのものが作られていたという。金属は岩石に比べて、延ばし易く、曲げ易く、ずっと細工がし易いから利用価値が大きいのだが、金属が元素のまま産するのは、金、白金、それから銅位のもので、白金は頗る限られているし、金は軟か過ぎるし、銅がその中では一番利用価値が大きいので、石器時代に続いて銅時代が来たといわれるが、しかし、銅が自然に単体で産するのはやはりそう多くないから、実際には青銅が用いられた。つまり石器時代の次は青銅時代で、銅時代というのは地方の情況によって、中間的に存在したものに過ぎないと思われる。

青銅時代というのは最早原始時代を過ぎて、冶金時代に這入ったものだ。何故なら青銅は錫の鉱石と銅の鉱石を混合して、木材あるいは木炭で加熱して得られたもので、錫の酸化物は還元され易く、銅と合金を作って、容易に青銅が出来るのだ。マレーから下ビルマ地方には錫の鉱石を多量に産するから、原始時代以来、青銅の利用が非常に発達したのは当然であろう。タラワチ王国のカチン人が青銅製の武器を持ち、それが著しく発達しているのにも不思議はないが、ただ、その青銅が堅さにおいても、展性延性についても、素晴らしい性能を持っている事が研究に値いするのだ。

僕は研究の結果、その青銅の中にベリリウムという元素が含まれているらしい事を発見した。ベリリウムはエメラルドあるいは緑柱石などの宝石中に含まれているものだが、そうした宝石はこの上ビルマの山中にはよく発見されるし、原住民の鍛冶工が山の中で見つけて来る鉱石の中に、極く微量ながら含まれているのではないかと思われる。

僕はそうした地質の研究や、鉱物資源の調査や、また特種青銅の成分の研究などで、早くも一年あまりを過した。日本へ通信したいとも思ったが、何分にも僕がタラワチ国にいる事は絶対に秘密にしなければならないので、心ならずも消息を絶っていたのだ。

ところが、それほど秘密にしていたけれども、いつかイギリス官憲の知る所となった。かねてから目の上の瘤《こぶ》と邪魔にし、かつ恐れているタラワチ王国の事であるから、イギリス官憲は弾圧を加える事に決し、イギリス一流の老獪《ろうかい》卑劣なやり方で、タラワチ国内の異分子をあるいは買収し、あるいは煽動して、暴動を起させ、その鎮圧に名を借りて、突如、インド人軍隊をタラワチ国内に雪崩《なだ》れ込ましたのだった」

「思い出した」春海はうなずいた。「七八年以前だ。タラワチ王国に暴動が起ったという事を聞いた事がある。むろん、日本にはこんな事は伝っていない。当時は日本人はビルマなどの出来事には一向興味を持っていなかったのだ。そうか、あれが、イギリス政府の陰謀だったのか」

「そうだ」素木博士はうなずいた。「そのために英邁なタラワチ王は退位され、反英分子はそれぞれ処刑された。僕はバイン始め数人のカチン人と共に身を以って逃れて、イラワヂ渓谷を横断し、シタン平原を横ぎり、シャン高原に這入って、ここに落着いたのだ」

そういって、素木博士は過去を回想するように、深い溜息をした。

二　炭素燃焼電池

シャン高原の山の中に、数人のカチン人と共に隠れた素木博士は、ほとぼりの冷めるまで、原始生活を送る事になった。しかし、元より科学者である博士は能《あた》う限り科学を活用する事を怠らなかった。

まず錫の鉱石と銅鉱とベリリウムを含む鉱石を求めて、優良な青銅を作り、武器その他の機械工具を作った。そして、その工具を用い、黄玉のような硬度の高い石を利用して、岩石に穴を開け、地下室を作った。

次に博士は電気を起す事を考えた。

元より、タービンはなし、発電機はなし、またそんなもの造り出す材料も設備もない。博士の考えたのは、炭素燃焼電池だった。

火力による発電は、まず火力によって、水を蒸気に変え、この蒸気でタービンを廻し、更に発電機を廻転させて得る。ディーゼル機関のように、重油を空気と共に燃焼し、その爆発力を利用して、発電機を廻転させる方法もあるが、要するに、燃料の持っている化学的エネルギーを機械的エネルギーに変え、その機械的エネルギーを電気のエネルギーに変えるのである。この方法は迂遠なばかりでなく、途中でエネルギーの損失が多い。出来れば、化学的エネルギーがすぐ電気的エネルギーに変わればいい。在来の電池はつまりこの方法であるが、これには化学的変化を起させるために、いろいろの複雑な薬品が必要で、手数ばかりか費用が嵩み、その上起電力が低い。素木博士の考案したのは、炭素分を空気中で燃やして、そのエネルギーを直ぐ電気に変える方法である。

　炭素分、例えば木炭のようなものを空気中で燃やすと、激しく燃えて、高熱を出して、僅かの時間に消耗してしまう。博士はまずある種の触媒を発明して、木炭が非常な低温で、極く静かに、徐々に酸素と化合して、燃焼する発明をした。この作用は我々の体内で行われているもので、我々が摂取した食物の一部は葡萄糖《ぶどうとう》の形となって血液中に溶解して、肺臓に至り、外部から這入って来た空気中の酸素で、極く静かに燃える。それが体温の元であり、この平均した体温が、体内でいろいろの化学作用の行われる元なのである。また、俗に白金懐炉《かいろ》といって、白金黒の触媒作用によって、アルコールや揮発油を極く徐々に燃やすものが、身体の保温用に利用されている。触媒というものは、普通には化学作用を促進するものであるが、また逆に化学作用を緩慢にさせるものもあるのだ。

　この木炭が極く徐々に低温で燃焼する際に出すエネルギーを特種の方法で電気のエネルギーに変える。これが炭素燃焼電池で、博士は数年間の苦心の後に、とうとうこれを完成した。だから、ビルマの奥地の山中で、何の機械なしに電気が得られるのだ。博士は更に銅線を作り、苦心して代用的な材料で、無線電話を始め、テレビジョン、不可視光線、その他の超現代的科学の精華を、ビルマの山中に築き上げたのだ。しかし、ここまで完成させるには、実に十年に近い年月を、ただその事にのみ注ぎ込んでいるのだ。不可能と思われる事だが、不可能を可能にする事こそ、不屈不撓《ふくつふとう》の精神力と不断の努力と、勝れた科学的頭脳とである。

「もうそろそろほとぼりも冷めたろうし、日本の事も、妻子の事も気にかかるし、引上げようかと思うが、考えてみると、ここは絶好の秘密の研究所でね。次々といろいろの事が研究したくなって、今は専ら太陽熱の利用の研究をしているが、それが完成するまでと思ってね。春海君、この岩窟の中の照明はなんだと思う」

　博士はニッコリ笑って、春海に訊いた。

「それを先刻から考えているんだよ」春海は答えた。

「今の君の言葉でヒントを得たが、これは太陽光線じゃないのか。何かの方法で貯蔵しておいて」

「そうなんだよ。岩窟の中は元来真暗だし、外ももうそろそろ暗い時分だ。この中がこういう風に薄明るいのは、昼間太陽の光線を貯蔵しておいて、こうして発散させているのだ。未だどうも効率が悪くて、光力が弱い上に、極く短時間しか持たない。未だ未だ研究を要するのだよ」

「それからそれへと素晴らしい発明をするねえ」春海は感嘆しながら、「研究というものはよほど楽しいものと見えるなア。日本の事も、妻子の事も、友人の事も忘れてしまうんだから——」

「いや、決して忘れているという訳ではない。だから、九官鳥に言葉を教えて、経緯度を書いた小石を呑ませて、方々へ持って行かせたのだ。そういえば君だって、日本を忘れ、身体の危険まで忘れて、未開の国々の奥地を歩き廻っているじゃないか」

「いや、僕は決して日本を忘れていないよ。僕が東亜の国々を探検して廻るのは日本のためになりたいからなのだ」

「それなら僕も同じだ。こんな山の中で研究を続けているのも日本のためになりたいからだよ」

「しかし君、こんな山の中では、よい発明が成功しても、日本へ伝えられないじゃないか。日本へ伝えられないうちに、君に万一の事があったらどうする？」

「それじゃ、君は方々探検して歩いて、そこで死んだらどうする。やっぱり伝えられないじゃないか」

「なるほどね、こいつア、一本参った。ハハハハハ」

「ハハハハハ」

二人は顔を見合して愉快そうに笑った。

誠一は堪えかねたように、

「お父さん、日本へ帰って下さい。僕達と一緒に日本へ帰って下さい。お母さんが待っています。いや、お母さんばかりじゃありません。日本の人はみんな待ってますよ。日本へ帰って、せっかくの発明を日本のために役に立てて下さい」

「よしよし、帰るとも、帰るとも、こうして迎えに来てくれたのだ。帰らずにいられるものか」

博士は優しくいったが、途端に何を見たのか、

「アッ」

と声を挙げた。

「ど、どうしたんですか。お父さん」

「しまった。敵がやって来たぞ。あのシャン人とタライとかいうマレー人を早くここへ入れておくんだった。あの男達がマゴマゴしているうちに敵に見つけられて、

威かされて、この岩窟の在処《ありか》を教えたに違いない。ごらん」

博士の指す所を見ると、壁にかけた白い布の上に、ボンヤリではあるが、数十名の武装した兵隊が、例の大木の前で犇《ひし》めいているのが見えた。先頭には可哀想にタライが縛られて立っていた。

誠一は叫んだ。

「あ、ウーカンじゃないでしょうか」

はっきりしないので、よくは分らないが、武装した兵隊の頭《かしら》は支那人呉らしかった。

九官鳥は何となく異様な空気を感じたらしく、ギャーギャーと声を挙げて、鳥籠の中を飛び廻っていた。

第十章　敵性潰滅

一　馬蹄の擬音

岩窟内のテレビに写った所では、呉を隊長とする武装兵士の一団は、何とかして、大木の入口を開こうと、犇めいているのだった。巧妙に仕掛けてはあるが、何をいうにも、樹木の事であるから、間もなく破壊される事は明白だ。

「岩窟内に這入って来ても」素木博士はいった。「要所々々の扉で支えられるけれども、ただ防いでいるばかりでは、いつまでもつき纏《まと》われるから、一挙に殲滅《せんめつ》してしまわなければならぬ」

「タライを助けてやって下さい」誠一は叫んだ。「それから、シャン人達も」

「そこなんだ。それをどうしたらいいか考えているんだ」

支那兵達はとうとう大樹を破壊した。ポッカリ開いた穴から、ドンドン侵入して来た。

「どうだろう」春海がいった。「扉と扉の間に入れて捕虜にしてしまったら」

「それはしかし、タライやシャン人も一緒に閉じ込められてしまう。それに一部の兵隊は外で待機しているようだよ」

「なるほど、そうだね。タライやシャン人だけを助け出すのはむつかしいし、もし彼等が支那兵達に危害を加えられるような事があっては可哀相だね」

そういううちに、支那兵達はドンドン進んで来た。中途の扉は不可視光線の装置をそのままにしてあったから、ひとりでにスルスルと開いたのだ。

「カチン人達はどこにいるんだね」春海は訊いた。

「この上にいる。彼等はちゃとした部落を作っているんだ。この下にこんな所があるという事を分らせないために、あたり前の生活をさしてあるんだ」

「ここから命令は伝えられないかね」

「伝えられる。有線電話もあるし、無線も利くよ」

「じゃ、命令を伝えて、大木の背後に出て、大木の前で待機している一部の兵隊の不意を衝くんだね。不意をつけば勝味があるだろう」

「さア、武器が劣っているからね。そうだ、いい事を思いついた。ここから無線で応援をしてやろう」

「無線で応援って?」

「ここで三人が喚声を挙げたり、馬蹄の音の擬音をやったり、象の鳴声をしたり」

「象の鳴声って、どんなですか、お父さん」

誠一が訊いた。

「ハハハハ、まさが象の鳴声の真似は出来ないが、とにかく、多勢の応援隊がやって来るように思わせるんだ」

「ここでそんな事をして、あの大木の入口の所に聞えるんですか」

「うん、あそこにもマイクロフォンが隠してあるから、伝えられるよ」

「それはいい考えだ」春海はいった。「早速実行する事にしようではないか」

素木博士はすぐ有線電話で、地上のカチン人の部落に命令を伝えた。

「さア、この方はいいとして、岩窟に侵入して来た奴等だが――」

この時に、支那兵隊は最後の扉の前に来ていた。そこは開かなかったので、彼等は口々に罵りながら、扉を壊そうとしていた。

「暫く、食い留めておく事にしよう」

素木博士はそういって、壁の白布を見たが、

「どうやらカチン人達が繰り出したらしい。声援を送ろう。これが本当の声の応援だ」

カチン人達が不意に支那兵に襲いかかると共に、岩窟の中の三人は声を限りに喚声を挙げ、足踏みをしたり、馬蹄の擬音を立てたりした。

大木の前で待機していた一部の支那兵は、不意を衝かれて狼狽した上に、喚声を聞いて、すっかり混乱した。半数はカチン人に仕留められ、半数は這《ほ》う這うの体《てい》で逃

げてしまった。

「岩窟の中のタライとシャン人に、ビルマ語で逃げるように命令してみたらどうだろう」春海がいった。「支那兵にビルマ語が分っては困るが、どうかしらね」

「そうだね、冒険だが、やってみよう」

素木博士はマイクロフォンに向って、タライとシャン人に、隙を見て出口の方に逃げるように伝えた。

幸いに通じたと見えて、タライとシャン人は縛られたまま、支那兵を突飛ばして、出口の方に走った。支那兵は驚いて追いかけたが、間一髪の所で、扉がパタンと締った。支那兵達は扉と扉の間の通路に閉じ込められてしまった。

タライとシャン人はマイクを伝って命令してくる声のままに出口に出た。そこにはカチン人が待っていて、すぐみんなの縄を解いた。

「これで片づいた。支那兵達は暫く抛っておこう。こっちの口から外に出よう」

素木博士はそういって、春海と誠一とを案内して、別の口から地上に出た。

外は真暗だった。頭上は無数の星がキラキラと輝いていた。

カチン人がタライとシャン人を連れて帰って来た。

「タライ」誠一は呼んだ。「よかったね。怪我がなくて」

「旦那も怪我ないかね」タライはいった。「心配していたあるよ」

「何を」春海が笑いながら、「急に強くなったな。お前は縛られて、泣面《べそ》を掻いていたじゃないか」

「私、泣かないよ。平気あるよ。きっと助かるよ。そう思っていたよ」

「ウーカンは」春海は訊いた。「どうした。中に這入ったか、それとも外にいたか」

「ウーカンは外にいたね」タライは答えた。「中々用心して這入らないね」

「お前と同じだな。お前は用心して、といえば体裁はいいが、怖くて這入らなかったので、ひどい目に会ったではないか」

そういいながら、春海は斃れていた四五人の支那兵を改めたが、呉は見当らなかった。彼は兵の一人からピストルを取上げながらいった。

「素早く逃げたと見える。残念だったな。呉を逃がしたのは」

「ウーカン逃げる。また来るね」タライがいった。

「ハハハハ、怖いか」

「怖くないね。旦那用心するいいな」

「こいつ」

春海が笑いながら叱った時に、どこかでズドーンという鈍い音が響いてきた。

「おや」

素木博士は耳を立てたが、ハッと顔色を変えた。

二　タライの冒険

「しまった。手榴弾で扉を破ったぞ」

岩窟の中で、扉と扉との間に閉じ込められていた支那兵は、絶対絶命の苦しまぎれに、味方を出来るだけ後退させておいて、手榴弾を扉にぶっつけたのだ。そのために味方に死傷が出来たろうが、そんな事は構わないのだ。大方自分だけ助かりたいと考えた隊長が無理に命じたのだろう。

わアという喚声が洩れ聞えてきた。

岩窟内の部屋に雪崩れ込んだ支那兵は、手当り次第に、あたりのものをぶち壊して、暴れ廻っているのだ。

「しまった」

素木博士は嘆息した。ちょっとした油断から、思わぬ敵の乱入を受けて、貴重な研究装置が破壊され、得難い研究材料が失われるのだ。

「行こう。行って、狼藉《ろうぜき》を防ごう」

春海はピストルを取り出して、地下に駆け込もうとした。

「待て」

素木博士は春海の腕を摑んだ。

「相手は多勢だ。みんな武器を持っている。君は殺されに行くようなものだ」

「しかし、貴重な研究材料が――」

「いかに貴重でも、研究材料はまた得られる。君の生命は再び得られない」

「しかし、僕はじっとしていられないッ」

春海は摑まれた腕を振り払って行こうとした。

「いけないたら」

博士が再び春海の腕を摑んだ時に、
ヒューッ！

どこからとなく弾丸が飛んで来た。

ヒューッ、ヒューッ。

「伏せッ、地に伏せッ。木の蔭に隠れろッ」

春海は叫んで、誠一を引摺るようにして、木の蔭に飛び込んだ。タライは逸早く地にひれ伏していた。素木博士始め、その他の者も、それぞれ地に伏し、あるいは木の蔭に隠れた。

ヒューッ、ヒューッ。

疑いもなく呉が引返して来たのだ。

人数はせいぜい四五人だから、呉も用心して、突撃しては来ない。ただ、ヒューッ、ヒューッと打ちかけるだけだ。

「岩窟の中にいる支那兵が出て来ると、挟み打ちに会う」春海はいった。「岩窟から出て来られないように出来ないか」

「あすこまで行けば出来る」

素木博士は二十米ほど先の小屋を指した。

「あそこの壁に釦がある。それを押せば出口の扉は開かない。もっとも手榴弾をぶっつければ破壊出来るが、中からぶっつけたのでは、自分達が危いから、そんな事はしまい」

「よしッ、じゃ、あの小屋まで行く」

「いけないッ。危険だ」

「大丈夫だ。僅かな距離だ。走って行く」

「いや、止めてくれ。君の身体に万一の事があっては大変だ」

「じゃ、僕が行きます」誠一は駆け出そうとした。

「いけないッ」

今度はあわてて、春海が抱き留めた。

ヒューッ、ヒューッ。

弾丸はいよいよ激しくなってきた。

「僕は小さいから」誠一は踠きながら、「大丈夫です。当りゃしません」

「いけないッ」

春海は放さなかった。

「小父さん、愚図々々《ぐずぐず》していて、あそこから支那兵が出て来たら、小父さんのいうように、挟み打ちに会って、それこそ僕達は全滅です。やって下さい。僕は必ず無事にあそこまで行きます。みんなの生命の問題です。僕一人、どうなっても構いません」

「いけないったらッ」春海は叱りつけた。「僕が行く」

「いや、それはいけない」素木博士がいった。「僕が行く。僕が行かなければ釦がどれだか分らない」

「そりゃいかん。絶対にいかん。君に間違いがあったら、それこそ大変だ」

「だから、僕に行かせて下さい」

誠一は叫んだ。

「私、行くね」

タライが突然いった。

「私、這って行く。旨いあるね」

そういううちに、彼は四ン這いになって、肘と膝頭《ひざがしら》でこじるようにして進んで行った。それが中々早い。それと気がついた敵は狙い打ちをしたが、夜の事でもあり、全然当らなかった。

そのうちに早くも、タライは小屋についた。

三　十二月八日！

「さア、これで前面の敵だけになったぞ」

春海がいった時に、素木博士は突然叫んだ。

「逃げろ。みんな逃げろ。後退しろ。出来るだけ後退しろ」

そういって、博士は先に立って走り出した。

春海も誠一も、何の事だか分らなかったが、博士に続いて走った。シャン人もカチン人も走った。

と、轟然《ごうおん》、大爆音がした。

小屋はまるで嵐に捲かれた枯葉のように、空高く飛んで、四五十米離れた支那兵達の真ン中へ落ちた。

「ど、どうしたんです。お父さん」

「僕が悪かったんだ」博士は蒼い顔をしていった。「あの小屋の壁には釦がいくつもあって、それぞれに記号がつけてある。僕が行けば勿論、春海君でも誠一でも、その記号を見れば、どの釦が扉を開かないようにする釦か分るんだ。だが、タライには分らない。咄嗟の事で、彼にどの釦か教える暇もなく、つい、気もつかなかった。ところが、あの小屋の壁の釦の中には、押せば地下が爆発するのがあるのだ。僕は万一、イギリス政府や、敵性の人間に見つけられて、占領でもされるような場合を考えて、釦一つで、いつでも全部の秘密装置を爆破出来るようにしておいたのだ。ひょっと、タライがその釦を押してはと思って、急いでみんなに逃げるようにいったのだが、まさか、タライが撰りに撰って、その釦を押すとは思わなかったよ」

地下にいた支那兵は装置と一緒に木っ葉微塵《みじん》になったに違いない。地上にいた支那兵達も狙撃を止めた所を見ると、やられたものらしい。可哀相にタライも五体が砕けて死んでしまったろう。

みんなそう思いながら、小屋が吹き飛んで落ちた所へ行った。

逃げ遅れた支那兵が二三人押し潰されていた。その他の支那兵は何かの破片に当って、死んでいた。呉は岩石の破片で、頭を割られて縡《こと》切れていた。

タライの姿が見えないので、博士と春海と誠一とが、いやなものを見る気持で、小屋を覗いた。すると、タライが夢から眼の覚めた人のように、キョロキョロして、あたりを見廻していた。

「タライ」

誠一は思わず大きな声で叫んだ。嬉しくて耐らなかったのだ。

「私、どうしたあるか」

タライはなおもキョロキョロキョロしながらいった。

「やっぱり、この家の中にいるあるか。分らないな」

奇蹟とでもいうのだろう。小屋は爆風で吹き飛ばされたのだが、目方が軽いために、少しも破壊されず、いわばフワリと位置を変えただけだった。そのために、中にいたタライは一時気を失っただけで、微傷《びしょう》一つ負わないのだった。

「釦、間違って押す。それ、いけないなア。悪いあるな。悪いあるな」

訳を聞かされて、タライは急に悄気《しょげ》て、しきりに謝った。

しかし、それはタライの罪ではなかった。岩窟は破壊したけれど、そのために支那兵を全滅させて、みんなの危急を救ったのだ。しかもタライは生命を的に、それをやったのだ。

誠一からそう説明されて、タライは忽ち元気になった。

「私、悪くないあるか。それ本当か。私、みんなの役に立つ。それ嬉しいあるな」

すべての研究装置も、材料も爆発で吹き飛ばされてしまった。しかし、素木博士は決して屈しなかった。

春海や誠一を助手にして、博士は孜々《しし》として、復旧にかかった。

まず炭素燃焼電池が回復し、数週間の後に、無線装置が回復した。

博士は何より先に懐しい日本の放送を聞こうと、ダイヤルを廻した。

おお、それは十二月八日だった。

暴戻《ぼうれい》、米英と膺懲《ようちょう》撃滅すべく、畏れ多くも大詔渙発《たいしょうかんぱつ》。間髪《かんはつ》を容れず、真珠湾奇襲。アメリカ太平洋艦隊の主力を殆ど全滅に瀕せしむ。

続いて、十二月十日クワンタン沖の海鷲の強襲は、イギリス東洋艦隊の主力艦二隻を轟沈《ごうちん》！

「春海君、誠一、聞いたか。帝国は遂いに立ったぞ。稜威《みいつ》の下、開戦須臾《しゅゆ》にして、米英両国の海軍の主力を海底に葬ったぞ」

「隠忍自重久しきに亘ったが、帝国は遂に立ったか。

暴戻不遜の米英の頭上に大鉄槌を下す時が遂いに来たのだ。愉快だなア」

「お父さん」誠一はいった。「僕達はどうなるんですか」

「あわてなくても、今に日本から迎えに来てくれる。香港《ホンコン》はいうまでもなく、シンガポールは今に陥落する。マレーは皇軍に席巻《せっけん》される。皇軍は忽ちラングーンを陥れて――」

「そんなに旨く行きましょうか。お父さん。ビルマへは蔣介石の兵隊がドンドン来るでしょう」

「蔣介石の兵隊など問題じゃないさ」春海はいった。「皇軍にかかっちゃ鎧袖《がいしゅう》一触だ。誠一君、これアじっとしているに限る。お迎えを待つんだよ」

「それまでに岩窟の研究室を元通りにして、研究を出来るだけ進めておこう」

素木博士はいった。

誠一は何だか急に眼が熱くなってきた。

「お母さん待っていて下さいね。僕達は日本軍のお迎えを受けて、間もなく帰りますから」

朔《さく》風《ふう》

十二月八日

昭和十六年十二月八日、日本帝国臣民《しんみん》は帝都の真中たるを問わず、山間僻地《へきち》たるを問わず、挙げて異様な緊張と昂奮とに馳り立てられていた。傲岸不遜《ごうがんふそん》、嘲笑を口辺に浮かべつつ、我国に匕首《あいくち》を突《つき》つけていた米奴に、隠忍これ努めていた我国は眦《まなじり》を決して突如起ち上るや、白刃一閃、米奴の肩先をサッと切り下《さげ》たのである。国民は歓呼の声は挙げなかったが、一億挙《こぞ》って溜飲三斗の思いであった。と同時に、領土の広大を誇り、物資の富饒恃《ふじょうたの》む米英が、我国を長期消耗戦に追い込もうとするのは必至でこの大戦争を勝ち抜くために、前途に横たわる幾多の艱難《かんなん》を思い、国民の感慨は一種異様なものがあったのである。しかし、誰一人この戦争を、勝ち抜く事を誓わざるものはなく、また勝ち抜く事を固く信じて疑う者もなかった。

が、ここに一人、意気悄沈して、今にも泣き出しそうになっていた者があった。

彼は麻布《あざぶ》市兵衛町の宏壮な洋風の邸宅の一室で、渋面を作って、安楽椅子に腰を浮かせて、頭の毛を、掻毟《かきむし》るようにしながら、ブツブツと呟いていた。

「ええ、了《しま》った。こんなに早く、戦争になろうとは思わなかった。いや、俺は日本に戦意なしと報告したのだ。俺は飛んでもない事をしたぞ。取返しのつかない事をしたぞ。こんな事と知ったらもっと他にやり方があったものを。俺はもうクビだ。いや、ウカウカしていると、免職のクビではなくて、本当に首を斬られるぞ。こんな事と知ったら、先月、陳《ちん》の奴と一緒にウラジオへずらかってしまうのだった。こうなっては、手紙の検閲も厳重になるし、全くウカウカしていられないぞ」

彼は一見四十五六の紳士で、綺麗に剃った鬢の痕が青々とした所謂女好きのする好男子だった。誰が見ても日本人に見え、現にこの堂々たる邸宅の石の門にも秋野茂という表札が掛っているが、彼が日本人でない事は今ブツブツと呟いている言葉で分るのだ。本当の国籍はどこなのか。今の彼を除いて誰も他に知る者はないのだ。

彼はいよいよ苦しそうに、今度はカラーと咽喉の間に指を入て、掻きむしるようにしながら、悶え続けた。

「こうなっては光江との結婚も駄目だ。取消さなければならぬ。ああ、何もかも駄目になった」

彼は両手で頭を抱えて、とうとう声を出して泣き初めた。

やがて、彼は顔を上たが、フラフラと立ち上って、部屋の隅の大きな机の傍に行き、廻転椅子に腰を下して、ペンを取上《とりあげ》、書簡箋に何か書始めた。中々思うように筆が動かぬらしく、一字書いては筆を止め、二字書いては溜息を洩らし、三字書いては筆を投げ出して、両手で頭を抱た。

漸くに書き上げると、彼は封筒に入れたが、封もせず、宛名も書こうともせず、そのまま上衣のポケットに入れた。

それから、また暫くじっと一つ所を眺めて、嘆息をしていたが、急に思いついたように立ち上って、呼鈴を押した。

間もなく、扉を叩いて若くて可愛い女中が這入って来たが、その時には彼の態度はすっかり変っていた。取り乱した様子は少しもなく、主人たる威容を示していたのだった。

「ちょっと、出かけるから。帰りは遅くなるかも知れぬ」

そういって、彼は女中の持って来た外套を着て、ステッキを持つと、サッサと玄関を出た。

大きい家に似合わず、家族も召使も少いと見えて、見送りに出たのは女中だけであった。

新住宅地

外は折柄発令された警戒警報で真暗だった。秋野茂は電車に乗った。そして帝都ホテルの前で降りた。電車の中でも、ホテルの中でも、人々はみんな緊張した顔をしていた。恨み重なる米奴の面前に爆弾を叩きつけて、米奴が驚いて飛上がった周章狼狽《しゅうしょうろうばい》ぶりに、何ともいえない痛快を感ずると共に、忽ち帝都の空に来襲して来るであろう飛行機の事を考えているという、その両様を混ぜ合した緊張なのである。

秋野茂は別にここで人を訪問しようとはせず、休憩室の書物机の前に坐って、先刻の封筒を取り出して、宛名を書いて封をした。そして、ホテルを出ると、その辺にあった郵便函に投じた。

それからの彼の行動は実に奇妙であった。彼はまず円タクを呼留《よびと》めた。そうして銀座に走らせ、京橋の方に向わせたが、橋の向うで停らせた。そこから彼は徒歩で日本橋に向い、白木屋の前から地下鉄に降りた。

地下鉄で彼は渋谷に向った。ところが、渋谷までの切符を買ったのにも係わらず、青山一丁目で下車した。地上に出た彼は今度は電車で塩町《しおちょう》に向い、塩町で折柄走って来た円タクを呼留めて新宿に向った。新宿駅前で降りた彼は一旦駅に這入ったが、すぐ横から出て、徒歩で再び塩町の方に引返して、三丁目から京王電車に乗った。幡ケ谷《はたがや》で降りて、国道を初台《はつだい》まで引返すと、横丁に外れて、真暗な中をテクテクと歩き出した。

要するに、彼はこうした複雑怪奇な迂路を選びながら、代々木本町の一角に来たのである。

そこは高台を切開いて住宅地にした新開地だった。背後には八幡宮《はちまんぐう》の鬱蒼たる森を負い、前面は商店を含んだ小住宅が無数に展開している低地を隔てて、広漠たる代々木練兵場だった。新住宅地は丘のスロープに添うて、段々になり、多くは洋風の壮麗な家が建られていた。未だ家の建られない空地もあった。昼間でも淋し過ぎるような所だった。況《ま》してや、今は対米英宣戦の第一夜で、警戒警報発令中である。どの家も戸を閉ざし、燈火を暗くして、外へ洩らさないようにしている。足許も分らないような暗さで、あたりは深山《しんざん》のように静まり返っている。

代々木本町の新住宅地の暗闇の中に紛れ込んで秋野茂は、ふとその中で立ち止った。暗くて見えないが、もし彼の顔が見えたとしたら、苦悶と恐怖の色を現している事がはっきり分った事であろう。

彼は唇をブルブル震わせていた。

「ええ、また、あれを見なければならぬか」

彼は口の中で呻くように呟いていた。

やがて、彼は意を決したらしく、一軒の家の前に近づき、用意していた懐中電燈で注意深く照しながら、扉の鍵穴に鍵を入れて、カチャリと廻した。

彼はもう一度ためらった。

が、再び意を決したように、扉の引手《ひきて》に手をかけた。やがて彼の姿は家の中に吸い込まれた。

家の中に這入った彼は電燈をつけようとはしなかった。彼は家の中の様子はよく知っているらしく、懐中電燈を頼りに戸惑いもせず、ズンズンと奥に進んで行った。

奥まった部屋の中で、彼はまたもや立ち止ってためらった。

「ええ、今になって躊躇してどうする。ちゃんとしておかなければ、俺の首に縄が掛るではないか」

彼は自分を叱りつけるようにいって、奥の一間に這入った。彼は懐中電燈で、燈火が外に洩れない事を十分確めた後に、電燈のスイッチを入れた。

洋風の書斎だった。

庭に面しているらしい、大きな仏蘭西《フランス》窓があったが、厚いカーテンが引いてあったので、燈火は全然洩れないのだった。

部屋の一隅には大きな机と廻転椅子があり、中央には厚ぼったい敷物の上に大きな安楽椅子が三つほど置かれていた。すべてがどっしりと落着きのある部屋であった。

安楽椅子に近く、壁に寄り添って長椅子があった。その上に長々と寝ていた者があった。女だった。若い女だった。まるで蠟のように白く透《すきとお》って、彫刻のようにクッキリと鼻が高く、美しい女だった。髪の毛が赤く縮れていた。どうやら外人らしい。

おお、彼女は呼吸をしていない！

死んでいるのだ。眠っていると思ったのは間違いで死んでいるのだ。眠っているのと間違える位、苦悶のない顔をして、易々《やすやす》と死んでいる。

秋野茂はまたちょっとためらったが、思い返したように、長椅子の傍に行って、美しい女の死体を撫で始めた。撫でたのではない、着物を探り始めたのである。

綿密に身体検査をした後に、彼はホッとしたように立ち上った。

「やっぱり証拠になるようなものは何にも持っていない。俺の思い過ごしだったのだ」

秋野茂は例の如くブツブツ呟きながら、机の傍に寄った。そうして、あちこちと眺めたが、やがて満足したように、

「大丈夫だ。これなら心配する事はない。やっぱり取越苦労だった。何だか、退《の》っ引《ぴき》ならぬ証拠を残したようで、不安でならなかったが、馬鹿な心配をしたものだ」

そう呟いた時に、彼はふと、安楽椅子の上に置かれていた女持ちの鰐皮《わにがわ》のハンドバッグに眼を留めた。

「おお」

彼は軽く叫んで、ハンドバッグを取上げた。そうして、中を改め始めた。

「おお、おお」

彼は叫んだ。

彼は一葉の名刺を撮《つま》み上げていた。

それには外国文字で、
　　アダナ・ペトロウィッチ
と書かれていた。

「危ない、危ない」

秋野茂は片手でハンカチを出して、額の冷汗を拭きながら呟いた。

「ああ、危ない。来てよかった。やっぱり来てよかった。こんなものを残しておいては大変だった」

そう呟きながら、彼はもう一度ハンドバッグを搔廻《かきまわ》した。

「もうない。一枚きりだ。確かに一枚きりだ」

彼は一枚の名刺を撮み上げて、暖炉の傍に行き、マッチを摺って、名刺に火をつけた。名刺はメラメラと焼けた、が真黒く焼けた燃え殻を、彼は丁寧に揉み潰した。

「これでよし。これでよし。全く危ない所だった。来てよかった。こんなものが残っていては大変だった。もう大丈夫かな」

彼はもう一度慎重にあたりを見廻わした。

「もう大丈夫だ」

彼は満足そうに呟いて、部屋の片隅にあった戸棚の中から、洋酒の罎《びん》とグラスとを取り出した。ジンだった。

彼は二、三杯続けざまに煽ると、ハンケチを取出して、洋酒を垂らして、その湿ったハンカチで、まず鰐皮のハンドバッグの外側と内側を拭いた。それから、彼の手に触れたものを一々丁寧に拭いた。

「うむ」

彼はホッと安心したように、最後に洋酒の罎とグラスをハンカチで拭いて、元の戸棚に入れた。

愛している女

翌九日の夜、秋野茂は自宅の書斎で、安楽椅子に凭り《よりかか》ながらしきりに夕刊を読んでいた。夕刊には真珠湾の急襲の快挙の詳報や、その他戦争関係の記事が満載されていた。

秋野茂の読み耽っていたのは、そういう戦争記事ではなかった。代々木本町の奇怪な事件の記事だった。いつもなら、もっと大きく扱われるのだろうが、時が時なので極めて簡単な記事だった。

今朝、渋谷区代々木本町の丸尾透方で奇怪な事件が発見された。丸尾氏はアメリカ帰りの富豪で、美術愛好家で、しばしば京都奈良地方へ美術品鑑賞と蒐集《しゅうしゅう》のために出かけるが、最近も旅行して留守だった。留守宅にはいつも執事格の浅山松吉という中年の男がいるのだが、故郷の母が危篤《きとく》という知らせで、これも

二、三日以前から留守だった。別棟には小田善助という老人とその妻の里という老婆が住込の夫婦でいるのだが、母屋《おもや》の方はすっかり戸締がしてあった。ところが、今朝善助が掃除のために母屋の方に行くと、主人の書斎に全く見知らない、若く美しい外人の女が長椅子の上で死んでいた。善助は腰を抜かさんばかりに驚いて、所轄代々木署へ急報した。署員が直《ただち》に出動したが、何分にも、主人も執事も不在なので、女の身許が全然不明であるばかりでなく、どういう方法で、その女が家の中に這入り込んだのかそれも判明しない。女の死は前日と推定されたが、その死因については、外傷等は全然なく、病死と見られるが、未だはっきりしない。主人の帰宅を待たなければならないので、行方照会中である。

そういったような記事だった。

秋野茂は読みながら、ニヤリと気味悪い笑を洩らした。

「女の身許が分って耐まるものか。金輪際《こんりんざい》分りっこはない」

彼がそう呟いた時に、卓上の電話が不意に鳴った。

彼は飛上るほど驚いたが、あわてて受話器を握った。

若い女の声だった。

「モシモシ、秋野さん？　あたしよ」

「ああ、光江さん」

秋野は晴々とした声を出したが、すぐ元通り憂鬱に眉をひそめた。

彼が心から愛している女なのだ。しかも、つい二、三日以前に結婚を申込んだのだった。女は直ぐにはいとはいわなかったが、拒否もしなかった。半ば以上受入れる気持に相違なかったのだ。彼の心は躍った。が、思わざる大東亜戦争の勃発は、彼に結婚を許さなくなったのだった。

「秋野さん、あたし、急にお眼にかかりたいんだけれども」

「手紙読んでくれましたか」

秋野は唖れたような声を出した。

「ええ」光江の声もいつになく沈んでいた。

「その事でお眼にかかりたいの」

「それだったら」と、少しいい澱んで、「手紙に書いておいた通り、戦争のために結婚などしていられなくなったから――」

「何故、何故戦争のために結婚出来なくなったんですか」

「それは電話などで話せない……」

「だから、お眼にかかりたいのですわ」

「僕は今あんたに会う気持が起らない。あんたに会うのが辛いんだ」

「何故」

「何故って、僕は――」

「結婚出来なくなったから？」

「そうなんです」

「その訳を聞かせて頂戴。戦争のためだなんて可笑《おか》しいわ」

「もう二、三日待って下さい。僕は今気持がとても動揺しているんです」

「二、三日待ったら会って下さる？」

「ええ」

「じゃ待ちますわ」

「どうぞ」

「でも」と、急に口早に「二、三日は長いわ。待てないわ。明日《みょうにち》会って下さい」

「そりア――」

「いけないの」

「ええ」

「仕方がないわ」と溜息をついて「じゃ、明後日《みょうごにち》」

「ええ、明後日だったら」

「きっとよ、きっとよ」

「ええ」

「きっとよ。約束してよ」

女は口早にいった。そうしてガチャリと受話器を置いた音がした。

秋野はホッと溜息をついた。

光江だけには未練があるのだ。

「いいや」彼は激しく首を振った。「俺は今女の事など考えている時ではない。思い切るんだ。思い切らなければならぬ」

鍵の掛った扉

代々木本町の丸尾透方では、代々木署の司法主任遠山警部補以下係員が緊張して構えていた。よく晴た朝だった。広々とした庭には霜柱がいくつも立っていた。

やがて、ここの主人が帰って来るのだ。今朝帰るという電報が来たのだった。

十時少し過ぎに、丸尾透は帰って来た。

アメリカに永くいたというだけあって、どことなく外人めいた所があった。鼻がツンと高く、チョビ髭を生やし、鼻眼鏡を掛けて、発音にも妙なアクセントがあった。

丸尾は家の中に多勢の警官がいるので、変な顔をして這入ってきたが、理由を聞くと眼を丸くして、暫く呼吸の出来ないほど驚いた。彼はいかにも気味悪そうに、顔を蒼くし、身体を心持ち震わせながら、問題の一間に這入った。

彼は未だ長椅子の上に横たえたままにしてある若い外人の女を見ると震え声を挙げた。

「知りません。少しも知らない女です」

「よく見て下さい」

司法主任は元気をつけるようにいった。

「あなたの知らない女がこんな所にいるはずはありませんから」

しかし、丸尾は力強く否定した。

「何度見ても、全然知らない女です」

司法主任はがっかりした。丸尾が帰って来れば女の身許は判明するという考えだったのが、すっかり当が外れたからである。

「あなたの全然知らない女が何故ここへ来たのですか」

司法主任は訊いた。

「それは私の方で訊きたい事です」

丸尾は不服らしくいった。

「浅山はどうしました。いないのですか」

「あなたは」と司法主任はやや意外そうに、

「浅山さんが留守の事を知らないんですか」

「知りません。どうしたのですか」

「母が危篤だといって、故郷へ帰ったそうです。浅山さんの故郷というのはどこですか」

「故郷へ帰った？」

丸尾は驚いて、

「浅山の故郷は朝鮮です」

「朝鮮？」

今度は司法主任が驚いて、

「朝鮮のどこですか」

「委しい事は知りません。ずっと北の方だそうで」

「知らないって、浅山はどれ位ここにいるんですか」

司法主任は詰《なじ》るようにいった。

「一年ほどいます」

「一年も雇っていて、故郷を知らないとは変ですね」

「少しも変ではない」

丸尾はムッとしたように、

「一度や二度は聞いた事はありますが、忘れてしまいました。雇人の故郷の委しい番地など、暗記していないのが当然じゃありませんか」

「じゃ、この女は浅山が知ってるかも知れんですな」

司法主任は話題を変えた。

「いや」丸尾は首を振って、

「浅山がこんな外人の女を知ってるはずがありません」

「じゃ、あなたはこの女が見知らない他人の家にフラフラ這入って来たというんですか」

「そう考えるよりありません」

「しかし、表の扉はちゃんと締りがしてあったのですよ」

「そりア変だ。じゃ、どうして開けたのですか。合鍵でも持っていたんですか」

丸尾はまるで警官ででもあるように、訊問するようにいった。

司法主任は苦笑しながら、

「合鍵は持っていないようですね。それに第一、外から鍵が掛っていたのですから」

「え、外から。じゃ誰かがこの女を担ぎ込んで、外から鍵をかったのですか」

丸尾は忙《せわ》しく訊いた。

高飛び

遠山警部補はがっかりした。

丸尾透が帰って来れば、少くとも怪屍体の身許は判明すると考えたのが、全然当が外れたのだ。丸尾はまるで知らない女だという。

丸尾の知らない女が、何故丸尾の家に這入って死んでいるのか。急病で苦しんで、夢中で丁度留守だった丸尾の家に這入り込んだのか。それにしては、扉に外から鍵がかかっていたのが不思議である。もし、丸尾の言葉に嘘がないとすれば、何者かが丸尾の家に、この美しい外人の女を連れ込んで――あるいは屍体になっていたのかも知れない――置去りにして行ったものである。

遠山警部補はじっと丸尾を見守った。

顔が蒼ざめて、何となく落着きがないように、ソワソワしているけれども、誰しもこんな奇怪な場面に遭遇すれば、そうあるべきで、取り立てて疑わしい点は見当らない。何といっても身分のある立派な紳士であるから、無闇に拘引する事も出来ない。

残る問題は浅山という執事であるが、丸尾のいう所によるとこれには大した期待は掛けられないのだ。

遠山警部補は、とにかく、女の怪屍体を解剖に付する手続きをして、一旦、丸尾邸を引上げた。

真珠湾奇襲の大戦果に引続き、タイ国領土通過、マライへの進撃、クワンタン沖における英奴の誇る不沈戦艦プリンス・オブ・ウェールズの轟沈《ごうちん》、香港《ホンコン》進撃と、陸続として挙がる皇軍の赫々《かくかく》たる勝利に、国民は胸を躍らし、歓呼の声を挙げたが、遠山警部補はひどく憂鬱だった。

問題の怪屍体の身許が少しも分らないのだ。

怪屍体は果して他殺であった。解剖の結果薬物が注射されてそれが死の原因である事が確められた。何者かが、被害者を丸尾邸に連れ込んで、血管に毒物を注射し、死に至らしめ、屍体を放置して、逃げ去ったのである。

殺人犯人の追求には、何といっても、被害者が何者であるかという事を知るのが、第一歩である。被害者が何者で、どこに住んで、どういう身分の者であるという事が判明して、始めて、捜査の手掛りが得られ、捜査の方針が確立するのである。

美しい外人の女、広い東京でも、こうした者がそうザラにいるはずはない。殊に、支那事変以来、更に米英との関係が急迫して来てからは一層外人の取締が厳しく、どんな外人でも一応はリストに載っているはずである。

ところが、どうして洩れているのか問題の被害者は全然帳簿に記載されていず、また、腕利きの刑事が八方に飛んで、調べ歩いたのにも係わらず、何の手掛りも得られないのだった。

一方、例の丸尾邸の執事の浅山松吉の行方についても厳重な捜査が続けられたが、これまた杳《よう》として足跡が判明しないのだ。

これが大東亜戦争下でなければ、新聞はどれ位大きくこの事件を取扱ったか分らぬ。読者はどれ位好奇心を湧き立たせて、騒いだか分らぬ。しかし、戦時下、新聞のそうした煽情的な記事は許されない。そればかりではない、国際関係並に防諜《ぼうちょう》関係を慮《おもんぱか》って、記事掲載が禁止されてしまった。そのために、大きな評判になって、警察の迷惑になる事は防《ふせ》がれたが、同時に、新聞の記事に刺戟されて、被害者の身許について、各方面からいろいろの投書が舞い込んで来るという事もなくなったので、ますます被害者の身許が知れ悪《にく》くなったのだった。

昭和十六年も押詰った暮近く、遠山警部補は警察署の一室でじっともの思いに沈んでいたが、急に顔を上げて、部下の刑事を呼んだ。

「岡田君、丸尾透はどうしている。いいつけた通り、十分注意しているだろうね」

「は、十分注意しております。昨日からは斎藤君が見張っているはずですが」

と、岡田刑事がいった時に、扉を叩いて、蒼ざめた顔をした一人の刑事が這入って来た。

「や」岡田刑事は驚いて「斎藤君じゃないか。どうして、今頃――」

斎藤刑事は岡田刑事には答えないで、遠山警部補の傍に寄って、

「主任殿、相すみません。丸尾を逃がしました」

「え」遠山警部補は吃驚《びっくり》して、

「逃がした。逃がしたとは」

「昨日、丸尾が突然家を出ました。トランクを持って、旅仕度をしていました。僕はすぐ後を尾《つ》けたのですが、残念ながら途中で撒かれてしまいました。それで、僕は懸命になって、東京上野を始め各駅を尋ね廻って、漸く両国駅で、丸尾らしい人物が鴨川行の汽車に乗ったのを突留めましたので、すぐ鴨川へ行きましたが、とうとう分りませんでした。丸尾は今日も帰って来ません。どうやら高飛したらしいのです。早く報告しないで、単独で房州へ行ったりして申わけありません。丸尾はやはり東京駅から関西方面へ行ったらしいです。申わけありません」

斎藤刑事は責任を痛感している如く、しきりに詫びるのだった。

遠山警部補はただ一言、

「うむ」

と唸った。

殺人現場へ

「ハッハッハ」

太鼓腹《たいこ》をゆすり上げるようにして、呵々大笑《かかたいしょう》したのは、陸軍中佐で退官した田宮丈夫だった。年の頃は四十五、六歳、軍人上がりにしては色白の愛嬌のある顔の持主である。

「緒戦に敵の虚をつき、有利な態勢を占めるのは、用兵策戦の妙諦《みょうてい》でな。ハッハッハ。アメリカと戦争を始めたら、大ごとだと蒼くなりよった奴の顔が見たいて。もっとも、そげんな奴は、ホッと胸を撫で下しながら、上《うわ》面《つら》は大きな声で、アメリカ如きは鎧袖《がいしゅう》一触じゃと吐《ぬか》しているわい。ハッハッハ」

「全くだ」

例の如く、髭の痕の青々とした、のっぺりした無表情

な顔でうなずいたのは、秋野茂である。

「アメリカを無闇に怖がる奴と、頭から軽蔑してかかる人間とどっちも困りものだよ。アメリカはそう恐れるべきものでもなく、またそう甘く見る事も出来ない」

「常識論じゃ。常識では戦争は出来んよ。ハッハッハ」

田宮は呵々哄笑した。

初春の一夜だった。秋野邸の典雅瀟洒《しょうしゃ》たる一室で、外は凍てつくように寒いが、部屋の中は気持よく明るく暖い。

「そうかも知れん。アメリカ緒戦の敗北は、つまり常識の敗北だよ。日本の戦法は奇想天外だからな」

「奇想天外のうちにも、自ら法則あり。日本の戦法は日本精神と一致する。米奴に諒解される気遣いがない」

「すると、アメリカにはアメリカ精神の戦法がある訳だな」

「その通り。アメリカ精神は衆を恃《たの》み、機械力を信奉する。すべてこれ物質。戦争も必ずや物質でやって来るよ」

「物質も一概に軽蔑出来んよ。いや、議論は止そう。議論は抜きにして、君はアメリカの結束力をどう見る。と同時に、アメリカの謀略、我が銃後攪乱《かくらん》の謀略をどう見る」

「そこじゃ」

と、田宮は穏かにいって、ジロリと鋭く眼を光らせた。

秋野茂とは二、三年来の交際で、初めは互に趣味の美術鑑賞から知合になって、今は相当親しくはしているが、田宮は秋野に心は許していなかった。いや一抹の疑いを持ち続けたのだった。

「我国朝野《ちょうや》には未だ米英を友人のように考える事を清算しきれない分子が絶無とはいえんからな。そこに乗じて、米英は魔手を伸ばし、銃後の足並を乱そうとする――」

「それこそ、最も恐るべき事だ」

秋野は田宮の鋭い一瞥を感じたのか、感じないのか、例の如く無表情な顔つきで、

「ところで、田宮君、米英の魔手はまずどこへ及ぶと思う。日本の弱点はどこだと思う?」

「日本の弱点は――いや、日本人の弱点じゃが、多弁じゃよ。徒《いたず》らに意見多く言葉多き事じゃ。じゃから、我々も議論や意見を闘わす事は止そう。それはそうとして」

と、田宮は再びジロリと秋野を見て、

「君は丸尾透という人物を知らんか」

「丸尾透? 知らんね」

秋野は眉毛一本動かさず答えた。

「何故、そんな事を訊く？」

「アメリカ帰りで、美術愛好家で、富豪で、独者《ひとりもの》で──すべての点で、君に似ているので、必ず知っているものと考えるんじゃが」

「環境や性癖が似ているものは、常に友人で、互に知ってるとは限らんからね」

「しかし、君は代々木本町の怪事件を知ってるだろう」

「知らん。何だ。それは」

「新聞に一、二度出た。後は禁止になったが」

「読まんね。そんな事件は」

「美しい女が殺されたんだ」

「ふうん」

「外人だ」

「外人？　アメリカ人か」

秋野は相変らず無表情な顔で、興味なさそうに訊いた。

「いや」田宮は首を振った。

「どこの国の人間とも分らない」

「誰が殺したのだ。その丸尾とかいう男か」

「それも分らん」

「そんな分らん事を、何故僕に訊く」

「君が知ってると思って」

田宮は三度じっと秋野の顔を見た。

が、期待した反応はどこにも得られなかった。秋野は毛ほどの動揺も見せず、反《かえ》って口辺に微笑さえ浮かべて、

「変だね。君は。僕は知らんよ。丸尾なんて男は元より、その事件さえも──」

「そうか。そいじゃ、儂《わし》の思い違いじゃ。ハッハッハ」

と、田宮は例の如く大笑したが、

「秋野君、君は犯罪事件に興味を持たんかね。一度、その殺人のあった家に行ってみたいとは思わんか」

「思わんね。田宮君、君は行きたいと思うのか」

「思うよ。実は警察に知った奴がおってね、儂に一ぺん現場を見てくれというんじゃ」

「陸軍中佐が殺人の現場を見ても仕方があるまい」

「いや、一概にそういったものではない。儂はこれでも防諜聯盟の顧問じゃから。ハッハッハ」

「すると、その殺人は」と、秋野は跳ね反すように
「スパイがやったというのか」

「いや」田宮は急いで首を振って、

「そう定《きま》った訳ではない。が、その疑いは十分ある」

「どこの国の人間とも、また、殺した人間も分からんといったね」

「うん。その通りじゃ。が、警察にはもう当りはつい

ちょるらしい」

と、いって、田宮はまたもや秋野の顔を見つめた。

秋野は依然として、何の動揺も示さなかった。

「そうか。それなら、別に、我々が行くことはない」

「丸尾は美術愛好家で、随分いろいろなものを集めちょる」

「どんなものを」

秋野は急に眼を輝かした。

「そいつを見る気で行かんか」

田宮は隙《すか》さずいった。

「集めた美術品の中に、君の見覚えのあるものがあるかも知れん。そんな事から、犯人の手掛りが得られるかも知れんけん」

「うむ。行こう」

「そうか、じゃ、行こう」

「え、今から」

「うん。殺人の現場を見るには夜の方が趣味があろう。すぐ行こう」

そういって、田宮は再び探るように秋野の顔を見た。

「そうか。行こう」

秋野は事もなげにいった。

暗闇の中で

外は星も凍るかと思われる寒さだった。南方戦場は堪え難い暑さであろう。が、北辺の守りに当る人の酷寒に晒され、いつ来るとも知れぬ敵に、緊張を持ち続けている苦労もまた一入《ひとしお》であろう。内地の寒さなど、問題にしてはいられないのだ。

と、いつもの田宮ならこんな事を考えたであろうが、今夜の田宮はそんな余裕はなかった。

これという証拠もなく、ただ、秋野茂が疑わしく、丸尾透の事件と何となく関聯があるように思えたので、今夜の機会を幸い探りを入れてみたのだった。丸尾透の事件を話し出せば、何か反応があるだろう。少くとも、話を避けようとするか、顔色に現れるか言葉に出るか。少しでも動揺を示せば、それに乗じて、更に探りを進めようと考えたのだったが、秋野は期待に反して、ビクともしなかった。

最後に、殺人の現場を見ようといったのは、そういえば、いかに秋野でも動揺を見せ、拒否するだろうと思ったのだ。

ところが、秋野は平然と応じたのである。それも、美術品が見られると聞いてから、急に興味を持ち出したのである。

　秋野を疑ったのは思い過ごしだろうか。田宮は全く丸尾透を知らず、殺人事件に無関係なのだろうか。田宮は並んで歩きながら、幾度か秋野の横顔を見て、案じ煩《わずら》った。

　それはそれとして、更に当面の急は、殺人の現場を見る事について、警察と何の聯絡もない事であった。田宮は防諜聯盟の顧問という名義で、秘密警察に実際的に関与している関係から代々木署の遠山警部補とも知り合であり、そのために丸尾邸事件の詳細な事も知り得たのであるが、今夜、丸尾邸に這入る事は別に許可は得てなかったのだ。

「円タクで行こうじゃないか。未だあるだろう」

　電車通りに出ると、秋野はこういって立止まった。

「いや」田宮は首を振った。

「円タクは中々ないよ。とても代々木本町までは行ってくれやせん。電車で行こう。代々木八幡で降りて直《すぐ》だから」

　田宮は少しでも時間を延ばそうとした。その間に何か対策を考えなければならないのだ。何とか口実を設けて、警察へ電話を掛ける事は出来る。しかし、遠山警部補は恐らくいないだろうし、宿直の署員では、到底夜中に丸尾邸に這入るような事を許す気遣いがない。

　快活な田宮も黙り勝ちのうちに、早くも代々木八幡駅に着いた。

　駅を出て、踏み切りを渡って代々木本町の方へ行くと、背後から一台の円タクが走って来たが、左右に別れて、それを避けた二人の間を通り抜けた途端に、急に停って、中から夜目にもそれと分かる若い洋装の婦人が降り立った。そうして、こっちを向いてニッコリ笑った。明朗そのもののような素晴らしい美人だった。

「や」

　秋野はぎょッとしたように立止った。

「光江さん――じゃないですか」

「お宅へお伺いしたの」

と、光江は田宮の方をちょっと盗見《ぬすみみ》するようにして、

「どなた？　あの方」

「友達です。どうして、ここへ」

　秋野は口籠《くちごも》りながらいった。

「お宅へお伺いしたの。そうしたら、こっちへ出かけられた後なので、あたし、円タクで追かけたの」

　女中がどうしてここへ来る事を知っていたのかと、秋

野はちょっと考えたが、

「何か、急な用でしたか」

「ええ、ちょっと」

「もう、お目にかからない約束でしたが」

　何事にも、泰然として驚かない秋野も、光江にだけは別だった。光江に会うと彼の心は躍るのだ。胸が怪しく震えて、声さえ嗄れるのだった。光江が彼の弱点だった。光江のために大事を誤ってはと思って、断ち切れない未練のきずなを断ち切って、再び会うまいと決心した彼だったが、こうして思いがけなく会うと、やはり自ずとわくわくするのが防げない。

「あんまりですわ。わけも仰有《おっしゃ》らないで――」

「何の用でしょう」

田宮の方を憚《はばか》りながら、秋野は低い声でいった。

「お急ぎの御用なの」

「ええ、ちょっと」

田宮はいい機会だと思ったので、

「秋野君、用が出来たのなら――」

と、態《わざ》と離れた所から声を掛けた。

「なに、いいんだよ」

　秋野はここで田宮に行かれると、光江を突き放す訳に行かないと考えたので、急いでいった。

「じゃ、光江さん。失礼します。またいずれ」

「ご一緒に行って、御用のすむのを、待っていてはいけません?」

「それは」と、いい澱んで「いずれにしても、こんな所では何ですから。明日でも」

「明日になれば会って下さらないわ」

と、光江は媚態を作りながら、

「今夜、是非」

「ちょっと、手の抜けない用なので」

「そう」

と、光江はチラリと田宮の方を見て、

「じゃ、諦めますわ。明日、是非ね」

「ええ」

秋野は仕方なくうなずいた。

田宮は心の中で大きな意外を感じていた。

もし、秋野が丸尾邸の殺人事件に関係があるなら、従って夜中に丸尾邸に行く事は好もしい事でないはずであり、こうして美しい女が追って来たのだから、得難い機会として田宮の方を断りそうなものなのに、反って、彼は光江の方を断ろうとしているのだ。

　田宮は何といっていいか、旨い言葉が出なかったので、黙って、立っていた。

秋野は光江と別れて、傍に寄って来た。

「やア、失敬。すまなかったね。さア、行こう」

「うん」

田宮は歩き出した。

八幡宮へ行く坂道を上がって、暗い横丁を二度ほど曲ると、問題の丸尾邸である。今は誰も住む人がいないので、燈火も洩れず、黒々と林の中に立っている。

田宮は玄関の扉に手を掛けたが、元より動こうはずがない。秋野の手前開かないともいえないので、ズボンのポケットから鍵束を取出した。

いい加減に二つ三つ鍵を選り出して、ガチャガチャやると、幸いにその一つが合ったと見えて、ガチャリと鍵が利いた。

玄関が開いたが、中は真暗である。

殺人のあった家だと思うと、さすがに田宮はちょっとためらった。秋野はと見ると、一向平気な様子である。

田宮は仕方なく中に這入った。

「暗いから気をつけて来給え。今に電燈をつけるから」

田宮は手探りで奥の方に進んで行った。

ふと気がつくと、秋野がついて来ないようなのだ。

（逃げたかな）

と思って、秋野君と呼ぼうとすると、彼は不意に何者かに腕をムズと掴まれた。

犯人からの手紙

「や」

田宮は不意にムズと掴まれた腕を、驚きながら振り払ったが相手は無言のまま、執拗に組みついて来る。

「うぬ、何奴だ」

と、田宮は腕に覚えの柔道の手で投げ飛ばそうとしたが、相手は意外に手剛く、逆に田宮を捻じ伏せようとする。

田宮は懸命だった。

捻じ合い、組合い、必死の力闘であった。

「ま、待て」

さすがに疲れて、相手は大きな息を吐きながら呻くようにいった。

「なに、待て？　卑怯な事をいうな」

田宮もすっかり精魂が尽きて、肩を弾ませていたが、力を緩めずにいい返した。

「待て、何だか声に聞覚えがある」相手はいった。「田宮さんじゃないですか」

「え、君は誰だッ。あ、遠山君じゃないか」

「そうです。なアーんだ」

代々木署の遠山警部補だったのだ。

田宮はがっかりして手を放した。

「待って下さい燈火《あかり》をつけますから――」

パッと電燈がついた。

「何だって、君は真暗な中で――」

田宮は腕をさすりながらいった。

「あなたこそ、何だって真暗な中を――」

「君は見かけによらん力があるなア」

「あなたこそ、大した力持ちですなあ」

「ハッハッハ」

田宮が哄笑するのを、遠山は不服そうに、

「笑い事じゃありませんよ。どうやって這入って来たんです。扉には鍵が掛っていたはずですが」

「うん」田宮はちょっと返事に困りながら、「いい加減ガチャガチャやってみたんだ。有合せの鍵が偶然合ってね」

「有合せの鍵が」遠山警部補は疑わしそうにチラリと田宮の顔を見た。

「うん」

「何しに来たんですか」

「何しにって、その、実は」田宮は口籠って、「理由はあるんだが、まア、後でゆっくり話そう」

「あなたは、ここの家を先《さ》きから知ってるんですか」

遠山の質問はいよいよ鋭くなってきた。

「いや」田宮は首を振った。「今度始めて知ったんだ」

「ふん」

遠山警部補は何か他の事を考えているらしかったが、

「とにかく、あなたが変な時にやって来て、何もかもめちゃめちゃだ」

「え、何もかもめちゃめちゃとは？」

「犯人が――いや、ここの主人の丸尾透が今夜ここへ帰って来るという密告があったので――」とまでいって、遠山警部補は急に話題を変えて、「もうここにいても無駄だ。出ましょう」

田宮は逆らわずに遠山警部補について外に出た。

秋野はどうしたのか、あたりに姿は見えなかった。田宮が手間取ったので、痺れを切らしたのか、それとも係り合になるのを恐れたのか、とにかく、逃げ帰ったらしいのだ。

遠山警部補は口の中で、何かブツブツいっていたが、田宮の方に向直って、

「一度署まで一緒に来て下さい」と、命令するように

いった。

田宮は仕方なくうなずいた。

暗い路を暫く歩いて、漸く、やや明るい道に出ると、スタスタと向うからやって来た男が、いきなり声を掛けた。

「あ、司法主任殿、御無事でしたかッ」

「え」

遠山警部補は驚いて相手の顔を見た。署の岡田刑事だった。その背後に二、三人の制服の警官がついていた。

「どうしたんだ。君」警部補は怪しみながら訊いた。

「あなたが丸尾邸で兇漢に囲まれて、危いという密告がありましたので」と、岡田刑事も狐につままれたように、キョトンとしていった。

「密告?」

遠山警部補はちょっと考えたが、すぐ吐き出すように、

「誰かの悪戯《いたずら》だ」

「田宮さんはどうして――」

岡田は田宮を知ってるので、不審そうに訊いた。

田宮が口を利く前に、遠山警部補は遮って、

「悪戯だよ。誰かの悪戯だ。とにかく、帰ろう」

代々木署に帰ると、遠山警部補の机の上に一通の手紙が載っていた。

差出人は全然知らない名だったので、遠山警部補はちょっと眉をひそめたが、封を切って、読み出すと、彼は見る見る顔色を変えた。

手紙には次のような事が書いてあった。

前略
急ぎますので、乱筆お許し下さい。
先般来《せんぱんらい》、種々《しゅじゅ》お取調の節、嘘言《きょげん》のみ申し上げ恐縮の至りです。小家《しょうけ》で死んでいた婦人の身許については、全然未知の婦人だと申し上げましたが、それは真赤な偽《いつわ》りで、実はあの婦人は小生《しょうせい》が殺害したのです。私は今や後悔と自責に駆り立てられ、仮令《たとい》一時は逃れられたとしても、到底免れない罪を考える時、いい知れぬ恐怖に襲われ、夜もオチオチ眠れず、この上は到底生ていられませんので、自殺してこの苦しみから逃れ、犯した大罪のお詫びをする所存です。この手紙があなたのお手許に届く頃には、私はどこかの山の谷底か、それとも河の底に沈んでいるでしょう。名乗って出ないで申訳ありません。卑怯な私を許して下さい。
犯せる罪に戦《おのの》きつつ
丸尾　透

「うむ」

唸るような声を洩らしながら、遠山警部補は封筒の表の消印を見た。

生憎《あいにく》不鮮明だったが、辛うじて下の関と読めた。

ふと、気がつくと、田宮が怪訝そうな顔をしているので、遠山警部補は態と平気な顔を粧《よそお》うて、手紙を元の封筒に入た。

謎に次ぐ謎

赫々《かくかく》たる戦果のうちに、一年は尽きて、早くも新年が来た。

我が軍はさながら燎原《りょうげん》の火の如く、海に陸にめざましい進撃を続け、着々として、米英撃滅の歩武《ほぶ》を進め、国民の士気はいやが上にも熾《さか》んであった。

が、代々木署の遠山警部補の愁眉は依然として開けなかった。

代々木本町の丸尾邸の死美人の秘密は少しも解けないのだ。死美人の身許は依然として不明だった。謎の人物、丸尾透は奇怪な自殺の予告の手紙を残したまま、全く煙のように消えてしまった。僅かに跡を留《とど》めた消印によって、下の関方面を厳重に捜査したが、何の手掛りも摑めなかった。執事の浅山松吉の行方も全然分らないのだ。

丸尾透が犯人か。

死美人は一見病死のようではあるが、確に他殺であり、前後の情況からして、丸尾をその犯人と認める事が、一番確実性があるのだ。が、丸尾の自殺体も発見されないし、死美人との関係も判明しない。丸尾の手紙だけで、犯人と決めてしまう訳にも行かないのだ。

しかし、丸尾透を犯人でないとしたら、誰が犯人であろうか。誰が丸尾透の留守宅へ怪美人を連れ込んで、毒物を注射して殺害し、扉に鍵を掛けて立去る事が出来たであろうか。それに、丸尾透が真犯人でないならば、何故彼は逃亡したのであろうか。何故、自ら犯人と名乗って、自殺の通知を寄越したのであろうか。

それからそれへと疑問は尽きず、遠山警部補はただ困惑するばかりなのだ。

が、遠山警部補にも勝《ま》して困惑していたのは、田宮退役中佐だった。

皇軍の赫々たる戦果と、燎原の火の如き進撃にも係わらず、国内の秘密事項が、ややもすれば敵米英に察知せられるのだ。国民が不用意に洩らす片言隻語《へんげんせきご》が、間諜《かんちょう》国によって、綴り合され、意外の情報となって、国外に放出されるのだ。暗号電報となり、あるいは禁制の短波無線の波に乗って、遠く敵の陣営に伝達されるのだ。国民が知らず識《し》らずに洩らす機秘漏洩《きひろうえい》は元より戒《いまし》むべきであるが、これを一つの形に纏《まと》めて、遥かに敵の陣営に伝達する間諜こそ、一時も早く撃滅しなければならぬ。それが田宮の仕事でもあるのだ。

代々木本町の怪事件、身許の知れない外人女の殺害事件こそは、間諜の仕業《しわざ》であると田宮は睨んだ。そして、二、三年来の交友はあるが、美術鑑賞家の独身富豪秋野茂に一抹の疑いを掛けた。彼を丸尾邸に連れ込んで験《た》めして見ようとしたが、その企ては見事に失敗したのだった。

彼は思いがけなく丸尾邸に忍び込んでいた遠山警部補と、暗闇の同士討を演じたのである。それだけではない、田宮は遠山警部補に一抹の疑惑を持たれるようになったのである。その事あって以来、遠山警部補は以前のように田宮に事件の事は一向に話さず、警戒する様子がアリアリと見えるのだ。

ある日、警察に密告をした者が二回あった。同一人かどうか分からないが、一回は手紙で遠山警部補に、代々木本町の丸尾邸に丸尾が帰るという密告であり、一回は電話で、遠山警部補が兇漢と格闘して危いという密告だった。

田宮にはこの密告の主が秋野茂のように思われてならないのだ。秋野自身でなくても、少くとも彼が命じて仲間の者にやらしたもののように思えるのだ。

その後秋野に会ったが、彼は一向平気な顔をしていた。

「いつまで待っていても、君が出て来ないので、つい薄気味悪くなって、失敬してしまった。何事もなかったのかね。そりアよかった。どうも、急に臆病神に誘われて、すまなかった」

こういって、秋野は弁解した。田宮は別に秋野をそう咎める理由もないので、苦笑いしたきりで追及もしなかった。

しかし、仮りに秋野が遠山警部補に密告したとすると、その目的はどこにあるのだろうか。秋野は予め田宮がそこへ行く事を知って、遠山警部補に密告して、同士討をさせたのか。いや、そんなはずはないのだ。秋野はあの夜田宮が丸尾邸へ彼を誘おうなどとは予期していなかったはずである。田宮自身でさえが、あの時に急に思いついた事だったのだ。

田宮はふと、あの夜、秋野を追かけて来た若い婦人の事を思い出した。

秋野は確《たしか》光江さんと呼んだようである。あの女は何者だろうか。秋野の仲間ではなかろうか。そういえば、彼女があそこへ秋野を追って来たのが可笑しいのだ。宅へ訪ねて分ったといったけれども、宅には若い女中が一人いるきりで、秋野は彼女にどこへ行くともいいはしなかった。それとも、秋野は田宮には分らない、何か暗号の言葉でいい置いたのだろうか。あの女は女中から暗号で何か伝えられて、警察へ奇怪な密告をすると共に、秋野の後を追って、更に指令を受けに来たのではないか。暗闇でかなり長くこそこそと話していたから、どんな相談でも出来たはずである。

しかし、そうなると腑に落ちない事は、秋野が光江を見た時にぎょッとした様子で驚いた事と、そわそわと落着かないで、彼女を避けるようにした事である。が、それも、田宮を胡麻化《ごまか》すために態とそうしたのかも知れない。

考えてみると、怪しい女である。

田宮は何とかして、秋野の正体を摑もうと思って、何食わぬ顔をして、度々秋野を訪ねて、大した事もない世間話をしながら、心の中で、鋭い眼をギョロつかせたが、一向にこれという確証は握れないのだった。

第二の怪屍体

よく晴れた朝だった。冬のさ中にも係わらず、春を思わせるように、ポカポカと暖かい。

千葉県下のやや人里を離れた川の上流で、田宮退役中佐は釣糸を垂れていた。近頃、いろいろの事に頭を悩まし続けて、少しクサクサしたので、気晴らしに久しく止めていた好きな釣に出かけたのだった。しかし、彼は例の代々木本町の事件の事などそれからそれへと考えて、一向に頭が休まらないのだ。

田宮は事件の事を考えまいとして、しきりに頭を振った。

「今日は天気が好すぎる所為《せい》か、一向に食わないな。釣も随分久しぶりだが、こう食わなくては面白くないな。アメリカやイギリスにいた頃はよく釣に出かけたっけ。もっとも釣が目的じゃない。地形を探ったり、水深を計ったりするのが目的で、釣竿はいわば胡麻化しの道具だった。そういえば、よく方々で写真屋に写させたっけ。海岸や、ビルデングの前や、工場の前などでね。下宿のおかみが、ミスタ・タミヤは好きな人が出来たんでしょうといいおった。あんまり方々で写真を撮らせるので、好きな女に呉れるんだと思ったのだ。ハッハッハ。豈計《あに》らんや、背景になる地物《ちぶつ》の方が重要だったんだからな。日本でも、外人がよく女を連れて、自動車でドライブしたり、モーターボートに乗って、海を走ったり、乗せてもらっている女は喜んでいたのだが、目的は他にありというのが沢山あったはずじゃ。お互とはいいながら、全く油断も隙もあったものではない。オヤ！」

昔の思い出に耽っていた田宮は急に眼を光らせた。上流の方から何か変なものが浮きつ沈みつ流れて来るのだ。

「や、人じゃないか。屍体だ」

確に屍体であった。

それも俗にいう土左衛門《どざえもん》ではない。あまり水を呑んでいないようである。

千葉県下の事であるから、山といっても、大したものではないが、とにかく、山と山の間を縫って流れる川で、この辺では川幅もやや広く、岸近くには葦が茂っている。死体はその葦の茂みに這入って、どうやら堰き止められた。

田宮は急いで川下に走って、そこにいた一人の農夫に駐在所の巡査を呼ぶ事を頼んだ。

やがて、県警察部から検視の一行がやって来たが、屍体は三十四、五才の男子で、手足からして、労働をしたものでなく、従ってこの辺の農夫でない事が確実であった。外傷は少しもなく、水も呑んでいないし、他殺の疑いはなく、自然の病死と認められた。

この辺の住民でない、病死体が、何故川の中を流れていたか。

附近の者も一向に見知っている者はなかった。

かねて、丸尾透の失踪事件について照会を受けていた県警察部は、すぐ警視庁に報告した。警視庁から代々木署に通牒《つうちょう》されて、遠山警部補が現場に駆けつけたのは、その日の夕方近くだった。

発見者の田宮は参考人として、現場に残っていたので、遠山警部補は怪訝な顔をして、挨拶した。

「やア」

そういって、田宮の返辞を待たず、すぐ屍体に眼を落としたが、彼は忽ちがっかりした。

「全然違う。丸尾じゃない」

丸尾は年の頃四十五、六で、鼻がツンと高く、チョビ髭を生やしていた。屍体は三十五、六抵《てい》で、鼻は平たく、無髯《むぜん》である。

もしかしたら浅山松吉ではないかと考えたが、浅山も年は五十近いのだし、写真の顔とはまるで違う。

「病死ですか」

遠山警部補は傍にいた警察医に訊いた。

「解剖してみなければ確な事はいえませんが」警察医は答えた。「見たところは自然死ですな。死傷もなし、水も呑んでいず、心臓麻痺のために死んだものですよ」

「死後、どれ位ですか」

「さア、二、三日位でしょうな」

自然に病気で死んだものを、何故川に投げ込んだのだろうか。葬式の費用に困ったためであろうか。どうも、そういう事は考えられない。

「洋服はどうも少し、ピッタリしてないじゃないですか」

遠山警部補は誰にいうとなくいった。

田宮がうなずいて、

「確にどうも本人のものとしては、ピッタリしないな。借着みたいだな」

遠山警部補は黙って、屍体の着ている洋服を改めた。頭字《かしらじ》の名前が縫いつけてあったと思える箇所が切取られた跡があった。

「持物は何もないんですか」

遠山警部補は県の警官に訊いた。

「何にもありません。漂流しているうちに、落としてしまったかそれとも故意に取除いたか、後の方だろうと思いますが、可笑しいほど、何にも持っていません」

「他殺でないとすると、実に不思議な屍体だ」

遠山警部補は思わず呟いた。

田宮はふと代々木本町の死美人の事を考えた。一見病死のようであったが、解剖の結果は、毒物を注射した他殺である事が明かになったのだ。田宮はそれをいおうと思ったが、思い直して黙っていた。

「解剖の結果を待たなければ」

遠山警部補も同じ事に考えついたか、もう一度口の中で呟いた。

病死にせよ、他殺にせよ、丸尾透でなければ遠山警部補には関係のない事件だった。怪屍体の謎を解くのは、県警察部の仕事で、遠山警部補の仕事ではないのだ。

「田宮さん、変な所でお目にかかりますね」

遠山警部補は口辺に皮肉な微笑を浮かべて、田宮に一言そういうと、帰って行った。

翌日、解剖の結果は検視の警察医のいった通り、心臓麻痺による病死であった。年齢からいって、恐らく突然の心臓麻痺で急死であろうという事であった。

他殺ではなかったが、怪事件なので、県当局は早速附近について、厳重な捜査を開始した。

田宮はせっかくの休養をめちゃめちゃにして、空《から》の魚籠《びく》を提げて、終電車に乗った。(屍体の発見された日である。)彼は疲れた頭を窓に凭らせたが、見るともなしに前方を見ると、洋装の若い女が腰を下しているのが眼についた。時節柄、どうかと思われるような、派手な洋服を着て、その派手な服にピッタリ合うような、明るいキビキビした、中々に美しい娘であった。

「はてな」

田宮は首を捻った。どこかに見覚えがあるようなのだ。田宮は幾度となく、ジロジロと眺めた。が、どうも思い出さない。

娘の方では、田宮の無遠慮な凝視に会って、その失礼を咎めるように、時々睨み返した。

「はてな、どうも見覚えがあるようだが、思い出せないな」

しきりに思い出そうと努めているうちに、田宮はふと、娘の足許に眼を落とした。

華奢《きゃしゃ》なハイヒールの靴に泥がついていた。

「はてな、今日はいい天気だったたし、ここ暫く天気は続いているから、靴に泥がつくはずがないが――」

そう思いながら、自分の靴に眼を落とした田宮は苦笑した。彼の靴は泥に塗《まみ》れていたのだ。

が、次の瞬間に彼はハッと眼を見張った。

洋装の美人の華奢な靴についている泥と、彼のゴム底靴についている泥とが、色といい、質といい、全く同一なのだ!!

怪紙片

田宮はなおもじっと女の華奢な靴を見つめた。電燈の下に照し出された靴の泥は、いよいよ明らかに彼の靴先についている泥と同一であった。しばらく晴天続きであるし、都会生活者には靴に泥がついているという事は稀な出来事である。彼女は彼と同じ場所に行っていたのではあるまいか。

美しい女は田宮の凝視を感じたのか、彼女の靴に眼を落として、そっと組んだ足を解き、思いなしか、靴の泥を隠すように居座いを直した。

田宮は彼女の足もとから眼を放して、素知らぬ顔をした。ただどこかに見覚えのある顔というだけで、また彼女の靴に泥がついていて、その泥が彼自身の靴についている泥と同じに見えるという事だけで、急に結論を下す訳には行かないのだ。怪しい女と断言する事は出来ない。

電車はやがて両国駅に近づいた。

女はつと立って、出入口に向った。

田宮は態々外方《そっぽ》を向きながら、彼女の後を尾けるべきかどうかという事を考えていた。

電車が両国へ着くと、彼女は待兼ねたように、扉が開くや否や、ヒラリとホームに降りた。その時まで、悠然と腰をおろしていた田宮は、急に立上がったが、ふと、女が腰を掛けていたあたりに眼を落すと、紙片のようなものが落ちていた。何か書かれているようである。

終電車に近い車だったので、車内は空《す》いていた。それに、乗客はみんな出入口の方に集まっていたので、幸いに誰も注意している者はない。田宮は素早く傍に寄って、紙片を拾い上げた。それから、彼は急いでホームに降りたが、女の姿はもう見えなかった。

お茶水の方に行く電車に乗り替たと思って、その方に行って見たが、そこには今一緒におりた人達が殆どいたけれども、彼女は見当らなかった。

駅の外へ出たとより考えられないので、田宮はいそいで改札口に向ったが、そこにも彼女らしい姿は見えず、一歩駅の外へ出ると、そこはもう足許さえ覚束《おぼつか》ないような暗さだったので、どっちへ行ったものやら、全然見当がつかなかった。


田宮は諦めて、市電の停留所の方に向ったが、その時にまるで電光のように、彼の頭の中に記憶が蘇った。

怪しい美女は確に見た事がある。それは、田宮が秋野茂を殺人事件のあった代々木本町の丸尾邸に連れて行った時に、秋野の後を追って来た女である。謎の女、光江なのだ‼

人間の記憶というものは奇態なものである。電車の中では思い出そうと頭を捻ったにも係わらず、全然思い出さなくて、今はまた、女の姿を見失った途端に、突如として思い出したのだ。

「しまった」

田宮は思わず口に出して唇を噛んだ。

彼女を取逃がした事を悔やんだのではない。光江とわかれば今後いかようとも処置は出来るのだ。田宮が悔んだのは、彼が光江と同じ電車で千葉から帰って来た事や、彼女の靴の泥を怪しんだ事などを、彼女にすっかり悟られてしまった事である。光江と早く気がつけば、彼は悟られないようにして、そっと様子を覗うべきであった。

「馬鹿だったなア。しかし今更悔んだ所で、後の祭だ」

田宮は腹立たしそうに口の中で呟いたが、ふと拾い上げた紙片の事を思い出した。

「そうだ、何だか変な紙片を拾ったっけ。あれは果して光江が落として行ったものだろうか。僕は光江の靴の泥が気になって、何度もその辺を見たが、その時は確に紙片なんか落ちてなかった。乗客は少かったし、光江の腰をかけている前を通った人はなかった。確にあれは光江が降り際に落として行ったものだ。何か役に立つかも知れないぞ」

田宮はポケットを探って、先刻拾い上げた紙片を取出した。停留所も暗かったので、よくは見えないが、紙質のいい西洋紙で、三寸に四寸位の大きさで、一方は破って切取ったような痕がある。その紙片には横文字で何かギッシリ書かれていた。

「ふん、何だか変なものだな。帰ってゆっくり見るとしよう」

田宮はそう考えて、紙片をポケットに押込んだが、その時に一人の男がツカツカと彼の傍に寄ったと思うと、ドシンと彼にぶつかった。鍛えた身体の田宮はそれ位の事でよろめきはしなかった。

「何をするんだ」

低い、しかし力の籠った声で、叱責するひまもなく、怪しい男は一目散《いちもくさん》にかけ出そうとした。

「待て」

田宮は追いかけて、相手の男の腕をつかんだ。と同時に油断のない田宮は、空いている片手をポケットに入たが、考え通り、例の紙片がなくなっていた。

「うぬ」

逃げようと懸命にもがいている男の右手をねじ上げて、堅くにぎっている指をこじあけると、果して、例の紙片が現れた。

相手の男は敵わないと諦めたらしく、紙片をパッと投げ棄てた。

田宮は急いで紙片を拾い上げたが、その隙に男は捻じ上げられた腕をふり解いて、パッとにげ出した。

「おのれ、まて」

田宮は追いかけたが、足の早い男で、忽ち闇の中に紛れ込んでしまった。

「にがしたか。残念。だが、紙片を取戻したのがせめてもだ」

田宮は迂闊な長追いをやめて、油断なくあたりに眼を配った。

暗号

家に帰った時には、もう真夜中だったが、田宮は洋服さえ着換ようとしないで、すぐに奇怪な紙片を調べた。

「うむ」

一見して田宮は唸った。

紙片に書かれている横文字は、英語でも独逸《ドイツ》語でもなく、露語なのである。

田宮は露語は読めるので、読もうとしたが、ハタと行詰った。何が書いてあるのか、少しもわからないのだ。

暗号‼

紙片の文字は確かに暗号であった。露語で綴られた暗号なのだ。しかも、この紙片を半《なか》暴力《ば》で取戻そうとした者があるのだ。落とした者にとって重要なものに相違ないのである。

誰がこの紙片を落としたか。

どう考えてみても、あの怪しい女、光江としか考えられない。電車の中で、光江の座っているあたりには度々視線を送ったが、その時は紙片など落ちていなかった。彼女が立上がったすぐあとを見ると、紙片が落ちていた。彼女が落としたものに違いないのだ。

彼女はすぐ大切な暗号の紙片を落とした事に気がついたに違いない。急いで引返したが、車内には落ちてなかった。そこで——いや、彼女は田宮が拾う所を、ホームから見ていたのかも知れない。そこで、すぐ仲間の者にいいつけて、取戻させようとしたのだ。それに違いない。

夜もふけているし、疲れてもいたし、田宮は暗号の解読は明日に譲る事にして、臥床に這入った。

不思議にもいろいろの出来事のあった一日だった。怪屍体の発見、光江との偶然の同車、光江の靴の泥、彼女の取落とした暗号の紙片、それを取戻そうとした怪漢。田宮は暫くはそれからそれへと出来事を回顧し考えていたが、いつとはなしに眠ってしまった。

翌朝は起きるがはやいか、顔も洗わずに暗号を解読に掛った。暗号の解読には彼は経験もあり、自信もあるのだった。

暗号は意外にもはやく解読出来た。というのはこの暗号は田宮の属している秘密探偵局でかねて研究ずみのものであった。敵米国大使館が国際電信用に盛んに使用したものだった。無論敵は他に二通りも三通りも暗号を持っていて、未だその鍵を摑めないものもあるが、これはその中で比較的簡単なものであった。露西亜《ロシア》文字が使用されている所を見ると、これは駐ソ米大使館宛に打電されたか、あるいは打電されようとしたものに相違ないのだ。

暗号の意味は次のようであった。


ウラヂオストック港の潜水艦A十三号を直《ただち》に○X方面へ出動せしめること。樺太《カラフト》○○方面より、盛《さかん》に石炭を輸送中なり。


「うむ」

田宮は太い眉をピクリと動かして腕を組んだ。

ノートか、書類綴りか、とにかく何かそうしたものから引裂かれたらしいので、暗号がどういう人間によって書かれたのか、また既に打電されたものかもよくわからなかった。もしこれが大東亜戦争以前のものならば、駐日米大使館という事は考えられるが、今は米大使館は閉鎖され、敵国人には国外電信を発するという事は出来ない。恐らく、敵性第三国の大公使館あたりの仕業と見なければならないのだ。

いずれにしても、電文は頗る不穏なものである。何故ソビエートの潜水艦を出動させなければならないのか。何故また、それが何故に我国の石炭輸送船の行動に関係があるのか。

「うむ」

田宮はもう一度眉をピクリと動かした。

ソビエートは日本に対し厳正中立である。日本もまたソビエートに対し厳正中立である。ウラヂオにいるA十三号というのは、もしかすると敵米国のものではなかろうか。ソビエートが米国に基地を借していないまでも、遁入してきた米潜水艦の碇泊《ていはく》を許しているという事は考えられることであり、またしばしばそうした噂が伝えられたものである。

もし、そうした事実があったとしたら、帝国は断乎として仮借《かしゃく》する事は出来ないのだ‼ しかし、こうした噂には裏の裏があり、却々《なかなか》油断がならないのだ。警戒すべきは日ソを離間するために故意に作られたデマであって、日ソ開戦は敵米英の最も希望している所であり、米ソ間に秘密軍事協約があるなどと誠しやかにいいふらして、日本に疑心暗鬼を生ぜしめて、日ソの間に事を起させようという謀略なのである。

しかし、この暗号の紙片は容易ならぬものを示唆している。抛置しておく訳には行かないのだ。光江という女がこの紙片を落として行ったとすると――それは疑うべくもない事実だ――あの女はこうした国際スパイ的な事に関係があるのだ。秋野茂の仲間である事は殆ど決定的である。

国際スパイの疑いのある怪美人光江が、昨日《きのう》、あの怪屍体の発見されたあたりにいたとすると――靴についた泥から推定されるのだが――彼女は怪屍体と何か関係がありはしないか。いや、両者に関係があるという事は、田宮には殆ど決定的のように考えられるのだ‼

紙片に書かれた暗号が既に打電された――か、どうか調べること。怪美人光江の行動に注意すること。光江が怪屍体の発見された現場附近にいたかどうかを確めること。怪屍体の身許をさぐって、光江と何かつながりがあるかどうかを確かめること。

「そうだ、差当りこの四つの事に取かかろう」

田宮が思わず声を出していった時に、来客があった。それは思いがけなく代々木署の司法主任遠山警部補だった。

疑　惑

「やア、昨日はどうも」

上面は丁寧であるが、遠山警部補の言葉はどことなく針を含んでいるようであった。

「田宮さんは度々あんな所へ釣に行かれるんですか」

「度々という事はないね」田宮は態と何気ないように答えた。

「釣はすきだから以前はよく方々へ出かけたが、この頃は暇もないし、ノンビリ釣をしている時でもないし、殆ど出かけんよ。きのうの所も以前はちょいちょい行った事もあるが、最近ではとんと行かなかったよ」

「全く釣に出かけたんですね」

「そうじゃ、釣の他には用のない所じゃ」

「そうですか」

遠山警部補はジロリと田宮の顔を見たが、急に話題をかえた。

「田宮さん、あなたは林田光江という女を御存じですか」

「林田光江？」

田宮は態と問返して、その間に、どう答えようかと忙しく頭の中で考えた。

「知らん。どうしてそんな事を訊く」

「本当に知りませんか」

警部補は疑わしそうに訊き返した。

「知らん」

「そうですか。秋野茂という人は御存じでしょう」

「知ってる」田宮はうなずいた。「秋野ならよく知ってる」

「その秋野茂と親しくしている女なんですが、林田光江というのは」

「ははア、秋野が親しくしている女。そんな女があったのかな」

「秋野さんとは相当親しくしておられるようですが、光江の事は知らないんですか」

「知らん。秋野は一向そんな女の話はしなかった」

「そうですか」

遠山警部補は再び疑わしそうに田宮の顔を見たが、「どうもお邪魔しました。ではまた」と、帰ろうとした。

「まち給え」田宮は呼留めた。

「君は訊くだけ訊いて帰ろうとするのは卑怯だ。僕の訊く事に答えてくれ給え」

「卑怯はひどいですなア」警部補は苦笑して、「訊く事があるなら訊いて下さい。答えられる事は答えますから」

「きのうの屍体の身許はまだわからないですか」

田宮はいい方が少し激しかったと考え直して、語調を軟らげて訊いた。

「わからんようですなア」警部補は相変わらずぶっきら棒に答えた。

「じゃ、附近の者じゃないんだな」

「そうらしいです」

「死因は？　確かに病死ですか」

「そうらしいですな。心臓の故障で自然に急死したという医師の鑑定です。他殺の疑いは全然ないようですな」

「すると、どこか離れた土地の者が歩いているうちに、急に心臓麻痺を起して、川の中に落ち込んだという訳かな」

「さア、そんな事かもしれませんなア」

「しかし、それにしては一向所持品も何もないようだったが」

「田宮さん」

今まで冷淡に話していた遠山警部補は、急に爛々《らんらん》と眼を光らした。

「あなたはあの屍体に手を触れなかったですか」

「全然」と、田宮は激しくかぶりをふって、「手などふれん」

「そうですか。所持品などを隠しはせんでしょうね」

「馬鹿な」田宮は吐き出すように、「そんな事を疑っているのか。何故僕が見もしらない屍体をさぐって、所持品を隠す必要があるんだ」

「そりア、誰だって、何の関係もない人間の屍体をさぐったり、所持品をかくしたりはしませんがね」

「じゃ、僕があの屍体に何か関係があるというのか」

田宮はちょっときっとなった。

「いや、そういう訳じゃありませんがね。あの屍体が全然所持品を持っていないのが不審なので、漂流中落としたのかもしれませんがね」

「僕もそう思ってるんだ」田宮はうなずいて「確に君、他殺の疑いはないのかね」

「ありません。自然死であることは確実です」

「しかし君、例の代々木本町の怪屍体も始めは病死だと考えられたのだが――」

「ですから、特に慎重に調べてもらいました。しかし、外傷は全然なし、解剖の結果も何等他殺の形跡がありません」

「じゃ、何者かが屍体を川に抛《ほう》りこんだというのかね」

「そうですね。今の所は病気で死んだ者の所持品を残らず取上げて、川の中に抛りこんだとより他に考えられません」

そういって、三度遠山警部補は疑わしそうに田宮を見上げた。

幽霊の話

ドンヨリと曇った底びえのする午後だった。田宮は再び千葉県の人里離れた川岸に立っていた。

遠山警部補が意味ありげな様子を示して立去った後、田宮はまず暗号の紙片のことを探偵局に報告し、調査を依頼した後、すぐ林田光江のアパートを調べて、その前に行ったが、彼女はどうやら留守らしかった。そこで管理人に訊くと、二、三日帰らないという。昨夜も彼女はアパートに帰らず、どこかで泊ったものらしい。

田宮はなんとなく千葉県の現場附近が気がかりだったので、光江の方はあと廻しにして、再び問題の川岸に立ったのだった。

怪屍体はむろん片づけられていた。屍体の浮かんでいたあたりには、何事もなかったように、薄くにごった水が小さい渦を巻いていた。

暫く川面《かわも》を眺めていた田宮は、やがて上流に向って歩き出した。屍体はこのあたりで投げ込まれたものでなく、上流から流れてきたと認められるので、上の方を探検してみるつもりだった。

足場のわるい、ともすれば踏み込んだ泥と一緒に川の中におち込みそうな川べりの小径を、草を分けながら用心深く歩きつつ、田宮は考えた。

屍体が他殺でなく、また自ら落ち込んだものでなければ、何者かに抛り込まれたものに相違なく、病死体を川に抛り込むという事は、葬式の費用に困ったか、行倒《ゆきだお》れを見つけてかかり合いになるのを恐れたか、また、所持品をぬすんで、その犯跡を晦《くらま》すための所為か、そんな事しか考えられないけれども、そのいずれにしても、どうもちょっと起りそうにないことである。

田宮は急にビクッとして頭を上げた。

向うから川添いに二人の男女づれが歩いて来たのだった。二人とも土地の農夫らしい。男の方は四十前後で、女の方はもう六十に近いと思われる老人だった。

田宮は草叢《くさむら》に踏みこんで二人を避けた。

二人は話に夢中で、田宮の方には大して気をとめず、通り過ぎて行った。

「今時幽霊が出るなんて話は馬鹿々々しいだ。そんな事はいい触らさねえがええだ」

男の方が太い声でいった。

「俺ア、何もつくり話をいうでねえだ」老婆は不足らしくいった。「確に幽霊の仕業に違えねえだ。あんまり冷淡な仕打するだから、仏も浮かばれねえだよ」

「何もおまえが見た訳じゃねえだ。時節柄そんな迷信話はしねえもんだよ」

「俺だけじゃねえ。みんなそういってるだ。中川へ行ってみな。誰一人知らねえものはねえだよ。幽霊さ見たちゅう者もあるだ」

二人はなおも声高に話して行ったが、それから先きはだんだんに聞き取れなくなった。しかし、二人は幽霊の話について、争いを続けているようであった。

中川村

田宮は中川という村へ行ってみる気になった。

田舎の無智らしい農夫二人の歩き話で、幽霊が出るといったのを信じた訳ではないが、別にこれという当もなく歩いている彼に取っては、何かしら小耳に挟んだ事によって、その方へ行く気になるのは無理はないのだ。

中川村というのは、それから一里《り》ほど川を溯った所で、戸数十四、五戸、鄙《ひな》びた風景の間に点々と散在していた。

幽霊話は全村に拡がっていたので、誰にきいてもすぐ答えてくれた。結局、その火元は山田金作という、村でも裕福らしい農家である事が突留《つきとめ》られた。

主人の金作は留守だったが、その妻のとめというのと、母のしかの二人がいた。

「面白くねえ噂ア立てられて、迷惑していますだ」

嫁のとめは姑のしかを咎めるように見ながらいった。

「俺だけじゃねえ。おらく婆も見たというもン」

と、しかは歯のない歯茎を見せながら、不服そうにいった。

話はこうであった。

中川村にちょっとした電線の工事があった。それで半島人の工夫が四、五名入り込んで来たが、そのうちの一人が急病を起した。以前から心臓に故障があったらしく、仲間と一緒に働いているうち、パッタリ倒れたのだった。倒れた所が山田の家に近く、かつ山田の家は家族が少い割に広々としていて、離れ座敷などもあったので、そこへ早速担ぎ込まれたのだった。

工事の方は一日二日で済んだので、仲間の工夫達はさっさと引上げて行った。後に残った李《り》――これが半島人の姓だった――は二、三日して心臓麻痺で死んでしまった。死ぬ直前に、李は朝鮮にいる兄の家族に伝言を頼み、貯えていた金を出して、葬式の費用に当た残りは村に寄付すると遺言した。

山田の家は迷惑至極であったけれども、行掛《ゆきがか》り上止むを得ず、万事後片づけをしてやった。朝鮮の兄の家族からは、止むなき事情で行けないから万事宜しく頼むといってきた。

死後のいろいろの手続きや、朝鮮の兄の家族からの返事をまったりして、屍体は納棺したまま三、四日置いてあった。家族もなし、友人親戚もいず、また山田の家に取っても、全く関係のない人間だったし、最初の晩は形ばかりのお通夜もしてやったが、納棺してからは、昼間時々おしかが線香を供えてやる位で、夜は離れ座敷にただ一人、守をする人もなく置かれていた。

離れ座敷は母屋から庭一つ隔てていて、近頃あまり使用しないので、埃ぽく変に陰気くさい部屋になって、家の者でも薄気味が悪いといったような所だった。そういう所に、三、四晩、納棺したまま置いてあったのだから、いかさま怪談めいた話が起りそうなのだ。

葬式の前日、おしかが例によって昼間線香を上げに行くと、ぎょっとした。というのは、棺の上に掛けてあった白い布が、スーと動いたような気がしたのである。気丈なおしかはじっと見直した。白い布はもう動かなかった。おしかは気の所為《せい》だとホッとしたが、よく見ると、布が少しズレているのだ。よほど注意して見なければ分らない程度ではあったが。確に棺の上に掛けてある白布が少しズレていた。

さすがのおしかも声を上げんばかりにして、いざるように母屋に帰って来た。彼女の顔は真蒼《まっさお》だった。

と、山田の家の隣家――といっても、都会と違って、二、三丁も離れていたが――のおらくという婆さんが、その前の晩、山田の家から白いものがフワフワと出るのを見たといい出した。白いものは人の形をしていた。しかし、足がなく、顔はあったが、目鼻がはっきりしないで、宙に浮くように飛んでいたというのだ。

「それが元で、朝鮮人が幽霊になって出たという噂が拡がって――」

と、嫁のおとめは腹立しそうにいった。

「俺ア、この眼で白い布がスーと動いたのを見ただからな、棺に掛けてあった布はズレていたでねえか。お前も見たでねえか」おしかは口を尖《とが》らしながらいった。

「ズレてるといったって、そういや、少しズレてるかも知ンないという位で――」

「おらく婆が家から白いものがフワフワと出たのを見たというでねえか。あの朝鮮人も可哀想に、死んでも浮かばれねえのは当り前だ。おらく婆ばかりでねえ。幽霊見たちゅうもんは他にも沢山あるだ」

よくある奴で、幽霊を見たという者が一人現れると、俺も見た、儂も見たといい出す者があるものだ。おとめはそれをいうのだった。

「それで、棺はどうしました？」

田宮は訊いた。

「翌《あく》る日、お葬式をしましただ。引取人は来ねえというし、日数は経つし、いつまでも離れ座敷に置いとく事も出来ねえだから」おとめが答えた。

「土葬でしたか」

「いんえ、火葬です。焼いて骨にして埋めましただ」

「幽霊は？　その後出ませんか」

「出ねえだ。それからこっち、誰も幽霊を見たちゅう者はねえだ」

話はそれっきりだった。

誠にたあいない話で、大した根拠のない噂が元で、拡がった怪談に過ぎず、別にそのためにどうなったというものではなかった。

田宮は些かがっかりしながら、山田の家を出た。

油　断

田宮は川に沿うて、元来た道を下りながら考えていた。

彼がこうして千葉県の片田舎に来たのは、例の、この川下で発見した怪屍体の事についてではあったが、怪屍体の身もとを突留める事が必ずしも直接の目的ではなかった。彼の目的は怪屍体が発見された当時、その附近に謎の女光江が徘徊していた形跡があるので、その事を確めるにあったのだ。

謎の女光江は、彼と同じ車で深夜千葉から帰り、車内に怪紙片を落して行った。怪紙片は露語の暗号で書かれ、暗号の意味は恐るべき諜報《ちょうほう》であった。一加える一は二で、謎の女光江は恐るべき敵性スパイと断ぜられるのだ。謎の女光江は一方秋野茂とも親しく、丸尾透邸の附近にも現れたし丸尾邸の怪殺人事件にも関係がありそうである。光江の正体を突留る事が緊急事なのだ。そのための千葉県下への出張なのである。

丸尾邸の怪事件は、身許不明の外人の美人の殺人ばかりでなく、丸尾透の行方不明があり、執事浅山の行方も依然として不明である。最初、第二の怪屍体は、丸尾か浅山かのどちらかではないかと考えられたが、そのどちらでもなく、全然他人の屍体であった。

と、ここまで考えた時に、田宮はドキンとして思わず立止まった。

この川下で、田宮が偶然発見した怪屍体は、もしや、川上の中川村で病死した李の屍体ではなかったか。李は心臓麻痺で死んだ。怪屍体もそうであった。何人《なんびと》かが、棺をそっと開けて、李の屍体を引出して、川に棄てる。目的は？　むろん、代りの屍体を入るためである。誰の屍体？　それこそ、丸尾か浅山のそれではないか。

田宮は忽ち踵をかえして、大急ぎで中川村に向った。

山田の家では、おとめもおしかもいて、怪訝そうに、些か警戒の色を現しながら田宮を迎えた。

「どうも度々お邪魔します」田宮は忙しく訊いた。「李さん――こちらでお世話になって死んだ朝鮮の人ですね、いくつ位でしたかしら？」

「よく分らないんですが、見た所三十四、五でした」

おとめが改まった口調で答えた。

「面長《おもなが》で、平たい鼻をして、鬚のないつるりとした顔で――」

「髭はありましただ。ホンのチョンボリですが」

「鼻は？」

髭を生やしていたというのはちょっと意外だったが、髭などはいつでも剃り落とせると考えて、田宮はなおも人相を確めようとした。

「鼻は平たい鼻でした。お前さんは、李さんを知ってるだかね」

おとめはそういって、探るように田宮を見た。

「いや、知らない」田宮は急いでいって、「ちょっと心当りがあるので、写真はありませんか。写真がなければ、委しい人相を教えて下さい」

おとめは渋々《しぶしぶ》委しい人相を語ったが、髭の有無の相違以外には、殆ど完全に、例の怪屍体と一致した。

「有難う。どうも有難う」

田宮は礼をいって、成功を喜びながら、山田の家を出た。

田宮が発見した怪屍体は、山田の家で、ただ一人淋しく死んだ半島人李である事は殆ど疑いはなかった。

幽霊が出たという怪談も必ずしも幻想や幻視ではなかったのだ。深夜、確に山田の家の離れ座敷に忍び込んで、棺を開け、屍体の入替えをしたのである。もし、田宮のそうした推測が正しいとすると、棺の中に入れられた別の屍体は、普通の病死体ではない。他殺か自殺か、とにかく変死体である事は確実である。犯跡を晦さんための、巧妙というよりはむしろ卑劣極まる方法である。

李の屍体とスリ替て、棺の中に入れられた屍体は何者か？

元より知る由もないが、もし田宮の推測が当って、光江がこの事件に関係ありとせば、十中八九まで、丸尾か浅山である。

田宮はここに大きな糸口を摑んだのだ。一時も早く警察に連絡して、例の怪屍体が果して問題の李であるかどうかを確定して、そうと極ったら、何者が山田の家の離れ座敷に忍び込んで、奇怪な屍体スリ替えを行ったか。それを突留なければならぬ。

田宮は心中勇み立って、川べりを下手《しもて》に急いでいた。平生の彼だったら、もう少しあたりに気をくばったであろう。しかし、今の彼は思いがけない発見に心が躍って、些か油断があった。昨夜の出来事といい、彼は誰かからつけ狙らわれている恐れが十分あったのだ。彼はこんな人里離れた田舎で、まさか襲撃されようとは考えていなかったのだ。

彼が川べりの大きな柳の木の傍を通りかかった時に、不意に背後から、ステッキ様《よう》のもので、頭を強《したた》かに殴りつけられた。彼は頭に焼火箸を当られたような気がしたが、それっきりあたりが急に暗くなって、パッタリと倒れた。

田宮を襲撃した男は、田宮が倒れたのを見済ますと、その傍に寄って、隠し持っていた短刀を田宮の胸に擬して、あわや一突《ひとつき》、本当に呼吸《いき》の根を止めようとした。が、彼はあわてて立上がった。そうして、大急ぎで、川下の方へ逃げて行った。

川上の方から人影があらわれた。

それは附近の農夫かと思いきや、この辺には見馴れない洋装の若い婦人であった。

密告者

代々木警察署の遠山司法主任は夕方近く退庁時間近くになって、二通の意外な電報に驚かされていた。

一通は千葉県警察部からで、県下のある川べりで、田宮丈夫が棍棒《こんぼう》様のもので後頭部を強打されて、昏倒しているのが発見され、目下人事不省を続け重態であるが、生命には別状がないであろうという電文だった。田宮は前には、同じ川で怪屍体を発見した当人であるだけに、複雑な事情のあるものとして、注視されているという事がつけ加えてあった。

もう一つの電報は朝鮮京城《けいじょう》の警察署からで、かねて手配中の浅山松吉らしき人物が朝鮮に立ち廻った形跡があり、各方面を追求した所、興南《こうなん》地方に入り込んだ事が明らかになったので、目下厳探中という電文であった。浅山は朝鮮人で、北部地方がその故郷だそうだから、興南地方へ立ち廻ったのは別に不審ではないが、折りが折だったので、遠山警部補はちょっと変な気がしたのだった。

遠山警部補は斎藤刑事を呼んだ。

「浅山松吉――例の丸尾透方にいた朝鮮人の執事だね。朝鮮にあらわれたといってきたんだが」と、警部補は電報を示しながら、「丸尾透の事件は時節柄重大事件と睨んでいるんだが、何分例の被害者の怪美人の身許も分らん状態で、肝腎の丸尾は嘘だか本当だか、自殺するという手紙を寄越したまま行方不明になっているし、一向に捗《はかど》らんので、大いに気を揉んでいるんだ。今の所、浅山は唯一の手掛りだし、逃げ廻っている形跡があるのは可笑しいし、是非捕まえたいのだ。僕が行きたいのだけれども、そういう訳にも行かんし、君御苦労だが、一つ朝鮮まで行ってくれんか」

「は、御命令でしたら、いつでも」と、斎藤刑事は固くなりながら、「僕は丸尾を逃がしまして、黒星を頂戴していますから、その名誉回復の意味からでも、是非浅山を捕まえたいと存じます」

「うん、是非そうしてくれ給え」

斎藤刑事が出て行くと、遠山警部補はしばらく何か考えていたが、急に机の上の受話機を摑んだ。

「千葉県の警察部を呼出してくれ給え」

やがて、先方が出たという合図があった。

「ああ、もしもし、僕は代々木署の遠山ですが、田宮さんの容体はどうですか。ははア、まだ意識不明ですか。危険期は脱したのですね。例の屍体——田宮さんが発見した屍体ですね。身許はまだ分りませんか。分らない。田宮さんを襲撃した犯人の見当は？　これは分らないんですか。まさか土地の者ではありますまい。東京から尾けてきた見込《みこみ》？　そうでしょうなア。ところで、田宮さんがそっちへ行った理由は何ですか。分らない。そうですか。万事本人の意識が恢復してからですか。恢復したら知らせて下さい。それから屍体の身許が分ったら、これも知らせて下さい。どうもお邪魔しました。さようなら」

受話機を置いて、警部補はまた考え出した。

田宮丈夫の行動がどうも不可解なのである。

田宮は退役の陸軍中佐で、秘密探偵局に関係しているらしい、信用していい人物と考えるのだが、先夜丸尾透邸へ忍び込んで来た事といい、また千葉県下の川べりで怪屍体を発見した事といい、今また同じ川べりで何者かに襲撃されて昏倒していた点といい、重ね重ね不審な事が続くのだ。

疑えば、怪屍体は偶然に発見したのでないかも知れないし、再び同じ場所へ行った所を見れば、何かたくらんでいるのかも知れない。仲間割れか何かで、襲撃されたのではなかろうか。

「とにかく、もう一度現場へ行ってみよう」

遠山警部補が思わず口に出して呟いた時に、給仕が名刺を持って這入って来た。

「この人が会いたいといって来ました」

名刺を見ると、秋野茂とあった。

「ここへ通しなさい」

給仕の案内で這入って来たのは、四十五、六の立派な紳士だった。鬢の痕が青々として、中々の好男子である。

「始めまして」と、彼は慇懃《いんぎん》に礼をして、「私は名刺に書いてありますように、麻布市兵衛町に住んでおりまして、美術を研究している者ですが、実はちょっと内密にお耳に入れたい事がありまして——」

「ははア、どういう事ですか」

遠山警部補は相手をジロリと見ながら、ぶっきら棒にいった。

「私が、ちょっと知っておりますす田宮丈夫という人の事ですが」

「え、田宮丈夫?」遠山警部補は吃驚したように訊きかえした。

「ご存じですか」秋野は警部補を見上げながらいった。

「知らない事もないが、同名異人かも知れん。どういう人ですか。その人は」

「退役の陸軍中佐だそうで、丸々とした体格のいい、明朗快活な人です。違いますか」

「知ってる人らしい。どうしたんですか。その人が」

「田宮さんはやはり美術が好きで、その関係で知り合になったのですが、近頃、どうもすこし妙な事がありまして――」

「何ですか、それは」

遠山警部補は訊きかえしながら、ハテなと思った。警部補は秋野をどこかで見たような気がするのだ。

「こうい事を私が申上げたという事は、当人の耳に這入らないようにして頂きたいのですが」

秋野はいいにくそうにモジモジした。

遠山警部補はいらいらした。どうも見た事があるようなのだが、思い出せないのだ。それに、思いがけなく田宮の事なので、早く聞きたいのだが、秋野が思うように切出さないので、一層気が急ぐのだが、態と悠々構えているのが、中々にもどかしいのだ。

「大丈夫です。滅多な事はいいませんよ」

遠山警部補がそういうと、秋野は漸く決心したように、

「実は田宮さんはスパイではないかと思うのですが――」

「スパイ?」

意外だったので、遠山警部補は大きい声を出した。

「私の考え違いだったら、誠に申訳けがないのですが、田宮さんは代々木本町の殺人事件に――」

「代々木本町の殺人事件?」

「はア、丸尾透という人の家で起った事件ですが――」

「どうしてそれを知っているのですか」

「田宮さんが教てくれたのです」

「田宮さんが、教た?」

「ええ」秋野はうなずいたが、急に雄弁になって、「丸尾透というのは御承知の通り、やはり美術愛好家でして、我々の仲間の羨望の的になるようなものを沢山持っているので、私は一度会いたいと思って、かねがね田宮さんに紹介を頼んでおいたのですが――」

「田宮が丸尾を知ってるんだって」遠山警部補は大き

い声を出した。

「ええ」秋野は大きくうなずいて、「よく御存じなんです。それで紹介をお願いしておいたんですが、去年の暮でしたが急に紹介してやるから一緒に来いと――」

「去年の暮って、いつの事ですか」

「確か十二月九日か十日でした。夜になって、急に丸尾の所へ連れて行こうというんです。以前から頼んである事ですし、いやともいえず、一緒に行きますと、丸尾さんは留守らしく、玄関の扉がしまってました。すると、田宮さんは、『困った。是非中へ這入らなきゃならんのだが』といって、合鍵を出して、扉をあけて、私にも是非這入れというんです」

「あなたは這入ったんですか」

「いいえ、何だか気味が悪いので、這入るようなふりをして、逃げて来ましたが、後で田宮さんは、あの家で殺人があったのだ。僕の行った事を喋ると承知しないぞといって、威《おど》かしました」

「何のためにあなたをそんな所へ連れて行ったのですか」

「その時は分りませんでしたが、後で考えてみると、私に何か手伝わせるつもりらしかったのです」

「ふうむ」

遠山警部補は唸るようにいって、秋野の顔をじっと見た。

留置《とめおき》郵便

「手伝わせるって」

しばらくしてから遠山警部補はいった。

「何を手伝わせるつもりだったのですか」

「それは分りません」秋野は首をふった。

「私は薄気味が悪くなって、逃げてしまいましたから」

「それで、その後、田宮はどういう態度を取りましたか」

「別に――、まるで何にもなかったようにしています」

「威かしたりしないんですな」

「ええ、そんな事は少しも」

「ふん」

田宮はどうも怪しいな、とそう思いながら、

「他に何か話す事はありませんか」

「別に」といって、秋野は急に改まって、「私はただ御参考までに申上げただけで、私の憶測に過ぎないのですから、どうかそのお心算《つもり》で――私がこんな事を申上げた

事は、田宮さんには絶対に内密に願いたいです。相当長い間の友人ですし、私がいい加減な憶測を申上げたために、田宮さんに迷惑がかかりましては――」

「御心配に及びません」警部補はきっぱりいった。「当局は当局独自の立場から行動します。あなたの仰有った事は単に参考にするに過ぎません。無論、あなたの事を先方に洩らすような事はしません」

「それを伺って安心しました」

秋野は晴々した顔をした。

「また何かお気づきの点がありましたら」警部補は丁寧にいった。「どうか隠さずにドシドシ教えて下さい」

「はい、そういたします」

秋野は畏《かしこま》ったように頭を下げて出て行った。

その背後《うしろ》姿を見て、遠山警部補はもう一度、

「はてな」

と思った。背後姿にどことなく見覚えがあるような気がするのだ。

しかし、いつどこで見たのか、少しも思い出せなかった。

遠山警部補の考えはいつか田宮の事に移っていた。考えれば考えるほど、あやしい節々がある。

「これア一つ、千葉へ出かけて調べてみなくちゃ」

遠山警部補が思わず口に出して呟いた時に、岡田刑事が這入ってきた。

彼はいつになく元気だった。

「主任殿、漸く一つ手掛りを見つけました」

「え」遠山警部補は夢から醒まされた人のように、「手掛り？　何の事件の――」

「代々木本町の殺人事件です」

「え、代々木本町の――」

「ええ、被害者に該当する女が、事件の四、五日前、渋谷郵便局の道玄坂《どうげんざか》分室にあらわれたらしい事実があります」

「事件の四、五日以前というと、去年の十二月二、三日頃だね」

遠山警部補は躍る胸を押さえて、態と落着き払って訊いた。

「ええ、そうです。局員の一人がよく覚えていまして、人相風体共、被害者そっくりなんです」

「外人の若い女で、しかもあの通りの美人なのだから、いかに混雑中でも応対した局員には相当強く印象されているに違いない」警部補は自《みずから》にいって聞かせるようにうなずいて、

「間違いないだろう。で、郵便局での用件は何だっ

た?」

「留置郵便を取りに来たらしいんです」

「留置郵便を?」

「ところが言葉が全然通じないので、局員はひどく弱ったらしいんです。英語の少し出来るのがいましたが、全然通じず、ドイツ語でもなかったというんですが――」

絶対にドイツ人じゃない。フランス人かスペイン人か、殊によるとロシア人かも知れないという鑑定だった。

「とにかく、言葉が通じなくて、留置郵便が欲しいという事が中々分らなかったそうです」

「結局分ったんだね」

「ええ、結局分ったんですが、そういう郵便物は来ていなかったそうで、そういうと、中々信ぜず、どうしても来ていると頑張ったそうです。いよいよないと分ると、今にも泣き出しそうな顔をして、悄然《しょうぜん》とかえって行ったそうです」

「その留置になっているその手紙というのは、無論外国から来たか、それとも内地にいる人からだろうね」

「ええ、そうらしいです」

「それで」警部補は思い出したように、「本人は何といった。留置郵便を請求するには、本人の名をいわなければならないはずだが――」

「それが早口で、ペラペラいうので、よく聞き取れなかったそうでして、控えてありますが」

と、岡田刑事はポケットから手帳を取り出して、

「えーと、アダとかアダナとかいったらしいんです。主任殿、アダナなんて可笑しいですな。そんな名があるでしょうか」

「あるかも知れんよ。それは名だろう。苗字は?」

「そうそう、外人は苗字を後でいうんですね。苗字はペトロとかパトロとか、ウオッチとかいったそうです――」

「手紙があればはっきり分ったんだろうが」

「そうなんです。手紙があれば分ったんですが、全然そんな外人名の留置はなかったようでして――」

「一度きりしか来なかったんだね」

「ええ、一度きりだそうです」

「二、三日後には殺されているんだから――手紙はどうかね、留置で後から来なかったかね」

「来ないそうです」

「ふうん」

遠山警部補が考え込もうとすると、岡田刑事は追駆《おいか》けるように、

「ところが、主任殿、四、五日して、その同じ留置郵便を受取に来た女がありますよ」

「別の女が――外人かね」

「いいえ、ちょっと外人みたいな風はしていましたが、日本人だそうで、やはり若い美人だそうですよ」

「それが、そのアダなんとかいう名宛の手紙を受取に来たんだね」

「ええ、その代理だといって」

「代理にでも渡すんだね。留置郵便は」

「ええ、疑わしくなければ、むろん、本人の印が必要でしょうが」

「外人は困るだろう。印などないから」

「そうですね。外人の場合はどうしますかね」

岡田刑事は困ったような顔をした。

「まア、いいさ」遠山警部補は宥めるように、

「手紙はなかったんだから、手続の必要は起らなかったんだ」

「そうなんです」岡田刑事は安心したようにいった。

「その時は君」遠山警部補は急に思いついたように、

「宛名もはっきりいったろう。何といった」

「それが」岡田刑事はがっかりしたように、

「確かにハッキリいったんでしょうが、局員がよくおぼえていないのです。やはり、アダとかアダナとか、ペトロとかパトロ位しか覚えていないんです」

「ちょッ」

遠山警部補は舌打ちしたが、考えてみると、外人の名など、一度聞いた位では忘れてしまうのは無理はない。殊に年の暮に迫った忙しい郵便局の出来事だし、それからもう数ケ月も経っているのだ。

「前の時は、相手が日本語の出来ない外人で、局員が総出で聞いたので」岡田刑事は弁解するようにいった。

「とにかく、片言でも覚えていたんですが、後の場合は日本人が来て、スラスラといって、調べてみて、その手紙がなかったのですから、つい心に留っていない訳で――」

「人相の方はどうだね。その女の人相を覚えてないだろうか」

「ところが、若い美しい女だったので、局員はその方ははっきりおぼえているんです。主任殿」と岡田刑事は急に力を入て、「その女の人相が林田光江にそっくりなんです」

「え、林田光江に」

さすがの遠山警部補も落着きを失って、椅子の上で飛上がった。

林田光江‼

秋野茂と親しくしている女で、当局では予てから、得体の知れない女と睨んでいる女なのだ。田宮とも一脈通じている疑いがあるのだ！

遠山警部補はすぐ冷静になっていった。

「岡田君、そりア、君、確だろうね。間違いはないかね」

「確です」

岡田刑事はきっぱり答えた。

踵の高い靴

謎の女、代々木本町の怪死美人の身許は、全く不明であったが、岡田刑事の努力によって、一つの手掛りが得られた。死人でありながら、全く身許が知れないのは、関係者が故意に沈黙しているか、それでなければ、本人が正規の手続を経ず密航して来たものと見るより他はない。渋谷郵便局の分局へあらわれたのは、留置郵便によって、仲間の者と通信をする目的だったのであろう。彼女の望む手紙は得られなかったが、数日後に別の謎の女林田光江が同じ手紙を取りに来ている。彼女もまた目的は果さなかったが、これによると、謎の外人女アダ某と光江とは何か繋《つなが》りがある。

遠山警部補はすぐにも光江を呼出して、厳重に調べようかと考えたが、すぐ思い留まった。というのは、ただ単に嫌疑だけでこれという証拠もないのに呼出して、結局釈放しなければならないようになると、反って相手に警戒を与え、光江の背後の大物を逸する恐れがあるのだ。光江は秋野茂とは親しくしているし、秋野を通じて田宮とも知っている仲である。その光江が謎の死美人と関係があるとすれば、光江を通じて、田宮は死美人と関係があるかも知れない。こう考えてくると、田宮があの夜、代々木本町の丸尾邸へ忍び込んだのも十分理由がありそうである。田宮が秋野を連れ込もうとしたのは、どういう訳か。それは分らないが、とがめられた時のカムフラージュのためか、それとも、やはり光江に関係した事かも知れぬ。

遠山警部補は岡田刑事に、林田光江の行動を、相手に悟られないように、そっと監視する事をいいつけた。

それから彼自身は千葉県下に出張した。それは田宮が二回もそこへ出かけたその目的を探るためであった。

怪屍体の発見された所を中心にして、川を上下して見たが、警部補はこれという事を発見しなかった。

彼が些か力を落としながら、田宮が不意に後頭部を強打されて、昏倒したという場所の方へ歩いて行った。

「オヤ」

遠山警部補は急に立止った。

彼は岸辺の軟い土の上に、点々と女の靴の跡を発見したのである。それは都会の若い女の穿いている踵の高い靴で、この辺の農家の女が穿いているとは思えないものなのだ。

しかし、この辺は踵の高い靴を穿いた都会の若い女が来るような所ではないのだ。

警部補は注意して、靴の跡を探した。

草叢の所や、固い土の所で消えていたが、相当長く続いて、田宮が倒れたという附近までハッキリ辿る事が出来た。

田宮が倒れた跡は、草が敷伏せられたようになって、今でもそれと指摘出来た。その辺には靴の跡や、下駄の跡が入乱れていた。田宮が人事不省になって昏倒しているのが発見された時に、多勢の人がやって来て、つけられたものである。そのために、どれが田宮の靴跡か、また犯人のそれかという事は丸きりわからなかった。ただ、例の女の靴跡だけは、こうした乱雑な足跡からすこし離れて、ハッキリついていた。

「うむ、どうやらここで暫く立止っていたらしいぞ」

警部補は女が佇んでいたらしい跡をじっと眺めた。丁度立木の蔭になって、隠れているには究竟《くっきょう》な所である。

警部補は写真機を持って来なかった事を後悔した。しかし、巻尺は用意していたので、とにかく、靴跡の見取図をノートして、寸法を記入した。それから附近の駐在所に行き、名刺を出して町の警察署に電話してもらって、写真班と捜査係に出張を乞い、現場について、靴跡の写真と、石膏の型を取ってもらった。

ついでに田宮の様子を訊くと、もう危険状態は脱したが、まだ意識は十分でなく、面会は厳禁され、従って、いまだ町の病院に横たわったままであるとの事。

「そういう訳で、未だ襲撃当時の様子については全然訊く事が出来ません」

そういう返事だった。

遠山警部補は女の靴跡の他には大して得る所もなく、東京に引あげた。

夜になっていたが、彼は代々木署に行った。すると、岡田刑事が疲れたような顔をして待受けていた。

「主任殿、林田光江はどうやら北海道方面に出かけたようです」

「なに、北海道方面へ。単独でか」警部補は驚いたように訊いた。

「ええ、どうも一人のようです。あの女はいつも一人で行動するようです。北海道方面へ出かける以前も、毎日のようにどこかへ出かけていたようで、主任殿、林田は千葉の方へ行っていた形跡がありますよ」

「千葉へ？」

訊き返した瞬間に、チラリと警部補の頭をかすめたものは例の女の靴跡だった。警部補はしかし、すぐ本題にかえった。

「北海道へは何しに行ったんだね」

「わかりません。実はそれも確じゃないんです。ただ、そうらしいというだけで――」

北辺《ほくへん》漸く多事

「一つ、光江の北海道行きを確めてもらいたいね。それして、もしその通りなら、君早速北海道へ出張してもらわなくてはならん」といって、急に思い出したように、

「秋野はどうしてるかしらん。君、その方は探ってみなかったか」

「探ってみました。秋野も留守でした」

「出先きは？　光江と一緒じゃないかね」

「光江と一緒ではないらしいです。しかし、ことによると、やはり遠方かも知れません」

「留守の者は何といっているんだ。あの男は独者《ひとりもの》だったね。たしか」

「ええ、そうです。留守には若い女中がおりましたが、よく知らないんです」

「様子が遠方へ行ったらしいんだね」

「ええ、どうもそんな気がするのです」

「ふむ」

光江と秋野が時を同じゅうして、家を留守にして、行った先きは同一でないにしても、共に急に遠方に出かけたという事はどうもただ事でないような気がするのだ。

「岡田君、これアじっとしてはいられんぞ。秋野は今の所別にこれという疑う点はないが、光江の方にはいろいろとあやしい点がある」

「そうですね」岡田刑事は遠山警部補の言葉のうちに異常なものを感じて緊張しながら、

「もっとくわしく探ってみましょう」

「そうしてくれ給え。秋野がどこへ行ったか、是非突留てくれ給え」

「承知しました。それから」

と、岡田刑事は長大《ちょうだい》の電報を取出して、

「斎藤君が朝鮮から打電してきたんですが、暗号ですから、ここへ翻訳しておきました」

遠山警部補は急いで電報を受け取った。


北鮮某地で、浅山らしい人物が立ち廻った事を聞き込み早速追跡し始めたが、至る所で噂を聞くが、いつも丁度立ち去ったという所にばかり出会って、後を追うばかりで、未だ本人にめぐり会う事が出来ない。今しばらくお待《まち》を乞う。なお、当地方では、日ソ開戦のデマが非常に流布されて、国境に近いだけに、民心に多大の不安を与えている。デマの出所は確ではないが、何人か為にする所があって、無智な民衆に流布しているらしく、その目的は日ソ離間にあると思うが、影響する所大きいと思う。地方の警察当局も大童《おおわらわ》で取締と、デマの出所の追求に当っている。案外火元は内地にあるのかも知れないから、この点御配慮を乞う。


大体そういった意味であった。

岡田刑事は警部補の顔色を伺いながら、

「主任殿、大きな問題ですなア。米英は日ソ開戦となれば思う壺でしょうからなア。アメリカはシベリヤに飛行基地が欲しくてたまらんそうじゃないですか」

「ウラヂオあたりに潜艦の基地もほしいだろうからなア。どうもこういう大問題になると、区々たる殺人事件などに係り合っていられないような気がするね」

「全くですなア」岡田刑事は同感したようにいった。

「しかし、君」と遠山警部補は自ら慰めるように、「今度の殺人事件は被害者が身許不明の怪死人だし、国際スパイ関係かも知れん。日本の戦力を弱めるために手段を選ばないスパイの謀略を砕くのも、やはり戦力増強の一つだからね。大いにやらねばいかんよ。日ソ離間や、枢軸国の離間はスパイのねらう重点の一つだ。国民たるもの、仮にもそんな謀略に乗せられてはならん」

「そうです。その通りです」岡田刑事は強くうなずいた。

「無智の朝鮮民衆に日ソ離間のデマ宣伝をするのは、向うとしては狙い所だ。こいつア断然粉砕しなければいかん。といって、こっちは朝鮮までは力が及ばんから、その火元が内地にあるかどうか厳探して、その根元をやっつけるんだ。しかしまア、我々としては当面の殺人事件を片づけるんだな。ところで漸く探り当てた手掛りの林田光江が北海道へ行ってしまったとは残念だな」

遠山警部補がそういった時に、当直の刑事の一人が電報を持って這入って来た。

「これも暗号だ」警部補はいった。「これは僕が一つ翻訳してみよう」

警部補は暗号のコード・ブックを取り出して、暫く暗号と照らしあわせていたが、やがてきっとなって顔をあげた。その面上には憂色が漂うていた。

「岡田君、アメリカの潜水艦が北海道の室蘭《むろらん》附近を砲撃したよ。全く見当はずれで、何一つ被害はなかったが、癪に障るじゃないか」

「畜生！」岡田刑事は拳を握った。「生意気な、しかし、被害がなくてよかったですなア」

「奴さん、逃げ腰で打ってるんだから、こっちの抵抗の強い所へは来られないさ。せいぜい抵抗のない漁村を砲撃するのが関のやまで、それもねらいをつける余裕もなく、盲目打ちなんだから、当りっこないんだ。ところで、君、もう一つあるんだよ」

「え、もう一つ、どこか他の所を砲撃されたのですか」

「違う。これを読んで見給え」

遠山警部補は暗号電報の翻訳を差出した。岡田刑事は声を出して読んだ。

「樺太敷香《しくか》方面の上空を、国籍不明の怪飛行機一機飛翔し去れり。詳報次便」

「北辺漸く多事だよ」

遠山警部補は独言《ひとりごと》のようにいった。

秋野と丸尾

「北辺漸く多事」と、遠山警部補は呟いたが彼の心中は別の事で穏かでなかった。

北辺の事はともまれ、彼には代々木本町の怪殺人事件を解決すべき任務が背負わされているのだ。千葉県下にも奇怪な事件があったが、それは彼にとって謎の人物である田宮に関係があるというだけで、彼の管轄区域ではない。

代々木本町の怪事件は死美人の身許さえ判明せず、全く五里霧中であったが、漸く僅かながら、被害者が渋谷道玄坂郵便局分局へ留置郵便を取りに来たという手掛りが得られた。しかも謎の女光江が同じ郵便を取りに来た事実が判明した。光江は秋野とも何等かの関係があるらしく、かねて注意人物である。

この光江が折りも折り、北海道方面に出かけ、秋野もまた東京を去ったというのは単なる暗合であろうか。

「スパイ追及は俺の任務ではない。他に人がある。しかし――」

と、遠山警部補は考えた。

代々木の死美人はロシアかスペインかそれともフランスか国籍は不明だが、確に外人に相違なく、どういう径路で日本にやって来たのかさえ不明であり、スパイの疑いは頗る濃厚である。この怪事件を巡って、手掛りともいうべきものは、僅かに丸尾透と彼の執事浅山松吉であるが、丸尾は自殺するという手紙を警察に寄越したまま行方不明であるし、浅山は朝鮮地方にいるらしいが、斎藤刑事の熱心な追跡にもかかわらず、未だ捕まらない。

「スパイかスパイでないかは別問題として、代々木本町の殺人事件解決のためにも、北海道に行ったという光江を追跡する必要があるぞ」

遠山警部補が思案の挙句《あげく》再びこうつぶやいた時に、朝鮮の斎藤刑事から入電があった。

それによると――


浅山松吉は到る所でハッキリと足跡を残している。それは到底逃げ廻っている人間とは思えない。例えば、京城のホテルでは、ちゃんと浅山松吉と署名して堂々と泊込んだばかりでなく、次には平壌《へいじょう》へ行くといって出発している。斎藤刑事は浅山が出発したという三日後にホテルをたずね、すぐ平壌へ行った。平壌では、浅山は記念にするのだといってわざわざ旅館へ写真師を呼んで撮影をしていた。斎藤刑事はその写真の出来たのを見る暇もなく、次の所へ浅山を追った。次の所は咸興《かんこう》だった。ここでは浅山は旅館の番頭を案内させて、ある料理店に行き、時局も弁《わきま》えず芸者をはべらして、大騒ぎをしていた。しかし、そこも残念ながら一歩の差で、斎藤刑事は間に合わなかった。

こうして斎藤刑事は、最後に雄基《ゆうき》に浅山を追詰めた。といっても、度々いう通り浅山の方には追跡されているというような事は一向に考えないらしく、行方を晦すどころか行く先々で話の種になるような事をまき散らしているのだ。が、雄基で突然消息が絶えた。あれほどハッキリと所在を示していた浅山が突然地に潜ったか、天に飛んだか、パッタリ消息が絶え、影も形もなくなってしまったのだ。

地に潜るという事が不可能とすれば、浅山は天に飛んだとより他に考え方がなく、つまり飛行機を利用して、ソ聯領へ越境したらしいのである。

以上が斎藤刑事の報告の電文で、末尾に、誠に申訳ないが、目下なお何《な》にかの手掛りを摑もうと苦心努力中であると書き添えてあった。

唯一の証人といっていい浅山松吉がソ聯領へ越境したという事は由々しい事で、もし事実とすれば、怪美人はいよいよ国際スパイであり、単なる殺人事件でなく、背後には重大事件が潜んでいるといわなければならない。

ここまで考えてきたときに、遠山警部補の脳裏に突然浮かんで来た事があった。全く人の記憶というものは神秘なもので、思い出そうと思って懸命になっても思い出せない事があり、そうかと思うと、全く突然に、何の関係もなく、とんでもない事を思い出すものである。今の遠山警部補の場合がそれで、彼は全く不意に別の事を思い出したのである。

それは、秋野茂が誰かに似ていて、どこかで見たような気がしながら、どうしてもそれを思い出さなかったのだが、今突然それが丸尾透に似ていた事を思い出したのである。

丸尾透にはただ一度取調のために会っただけだが、どことなく外人めいて、ツンと高い鼻に鼻眼鏡をかけて、チョビ鬚をはやし発音も日本人ばなれのした所があったのをよく記憶している。それに反して、秋野はどこから見ても日本人で、しかも中々の好男子であり、鬚の痕が青々としている。一見似ても似つかないのだが、またどことなく似ている所があるのだ。まず第一背後姿がそっくりだった。丸尾のツンとした鼻は普通として、鼻眼鏡を取れば、そうして、あのチョビ髭を剃り落とせば、顔つきもひどく似てくるではないか。

（丸尾透と秋野茂は兄弟か、従兄弟《いとこ》か、もしかすると同一人だ！）

遠山警部補はこう考えてギクッとした。

丸尾透と秋野茂とが同一人でないとしても、兄弟のような深い関係だとすると、代々木本町の丸尾邸の殺人事件には秋野が関係しているかも知れない。

（秋野と光江とはまた深い関係があるらしい）

ここまで考えると、遠山警部補は躍りあがった。

（秋野も丸尾も光江も浅山もすべて怪死美人に関係があり、すべて国際スパイの一味だ。しかも今や秋野と丸尾は行方不明、光江は北海道へ、浅山はソ連へ越境した疑いがあるのだ！）

遠山警部補は躊躇なく岡田刑事を呼んだ。

「岡田君、君すぐに林田光江の後を追って、北海道に行ってくれ給え。いや、逮捕するんじゃない。それほどの証拠もないのだ。行方が分ったら、行動をじっと監視していてくれ給え。もしかすると、北海道よりもっと北に行くかも知れんよ」

「北海道より北というと」岡田刑事は腑に落ないようにいった。「千島ですか。それとも樺太《からふと》ですか」

「もっと北かも知れんよ。殊によると、露領へ越境するかも知れんぜ」

「えッ、露領、越境！」岡田刑事は眼を丸くした。

「いや、それは冗談だよ。ハハハハ」と笑って、「とにかく、しっかり監視してくれ給え。いや、監視より先に行方を突留なければならんが、むつかしい仕事だが頼むよ」

「は、一生懸命にやります」

岡田刑事は大任と思ったか、堅くなりながら答えた。

「ところで、僕は」遠山警部補は急に真剣な顔になっていった。

「秋野茂を追跡するよ。これア、林田光江より、も一つむつかしいかも知れん」

泥に塗《まみ》れた靴

「これは、何という事じゃ」

田宮丈夫は当惑したようにつぶやいた。

後頭部に強《したたか》な打撃を受て、一時重態だった田宮は、さすがに鍛えた身体だけに、日ならずして恢復した。思いなしか、彼の太鼓腹は些か凹《へこ》んだようだが、元気はもう前通りである。彼は元気が恢復すると、もうじっとしていられなかった。医師が留《とめ》るにも係わらず活躍を始めたのである。

田宮はいつの間にかもうすっかり初夏の景色になった街頭を感慨深く見廻しながら、まず第一に秋野邸を訪ねたが、彼は不在だった。留守の女中の言葉によると、どこか遠方に出かけたらしく、行方は不明だという。田宮は次に代々木署の遠山警部補をたずねた。ところが彼もどこか遠方へ出かけたらしく、行き先は不明だというのだ。

次に田宮は林田光江のアパートをたずねた。ところが光江も留守だった。アパートの管理人の中年の婦人の言葉によると、やはり遠くの方だという。そこで、田宮は思わず嘆声を発して、つぶやいたのである。

「行き先は、分らんのですか」

田宮は無駄だとは思ったが、訊いてみた。

すると、返事は意外で、

「北海道の方へお出かけです」

「北海道？　北海道はどこですか」

「それはよく存じません」

管理人は困ったような顔をして答えた。

やはり曖昧は曖昧だったが、北海道という行き先だけはハッキリしたのだった。

田宮は管理人に礼をいって、アパートを出たが、ふと玄関の下駄箱の上に泥に塗れた女靴を見つけた。

「うむ」

田宮は眼を光らせた。確に光江が穿いていた靴で、例の千葉からかえりの電車の中で見かけたものである。光江は掃除する暇もなくすてておいたものらしい。

光江がどうやら国際スパイ団に関係しているらしい事は、田宮には分っていた。電車の中に光江が残していった暗号の註文書といい、それを取り戻そうとして、怪漢が田宮を襲うた事といい、光江がスパイ団の一味である事は明かなのだ。田宮の知りたいのは、千葉県の片田舎におこった怪事件に光江が関係があるかどうかという事だった。彼女の靴についている泥がそれを解決するのだ。

田宮はあたりを見廻した。管理人は既に部屋に這入ってしまい、あたりには幸い人影はなかった。

田宮は咄嗟によごれた女靴をつかんだ。そうしてブラリとそれを提げて、あたかも修繕にでも持って行くような恰好で外に出た。

田宮は靴をブラブラさせて歩きながら考えた。

「秋野も、遠山も行方不明で、どうやら遠くに出かけたらしく光江は北海道へ行ったという。お互に何か関係があるのか、それとも暗合か」

田宮は無論、敵潜艦の北海道盲撃の事も、樺太の上空を国籍不明の飛行機の飛んだ事も、また日ソ離間の怪デマが横行している事もよく知っていた。林田光江が突如北海道に向かった事はこうした事実に関係があるらしいのだ。

田宮はまたいつしか別の事を考えていた。

それは千葉県下の怪事件で、田宮の推測する所によると、そこでは殺人が行われて、偶然朝鮮人李の屍体を納めた棺があったのを悪用して、殺害した屍体と入かえて、李の死体を川の流れに投棄したのだ。殺人屍体は田宮は光江がその附近にうろついていた関係から、代々木の事件と関聯して、恐らく行方不明中の丸尾透か、浅山松吉ではないかと思うのだ。秋野と光江、その一味が丸尾か浅山を千葉県下の片田舎に連れ出して殺害し李の屍体と入かえたような気がしてならないのだ。

と、田宮はハッと身構えた。

千葉県下で襲撃を受けたために、彼は一層注意深くなっていた。彼は何者か背後から迫ってくるのを感じたのである。

果して背後からパッと田宮の横をスリ抜けざま、彼の持っている靴を掻っ攫《さら》おうとした者があった。

田宮は素早く身をかわして、よろめく怪漢の手首をムズとつかんだ。

「アッ」

怪漢は叫んで、つかまれた腕を離そうとしたが、田宮はいっかな放さなかった。両国でこりているので、田宮は場合によったら靴をすてても、怪漢は逃がさない覚悟だった。

逃れられないと見たか、相手はもがくのを止めて、嘆願するようにいった。

「すみません。旦那、見そこないました。勘弁して下さい」

田宮は始めて相手の顔を見たが、三十そこそこの鬚のない、ちょっとお店者《たなもの》のような感じのするキビキビした男だった。

「貴様は何だ。なぜ、この靴を掻っ攫おうとした」

田宮は威圧するように訊いた。

「すみません、頼まれましたので、旦那、手を放して下さい。決して逃げません。往来の人がジロジロ見て、旦那もお困りでしょうし、あっしも見っともないですから」

田宮はつかまえた腕を放した、

「逃げると承知しないぞ。俺の横についてくるんだ」

「へい」

怪漢は素直に歩き出した。彼の態度があまりに平然としていたのと、田宮が何事もないような顔をしていたので、二人がならんで歩き出すと、周囲の好奇の眼を光らしていた人たちもなアーんだという風に散り散りになった。

「頼まれたとは誰に頼まれた」

「知らない人で、へい」

「なに、知らない人?」

「へい。チョッピリ鬚をはやした旦那が、あいつの――すみません、その旦那がそういったんで――あいつの持ってる女靴を攫ってみろ。前銭で十両、うまく攫えば百両やるって。ついその慾に眼が晦《くら》んで――」

「いい加減な事をいうなッ。本当の事をいわないと、ただでは置かんぞッ」

田宮は叱りつけるようにいって、もう一度男の手首をつかんだ。

「ア、いてて、旦那、け、決して嘘はいいません。放しておくんなさい。本当なんで」

田宮は泣き顔をしている男を引ずって、附近の交番に行き、警官と一緒に厳重に訊きただしたが、全く嘘はいっていないらしく、どうやら通りすがりの見知らぬ人間から金を貰って頼まれたに違いないらしかった。

「こいつはスリの前科のある奴です。その頼んだ男というのはこの男がスリだという事を知っていたんでしょう」交番の巡査はいった。

「しかし、その頼んだ男は一体どういう目的でしょうか。その女の靴は何にか訳のあるものですか」

「いや、なに」

田宮は返辞に困ったが、いい加減に胡麻化して交番を出た。

デマは斯《か》くの如く

北海道函館、ここは北海道全道の咽喉を扼し、本土へ渡ろうとする人も物も、すべてここに集まる。函館を通らないで、本土へ行くことも、北海道へ渡ることもむずかしいのだ。人と物が一すじに本土へ北海道へと流れるだけに、全道の出来事は、正しいニュースとなり、あるいはデマとなって、函館に伝わってくる。北海道の事を知るには、函館にいればいいのだ。

北海道の初夏は快適だ。長い冬が漸く去って、さしもの積雪がいつか残りなく消え去ると、急に春が来て、初夏になる。桜も桃も何もかも花は一時に咲き、そして忽ち新緑がくる。

函館に滞在する人は誰でも、湯ノ川の温泉に行くだろう。函館の郊外といっていい所に、湯ノ川の閑雅な温泉郷があるのだ。

湯ノ川温泉の緑翠館《りょくすいかん》に数日来滞在している客がある。鬚の痕の青々とした、男ぶりのいい立派な紳士で、何か会社の仕事をするのだといって、夜間はせっせと書ものをして、夜になると町を散歩する。押出しは立派だし、金離れはいいし、旅館では上客として、懸命にサービスをしている。彼は春山明という名で泊っているが、実は秋野茂である。

秋野は夜になると散歩と称して、海岸を歩き廻る。時々立止まっては、海の向うを眺めて何かまっているようだ。こうして彼は数日滞在していたが、どうやら目的は達せられないらしい。

朝になると、彼は番頭をつかまえて、こんな会話をした。

「大分しばらく世話になったが、会社の用で樺太の方に行かなければならないんだが、宗谷《そうや》海峡は危いというが、そうかね」

「いえ、そんな事はありませんよ。危いなんて話は聞きません」番頭は否定した。

「そうかね。やられたという話を聞いたがね」

「そんな話は、私は聞いた事がありませんね。デマですよ」

「いや、僕の友だちで実際出会った男の話だよ。一般には公表されないからね。君たちは知らんのだろう」

「何かあったら、私たちの耳へはいつか必ず這入るはずなんですが――そうですかねえ。やられましたか」

番頭は半信半疑だったが、デマというものには惑わされ易い、絶対信じられない事にはデマはおこらない。もしかするとありそうだと考えている所へ、デマはつけ込んでくる。況《ま》してや秋野は目的があって、デマを拡めようとしているのだから、よほど警戒していない限り引っかかる。

「ウラヂオにいるというからね」

秋野はいよいよ鋒芒《ほうぼう》を現した。

秋野を少しも疑っていない番頭は、膝を乗り出して、

「ウラヂオにいるって、潜水艦がですか」

「うん。アメリカの潜水艦がね」

「えッ、アメリカの――だって旦那、ソ聯は中立でしょう。アメリカの潜水艦を入るなんて事はないでしょう」

「それがね、表向は中立でも、アメリカに好意をよせているからね。ソ聯はアメリカに助けてもらわなければドイツと戦争が出来んからね。アメリカの機嫌を損じる訳に行かない。内緒で基地位は貸すさ」

「そうですかね。畜生!」番頭は口惜そうに、「やっぱり助け合ってるんですね。しかし、旦那、そんな事をすれば日本だって黙っちゃいないでしょう」

「無論さ。確な証拠がありア、ただは置かんさ」

「そうですか。確な証拠がないんですね。じゃ何ですか、旦那この間北海道へ来たアメリカの潜水艦も、ウラ

ヂオからやって来たんですか」

「そんな事はハッキリせんさ」と、ここで秋野は声を低くして「番頭さん、こんな事を喋っちゃ困るぜ。今は日ソを離間するような事をいっちゃいけないんだからね。それこそアメリカの謀略に乗る訳だから」

「大丈夫、誰にも喋りません。畜生！　そうかなア、どうもくさいとは思ったが、ウラヂオを貸てるんですかね」

番頭は拳を握りかためるようにして、部屋を出ていった。

秋野はニヤリと笑った。効果は十分である。喋るなといっておけば、番頭はきっとしゃべるのだ。ウラヂオにアメリカの潜水艦がいるらしいというデマは忽ち拡まる。それこそ秋野の思う壺なのだ。

だが秋野はもう湯ノ川にはいなかった。

漂うボート

秋野はその日の昼、行方を曖昧にして発って行った。

と、秋野と入かわりのように、一人の洋装の美しい女が旅館にやってきた。背のスラリとした、眉の美しい、ハキハキした若い女だった。林田光江である。

光江は秋野の人相をいって、そういう人がいなかったかと訊いた。

「その方なら四、五日御滞在でしたが、今日おたちになりました」番頭は答えた。

「どっちへ行くといってました？」

「さア、はっきり伺いませんでしたが、樺太へ行かなけりゃならんが、あぶないかな、なんていっておられました」

「どうも有難う」

礼をいって、光江は倉皇《そうこう》として、旅館を出て行った。

岡田刑事が勇躍北海道に林田光江の追跡に向い、それに反して、斎藤刑事は釜山《ぶさん》から雄基まで、あれほど至る所に噂の種を蒔き足跡のはっきりしていた浅山松吉が、まるで空気の中に溶けてしまったように、突然として消え去ったので、消然として帰途に着いた頃、遠山警部補の所へは意外な人物が現われた。

意外な人物というのは都下羽田の漁師で、篠田利助という四十近い渋紙のような顔をした男で、大森署から差廻されたのだった。

「どうも、誠にはや。相すみません、どうも誠にはや」と、篠田は遠山警部補にペコペコと頭を下て、ただ謝るばかりで、一向に話を切出そうとしなかった。

「謝るのは後にして、早く話をし給え」

遠山警部補が最後に叱るようにいうと、篠田は漸く話し始めた。

「実はその、半年以上も前の事なんですが――」

昭和十六年十二月一日の朝、即ち大東亜戦争勃発の一週間以前のこと、篠田利助は当時十五才の伜《せがれ》の益吉を連れて、小船を操って沖合に漁に出た。降りはしなかったが、ドンヨリと曇った日で、波も割に高いような日だった。

漁は一向思わしくないので、午後三時頃帰ろうとすると、遥か向うに一隻のボートが現われた。ドンヨリと曇っているので遠望が利かず、よく分らないが、どうやら波のまにまに漂流している模様だった。

篠田はすぐにボートの方に船を漕ぎ寄せた。と、驚いた事にはボートには外人の若い女がただ一人乗っていた。色のすき通るように白い美人だった。美人の外人は篠田の船が近づくと、狂気したように、手をふり足を動かして大きな声で叫び掛けた。

篠田はすぐに女を助けて船に移したが、言葉がさっぱり通らないので、事情は少しも分らなかった。篠田は取《とり》敢《あえ》ずボートを船に結びつけ、岸に漕ぎ戻った。

岸に着くと、女は急に元気が出て、篠田に何かしきりにいいながら、お礼のつもりであろう、多額の紙幣を彼の手に握らした。篠田は最初は断ったが、女が諾《き》かないので、とうとう受取った。

女はやがて夕闇に紛れて、どこともなく立ち去って行った。

「すぐにお届けしなければならんのに、今日まで抛っておきまして誠に相すみません」

と、篠田はまたペコペコと謝った。

「女の年頃は、人相は？　委しくいってごらん」

遠山警部補は逸る胸を押さえながら、急いで訊いた。

篠田の説明する所は正しく代々木本町に睡《ねむ》るように死んでいた怪美人に一致した。遠山警部補は死美人の写真を篠田に見せた。

「この女に違いありません」篠田はすぐにいい切った。

「乗っていたボートはどうした？」

「ボートはその」と、篠田は頭を掻いて「実はその売ってしまいました」

篠田が当時すぐにこの事を警察に届けなかったのは、慾に晦んでボートを処分したためであった。ボートには持主を示すべきものは何一つなかったので、これ幸いと伜には堅く口止めして、売払ってしまったのである。

「ボートには女の持物は残っていなかった」

「食べ残しのビスケットと、水筒と、ハンケチが一枚残っていました」

「オールや舵はちゃんとしていたか」

「舵はちゃんとしていましたが、オールは片方しかありませんでした」

「今いった他に何か残っていたろう」

警部補は鋭く訊いた。

篠田はドギマギしながら、

「いいえ、もう決して何も――」

「隠してはいかん。隠すとためにならんぞ」

警部補は大きな声で叱りつけるようにいった。

篠田は諦めたように、

「実はその、宝石の這入った指輪が落ちていました」

篠田が追々《おいおい》評判が高くなって、警察に知れて呼出されるまで今いった事を秘し隠していたのは、ボートを売払った以外に、女が落として行った指輪を横領したからであった。しかも彼は所轄署の調べの時には指輪の事は黙っていたのである。

遠山警部補はじっと篠田利助を見つめた。腹の中は憤怒で一杯だった。

この男が僅かな利慾に眼が晦んだばかりに、あたら有力な証拠が半年以上も埋れていたのだ。そればかりではない。当日すぐにこの男が警察に届け出ていたら、怪しい女はすぐ追跡されて殺人は未然に防がれ、恐るべき陰謀が既にあばかれていたかも知れないのだ。

しかし、遅蒔《おそま》きながら判明した事は、代々木本町で殺害されていた怪死人は、正規の渡航者でなく、漂流を装うて潜入して来たらしいという事である。ボートが外国製らしい点や食糧、水などを用意していた点を考え合せると、真の漂流と見られない事もないが、女の様子や、日本の紙幣を持っていた点や、岸につくとすぐ立去った点などから考えると、どうも漂流を装うて、密航した者と思われる。どこからボートに乗込んだのか、篠田に見つけられるまで、他の船にどうして見つからなかったか。それらの点は未だ不明であるが、それはボートや、指輪を突留る事によって、解決するであろう。

「ボートや指輪は誰に売ったか」

遠山警部補は漸く胸を収めて、静かに訊き始めた。

「それが、その、実はボートも指輪も通りがかりの知らない人に売りましたので――」

篠田の語る所によると、漂流している女を救助した翌日、全く見知らない男が訪ねて来て、岸に繋いであるボートの事を訊いて、譲ってくれないかと切出した。篠田も実は始めはボートを売ろうという考えはなかったのだが、その男が熱心に口説くし、多額の金を提供したので、つい売る気になったのだった。

ボートを売る話が纏まると、その男はニヤニヤしながら、

「ボートの中に何か金目のものは残っていなかったかい」

と訊いた。篠田はこれも始めは隠すつもりだったが、その男が巧に訊き出すので、とうとう指輪の話をして、これも結局かなりの高価で売り払う事になった。ボートはとにかく、指輪を拾って篠田は何となく気味悪く思っていたので、その男が買ってくれて、ホッとした気持だった。

「チョッ、何という奴だ、貴様は。ボートと指輪を買って行った奴がちゃんと分るまで、ここに泊ってろ」

我慢しきれなくなった警部補は大きな声で怒鳴りつけて、篠田を留置場に連れて行かせた。

白紙の手紙

斎藤、岡田の両刑事が出払っているので、遠山警部補は自身で羽田に出かけた。夕闇に紛れて行ったとはいえ、美しい若い外人一人が歩いて、いずれ電車なり自動車なりに乗ったのであろうから、人目につかないはずはなく、何かの手掛りは得られるだろうと思ったのだが、何分半年以上も以前の事なので、すぐにそれと思い出す者もなく、期待に反して、何も得られなかった。

また、指輪はともかくとして、ボートは提げて持って行かれるものではなし、いずれ漕ぐなり曳くなりして持って行ったであろうから、これも何か手掛りが得られるに違いないと考えたのだったが、やはり余りに時日を経過しているので、一向にそれと覚えているものはなかった。空しく一日を潰して、夕方代々木署に帰ると、またもや思いかけない事件が待受けていた。

「主任殿、署長殿からの言《こと》づけですが、すぐ渋谷郵便局に行って下さい」

警部補の顔を見ると、一人の巡査がそういった。

何事であろうと怪しみながら、宮益坂《みやますざか》上の渋谷郵便局

に行くと、

「ああ、代々木警察の遠山さんですか。どうぞこちらへ」

局員に案内されて、中に這入ると、局長が待構えていた。

「実は留置郵便の事なのですが」

と、局長の話す所によると、局で時間の経過した留置郵便を処分するために調べると、その中に、アダナ・ペトロウィッチという外人名の手紙があった。それは昨年の十二月の初め頃から留置になっているものだったが、時節柄外人宛のものは慎重に扱わなければならないので、渋谷警察署に通告した。渋谷警察署ではかねて代々木署管内殺人事件の通牒《つうちょう》を受けていたので、代々木署に移牒《いちょう》したのだった。

「分局の方の話ですと、昨年の十二月四、五日頃、若い女の外人が留置郵便を取りに来た事があるそうで、もしやそれに関係がありはしないかと思いましてね」

局長の話を聞いているうちに、遠山警部補の胸は躍った。渋谷道玄坂の分局へ留置郵便を受取りに来た女は確にアダとかアダナとかペトロとかパトロとかいったという事だった。女は分局を本局だと思って取りに来たのに違いない。

「それで、その手紙は」警部補は急《いそ》しく訊いた。

「ここにあります。あなたのお立会いの許で、開封してみたいと思いますが――」

「ええ、どうぞ」

半年以上も以前のものであり、受取るべき本人は殺されているのであるから、最早何の役にも立たないかも知れないが、事件が五里霧中に彷徨している今日、唯一の有力な手掛りといわなければならない。

警部補は局長が薄汚れた西洋封筒を取出した時に、飛ついて開封したいような衝動に襲われた。

局長はしかし、ゆっくりと封を切った。

中から二つに折った真白い紙が出た。

「や、これは」

局長は驚いたように声を上げた。

「ど、どうしたんですか」

警部補は首を延ばして覗き込もうとしたが、局長はそれより早く紙片を突き出して、

「真白です。何にも書いてありません」

「え?」

封筒の中に這入っていた紙は真白だった。

一言一句すら書かれていなかった。

「これア、どうしたという事だ」

警部補は紙片を受取って、返して見たり、透かして見たりした。が、真白な紙である事には変りはなかった。

「隠見《いんけん》インキで書いてあるのかも知れない」

遠山警部補は独言のように呟いた。

「え」局長は聞咎めて「何ですって」

「あぶり出しか、それとも何か薬品で処理すると、字が現われるのかも知れないと思うんです」警部補は説明した。

「なるほど」局長はうなずいて「そうかも知れませんなア」

「殊によると、時間が経てば消えてしまうインキで書いたのかも知れません」遠山警部補は別な考えを述べた。

「はア」局長は感嘆しながら「そんなインキもあるんですか。つまり、その秘密を保つためですね。巧妙なもんですな。六ケ月以上も経ってますから、スッカリ消えてしまった、という訳ですか」

「そうだか、どうだか、ハッキリ分りませんが、どうも始めから何も書かないただの紙が入れてあったとは考えられませんからね。消えてしまったか、それとも化学作用で見えるようになるか、どっちかだろうと思うんです。局長さん、この手紙をお預かりしていいでしょうか」

「ええ、どうぞ。差支ないと思います。警察の責任者にお渡しするのですから、差支ないと思います。しかし、全然お渡しするのには手続きも要りますから、一時お預けする事にして――」

「結構です。じゃそうお願いします」

遠山警部補は問題の手紙をポケットに収めて、立上がろうとすると、局員の一人が這入って来た。

「遠山さんという方に、お電話です」

「どうも、有難う」

警部補は案内されて、電話室に這入った。

「モシモシ、遠山ですが。あ、署長ですか」

電話は代々木署からだった。

「ええ、手紙はありましたが、中味が真白で、ええ、何も書いてないんです。消えてしまったか、あぶり出しか何かじゃないかと思いますが。ええ、鑑識の方に廻そうと思っています。え、他にも、どこですか。麻布郵便局、え、赤坂郵便局にも、留置ですか。外人名で、なに、アダナ・ペトロウィッチ！　そうですか。では、早速その方に廻りましょう。承知しました。さようなら」

署長からの知らせによると、麻布や赤坂の郵便局に、アダナ・ペトロウィッチ宛の留置郵便があるというのである。

「可笑しなもんだなア。今まで一向に手掛りがなかったのに、急に一時にあっちにもこっちにも手掛りが発見されるなんて。全く変なものだ」

遠山警部補は思わず口の中で呟いた。

逃げ廻る怪漢

外はもう真暗だった。

準備管制が行届いているので、宮益坂の大通りも足許が危いほどである。

遠山警部補は渋谷駅の方へ坂を降りて行った。

と、不意に一人の男がぬッと警部補の前に立った。

「失礼ですが、遠山さんじゃありませんか」

「遠山だが、君は」

警部補はきっと相手を見たが、何分暗いのでよく人相が分らなかった。

「実は折入って御相談があるんですが――」

「こんな所で相談も何んだから、署まで来給え」

「警察は苦手ですよ」

「警察が嫌なら、どこかこの辺でお茶でも飲みながら――」

「いや、暗い方が結構なんです。実は指輪の事なんですが」

「指輪？」

「ええ、昨日お調べになったでしょう。篠田利助の――」

「君は誰だ」

「篠田から指輪を買った者ですよ」

「一緒に来い」

遠山警部補は相手の腕を摑もうとしたが、相手はヒラリと逃げて、

「摑もうとされると、逃げますよ。逃がしちゃ詰らんでしょう。それより取引しましょう。指輪を返しますから、手紙を下さい」

「なに、手紙？」

「今郵便局から持って来たでしょう。その手紙です」

「ああ、その事か」

咄嗟に思案して、遠山警部補は相手に油断をさせるように、態と落着いていった。

「その手紙が欲しいんですよ。指輪だけで不足なら、金をつけますよ。いくらでもお望み次第」

「うぬッ！」

遠山警部補は相手の愚弄的な態度に怒り心頭《しんとう》より発した。

最早自制する事は出来なかった警部補は、いきなりパッと飛かかった。

と、相手の男はまたもやヒラリと体をかわして、パッと駆け出した。

「待て」

警部補は後を追った。

と、怪漢は忽ち横丁に飛込んだ。

横丁から横丁へ、中々に素早やい男で、暗さは暗いし、さすがの遠山警部補もただ奔命に疲れるばかりだった。

しかし、最後に大きなビルヂングの前に追い詰めた。

逃げ場を失った怪漢は、ビルヂングの中に飛込んだ。

ビルヂングの中は廊下の所々に仄暗い電燈が点いているだけであったが、それでも外よりは明るかった。

もう袋の鼠である。

遠山警部補はしめたと思いながら、一階二階と逃げて行く怪漢を追詰めて行った。

いよいよ逃げ場を失った怪漢は、もう上へ昇ろうとしないで廊下をグルグルと廻り始めた。

さすがに遠山警部補は疲れてきた。上へ上へと追詰めるのならとにかく、こうしてグルグル廊下を廻られると、下手に追跡すると、足の早い怪漢は一足先きに階段の所に行き着き、下へ降りるかも知れぬ。下へ逃がしてはそれっきりで、ここまで追い詰めた甲斐がないのだ。

遠山警部補は追跡を止めて、階段の上で頑張《がんば》りながら一休みした。裏梯子でもない限り、ここで見張っていれば、怪漢はビルヂングの外に出る事は出来ないのだ。先刻から怪漢が逃げ廻るばかりで、一向下に降りる様子がないのは、裏梯子など利用の出来るものがないに違いないのだ。

遠山警部補は流れる汗を拭きながら、息を休めた。このビルヂングは昼間はとにかく、夜は全然住む人がないと見えて、あたりはしーんと静まり返っている。怪漢も暫く追跡を免れて、ホッとして廊下の隅で休息しているらしい。

一分、二分、静かさが続いた。

と、突然、忍び笑いが聞えた。

「フフフフ、遠山さん、疲れましたかね。もういい加減に思い切って妥協しませんか。僕は手紙さえ貰えばいいんですよ。指輪は元より金はいくらでも差上げますよ。妥協した方が割ですよ。僕を掴えようと思っても、そりア無理なんだから」

怪漢はいつの間にか遠山警部補の近くに忍び寄っていたのだった。

「うぬッ」

警部補が飛かかろうとすると、怪漢はまた笑った。

「ハハハハ、こっちへ来れば、僕はスルリと脱けて、そっちの階段の方に出ますよ。階下へ降りたらこっちのものさ。アハハハハ」

「黙れッ」

遠山警部補は怪漢に飛かかった。

怪漢は早くも駆け出して、最後の階段を上がった。これが最上階で、いよいよ逃げ場はないのである。

「しめたッ」

警部補は階段を駆け昇った。

と、怪漢はいきなり一室へ飛込んだ。

「逃がすものか」

警部補が続いて、部屋へ飛込むと、怪漢はもう間の扉から次の部屋へ駆け込もうとしていた。

「おのれ」

次の部屋に行こうとすると、途端にパッと電燈が消えた。真暗である。

「や」

警部補は思わず立竦《たちすく》んだ。

と、またパッと電燈が点いた。

遠山警部補の前に一人の壮漢が立はだかっていた。

「や、君は」壮漢は驚いたように叫んだ。

「や、君は」遠山警部補も叫んだ。

壮漢は田宮丈夫だった。

共同の敵

怪漢に誘《おび》き込まれた空ビルヂングの最上階の一室に、思いがけなくも、田宮丈夫がただ一人いたのには、さすがの遠山警部補も言葉の出ないほど驚いた。

「どうして、君はここへ」

と、最初に口を利いたのは田宮だった。

「君こそ」と、遠山警部補は叱りつけるようにいった。

「こんな所で何をしているッ」

「僕か」

田宮は落着き払って、ジロリと警部補を見ながら、

「僕はここで、ある人間を待っていたのだ」

「ある人間？　そ、それは誰だッ」

「誰だか判らん」

「誰だか判らん？」警部補は啞然としたように怒鳴った。

「まさか君だとは思わなかった」田宮はいよいよ落着いて、「殊によると、僕等は謀略に掛ったのかも知れな

い。君はどうしてここへ来たのかいって見給え」

田宮が余り悠然としているので、遠山警部補はいささか拍子抜けをした形だった。

「僕は怪漢を追掛けて来たんだ」と、やや語勢を緩めていった。

「なに、怪漢を追って来た?」田宮は眉をひそめながら訊き返した。

「うん、君は見かけなかったか。見たはずだが――」

「知らん」と田宮は強く首を振って、

「どんな男だ」

遠山警部補は迂散《うさん》そうに田宮を眺めて返辞をしなかった。

田宮は言葉を継いで、

「その男を何故君は追いかけたのだ」

「指輪と手紙とを交換しようなどと、愚弄的な言葉を吐いて、逃げたんだ」

「なに、指輪と手紙? それはなんだ。どういうことか」

遠山警部補は再び黙り込んで答えなかった。

「ふん」

田宮は独《ひとり》で合点したように呟きながら部屋の中を歩き始めた。


「可笑しい。これア確に可笑しい。僕は全然知らない男から、今夜ここで密談がしたいという手紙を受取った。待っていると、飛込んで来たのは、遠山警部補だ。これや可笑しい。確に可笑しい。そうだッ」

と、急に思い出したように、歩くのを止めて、田宮は遠山警部補に向直った。

「今度の事件のそもそもの始め、去年の十二月だ。代々木本町に殺人事件があって、その家に僕が秋野を連れて行った時に、秋野は這入らず、僕一人這入ったが家の中には君がいた。お互に知らずに格闘したっけ。あの時は、今夜とは逆に、君は何者とも知れない者から電話の密告を受けたといったね。今夜は全く逆だ。僕が密告を受けて、待受けていた」

「そうだった」警部補は思い出して、

「あれからもう半年になる」

「今夜君をここへ誘き込んだ男は」田宮は警部補の言葉に構わずいった。「どんな男だった?」

「中肉中背のあまり特徴のない男だ。暗くてよく判らなかったが、あまり感じのよくない人相の男で、中々敏捷《びんしょう》な奴だよ」

「そうか、じゃ、あの時の奴かも知れない」

「なに、あの時の奴とは?」

「暗号の紙片を掻っ拐《さら》おうとした男だ」

「なに、暗号の紙片？　それはどういうことか」

「それよりも、君が先刻いった、指輪とか手紙とかいったのはなんだ」田宮は反問した。

「そりゃアなんでもないよ」警部補はあわてていった。

田宮は暫く警部補を見つめていたが、急に激しくいった。

「いかん、確にいかん、君と僕とにお互に共通の敵を持ながら、少しも協力しないで、お互に隠し合っている。それだから、なお更敵に乗ぜられるのだ。どうだ君、お互に打ち解けて、知っていることを語り合おうじゃないか」

「別に異議はないが」遠山はまだ疑わしそうに田宮を見ながら、「まず、あなたの方から話してください。一体あなたはどういう訳で、またどういう身分で、本件に関係しているんですか。ただ物好きですか。それとも――」

「物好きだって」田宮は激しく遮った。「馬鹿いっちゃいかん。僕はある機関に属している。防諜のために働いているんだ」

「そうですか。やっぱりそうでしたか」警部補はうなずきながら、「しかし、それにしても、あなたは随分僕の邪魔をしましたなア」

「邪魔？　そう、あるいは邪魔したかも知れん。しかし、それは意識して邪魔をしたのではない。そういえば、君だって、相当僕の邪魔をしている」

「じゃ、今まで僕に隠していたことを話してください」

「君こそ、僕に隠していたことをいい給え」

「いや、あなたから先に話してください」

「君は未だ僕を変に疑っているね、君から話し給え」

「いや、あなたから」

「そんなことをいっていては、いつまで経っても埒《らち》があかんじゃないか」

「全くだ」

「まるで、君、お互に子供だよ。駄々を捏《こね》ているみたいだ」

「そうですね、ハハハハハ」

「ウワハッハハッハッ」

二人はとうとう笑い出した。

事件再び迷宮?

代々木警察署の一室で、夜更《よふけ》も構わず田宮と遠山警部補は語り続けていた。

「林田光江は確かに怪屍体のあった現場にいたと思う」田宮はいった。「千葉からのかえりの電車の中で見たのは、確かにあの女だった」

「光江が暗号の紙片を落として行ったのですね」

遠山警部補はうなずきながらいった。

「それを怪漢が掻っ拐おうとしたんだ。どうも君を先刻ビルヂングに誘き込んだのと同じ奴だよ。光江の手先だね。そうだ遠山君、実は僕は光江のアパートから証拠の靴を持出した。ところが、この靴をまた掻さらおうとする奴があったが、これはスリの前科者で、全く誰かにたのまれたらしいんだ。頼んだ奴は、やはり今夜の怪漢だよ。そう思う」

「現場に女の靴の跡があったので、その型を取っておいたから、合せて見れば判ります。確かに光江は現場附近にいたようですな」

「それから、君、あの怪屍体は、李という半島人だ。李は病死したんだが、棺の中に別の屍体と入換た奴があるんだ」

と、田宮は彼の探り出した事実と、推測とを委しく話した。

遠山警部補は眼を丸くして聞いていたが、話しがすむとホッとしたように、

「そんな発見があったのですか。もっと早く話してくだされぱいいのに。しかしどうも怪奇な事件ですね。僕も相当長く警察官をしているが、こんな話は初めてです。あなたのいわれる通り、多分に殺人の疑いがありますね」

「僕の考えでは、殺されて李の棺の中へ入換られたのは、浅山松吉か丸尾透のどっちかだと思うんだが」

「いや、それは違いましょう」警部補は頭をふった。「二人は確実に生きていますから」

「え、二人は生きている‼」

「ええ、浅山は朝鮮へ逃げました。斎藤刑事が追跡しています。それから、丸尾は」といって、遠山警部補は、じっと田宮の顔を見て、「秋野と同じ人間ですよ」

「え、丸尾と秋野が同じ人間‼」田宮は大きな声で叫んだ。

「あなたは丸尾をご存じないが、僕は一、二度会って

います。それでいて、極《ごく》最近まで迂潤にも気がつかなかったのですよ。しかし、間違いはありません。確かに丸尾と秋野とは同一人物です」

「そうですか」田宮は溜息をついて、「なるほど、ありそうなことだ。して見ると僕が想像した通り、秋野は一筋縄で行かない人間だ。スパイ団の巨頭だ」

「僕もそう思います」遠山警部補はうなずいた。

「憎むべき米英の手先だ。例の紙片の暗号から推測すると、奴は現在日ソ離間を狙っている。遠山君、御承知の通り、現段階では当事国たる日ソ両国以外の国々は、すべて日ソ開戦を望んでいるといっていい。ことに敵米英は最もそれを望んでいる。しかし、日本は米を正面の敵とし、ソビエートは独逸を正面の敵としてどっちも今は二正面国作戦を欲していない。そこで米英は躍起となって、得意の謀略で、日ソを離間しようとしている。これア実に我々の戒心しなければならん所だ」

「全くです」といって、遠山警部補は思い出したように、「そういえば例の浅山松吉ですが、朝鮮地方を逃げ廻りながら、盛に日ソ離間のデマを飛ばしているそうですよ」

「浅山がね」田宮は考え込みながら、「僕は千葉県の事件はたしかに殺人で、林田光江が現場にウロついていた関係から、秋野が関係があり、殺されたのは丸尾か浅山だと思っていたのだが――なにしろ李の屍体と入換て、火葬にしてしまったのだから、たしかめる訳には行かないし、そうすると、殺されたのは何者かなア。この事件は秋野とは全然関係がないのかなア」

「丸尾は確かに秋野と同一人間です。ですから、丸尾は生きている訳です。自殺の手紙を寄越したのは、丸尾をこの世から抹殺する目的だったんです」

「千葉の事件は全く別の事件かなア。僕の見込み違いだったのか」

田宮はなおも考え込みながら、苦しそうに溜息をついた。

「別の事件らしいですな」遠山警部補は気の毒そうに田宮を見ながらいった。

「丸尾でなければ浅山だと信じていた」田宮は半独言《なかば》のようにつぶやいた。急に遠山警部補の方に向き直って、「浅山が朝鮮にいることは確実ですか」

「確実です斎藤刑事が逮捕に行ってます」

「そうですか」

田宮はまたなにか考えこむように黙ってしまった。千葉の事件が不可解になってしまったのだ。病死した李の屍体を棺から出して川になげこみ、その後、入換たのは何者の屍体だったのだろうか。屍体だとばかり思っていたが、何か他の物で、秘密に焼却する目的だったのだろうか。

田宮が考え続けていると、遠山警部補はふと思いついたように、

「ちょっと不審な点があります。それは斎藤刑事がいまだに浅山に直接出会わないことで――」

「え?」

考えこんでいたので、田宮はよく聞き取れなかったらしく、急いで頭をあげると、反問した。遠山警部補は悠《ゆっく》りいった。

「浅山の足取は至る所で明瞭なんですね。そういう人物がどこそこにいたということは、実にはっきりしているんですね。ところがそこへ行くと、もういないんです。そして、またどこかにいるという噂が這入って来る。そこへ行くと、確に浅山らしい人物がいたことはいたが、もうそこにはいない――」

「じゃ、なんですか」田宮は急に遮っていった。「斎藤刑事は直接浅山を見ていないんだね」

「そうなんです」

「じゃ、単に浅山らしい人物が逃げ廻っているということだけで、正体は判らないんだね」

「まア、そういった訳です。そして最後に雄基でまるで煙のように消えてしまったというんです」

「なに、消えてしまった? 煙のように」

田宮は大きな声を出した。

曙光

遠山警部補はうなずいて、

「全く変なんですよ」

「それじゃ、君、浅山らしいというだけで、誰だか分らんじゃないか」

「厳密にいえばそうですが、しかし、とにかく浅山と名乗って、ホテルや旅館に泊り人相も浅山に似ていますし――」

「ダブルかも知れんじゃないか」

田宮は再び激しく遮った。

「別の人間が浅山になりすまして、態と逃げ廻っているのかも知れんじゃないか」

「あり得ない事はありませんね」

遠山警部補は渋々肯定したが、すぐ眼を輝かしてうなずいた。

「しかし――なるほど、替玉かも知れませんね。そうだ、どうもやり方が変だ。まるで追跡している斎藤刑事を嬲《なぶ》っているようだ。ここにいるぞ、と遠くの方からお出《いで》お出をして、そこへ行くと、もう離れた所へ逃げている。いつまで経っても捕まらないで、最後に煙のように消えてしまう。なるほど、これア替玉かも知れません。何しろ敵は謀略にかけちゃ大したもんですからな。僕だって、一度ならず二度までも誘き出されたし、田宮さん、あなただって、度々誘き出されて――」

「最後にはドカンと頭を殴られて、人事不省になったからね」田宮は苦笑しながら「どうも話に聞くと、その浅山は怪しいね」

「我々に浅山が生きていると思い込ませるために、そんな企みをしたんですね。畜生！」

遠山警部補は口惜しそうに、

「朝鮮くんだりまで追跡させて、散々嬲られて――我ながら甘かったなア。すると、田宮さん、つまり、敵は生きている丸尾を死んだと思わせ、死んだ浅山を生きているように思わせたのですね。千葉の事件はやはりあなたの最初の見込通り浅山ですよ。浅山がやられたんですよ」

「どうも、そうらしいね」田宮は満足したようにうなずいた。

「丸尾の生きている事が確実なら、千葉で殺されたのは浅山に違いない。千葉の事件には秋野が関係していると考えられる点が十分あるし、第一、別個の殺人事件があったとしたら、誰か行方不明の者があると訴えて来るはずだ。どこからも何ともいって来ない点といい、十中八九浅山が殺されて、李の屍体と入換られて、荼毘《だび》に附せられたのだ」

「そうです。そうに違いありません」遠山警部補は強くうなずいた。

「浅山は秋野に殺されたのです。浅山は恐らく秋野が丸尾と同一人だという事も知っていましょうし、秋野の丸尾が例の外人女を殺した事も知っているに違いない。そこで邪魔になって殺したんです。しかしそれにしても、千葉の山奥まで連れ出して怪奇極る方法で犯跡を隠すなんて、恐ろしい奴ですなア。殺したばかりでなく未だ生きているように見せかけて、我々の注意を朝鮮に惹きつけましたからなア。全く驚いた奴です」

「今の話で思い出したが」田宮は訊いた。

「例の外人女の身許は分ったのかね」

「やや分りました、未だはっきりしませんが――」と、遠山警部補は外人女の名はアダナ・ペトロウィッチというらしい事、アダナが殺される四、五日前に渋谷道玄坂の郵便局分室に留置郵便を取りに来た事実があること、最近にアダナ・ペトロウィッチが羽田沖で漂流するボートの中に一人いたのを、漁師の篠田利助が救けた事実が判明した事、利助の所へ来て証拠のボートと指輪を買取った怪漢がある事、今日、アダナ・ペトロウィッチ宛の留置郵便が宮益坂上渋谷郵便局で発見され、開封すると、中に白紙の紙片があった事、それを持って出ると、怪漢が現れて、留置の手紙と指輪を交換しようといった事、捕まえようとすると逃げ廻った事などを委しく話した。

「つまり、その怪漢に例のビルヂングに誘き込まれたという訳ですよ」

遠山警部補は、苦笑しながらつけ加えた。

「アダナ・ペトロウィッチという女が羽田沖を漂流しとったたって」田宮は大きな声で訊き返した。「それはいつ頃の事なんだね」

「昨年の十二月一日の事です」

「道玄坂の分室に留置郵便を取りに来たのは?」

「十二月の二、三日頃らしいです」

「すると、羽田で救けられた翌日か、その翌日だね」

「そうなりますね」

「殺されたのが十二月の七日だから、留置郵便を取りに来てから、四、五日後になる。その間の足取は分らないのかね」

「分りません」

「留置郵便は本局の方にあったのだね。アダナは間違えて分室に取りに行ったんだね。留置郵便がないといわれて、大分騒いだというのは、非常にそれが欲しかったために相違ない」

「田宮さん」と遠山警部補は急に田宮を呼びかけて、「ところが、それから四、五日して、同じ留置郵便を取に来た女があるんです」

「え、別の女が、やはり外人かね」

「日本の美しい女です。田宮さん、それが林田光江なんですよ」

「え、光江!」

「そうなんですよ」

さすがの田宮も啞然としたようだったので、遠山警部補は些か得意然と答えた。

「無論、手紙は渡さなかったんだろう」

田宮はすぐ平静になって訊いた。

「無論ですよ。手紙はないんですから」

「アダナが来てから四、五日後というと、丁度殺された時分だね」

「そうです」

「林田光江がね」と田宮は考え込みながら、

「やっぱりあの女は秋野の仲間だね」

「そうに違いありませんよ」

「アダナが本局と分局と間違えたのは、まア事情を知らない外人だから、ありそうな事としても、光江まで間違えたのはどういうものかな」

「さア、どういうものでしょうかな」

「渋谷郵便局で発見された手紙は、中味が白紙だったって?」田宮は思い出したようにいった。

「ええ」遠山警部補はうなずいて、

「鑑識課の方に廻そうと思っていたんですが、隠見インキか何かで書いてあるんじゃないですかね」

と、郵便局から借りてきた手紙を差出した。田宮は取上て、

「なるほど、隠見インキで書いてあるのかも知れん。この白紙に文字が現れたら手掛りになるかも知れん」

「全く迂闊でしたよ。アダナらしい女が渋谷の分室に留置郵便を取りに来て、手を空《むな》しゅうして帰ったという事が分った時に、早速本局の方を調べてみるんでした。どうもそこまで気がつきませんでねえ」

「そりア仕方がないさ」田宮は慰めるようにいった。


「ところが、最近に麻布郵便局や赤坂郵便局に、外人名宛の怪しい留置郵便が頻々《ひんぴん》として発見されましてね」

「え、他の局にも、それで、やっぱり中味は白紙かね」

「そこまでは未だ調べていないんです」

「お互に知っている事を話合って、大分事件の輪廓がはっきりしてきたが、まだどうも判然とせんなア」田宮は残念そうにいった。

「全くです。しかし、話し合ってよかったですよ。もっと早く協力するんでしたなア」遠山警部補は残念そうにいった。

「君のいう通りだ。僕の方で隠したりして悪かったよ」

「僕もあなたを疑ったりして悪かったですよ」

「ハハハハ」

「ハハハハ」

二人は顔を見合せて淋しく笑ったが、田宮はすぐきっとなっていった。

「とにかく、至急秋野を手配しなくちゃいかん」

伸びる魔手

アダナ・ペトロウィッチ殺害事件から千葉県の漂流怪屍体事件まで、事件の内容は複雑怪奇を極めたが、各々単独で行動していた秘密探偵局の田宮丈夫と代々木警察署の遠山警部補が、今や握手を交して協力を誓ったので、一見不可解の迷宮事件も次第に解決の明かるみに出ようとした。この二人の協力は一加える一の二でなくて、実に二の次乗の四ともなるべき強力化であった。

二人の協力によって、まず判明した事は、千葉県怪屍体事件の現場に、林田光江がいた事だった。それは遠山警部補の採取した靴跡の型と、田宮丈夫が押収してきた光江の靴によって、立証された。田宮が千葉県からの帰途電車の中で見たのは確に光江であり、彼女は現場からの帰途だったのだ。田宮が何者かに襲撃された時にも、彼女は現場附近にいた。これも靴跡によって立証された。

秋野と丸尾が同一人であること、浅山松吉は千葉県下で殺害された事は殆ど確実となった。なお、秋野には光江の他に、少くとも二人の仲間があり、その一人は浅山の替玉となって、朝鮮至る所を歩き廻り、日ソ離間のデマを飛ばすと共に、追跡している斎藤刑事を嬲りものにした男である。もう一人は、まず田宮の手から光江が電車の中に落として田宮に拾われた暗号の紙片を奪おうとして果さず、スリの前科者を使って、田宮の押取した光江の靴を盗ませようとして果さず、その間に田宮を背後から襲撃して昏倒せしめ最後に遠山警部補をビルヂングに誘き寄せた男である。篠田利助からボートと指輪を買収した男も恐らく同一人であり、また、事件の最初に遠山警部補を丸尾邸に誘き寄せて、田宮と格闘させたのは、二人の仲間のうちの一人であり、最後に、田宮に密告して、渋谷のビルヂングに誘き寄せたのは朝鮮に行っていない方の一人である。いろいろの点を綜合して、秋野の仲間はこの二人しかないと考えられる。浅山を千葉に誘き出して殺害したのは、主犯は無論秋野であるが、この二人が手伝っている事は十分考えられる。浅山を殺してから、二人のうち一人は浅山に化けて朝鮮に逃げたのである。

千葉県下の事件は田宮と遠山警部補の協力によって、大体真相が判明したが、分らないのはアダナ・ペトロウィッチ殺害事件である。アダナ・ペトロウィッチの身許すらはっきりしないし、彼女が日本に来た目的、どういう方法で渡航したのか、また秋野茂との関係、秋野がいつ彼女を丸尾邸で殺したのか、そうした事は未だ少しも分らないのだ。

しかし、いずれにしても、秋野がスパイの巨頭であり、二度までも殺人を犯している事は疑いはないのだが、といって、彼を逮捕するだけの証拠はない。が、秋野は現在行方を晦ましているので、抛っておけばまたどんな恐るべき事件を起こすか分らない。一味の光江が北海道に出かけたので、秋野もやはりその方に行ったのかと思われる。北海道には岡田刑事を派遣してあるから、光江の監視は十分であろうが、秋野が行っているとすると、岡田刑事一人では心許《こころもと》ない。

そこで、田宮と遠山警部補の二人は、一方では秋野の犯罪の確証を挙げ、アダナ・ペトロウィッチの事件を解決し、秋野の仲間である怪漢二人を逮捕すると共に、一方では秋野の行方を突留め、彼を監視して、最早事件を起さしめないだけでなく、いざという時に直ぐ逮捕出来るようにしておかなければならないのだ。そのために、二人は二手に分れて、一人は東京に残って、アダナ・ペトロウィッチの事件に当り、一人は秋野の行方を突とめて追跡しなければならないのだ。

しかし、当面の問題としては、二人は暫く協力して、アダナの事件に当り、急速にこれを解決して、しかる後に二手に別れる事とし、秋野の行方追求については、遠山警部補の別の部下に当らせる事に相談が纏ったのだった。

アダナ・ペトロウィッチ事件の手掛りとしては、渋谷郵便局に留置になっていた手紙の中味の白紙と、彼女が乗って漂っていたボートの追及である。

留置郵便の白紙は警視庁の鑑識課に送られて科学検査をしてもらうことになった。

夏の短い夜を語り明かした田宮と遠山警部補は、翌日の朝、相談の結果に従って諸般の準備を整えると共に、警部補は麻布や赤坂の郵便局へ、例の外人名の留置郵便を調べに、田宮丈夫は羽田に向って、ボートの追及に当ることとなった。

田宮が羽田の漁師町に着いたのはもう正午近かった。

遠山警部補に聞いておいた通り、篠田の家の前に来ると、十四、五の男の子がボンヤリ立っていた。益吉という伜らしい。

「今日は」田宮は声を掛けた。

「篠田さんだね。益吉さんだろう」

益吉は年の割に智慧の廻りは悪いらしく、ジロジロと田宮を迂散そうに見ながらうなずいた。

「お父さんは?　うちにいる?」

「いないよ」益吉は重々しい口調でいった。

「いない？　漁に行ったの？」

「いいや」

「じゃ、どこへ行ったの？」

「他所《よそ》の小父さんとどこかへ行ったよ」

「他所の小父さん？　君の知らない人？」

「うん」

「どこへ行った？」

「知らないよ」

「どんな小父さん？」

田宮はふと思い当った。例の秋野の手先の怪漢が誘き出したのではあるまいか。

「どんな小父さんて、いえないね」

「一度も会った事のない小父さんかい。よく考えてごらん」

「この間来た小父さんだよ」

「え、この間来た？」

「うん、そうだよ」

「じゃ」

この智慧の足りない子供に誘導訊問は危険だとは思ったが、

「ボートを買いに来た人じゃない？」

「ああ、そうだよ」

益吉は躊躇なく答えた。

「小父さんよく知ってるね」

「知ってるさ。小父さんの友達だもの」

「え、小父さんの友達？　じゃ、小父さんはお父さんがどこに行ったか知ってるだろ。訊くのは変じゃないか」

「友達だけれども、そこまでは分らんさ。お父さんとその小父さんと、どっちの方に行った？」

「こっちの方」と益吉は指した。

「いつ頃？」

「つい今だよ。俺ア腹が空いて耐《た》まンねえだ、とっちゃん、早く帰って来るといいなア」

「直に帰って来るさ。お腹が減って可愛想だね。お小遣いを上るから、これで何か買ってお上り」

田宮は小出しの金を出して与えようとした。

「駄目だい。知らない人からお金を貰っちゃいけないやい」益吉は受取ろうとしなかった。

「いいんだよ。知らない人じゃないんだ。僕は君のお父さんの友達なんだからね。いいんだよ」

と、田宮はむりに益吉に金を握らせて電車の駅に急いで、公衆電話に這入った。

呼出したのは代々木署だった。幸いに遠山警部補は帰っていた。

「モシモシ遠山君ですか。僕は田宮だ。どうもね。君、篠田利助が誘き出されたらしいんだよ。どうもそんな気がするんだ。例の怪漢さ。ボートを買った奴だよ。君に手紙と指輪と交換しようといった男に違いないと思うんだ。早速各方面に手配してもらいたいね。利助と例の男と昼日中二人で歩いているんだから、どこかで網に引かかるだろう。早速頼むよ。麻布や赤坂の方はどうだった。なに、詰らん手紙だった？　詰らん事のようで何か意味があるかも知れんぜ。よく研究しなければ——例の手紙は、渋谷郵便局の口は未だ分からんかね。ああ、そう。未だわからんのだね。じゃ、今いった二人の手配を至急頼みますよ。さようなら」

受話器を置いた田宮はホッとしたが、すぐ新《あらた》な不安に襲われ始めた。魔手は再び伸びたのだ。相手は目的のために手段を選ばない不敵の痴者《しれもの》である。邪魔になると見ればすぐ最後の手段を執る。篠田利助はどんな目に会わされるか分らないのだ。利助を片づけられると、唯一の証人を失うことになる。田宮は気が気でなかった。

公衆電話を出た田宮は考えに沈みながら、駅の方に歩いて行った。

と、不意に彼を呼留めた者があった。

「モシモシ、旦那」

田宮は立止まって相手の顔を見た。三十そこそこの柔和な顔をした、しかし、どことなく眼つきの穏かでない男だった。確に見た事のある顔だったが、急には思い出せなかった。

「旦那、お見忘れですか。いつぞやは失礼しました」と、彼はペコンとお辞儀をした。

「ああ、君は」

田宮は漸く思い出した。ついこの間、田宮の手から問題の靴を掻さらおうとした男だった。

「へい、どうもこの間はすみませんでした」とまた一つペコンと頭を下た。

「何か用か」

「へい。旦那、実はこの間あっしに旦那の持っている靴を掻さらってくれと頼んだ男の事で。へい」

「なに、君に頼んだ男の事だ」田宮はハッと思ったが、油断はしなかった。

「どうしたんだ。いってみ給え」

「その男を先刻見かけましたんで。へい」

「なに、見かけた」

「へい。真蒼な顔をした漁師みたいな男と一緒に歩いていました」

「それでどうした」

田宮は胸を轟かしたが、度々懲りているので、またも罠や謀略ではないかと警戒する事は忘れなかった。

「あっしは、どうも口惜しいんで。旦那には捕まるし、交番では散々叱られるし、それに何よりも旦那があっしが頼まれたてい事を信用なさらねえのが口惜しいんで、何でもあっしに頼んだ奴を目《め》っけてやろうと思いましてね。あれから毎日歩き廻っていたんでさア。そしたら、運よく今日奴を見かけたんで。向うに悟られないように、そっとつけていたんで」

「尾けていたって。貴様、一人でウロウロしているじゃないか」

田宮は未だ中々信用しなかった。

「奴のいる所が分っているんですよ。旦那」

「なに、いる所が分ってる」

「へい、ですから、旦那にお知らせしたいと思って、電話をかけようと思って来たんでさア。そしたら、旦那が一足先きに中に這入っていて――あっしは驚きましたぜ。旦那」

田宮はいよいよ相手を信用しなくなった。あまり偶然過ぎるし、田宮の所へ電話をかけるという話もおかしい。

相手は田宮の事を知ってるはずがないのだ。

「旦那は未だ疑ってなさるね。あっしは交番で旦那の事を訊いたんですよ。旦那は交番のお巡りさんに名をいいなすったからね。旦那が軍人だてい事も、秘密のお役目の方だてい事もちゃんと分ったんで。だからあっしは旦那のお役に立ちてぃと思ってね。つまり国に尽す事ですからねえ。未だ信用して下さらねえんですか」

相手の顔つきが真剣で、話しぶりにも誠意が見えたので、田宮は少し打ち解けた。

「どこにいるんだ。その男は」

「飯を食ってまさア。二人で」

「どこで」

「この先の小料理屋の二階で」

「未だいるか」

田宮は思わず大きな声を出した。

「へい。大丈夫です。あっしは姐《ねえ》やを買収しましてね。もし勘定だといったら、少し愚図々々《ぐずぐず》して、あっしが帰って来るまで出さねえようにしてくれって、頼んでおきましたよ」

「君は何という名か」

「佐川といいます。名は留三郎ていんで」

「佐川か。よし、佐川、案内しろ」

「合点です。ああ、有難てい。旦那はあっしを信用してくれましたねえ」

留三郎は嬉しそうにいった。

小料理屋の前で待受けていると、やがて二人連が出てきた。一人は田宮に確に見覚えのある漁師の篠田利助で、一人はどこか見覚えのある男だった。

「今日は、旦那」

と、留三郎がその男の傍に寄った。相手はハッと身構えながら、

「誰だ。君は」

「この間、靴を盗めってお頼みになった者ですよ。お見忘れですか。旦那」

「なにッ」

怪漢はサッと顔色を変えて、留三郎に詰め寄ろうとしたが、その時早く田宮がグッと彼の右手の手首を摑んだ。

「あッ、あなたは」

怪漢は悲鳴に似た叫び声を挙げた。

「ジタバタせずに連いて来い」田宮は力の籠った低い声でいった。

「もう逃げようとしたって無駄だぞ」

「へい」

逃れられないと見たか、怪漢は案外穏かだった。


最寄の交番へ連行して、すぐ代々木署と聯絡をとって、怪漢と共に、利助、留三郎を同署に連れ込んだのは午後三時頃であった。

怪漢は最早覚悟を極めたと見えて、スラスラと白状した。

一角崩る

怪漢は名を瀬戸季吉といったが、実は不逞支那人であった。彼は秋野茂の手先きになって既に田宮と遠山警部補の知っている数々の悪い事を認めた。

問題のボートは芝浦まで漕いで行きそこで海底に沈めてしまったと自供した。

「いい加減な事をいうと承知しないぞ。すぐ引上げに行く。貴様のいった所になかったら、ただじゃ置かんぞ」

遠山警部補は威かした。

「今更に嘘はいいませんよ」季吉はうそぶくように答えた。

アダナ・ペトロウィッチの事について厳重に追及したが、知らないといい張った。事実彼はアダナのことは深

く知らなかったらしい。利助の手に這入ったボートと指輪とを処置せよという指令を受け取って、その通りにしたに過ぎないのだった。千葉県の事はあっさり認めた。田宮の推測通り、彼はもう一人の男と秋野の指図で、浅山松吉を殺害し、李の屍体と入換えたのだった。

瀬戸季吉は一旦留置場に入れて厳重に監視され、利助は説諭の上帰された。彼は全く生命拾いをした訳で、もし瀬戸が捕らわれなければ、彼はどんな事なっていたか分らないのだ。そういい聞かされて、彼はふるえ上がった。そうして何度も何度も頭を下て帰って行った。

佐川留三郎はひどく賞められて、田宮からも遠山警部補からも何度も礼をいわれた。留三郎は些か照れながらも嬉しそうに、

「あっしのした事がお国の役に立って、こんなうれしい事はありませんや。全くの話、あっしなんて、今までお国の役に立つ所か、御厄介ばかりかけて、全くいねえ方が勝《ま》しだったんで。これを機会に悪い事はすっぱりやめて、堅気になります。へい、決してわるい事はしませんですから、旦那、どうか宜しくお願いします。どんな事でもします。旦那方にほめられるなんて、全く、あっしは夢みていな気がします」

時を移さず、瀬戸の申立てた場所で、ボートの引上げ作業が行われた。

夕方近くになって、漸くボートは浮きあがったが、意外にも浮きあがったボートは内地製のものではなかった。用材といい、形といい、全く外国製のものだった。

ボートが外国製のものだとすると、アダナ・ペトロウィッチは本当に外国船から漂流したものであろうか。

田宮と遠山警部補は再び額を集めて、代々木署の一室で密議を凝らした。

「利助の申立てによると、ボートの中には、ビスケットや罐詰が入れてあったという事ですから、本当に漂流していたのかも知れませんね」遠山警部補はいった。

「しかし、漂流するにしても羽田沖はおかしいと思う」田宮はいった。「太平洋の真中でないにしても、とにかく、羽田沖まで漂流するには相当の日数がかかるだろうが、アダナはそんな様子はなかったし第一、上陸すると、さっさと行ってしまって、しかも二、三日たたないうちに、渋谷に現れて、留置郵便を取りに来ているんだからね」

「そうですね。ですから、ただの漂流でなくて故意の漂流、つまり密航ですね。ずっと沖合でボートに乗せて放し、うまく上陸出来れば、郵便で打合せる。本人に手紙など持たせておいては危険ですからね。そうじゃない

でしょうか」

「密航説は賛成だね。確にアダナは密航だよ。しかし、遠山君。どの辺でボートに乗せたろうね。米英の敵船は勿論、中立国の船だって、そう簡単に近海は航海出来ないし、中立国の船が、恐るべきスパイの密航の援助をするとは考えられないし――」

「そうですなア。相模灘辺で船を停めてボートを下して、女一人を乗込ませるなんて、際どい仕事は容易じゃありませんからなア。宣戦布告の直前ですし、近海は厳重に見張られて、外国船の航行は禁止されていたと思いますがね」

「考えられる事が一つあるんだが」といって、田宮は言葉を切った。

「何ですか。考えられる事というのは」

遠山は促すようにいった。

「潜水艦だ」

「え、潜水艦？」

「潜水艦で近海までやって来てね。東京湾の近くで浮き上って、深夜ひそかにボートを下し、アダナを乗せて、突っ放すんだ」

「なるほど。そいつア可能ですね。しかし随分冒険だなア」

「向うの奴はそれ位の事はやり兼ないよ。無論国のためなんていうんじゃない。金のためだ。必ず死ぬという事は絶対にやらんが、千に一つでも助かる機会があればやるね。千に一つに身体を賭けて、金儲けをするんだ」

「それにしても、アダナという女は大胆不敵な女ですなア」

「上陸早々殺されたとは可哀想みたいなもンだね」

「せっかく旨く上陸しながらね。留置郵便が取れなかったのが、文字通り致命的だったんじゃないでしょうか。うまく聯絡がつかなかったから」

「僕の推測通りだと、頗る大掛りな計画だね。潜水艦に乗せて、日本の近海に潜行して、ボートに女一人を乗り込ませ、漂流を装うて密航させ、聯絡は予め留置郵便でつけておく。全く凄いもンだ」

「それほどまでにしてやって来たんですから、よほど重大な使命でしょうね。アダナという女も強か者に違いない。スパイ仲間には名を売ってる女でしょう」

「そうだろう。だが、それほどの女がどうしてやすやすと殺されたのかなア」

と、この時に卓上の電話が激しく鳴出した。

遠山警部補は受話器を取上げて、暫く話した上、田宮の方にふり向いた。

「田宮さん。例の白紙に文字が現れたそうですよ」

北上

アダナ・ペトロウィッチに宛た留置郵便の白紙は化学作用で文字を出現した。それは英語で綴られた暗号文であったが苦心の結果解読せられた。手紙の要点は次の如くであった。

アダナ・ペトロウィッチは日本に上陸後、東京市渋谷区代々木町の丸尾透に聯絡すべし。丸尾は日本人と信ぜられているが、アメリカに生れた支那人で、味方として十分に信頼出来るものである。同人は別に秋野茂という名を持ち、麻布に邸を構えている。アダナは秋野邸に出入する事は禁ぜられている。

アダナ・ペトロウィッチは丸尾透と聯絡を保ち、日米開戦を極力抑止するべく、親英米派に働きかけ、出来得る限り謀略手段を尽すべし。同時に日ソ動向にも全力を尽すべし。そのためには費用を厭わず。

アダナ・ペトロウィッチは丸尾透の行動に十分注意すべし。同人は信頼し得べきも、最近日本女性の林田光江と親交を深め、そのために裏切行為あらんも知れず。この点最も注意すること。林田光江は疑問の女性なり。油断すべからず。

「実に用意周到のものだね」田宮はあきれたようにいった。「つまり、アダナ・ペトロウィッチは秋野の丸尾と聯絡して暗躍すべく派遣された女だが、同時に丸尾の監視役なんだね。スパイのまたスパイなんだ」

「林田光江に気をゆるしていない所も用意周到ですよ」遠山警部補は感心したようにいった。「光江は何といっても日本人だから、十分信頼していないですね。かえって、丸尾があまり光江に接近するのを警戒している。敵のスパイ網というものは実に完璧《かんぺき》だ。恐るべき事です。秋野の丸尾のような、全く日本人としか思えない残留スパイを久しい以前から配置しておくと共に、アダナ・ペトロウィッチのような若くて美しい国際スパイを、大胆不敵な方法で、新《あらた》に潜航させて、日本に送り込む。実に二重三重のスパイ網です」

折りも折り、この時に代々木署に密電が飛来した。

差出し人は北海道派遣中の岡田刑事で文意は、秋野らしき人物が北海道に来り光江の後を追い、うまく聯絡して樺太に向った形跡あり、至急応援乞う、という事だった。

今や、秋野の罪状は明かになり、証拠も十分となった。一刻も早く逮捕しなければならぬ。

遠山警部補と田宮丈夫とは諸般の準備を整えると共に、勇躍真夏の帝都を後にして、北上の途に登った。

「未だ一つよくわからない事がありますがね」と、青函連絡船の上で、遠山警部補がいった。

「例の赤坂や麻布の郵便局で発見された外人名の留置郵便ですが、内容が全く不可解で目的がさっぱり分らんのですが」

「あれは君、僕は敵のカムフラーヂュだと思うね。というのは、渋谷郵便局の留置郵便が発見された途端に、あちこちから同じような留置郵便が現れたろう。渋谷の方を唯一のものでないと胡麻化すためと、それほど重要でないと思い込ませるために、俄然方々に留置郵便を撒いたんだよ。きっと、例の手先の男がやったに違いないと思うんだ。つい取紛れて、その点は訊かなかったが――それからもう一つ、我々の注視をその方に向けて、北海道の方へ注意をむけまいという策略だよ。我々が赤坂や麻布の留置郵便を問題にしている暇に、北の方で仕事をしようというんだ。そう思うね」

「なるほど。そうかも知れませんね」警部補は舌を捲《まき》ながら「全くどこまで抜け目のない奴でしょう」

「だから君。今度も決して油断は出来ないよ。樺太まで追い詰めれば袋の鼠だと思うけれども、敵にはどんな謀略があるかも知れないからね」

「僕もそう思ってるんですよ。支那大陸へ逃げるとでもいうのなら、分っていますが、行詰りの樺太へ逃げるんですから――殊によると、秋野は逃げるつもりでなく、樺太で何か一仕事しようと目論《もくろ》んでいるのかも知れないと思うんです」

「同感だ。我々を東京方面に釘づけにしておいて、北の方で何か企んでいるかも知れん」

「仮令敵にどんな謀略があろうと恐れはしませんが、油断は全く禁物ですよ」

「そうとも、恐れはせんさ。しかし、十分に気をつける必要はある」

さすがに田宮にも遠山警部補にも、今までの経緯に照らして、相手が尋常一様の曲者でない事をよく知っているので、前途になお一抹の不安を感じない訳には行かなかったのだった。

ツンドラ地帯へ

北海道ではかねて道庁警察部に依頼してあったので、十分の手配が考慮され、全道に捜査網が張られていたので、最早北海道の隅々にも秋野と光江のいない事は確実で、樺太に渡った事は疑いを容《い》れなかった。岡田刑事も追跡して樺太に渡り、警察電報で秋野の足取が判明した事を報じていた。

偽者の浅山で、斎藤刑事が朝鮮全道を駈け廻らされた例もあるので、田宮と遠山警部補はなおも慎重を極め、数回樺太の関係者と電報の往復をして、いよいよ樺太に渡ることに決した。

大泊《おおどまり》には警察署の首脳が出迎えに出ていた。その話によると、秋野と光江とは敷香《しくか》に追いつめられた模様であった。

豊原では岡田刑事からの入電があり、

「敷香にて取逃がした、残念。北方ツンドラ地帯に潜入したる様子。目下のところ越境の懸念なし」

とあった。

二人は取るものも取り敢ず一路敷香に向った。

内地では炎熱の夏も、ここではさながら内地の高原地帯の如く爽涼たる秋であった。植物も動物もすべて内地の二千米《メートル》以上の高原でなければ見られないもので、内地では高山植物として、容易に見られず珍重されるものが平野に咲乱れ、濃飛《のうひ》の重畳《ちょうじょう》たる山岳地帯の深山でなければ見られない高山蝶が平地をヒラヒラと舞っていた。

樺太は始めての遠山警部補には何から何まで珍らしかったが、今はそんなものに目をくれている暇はなかった。彼には秋野と光江が逃げこんだというツンドラ地帯とはどんな所か一向に分らなかったが、広袤《こうぼう》際限なき大原野で果して彼等が発見出来るか、越境の恐れなしといっても、果してどうか不安でならなかった。田宮も同じ思いらしく、車中はひどくむっつりして黙り込んでいた。

敷香は帝国領樺太の大邑《たいゆう》として最北に位《くらい》する町で、風光といい、家並といい、ロシアの匂いが強く漂っていた。

敷香署では、署長以下停車場に迎いに出ていた。

「秋野と光江の両名は」署長はいった。「ツンドラ地帯に追いつめてあります。包囲の鉄環《てっかん》をちぢめるにつれて、両名は北へ北へと逃げて行きますが、国境までは相当の距離もあり、山岳地帯もありますから、越境の危険は少くやがて逮捕されると思います」

「ツンドラ地帯というのはどういうところなんですか」

遠山警部補は訊いた。

「気温と地味の関係で、樹木は元より草も生育せず、地衣という蘚苔類《せんたい》が地上一面に繁茂している所です。毛氈《もうせん》といってはちょっと当りませんが、何か柔かい敷物を敷つめたようで、歩くと足がめりこんで中々歩きにくい所です」

「ツンドラ地帯には雨露《うろ》を凌《しの》ぐようなところや、食物を得られるような所があるのでしょうか」

「両方ともありませんな」署長は首をふった。

「小屋などはむろんありませんし、生物は蘚苔類を常食にしている馴鹿《トナカイ》位のもので、それも野生のものは数がそう多くないようです」

「すると、逃げ込んだ二人は食糧には窮するわけですな」

「そうです。今は気温もそう下りませんから、野宿してもどうにか行けましょうが、食糧は拐帯《かいたい》しているので終りですな。二人はそう多量に食糧は持っていないようです」

署長の言明があったに拘わらず、二日経ち三日経っても二人の消息は知れなかった。広袤かぎりない原野といっても、一眼に見渡せる訳ではなく、奥に這入れば多少の起伏もあり、見通しのきかないところもあるので、容易に見つける事が出来ないのだ。日をかさねるに従って、遠山警部補も田宮も耐え難い焦躁を感じてきた。俵の鼠とは思っても、もしや穴をあけて越境したのではあるまいか。何か思いがけない手段で脱出したのではあるまいか。そんな事がいい知れぬ不安を感じさせるのだった。

が、五日目の朝、漸く吉報が来た。両名が敷香の北方十数キロの地点で突留められたという報知だった。

それッ、というので、遠山と田宮の二人は案内の警官と共に直ちに出動したが、僅かに数キロのところで自動車を棄てねばならず、残り十キロは徒歩によらなければならなかった。かねて説明は聞いていたが、踏めば足首まで這入るような蘚苔類に蔽われたツンドラ地帯は、馴《なれ》ない者には中々に歩きにくい極みであった。

十キロの距離に数時間を費して、漸く捜査本部の幕営している地点に辿りついた。

「両名はその後少し位置を変えたようですが、ここからは極近い距離におります。大丈夫です。逃がすような事はありません」

本部の指揮官である司法主任がそういって、ニッコリ笑った。

「何しろ強かな奴ですから」田宮はいった。「いざとなれば抵抗もするでしょうし、敵わないとなれば自殺もしかねません。是非生捕りにしたいと思いますから」

「それに」と遠山警部補がつけ加えた。「どんな思いがけない方法で脱出を計るか分りませんから、その点十分の注意を要しますよ。何しろ、潜水艦に女スパイを乗せて、近海まで運び、ただ一人ボートに乗せて漂流を装わせて上陸を企てるような大変な相手ですからな」

「全くです」司法主任はうなずいて、

「部下にもよくいいつけて、ヘマをやらないようにしましょう」

「日没前に始末をつけなければ面倒ですぞ」田宮は眉をきりッとあげながらいった。

弾き傘

午後四時頃、秋野と光江の二人は包囲隊の視野に這入った。

防弾チョッキと鉄兜《てつかぶと》に身を固めた決死隊の警官が頃合を計って、バラバラと両名を目がけて突進を開始した。

それと見ると、今まで悠然としていた秋野は、突如地上に隠してあった細長い先きの尖った異様なものを持ち出した。

機関銃？

飛出した警官は咄嗟に身を地上に伏せた。と、異様なものはパッと傘のように開いたと思うと、秋野の身体は空中に飛上った。いや、秋野一人なら空中高く飛上ったかも知れないが、飛上ろうとする秋野の両足に光江がすがりついたので、思うように飛上らなかった。秋野は両足を激しくふって、光江を蹴落とそうともがいたが、光江は必死にしがみついて離れなかった。そのために秋野と光江のもつれ合った身体は、異様な弾き傘と共に三、四米の高さに舞い上って、抛物線を描きながら、十数米離れたところにドッと落ちた。その勢いで二人は横ざまに倒れた。秋野は急いで起きあがろうとしたが、光江がまだ必死に噛じりついているので、再び倒れてもがいた。

「それッ」一旦伏せの姿勢をした決死隊はこの機を逸せず秋野目がけて突進した。

「危ないっ」突然、光江が咽喉も裂けんばかりの声をふりしぼった。

「危ないッ、早く、早く、みんな逃げなさいッ、爆弾が、爆弾が――」

この時に、秋野は辛うじて起き上った。光江もすがりながら逃げた。

数十米走った時、秋野はパッタリ倒れた。光江も同じように倒れながら叫んだ。

「みんな、伏せて、伏せて、爆弾が――」

と、この時に、凄まじい轟音《ごうおん》が起こった。轟音と共に、天に冲《ちゅう》するような土煙があがった。それはつい今しがた秋野が異様な機械で空に舞上ろうとした場所だった。警官隊は音と共に地にひれ伏した。

幸いに誰にも怪我はなかったようだった。土煙が静まると、秋野があわてて逃げようとして、光江と争っているのが、警官隊の眼についた。警官隊はすぐ二人に飛かかった。周章している秋野は抵抗する暇もなく、難なく捕まった。光江は逃げようともしなかった。

「誰もお怪我はありませんでしたか」光江はホッとしたようにいった。「秋野はあそこに時限爆弾を仕掛けて、空に逃げようとしたのです。この機械は弾き傘とでもいいましょうか、圧搾空気の力で弾き出させ、ある距離まで舞い上ると、今度は傘が落下傘の用をして静かに地上に降りるのです。この機械があればこそ追いつめられても悠々としていたので、取囲まれてから急に空に飛出し、囲みの外に出る卑怯な逃げ道具なんです。秋野はこの機械で露領に越境するつもりだったのです。私にも一つ別なのをくれて逃げろといいました。逃げる前に時限爆弾を沢山用意しておいて、あちこちに仕掛けて自分が逃げた跡で爆発させ、それをソビエートがやったように見せかけて、日ソを離間するつもりでした」

「あなたは一体」

と、田宮が眩しそうに美しい光江の顔を見ながら鋭く訊いた。

大団円

不審な女である。秋野と一緒に逃げるつもりかと思ったら、そうではない。逆に秋野が脱出するのにすがりついて、秋野の舞い上る邪魔をしたばかりでなく、爆薬の仕かけの事を教て、一同に怪我のないようにしてくれたではないか。

「秋野と一緒に逃げなかったのですか」

「あなた方は私が祖国を売るような、そんな不敵な女だと、お思いだったのですか」光江は微笑さえ含んで問返した。

「実はそう思っていたのです」

「大違いですわ。私は秋野を怪しいと思ってつき纏っていたのです。でも、誤解されたのも無理はありませんわ。私は態とそう思われるようにしていたんですもの。

秋野に油断させるために」

「じゃ、あなたが千葉県下へ行ったのは」田宮が訊いた。

「秋野の跡を尾けたのです。けれども、私は力が足りず、秋野が浅山を殺害するのを、未然に防ぐ事が出来ませんでした。また、二度目にあなたが秋野の一味に襲撃されるのをお知らせする事も出来ませんでした。二度共、秋野の行動は監視していたんですけれども」

「帰りの電車の中であなたが落とした暗号の紙片は？　あなたは人を使って、それを取戻そうとしたではありませんか」

「暗号の紙片？　存じませんわ。人を使って取戻そうとしたなんてまるで覚えのない事ですわ」

「光江をスパイの仲間だと思わせるために俺が部下に命じてさせた事だ」秋野が嘲笑《あざわら》うようにいった。

「アダナ・ペトロウィッチが殺された丸尾邸に私が秋野を連れ込もうとした時、あなたはやはり附近にいましたね」

「はい。私はなんとかして、あなたがあの家にお這入りになる事を留めたかったのです。それで先廻りして、秋野に呼かけて、時間を遅らせようとしました」

「それはどういうわけですか」

「秋野があなたのちょっとした油断の隙に、部下にいいつけて遠山さんをあそこへ誘きよせてあった事を知ったからです」

「あなたはアダナ・ペトロウィッチの留置郵便を渋谷の分局に取りに行きましたね」

「ええ、秋野の一味は命令の連絡に留置郵便を利用している事を知っていましたし、アダナさんが分局へ行ったらしい事をさぐり出しましたので、もしやと思って取《とり》に行ったのです。でも手に入りませんでした」

疑問はすべて解た。

林田光江という女は、犯し難い美しい顔にもかかわらず、恐ろしい敵性スパイの一味となって、売国的行為をしていると思われていたのは、全く逆であって、彼女はその気品のある美しい顔が証明する通り、スパイの仲間に入ったと見せかけて、実はスパイ団のおそるべき謀略を阻止すべく挺身している女性であった。彼女は随分疑わしい行動をしたけれども、それは敵をあざむくために、味方すら欺いた苦肉の計略で、疑い深く奸智《かんち》に長《た》けている秋野に味方だと思いこませ、一方田宮等には敵性スパイとして深い疑いとともに鋭く追跡を受けながら、終始一貫秋野の傍をはなれず、最後に樺太のツンドラ地帯までついて行って、遂にその奸計を破り、田宮等の手に逮捕させるに至ったという、男子でさえも到底出来ない仕事をやり通したのだった。

「一体あなたは誰です。誰の命令でこんな危険極まる仕事をやられたのですか」田宮はあまりの事に口籠りながらきいた。

「ホホホホ」と光江は始めて朗らかに笑って、

「林田光江は林田光江ですわ。他に名はございません。どなたの命令でこんな事をしたのかという御質問に対しては、私お返辞申あげる自由がございませんが、田宮さん、案外あなたと同じような身分かも知れませんわ。ホホホホ」

「残念だ」秋野は口惜そうに歯噛みしながら、うめくようにいった。「油断はしないつもりだったが、やはりいけなかった。女というものは恐ろしいものだ。日米開戦の見透しを誤ったために、何か早く功名を立てなければと思って、日ソ離間に焦ったのが失敗の基だった。ああ、せめて、最後の脱出が出来たらなア」

「全くあなたのお蔭です」

遠山警部補と、田宮丈夫とがいい合したように、同じ言葉をいって、帽子を取って、光江に丁寧に頭をさげた。

「秋野のようなおそろしい残留スパイを掃蕩《そうとう》することの出来たのは、全くあなたのお蔭です」

「そんな事、いやですわ。お礼なんて、私、そんな事されてはこまります。私はただ国民の義務を果しただけですもの」

光江は口許《くちもと》に微笑をつくりながら、こういったが、やがて口辺から微笑が消えて、渋面を作ったと思うと、円《つぶ》らかな眼から一雫、ホロリと大粒のなみだが落ちた。

街にある港（一幕）

大都会の中心にある喫茶店は街の波止場である。ここへは綺羅《きら》を飾った夫人も、弊衣破帽《へいいはぼう》の学生も、あるいはランデブーに心をときめかしつつ、あるいはコーヒーに一時の無聊《ぶりょう》を過すために、暫らくの客となる。そうして、彼等は互いの話にのみ心を奪われて、他の卓子《テーブル》でどんな事が行われていようと関心を持とうとしない。それが都会人の自己主義《エゴイズム》でもあれば、行儀作法《エチイケット》でもあるのだ。

午後五時、黄昏時《たそがれどき》を前にして、喫茶店エトワールのボックス一、二、三はそれぞれ客があり、卓子一、二だけ空いている。やがて、扉《ドア》を開けて一人の男が這入って来た。揉みくしゃの帽子を阿弥陀《あみだ》に被って、垢に汚れたネクタイを横曲りに結び、一見して田舎から出立てと分る中年の男で、右手に旧式の大きな鞄、左手に大きな風呂敷包と蝙蝠傘《こうもり》とを持って暫くウロウロした末、卓子一に坐った。

その時に、ボックス二の客が立ったので、田舎風の男は腰を浮かせて、ボックスの方に移ろうとしたが、ためらっているうちに二人の客が這入って来て、ツカツカとそのボックスに這入ってしまった。

二人の客のうち、一人は私立東都大学の予科教師、一人は出版商文化堂の手代である。

ボーイが傍《そば》に来て注文を聞くと、手代は、コーヒー二つという。

ボーイが去ると、

教師　コーヒーでものにしようというのは、安すぎるぞ。

手代　へへへへッ。

教師　まさか、青酸加里は入れやしまいな。

手代　御冗談を。先生、手前共の本を使って下されば、出来るだけの事をいたしますよ。へへへへッ。

教師　よく笑う奴だな。どうも気味が悪くていけない。止してくれ。

手代　これが手前共の性分でして。へへへへッ。

教師　止せったら。
手代　へい。（へへヘッと笑いかけて、あわてて止めた）
教師　予科の生徒は夜学も入れると、二千人近い。奴等は学校に出なくても、本だけは買うからな。定価はいくらだっけ。
手代　改正定価が二円八十銭で、へい。
教師　そうか。（ニヤリと笑って）君ンとこの儲けは五千円だな。
手代　じょ、冗談仰有《おっしゃ》っちゃ困ります。アノ本は図版や写真版がウンと這入っていますンで、中々そんな――原価は一円以上もしています。
教師　これだけに負けておこう。
と、指を一本出して見せた。
この時に東都大学予科生四名がドヤドヤと這入って来て、その少し以前《まえ》に空《あ》いたボックス一に坐った。
予科生一　（二に向って）お前《めえ》は馬鹿だなア、あんな所で発《はっ》を振り込む奴があるもンか。
予科生二　おら、腐ったよ。
予科生三　もっともお前だって（と一に向い）その前に清一色《ちんいーそう》をふり込んだじゃないか。
予科生一　ありゃ、仕方がねえよ。
予科生三　ちぇッ、お前達二人のお蔭で、あんなとうしろうにのされたよ。馬鹿々々しい。
予科生四　オイオイ、麻雀の話なんか止せ。それより、今晩はどうするんだ。
予科生一　帝劇へ行かないか。ああ初恋ていのがいいそうだぜ。
予科生二　そんなの可笑《おか》しくて見られるかい。
予科生三　久しぶりで玉を突かないか。
予科生四　玉か、やってもいいなア。
予科生一　玉なんか止せ。
予科生四　うん、止めてもいい。
予科生二　何だい。早く決めろよ。
予科生一　旨えものが食いてえなア。
予科生二　そんなら俺も賛成だ。お前、金持ってるか。
予科生一　うん、少し持ってる。
予科生二　そうか、じゃお前奢《おご》れ。俺も明日あたり為替《かわせ》が来るはずだから、奢ってやらア。
予科生四　お前ンとこはもう為替が来るのか。
予科生二　なアに、臨時だよ。狸の本を買うんだといってな。
予科生四　そいつア旨くやったな。
予科生二　親爺《おやじ》め、泣き事をいって来やがったよ。一反《たん》から米がいくら取れて、一俵《ぴょう》いくらにしか売れないとか、肥料が安いとか。
予科生一　馬鹿、肥料は高いンだ。
予科生二　そうだそうだ、安いンじゃなかったっけ。
予科生三　呑気な野郎だな。だが、お前、狸は本当に本を買わすんだろう。
予科生四　そうさ。だが、そんな高いもンじゃねえよ。それに、狸はきっとアノ本の中から、問題を出すから、買っといて損はねえんだ。
予科生三　そんなら俺も買おう。
予科生四　うん、買った方がいいよ。奴の本を持ってると、受けがいいんだ。
予科生一　狸は、お前、まさかの時は持って行くと、点を呉れるそうじゃないか。
予科生二　うん、そいつア確かな話だ。
予科生三　狸の御機嫌を取っとくといいそうだぜ。就職の世話をしてくれるとよ。
予科生四　就職って、一体いつの話なんだよ。
予科生三　いつってお前、卒業しない気かい。
予科生四　分らないな。
予科生三　ちょッ、呆れた奴だ。
予科生四　だってお前、卒業したって、就職出来るかどうか分らねえだろう。
予科生一　全くいやになっちまうな。卒業して旨く就職出来ても、今貰ってる金の半分もねえんでいやがらア。
予科生二　だからさ、勉強なんか可笑しくって出来るかってンだ。いいかい、例えばだね、卒業してから銀行家になろうと思って、今から算盤《そろばん》だとか、為替だとか利子だとかていンで、勉強しとくとするだろう。ところがお前、卒業してから銀行に這入れるかどうか分りゃしねえんだ。
予科生三　全くだ。役に立つか立たねえか分らねえような事をやらされるんだから、真面目にやれっこねえよ。
予科生四　（突然に）しッ。
と制した。先刻の教師手代の二人が用談を終って、
予科生等の前を通りすぎて行くのだった。
予科生二　しまった。今のは狸じゃねえか。
予科生三　うん。
予科生一　いけねえ。聞えたかしら。
予科生四　当り前《めえ》よ。立ちかけにこっちをウンと睨んで行ったよ。
予科生二　構やしねえ。狸の本を買ってやるんだから。
予科生三、四　アハハハハ。
田舎風の男は学生達の話を呆れたような顔をして聞いていたが、話の間にボックス二が空いたので、鞄

などの持物を抱えて、滑稽な様子でその方に移って、なおも耳を傾けていた。
そこへ女学生が多勢這入って来た。ボックス三が空いていたけれども、そこへは這入り切れないので、卓子の一と二を合せてその周囲《まわり》に席を占め、ボーイにそれぞれ註文をする。その声が恰《まる》で雀の囀《さえず》るように喧しい。
予科生一　どこだい。学校は。
予科生二　婦徳女学校さ。不良ばかしいる所だ。
女学生一　（大きな声で）失礼しちゃうわ。
女学生二　東都なんて、不良大学だわ。
予科生三　ざま見ろ。やられてやがる。
予科生二　どうも、今日は清一色をふり込んだりして、日がよくねえ。
女学生一　（突然立上って表を見て）アラッ、たァーきい。
女学生一同　わァー。
と、恰で蜂の巣を突ついたように立上った。
田舎風の男はボックスで飛上って仰天《ぎょうてん》しながら様子を眺めている。
女学生一　なアーんだ。違わア。
女学生一同　馬鹿にしてるわ。
女学生一　ごめんなさいね。間違ったんだから仕方がないわ。
女学生二　許したげる。ちょいと、あそこにいる不良学生、ドーナットに似てやしない。
女学生三　お止しなさいよ。ドーナッツじゃ可哀想よ。
女学生二　ハハハハ、ドーナッツはよかったわね。そうじゃないのよ。ホラ、映画俳優の――。
予科生一　オイオイ、お前達はドーナッツだとよ。
予科生二　ちぇッ、みんな餡《あん》パンみていな顔《つら》しやがって、オイ、行こうや。
予科生三、四　うん、行こう。
と、予科生はドヤドヤと立った。
すると、女学生一同はわアーッと囃《はや》し立てた。
引違えに結婚後三年位の若夫婦、妻は三つ位のやっと歩ける女の子の手を引き、片手におしめを入れた風呂敷包を持ち、夫は生後一年足らずの赤ン坊を抱いて、片手に買物の包を持ち、這入って来た。女学生の前を通りすぎてボックス三に坐った。
すぐ後から結婚前の娘が三人連で這入って来て、ボックス一を占めた。
夫　（赤ン坊をあやしながら）おしっこは大丈夫かい。
妻　ええ、おむつがあててありますから。

夫　君子の方だよ。
妻　そうねえもう。そろそろ。
夫　垂れちゃ困るぜ。
妻　大丈夫ですわ。この子はちゃんと教えますから。ねえ、きみちゃん。
娘　うん。おちえる。
妻　さっきのセル、安かったわねえ。
夫　うん。
妻　もう売れ残りだから、安いんですわねえ。
夫　うん。
妻　その割には柄も地もよかったわ。
夫　（やや尖《とが》った声で）そんなに欲しければ買えばいいじゃないか。
妻　でも――あなた、今月は未だ会が二度あると仰有ったでしょう。
夫　うん。
妻　だから、止めましたの。
夫　（不快だが、争う言葉がないので）ふうん。
　途端に赤ン坊泣き出す。
　女学生達うるさそうに、夫妻の方を見て囁き交した後に、団長格の一人が、
女学生一　行きましょうよ。

と、みんなを促し出て行った。
ボーイは卓子一と二を元の通り直し始めた。いつか日はとっぷり暮れて、店内に電燈が明々《あかあか》と点いている。
ボックス一、で、
娘一　（女学生を見送りながら）いいわね、みんな潑剌としていて。
娘二　少し不良ね。
娘三　あたし達の時はあんなじゃなかったわ。
娘一　どうだか。
娘三　アラ、ひどい。こんな所に来た事なかったわ。
娘一　卒業してから来れば同じことよ。
娘三　そうかしら。何だか違うように思うけれど。
娘二　（突然に）あたし達は結婚しなくちゃいけないかしら。
娘一　なによ、だしぬけに。どうだか知らないわ。親は確かに安心するらしいけれども。
娘二　じゃ、親を安心させるために、結婚するの。
娘一　どうしたのよ。この人は。いやにあたしに突かかってきて。そんな事いやしないわよ。
娘二　（三に向って）あなた、どうお思いになって。
娘三　あたし、やっぱり結婚しなくちゃいけないのだと

思いますわ。

娘一　そりゃ、そうかもしんないけれども、いやアーね、結婚なんて。

娘二　どうして。

娘一　悲惨よ。

娘二　え。

娘一　今まで見た事もないような人と一緒になって、赤ン坊を生んで、耐《たま》ンないな。

娘二　じゃ、恋愛結婚ならいいの。

娘一　いくらかましだけれども、愛なんていつまで続くか疑問だわ。

娘三　そうね。生活第一かも知れませんわね。愛はその次ぎ。

娘二　じゃ、お金持ちならいいの。

娘三　お金だけでもねえ。

娘二　何だか、ちっとも分らないのねえ。

娘一　結婚の話なんか止しましょうよ。それより、どう、この着物、似合って。

娘二　ええ、よく似合うわ。三越？

娘一　いつもは三越だけれど、これ、松屋なの。あそこは物によってはいいわよ。

娘二　そう、じゃ、あたしも今度は松屋にしよう。

娘一　あなた、いつもどこ。

娘二　どこって極ってないわ。

娘三　今度の歌舞伎いらして。

娘一　いいえ。

娘二　あなた、いつから歌舞伎なんかごらんになるの。

娘三　卒業してからなの。見つけると、やっぱり映画より芝居の方がいいわね。

娘一　そいつア、あたしには分ンないな。芝居なんか見る気しないわ。（二に向って）あなたは？

娘二　そうね。

この時に夜学生の一組が這入って来て、卓子一に坐った。

その後から、よく見ると、贋《まが》い物ばかり身につけているのだが、一見りゅうとした青年紳士が、女給風の女を連れて這入って来て、ボックスを覗いたが、満員なので卓子二に掛ける。

夜学生達の会話が聞えた。

夜学生一　平山さんはよく休むなア。

夜学生二　おまけに遅刻も多いよ。君はこの間教務にそういったんだろう。

夜学生一　うん。平山先生は休みと遅刻が多くて困るといったんだ。そうしたら、先生にそういっときますといったが。
夜学生三　僕達は親の脛《すね》を齧《かじ》って勉強してるンじゃないから、余り遅《お》くらされちゃ困るよ。
夜学生四　そうだよ。僕達は学問の必要を感じて学問しているんだ。何も資格を取ろうというだけで、学校に通ってるンじゃないんだ。
夜学生一　昼間は昼間で働いてるんだからなア。先生も真面目になってくれなくちゃ困るよ。
夜学生二　しかし、この頃は眠いなア。
夜学生三　君はどっちが眠い、夜と昼と。
夜学生二　そうだなア、やっぱり教室の方が眠いよ。昼間の勤めが大切だと思ってるのかしら。
夜学生三　そればかりじゃないぜ。昼間の方が緊張するんだ。つまり仕事の方がいくらか面白いんだよ。講義よりもね。
夜学生四　そうだ。君のいう通りだ。教室でも、もう少し実際に適応した事を教えてもらいたいよ。そうすれば、きっともっと緊張するんだ。
夜学生一　だが、何だね、実際に仕事をしてて、必要を感じてから、覚えようとする学問は、実に愉快だね。
夜学生二　グングン覚えられるね。
夜学生三　昔の人の学問はみんなそれだったんだろう。
夜学生四　そうさ。綜合学校なんてものないから、めいめい個人個人の先生について、習いたい事を習ったのさ。
夜学生三　何故、それじゃいけないんだろう。
夜学生四　今まではそれでなくちゃいけない理由もあったろうが、今は違うと思うよ。時間ばかり使って、あれもこれもと、要りもしない物までやる必要はないよ。
夜学生一　ところが大学じゃ、学生が出来るだけ多く、科目をやるんだってね。随意科目までみんなやるんだ。
夜学生二　そうかなア。
夜学生一　その理由はこうなんだ。銀行や会社が雇う時に、優良科目何科目以上と註文してくるんだ。それでさ、出来るだけ多く科目をやっとけば「優」の数が増えるていわけさ。
夜学生三　なアーんだ。そんな事か。
夜学生四　だが、何でもいいから「優」の科目がいくつ以上と註文してくるとは、会社なんて馬鹿なものだねえ。
夜学生一　そうさ。自分の会社で人を作るという事を知らないんだ。レヂイ・メードの人を買ってるんだ。大学の卒業生を雇ってから、自分の会社のものにするのは、むつかしいよ。もっと、若いうちに採用しなければ

ば。
夜学生三　そうして、自分とこの風に合うように、学問を授けたり、教育すればいいんだ。
夜学生一　憤慨したって仕方がない。船は帆委せさ、教育は人委せか――ハハハハッ。
この話のうちに、子供達の若夫婦は出て行った。卓子二では次のような話が進行していた。
青年紳士　今日は休んでもいいんだろう。
連れの女　でも――。
青年紳士　そんな事いわないで、ね、いいだろう。
連れの女　そりゃ、休んだっていいけれど、どうするの。
青年紳士　行くのさ。
連れの女　え。
青年紳士　ドライブでもいいし、汽車でもいいし、ね、箱根か熱海で泊ろう。
連れの女　ええ（と考える）
青年紳士　（寄り添うようにして）ね、いいだろう。
他の客は関せず焉《えん》とめいめいの話に耽っているが、田舎風の男だけ、ボックスからやや乗り出して、熱心に聞いているのだった。
連れの女　ええ、いってもいいわ。
青年紳士　ありがとう。

と、この時に少女辻占売《つじうらうり》「買って頂戴」が這入って来た。初め、娘達の所に行って断わられ、青年紳士の所へ行って睨まれ、後に田舎風の男の所に来て、辻占を差出して、
少女　買って頂戴な。
田舎風の男、初め呉れるのかと思って、受取りかかったが、あわてて突き返えして、
田舎風の男　いらん、いらん。
少女　（無表情で）買って頂戴。
田舎風の男　いらん、いらん。
少女　（突然）馬鹿野郎。
田舎風の男　へえッ（と飛上る）
少女　ケチン坊、置きやがれ。
と出て行った。
田舎風の男、暫く茫然として背後《うしろ》姿を見送った。見ると、彼の机上には先刻《さっき》から度々コーヒーの代りをしたので、コップがズラリと並んでいる。
この時に刑事が這入って来た。ジロジロと客を見廻して、最後に青年紳士の傍に寄って、
刑事　オイ。
青年紳士　（ビクッとするが）何だ。君は。

刑事　白ばくれるな。俺の顔は知ってるだろう。
青年紳士　――。
刑事　紳士みたいな服装《なり》をしやがって。さあ調べる事があるから、本署まで来い。
青年紳士は、ふふんと鼻で笑いながら立上った。
刑事　（女給風の女に）君も一緒に来るんだ。
女　えッ。
刑事　君はこの男と初めてか。
女　ええ。
刑事　この男は、名前を二つも三つも持ってる男だ。とにかく一緒に来給え。来ればすっかり分るよ。
刑事は二人を連れて出て行った。田舎風の男は再び茫然として、その後を見送った。
夜学生一　なんだ。
夜学生二　駆落ちかな。
夜学生三　そうじゃないらしい。あいつは女たらしだぞ。きっと。
娘一　驚いたわ。
娘二　行きましょうよ。
娘三　油断がならないわねえ。
と、娘達は薄気味が悪くなって、急いで出て行った。引違えに、酔払ったサラリーマン、二人が這入って来て、卓子二にドサリと掛けた。
酔漢一　オイ、水を呉れ。
酔漢二　俺にも呉れ。
酔漢一　オイ、貴様、貴様は強情だぞ。今時芸者なんか崇拝してる奴があるもンか。
酔漢二　誰が崇拝するもンか。だが、貴様、女給なんかと比べものにならないぞ。
酔漢一　馬鹿だなア、こいつ。芸者なんてものは、ブルジョアの玩弄物じゃないか。え、おい、一流とか二流とかいってる芸者にはみんな旦那があるんだぞ。馬鹿野郎、銭出して、人の二号の御機嫌取ってりゃ、世話ねえや。オイ、ボーイ、水呉れ――。
酔漢二　水ばかり食らってやがる。じゃ、貴様女給はなんだ。瘤《こぶ》つきの亭主持ちか、与太もんの紐つきか、面白くねえ、銭せえやりア、誰にでも色目を遣って、歯の浮くような事をいやがる。芸者たア、教養が違うぞ。オイ、ボーイ、水を呉れ。
酔漢一　馬鹿野郎、芸者が教養があるてやがる。芸者なんか、貴様、小学校もロクに卒業しちゃいねえぞ。女給はお前、大抵女学校を出てるんだ。
酔漢二　オヤ、この野郎はいよいよ馬鹿だぞ、女学校を出てりゃ偉いと思ってやがる。貴様は教養てい言葉が分らねえのか、俺ア、教育たアいわねえぞ。耳の穴アほじくって聞きやがれ。
酔漢一　何を、ゴマ化してやがる。
酔漢二　ゴマ化しやしねえ。女給なんかご免だよ。
酔漢一　何を偉そうな事をいってやがんだい。一流の芸者なんか、見た事もねえ癖に――。
酔漢二　お前だって。女給にもてた事があるかい。
酔漢一　あらい。いつでもだ。
酔漢二　嘘つきやがれ。
酔漢一　オヤ、この野郎、侮辱するな。
酔漢二　口惜しかったら、もてる所を見せてみやがれ。
酔漢一　よしッ、見せてやる。来い。
酔漢二　よしッ、行くぞ。
　二人は急に勢よく立上った。
酔漢一　ボーイ、勘定だ。
ボーイ　お水ばかりですから――。
酔漢一　なに、水は只《ただ》か。
ボーイ　ええ。
酔漢一　そうか、じゃ、チップだ。
　ポケットに手をつっ込み、銀貨の音をガチャガチャさせる。
ボーイ　チップは頂きません。
酔漢一　なに、チップもいらないのか。
ボーイ　頂かない事になっております。
酔漢一　そうか、そいつア安いなア。
酔漢二　また来るぜ。
　酔漢二人は出て行った。
　夜学生一同アハハハハと笑って、その後から出て行った。
　暫く店内は田舎風の男だけになったが、やがて、着飾った芸者二人とお酌一人を連れた、ゾロリとした紳士が這入って来て、ボックス三を占めた。その後から、界隈の与太者二人が這入って来て、卓子一に席を占めた。
紳士　ちょいと、出してごらん。
芸者一　ダイヤですか。
紳士　うん。
　芸者一の出したダイヤを手に取って、
紳士　これが五百円は安いよ。
芸者一　そう。あたし嬉しいわ。
芸者二　あたしは羨しいわ。
芸者一　あんたはわーさんに買ってもらえばいい。
芸者二　ええ、買ってもらうわ。
　この時、田舎風の男はボックスの上から延上《のびあが》って覗

いたが、紳士気がつかないで、

紳士　ダイヤというものは、金《きん》同様で、値打が変動しないからな。いつでもその値に売れるよ。

芸者一　いやーだ。売るなんて。

紳士　売れというんじゃないんだ。永久に値打があるというんだよ。例えばだね、この帽子はクリスチーで、五十何円かしたんだが、もう来年は被れないからね。

田舎風の男は催眠術の暗示を受けたように、半ば無意識に自分の帽子に手をやって、そっと撫で廻した。

与太者二人はヒソヒソ話をしていたが、この時急に声高になった。

与太者一　巫山戯《ふざけ》るねえ。

与太者二　静かにしろッ。

与太者一　静かにして欲しけりゃ、話をつけろ。

与太者二　うるせえな。ここは喫茶店だぜ。そんな話なら表に出ろ。

与太者一　ちぇッ、偉そうな顔オするな。俺は、この頃じゃ大分腕を上げてんだぞ。見損《みそこな》って、泣面《なきづら》欠くな。

与太者二　へん。

鼻で笑って、懐中に手を入れて匕首《あいくち》を胸から覗かせた。

与太者一もせせら笑って、ポケットからピストルを取り出した。

この有様に田舎風の男は仰天して顫え出した。

この時、人相の悪い男一人、大きな鞄を持って、そそくさと這入って来て、キョロキョロあたりを見廻した末に、田舎風の男のいるボックスに無遠慮に席を占めた。

与太者は暫く睨み合っていたが、

与太者一　さア、話をつけるのかどうかいえ。

与太者二　うるせえなア、じゃ、今夜十時に富の所へ来い。

与太者一　よしッ、逃げるな。

与太者二　誰が逃げるもンか。

与太者一　時間を間違えるな。

与太者二　くどい。

と立上った。与太者一も立上って、共に出て行った。

田舎風の男は悪夢が醒めたようにホッとした。途端に、ボックス三で、芸者達が、オホホホホと甲高く笑った。田舎風の男はビクッとした。

紳士　行こう。

芸者達を引連れて出て行った。

引違えに、よれよれのセルに木綿の袴を低く穿いた、一見院外団のような男と、友人らしいサラリーマン風の男が這入って来て、ボックス三に這入った。

和服の男　ここのコーヒーは高いんじゃないか。

洋服の男　なに、知れてるよ。味が旨くて、一杯でいつまでも粘れるから、反《かえ》って得さ。

和服の男　そうか。君もコーヒー一杯で粘る方か。

洋服の男　うん、久し振りで会ったから、いろいろ話があるが、実は僕も首が危くなっているのだ。

和服の男　そうか。

洋服の男　万一、失業した際に、大先輩の君の指導を仰ぎたいと思ってね。君はもう十年位失業しているか。

和服の男　いや、今年で二十三年になるよ。

洋服の男　二十三年。

和服の男　僕のは正確にいうと、失業じゃないな。東都大学の文科を出てから、就職という事をしないんだから。

洋服の男　よくやって行けるもんだなア。

和服の男　どうにかやって行けるね。

洋服の男　君には確か男の児があったはずだが。

和服の男　うん、一人は東都大学の予科に、次の奴は、中学に行っている。

洋服の男　二人も学校に出しちゃ、学資が大へんだろう。

和服の男　相当のもンだね。

洋服の男　どうして捻出しているんだい。

和服の男　最初は国の方にあった田畑山林、家屋敷などを、ボツボツ売食いしたね。それがなくなると、親類をあちこちと借り倒して、それが一渡りすむと、東京の友人達に厄介を掛けたね。もうしかし、この頃ではどこも利かんよ。

洋服の男　借金政策行詰りか。しかし、君、生活費が要るだろう。家賃なんかどうするんだ。

和服の男　家賃、そんなものはいらん。

洋服の男　そうか、君の家なのか。これは失敬した。

和服の男　なに、借家さ。

洋服の男　へえ。

和服の男　だが、もう十年近く家賃を払わん。

洋服の男　へえ。

和服の男　家賃も何だな、一年位まではうるさく催促されるが、二年を越して、十年の声を聞くと、もう何ともいって来んものだよ。

洋服の男　恐れ入ったね。じゃ、つまり、君ンちの家主が、君の子供の学資を幾分出してくれている訳だ。

和服の男　そうだね。家賃に払う金と、学資に使う金と、別に紙幣には区別がないから。家主が学資を出していると考えてもいいな。

洋服の男　しかし、君、いくらなんでも無収入では――。
和服の男　いや、収入はあるよ。全然、無収入ではない。
　時々原稿料が這入る。
洋服の男　ははア、原稿料が。
和服の男　うん。毎月という訳には行かんが時々当る事があってね、四五年前だった、就職戦線突破法というパンフレットを書いてね、これは当ったよ。
洋服の男　君が――就職戦線突破法――。
和服の男　うん、それから去年か、一昨年の事だが、誰にも出来る一千円貯金法というのを書いたが、これも中々よく売れた。
洋服の男　君が、一千円貯金法――。
和服の男　本屋に礼状がきたそうだ。早速実行しているが、中々成績がいいといってね。
洋服の男　どうも、恐れ入ったね。
和服の男　近く、必ず成功する法というのを書く事になっているが、出たら君買い給え。大へん参考になるよ。
　と、この時、田舎風の男の前に坐っていた人相の悪い男が突然立上って、例の大きな鞄を下げて、ボックスから離れた。ところがこの鞄には仕掛があって、底が開くようになっていて、その中に田舎風の男の鞄が呑み込まれているのだった。
　人相のよくない男は出口の方に行き掛ったが鞄の底から紐がスルスルと出て、その端が、田舎風の男の足に繋《つな》がっていたのを知らなかった。紐が張り切ると、田舎風の男の足は引張られて、ボックスからニウッと出た。田舎風の男は前の卓子にしがみついて必死に堪えようとしたがとうとう足を掬《すく》われて、うつ向きにどうと倒れた。
　人相の悪い男は始めてそれと気づいて、急いでナイフを取出して、紐を切ろうとした。が、その暇に田舎風の男は起き上って、人相の悪い男に組みついた。しかし彼は幾杯もお代りをしたコーヒーに酔っているので、力が這入らないのだ。
田舎風の男　この野郎。
人相の悪い男　何をするんだ。
田舎風の男　何をするもあるものか。鞄を返せ。
　と、ヨロヨロしながらもとうとう、人相の悪い男を組み敷いた。
　ボーイの訴えで巡査が這入って来て、人相の悪い男を捕縄で縛り、証拠品の大鞄を持って、田舎風の男に、
巡査　一緒に来て下さい。
田舎風の男　はい。

と行こうとした。

ボーイが傍によって、

ボーイ　お勘定をあちらで。

と、レヂスターを指し、紙片を渡した。

田舎風の男、渡された紙片を見て、

田舎風の男　えッ、二円、コーヒーが十杯で二円――。

と驚きの余りフラフラとなり、卒倒しかかった。

ボーイと巡査があわててそれを抱えた。居合した客は一同、笑い声を上げてこの有様を眺めるのだった。

幕

父・甲賀三郎の思い出

深草淑子

「温容なれども威厳あり」この言葉は戦前の良き父親像の象徴として使われたものでした。

私の父、甲賀三郎が果たしてこの言葉通りの人物であったかと考えますと、確かに威厳はありましたが、あまり温容とは言い難い一面があったように思われます。父が終戦の年の二月に急逝してから早くも、七十一年の年月が流れて、正直なところ今や父の面影は幻影と化し、私は本当に探偵小説の作家甲賀三郎の娘だったのかしらと懐疑的になるほど父への思い出は希薄になりました。

三郎は明治二十六年（一八九三年）滋賀県甲賀郡水口村で生まれました。父親は元水口藩の貧乏武士の息子で、明治維新後は教員に転身して小学校の教師となりました。三郎は三兄弟の次男で読書好きな子供でした。父親は息子達にも教育熱心で長男を薬学専門学校に進学させ、特に小学校で、抜群に成績の良かった三郎には最高の教育を受けさせたいと心を配りました。その結果、父親の妹で夫が実業家として成功していた裕福な春田家にすべてを託す事になり、三郎は十二歳の春に故郷の琵琶湖畔を離れて東京神田の叔父の家に寄宿して中学に入学しその後、第一高等学校、東京帝国大学と親の希望通り進学して行きました。

私、淑子は三郎の次女で一九二五年（大正十四年）に四人兄弟の末娘として生まれました。上に姉、兄二人がいたので四人目の女の子の誕生は父親としてそれほどの嬉しさは無かったと想像出来ます。戦前の家庭の大部分がそうであったと思いますが、我が家も父権が絶大で子供にとって親は甘えの対象ではなく、一家の大黒柱として尊敬され畏怖されていました。ですから私は三郎にだっこされたり優しくされた記憶は殆どありませんが、三郎の温かい背中に一度だけ触れた忘れられない思い出があります。それは神奈川県の逗子の町の出来事です。昭和四年ごろ（一九三〇年です）三郎が作家としても多忙になった頃の事ですが、その年も夏休みになると家族全員で逗子に小さな貸家を借りて避暑に行きました。ある日四歳の私は前日に兄達と見た家の近くの農家のにわとりが卵を生む姿が珍しく無謀にも翌日一人で見に行きました。そして帰りにたちまち迷子になり全然方角違いの八百屋さんの前で「東京のヨチコ！　東京のヨチコです！」と大泣きをしていました。辺りは黒山の人だかりでしたが「東京のヨチコ」では誰にも分かりません。そこに三郎が息せき切って駆けつけて来ました。三郎は見物人をかき分けて抱きしめおんぶしてくれました。汗ばんだ三郎の広い背中に頰を押しつけて、泣きじゃくりながら帰ったのを今でも懐かしく思い出します。父におんぶされた最初にして最後の思い出です。

三郎は高校に進む時、文科を志望しましたが、学費や生活全体を援助して貰っていた叔父の同意が得られず心ならずも一高の理科に入学しその流れで大学も応用化学を専攻しました。

私が十九歳の時に三郎は亡くなったのですが、晩年の数年間は自宅と別に仕事場を持ちあまり家にいなかったので会話の時間は少なく、大人になってから三郎から聞いた話は僅かですが、何かの時に話してくれたエピソードがあります。「お父様は弁護士になりたかったんだ。でも世の中が化学万能時代でね。世田谷のおじいさまのお許しが出なかった」三郎はいかにも残念そうに話しました。世田谷のおじいさまと言うのはそのころ世田谷に隠居していた叔父のことです。三郎は大学卒業を待たず叔父の一人娘と結婚し春田家の正式の婿養子になりました。今では一寸《ちょっと》考えられない従兄弟同士の結婚ですが最初から親同士筋書きが取り決めてあったのでしょう。三郎は妻についてこんな話をしたことがあります。「お父様がまだ滋賀県にいた時のことだけど、だから小学生だね。大阪にいた春田の家（後に三郎が養子になった叔父の家です）に遊びにいった事がある。その時お母様はお父様を馬にして乗り回した。お父様はよつんばいになって、口にへこ帯をくわえてはいどうどうってお母様を背中に乗せて座敷をはい回った」三郎はその時の屈辱を思い出したのか眉を寄せて話しました。その時三郎を馬にしたのが私の母です。母の道子はお嬢様がその侭大人になったような人で殆ど自分の意思を表に出さずに三郎に接していました。私は姉と「お父様って養子のくせにいやに威張ってるわね。お母様にいつも不機嫌でがみがみ怒ってるでしょ」「ほんとね。子供たちにはあまり怒らないのに」その昔、妻に馬にされた屈辱が夫になった三郎のトラウマになって、生涯母に優しく出来なかったのかと三郎の大人げなさを感じます。

三郎は基本的には子煩悩でした。自由業でしたので、よく旅行に子供たちを学校を休ませて連れて行きました。旅行中でも夜中になると原稿用紙を広げてペンを走らせていました。

三郎は大学を卒業して、始めは和歌山県の染料会社に就職しましたが一年程で退職して当時の農商務省に入り、窒素研究所の技師となり、僅か三十歳を過ぎたころに役所の命令で一年間も欧米の工業視察のため出張しました。帰国後「欧米飛びある記」なる本を出版しました。観察力も豊かで平易の文章で書いてあり、その一年間の欧米視察が後の作家活動にも影響したと思います。

欧米視察の数年後に三郎は官吏と作家の二足のわらじを脱ぎ、作家一本に仕事を軌道修正しました。一番戸惑ったのは母だったと思います。将来を嘱望された官吏と結婚して、安泰と思っていた生活も不安定になり、家には千客万来、編集者、作家志望の人達、三郎が趣味で師事していた囲碁や将棋の名人級の方達などを、もてなす役目は全部母の仕事になりました。三郎は作家になった経緯がその頃の作家の方達と異なっていたせいか、本来の探偵小説家とのお付き合いは少なく、大衆文学の作家だった長谷川伸氏がひきいる二十六日会という戯曲研究会に熱心に顔を出し自分はあまり戯曲は書かないのに、辛口の批評をしていたようです。昔「ぷろふいる」紙上での木々高太郎氏と三郎の論争は端的に解釈すれば、木々氏の探偵小説と言えども文学的であり芸術的なもので最高の文学であらねばならないという論旨に対して三郎は探偵小説はあくまで大衆的、娯楽的なもので芸術性は必要ないと論破しました。私はその頃、堀辰雄の「風立ちぬ」やリルケの詩に夢中になっていた少女時代だったので三郎の言う大衆性や娯楽性に嫌悪を感じ、心の中で三郎の意見を否定していました。ともあれ三郎は日本の探偵小説の黎明期に大きな功績を残した作家であります。昭和の初期から二十年間に短編、長編の膨大な作品を残しています。学問として学んだ化学の知識と持って生まれた巧みな文学性があいまって、いくつかの秀作を世に残しました。もしも三郎が希望通りに弁護士になって熱弁をふるっていたとしても、死後七十年も経った今に名前は残らなかったと思います。活字の偉大さを思い知らされます。

私は渋谷で生まれ一九四五年まで渋谷円山の花街の近くに住んでいました。道玄坂に近かったので、子供の頃は道玄坂に毎晩出る夜店に行くのが楽しみで何回か三郎と行ったことがあります。夜店に詰め将棋の店があって三郎はいつも難無く勝ってしまうので店の人から「また旦那かい」と言われて敬遠されていました。大勢の人が見ていたので私は死ぬほど恥ずかしい気分になりました。道玄坂を下って、渋谷駅までハチ公に会いにいった事もあります。三郎も犬が好きでいつでも家には犬がいました。今誰かに、生きているハチ公を撫《な》ぜたことがあると言うと皆「マジ？　嘘！」と申します。昔は渋谷駅の前に市電が走っていました。三郎に甘栗太郎で好物の甘栗を買ってもらった事もありました。

一九四〇年（昭和十五年）に我が家に悲劇が訪れました。長兄が旧制松本高校の山岳部員だったのですが山行でアルプスの前穂高岳から滑落して命を落としました。告別式の日三郎が眼鏡を押し上げて涙を拭っている姿を見て兄の死の大きさを私は痛いほど思い知りました。母はその後二年ほど立ち直れませんでした。丁度その時分から戦争の足音が近づいて作家の人達は自由に小説を書けなくなりました。三郎もペンを折り、文部省の肝入りで創設された文学報国会に総務部長として勤める事になり、その後少国民文化協会の事務局長になったと思いますが、結局、その仕事で亡くなる事になってしまいました。就任後間もなく少国民文化協会福岡支部を作る事になり三郎は昭和二十年の二月に福岡に出張したのですが、真冬の一番寒い時期の福岡で風邪を引き、熱のある体で帰途についたのですが、列車が機銃掃射に会いそのまま岡山駅で止まってしまいました。駅員の人のお世話で岡山駅前の病院に収容されましたが、既に酷い肺炎になっていたので、私が駆けつけた時は意識朦朧として英語で「イリュウジョンがイリュウジョンが」とつぶやくのみで、瀕死の三郎に施された医療は戦争中の極端な薬品不足とはいえ、胸の辛子《からし》のシップ、足元には湯たんぽ替わりに生ぬるいお湯のはいった一升瓶だけでした。岡山の火葬場で荼毘にふしたのですが、小高い丘から岡山の市内が見渡せる場所で、一条の帯のように銀色の川が蛇行して美しく流れていたのを昨日のように思い出します。あっけない別れでしたが、戦争中の不思議な緊張感のせいか当時三郎の死をそれほど寂しく感じなかったのです。

三郎の数ある作品のなかでも私の好きなのは「二川家殺人事件」と「霧夫人」の二編です。何故かと言えば作品そのものの出来より、三郎らしからぬロマンの香りが僅かに感じられるからです。三郎は見事に人生を太く短く生きて駆け抜けて行きました。

もう思い出す事もないと思っていた父・甲賀三郎の在りし日を今回お蔭様で思い出す事が出来ました。

この機会を与えて下さった論創社に厚く御礼申し上げます。

解題

浜田知明

百巻を終えて再スタートとなった〈論創ミステリ叢書〉の三巻目は、奇しくも（ではないのかもしれないが）出発時の三巻目と同じ『甲賀三郎探偵小説選』となった。

甲賀氏と言えば、戦前本格派の総帥と目されながら、

・戦前期の「本格」の概念が今日のそれとはズレがある。

・大系的・総花的な全集・叢書に代表作として採られた作品に偏りがある。

といった要因から、なかなかその全貌を捉えた上での再評価が進みづらい作家となってしまっていることは否めない。国書刊行会・探偵くらぶ『緑色の犯罪』は、今日の目で読んでも評価できる作品を集めた傑作選であったものの、逆にシリーズものが細切れになったり、夫人に対する博士の制裁譚が重なるなどの偏りも生じてしまった。論創ミステリ叢書３『甲賀三郎探偵小説選』（以下、便宜上、Ⅰ巻と表記）は、探偵作家・土井江南の登場作品を集成し、大衆娯楽雑誌への進出作と評論・エッセイを加えたものだったが、このⅡ巻では、さらに二つのシリーズを集成すると同時に、デビュー作から生前最後期の作品、遺稿として掲載された作品までを収めて、その多岐に渡る作風の一端を窺おうとする試みになっている（作品の選択・構成は、論創社編集部による）。

「真珠塔の秘密」の初出は「新趣味」大正12年8月号（18巻8号）。

甲賀三郎氏のデビュー作。といっても、探偵小説の懸

賞募集に応募した入選作。「新趣味」は博文館発行の探偵小説専門誌。「文章世界」「新文学」の巻号を継承し、大正7年の金剛社・アルセーヌ・ルパン叢書『怪紳士』（保篠龍緒訳）に始まる軽装版の翻訳探偵小説本ブームに乗って大正11年に鞍替えした雑誌だった。探偵小説の募集は同じく博文館発行の「新青年」でも行われていたが、そちらは学生小説との隔月募集で、枚数・賞金も十枚で一等十円だったのに対し、「新趣味」の方は、十枚以上二十枚以下で一等二十円、二等十円。この時期の探偵作家のほとんどが、こういった雑誌の懸賞募集への投稿が出発点となっており、水谷準氏は当時を回想して、「妙なもので、同じ博文館の雑誌でありながら、「新青年」へ投稿している作家群と、「新趣味」のそれとは全然別なクラスであると呼んでもよかった。／これは「新趣味」が「文章世界」（後の「新文学」）の後進である事実にも原因して、恐らく読者の性質も「新青年」よりは大人だったであろうし、それだけに投稿の作品なども海千山千の人達が多かった」と述べている（「僕の「日本探偵小説史」」、光文社文庫・ミステリー文学資料館編『「探偵クラブ」傑作選』より引用）。

「真珠塔の秘密」は一等当選作だが、応募の経緯については、I巻所収の「実は偶然に」や「ドイルを宗とす」（創元推理文庫『日本探偵小説全集1・黒岩涙香・小酒井不木・甲賀三郎集』）に詳しい。

本作は、甲賀氏の第一著書であるサンデーニュース社・探偵趣味叢書1『母の秘密』に収録の際、ちょっとした言い回しや文章の続き具合に手直しがされたほか、模造塔の価格を変更し、意味の通りづらい箇所の人物の表記を直して、真相の説明にも若干の加筆がなされている。植字による版組だった当時にあっては、修正は改行、頁替わりの範囲に収める配慮が必要だったから、この加筆が、詐欺師の計画は模造品を本物と偽るか、または（円をドルだと偽るなど）実際より高値で売りつけようとしたものだろうといった説明が不足している箇所にまで及んではいないのは、そのためでもあったのだろうと推察される。

また、初出誌では、「はしもと・びん」と振られていた探偵役「橋本敏」のルビが、この初刊本では取り払われている。総ルビ時代のルビは、編集部や印刷所で付されるのが通常だったから、作者の意図しないルビが振られ、後に訂正されることが多く、横溝正史氏の『獄門《ごくもん》島《とう》』は予告時には「ごくもんじま」だったし、高木彬光氏の名探偵「神津《かみづ》恭介」には「こうず」「かみつ」「かみず」が混用されている。『犬神家の一族』の連載第一回の登場人物名にいたっては、「佐清《すけきよ》」が「させい」「佐武《すけたけ》」が「さぶ」「佐智《すけとも》」が「さち」という始末だった。

もちろん、これは初出のルビが〝必ず〟誤りであることを意味するわけではない。が、パラルビの初刊本においてはルビがない、あるいは振り直し忘れられている以上、ごく普通の読み方が指定されたものと考えるしかないだろう。ドイルに触発されたとの回想や、「木村清」→「きむら・きよし」、「獅子内俊次」→「ししうち・しゅんじ」といった甲賀氏のネーミング癖をも考慮して、イニシャルがシャーロック・ホームズを意識したS・Hとなる、「さとし」と読むのが適当だと思われる。

なお、博文館の雑誌「名作」昭和14年11月号（第3号）に「展覧会の怪盗」として再録されてもいるが、これは、横溝正史氏の「お時の預かった密書」が「密書往来」と改題再録されたのと同様、水谷準氏が博文館の雑誌のバックナンバーから選り抜いたアンコール企画によるものだった。そこでは初刊本をテキストとしたうえで、さらに言い回しを変更、読点や改行を増やし、詐欺師の計画も具体的に説明している。また、「敏」のルビは「さとし」と訂されていた。

また、初刊本をテキストにして、没後の湊書房〈甲賀三郎全集〉（以下、全集と表記）1巻『幽霊犯人』にも収録されている（やはり、「橋本敏」にはルビがない）。終戦後の出版物には、戦前の検閲による伏せ字をすべて明らかにするといった方針があったと見えて、それがこの全集にも適用されているのだが、作者が明記する必要がないと考えた固有名詞にまでこの伏せ字起こしは及んでいて、1頁下段（14行目）の「××博覧会」は「平和博覧会」、1頁下段（17行目）、2頁下段（10行目）の「××省」は「N省」として伏せ字が埋められていた。「直覚」を「直観」とするなど、誤植とも新時代の語感に合わせたとも判断しがたい異動も見受けられる。

初出誌版のテキストは、光文社文庫・ミステリー文学資料館編『「新趣味」傑作選』に収録されているので、本巻では〈論創ミステリ叢書〉としては例外的に最終稿である「名作」再録のテキストを採った（初刊本のルビは残している）。


「**カナリヤの秘密**」は「新青年」大正12年11月号（4巻13号）が初出。これは、「新趣味」の終刊号と同じ月の号に当たる。

決して専門誌ではなかったにもかかわらず、当時の探偵小説界の中心であり続けた「新青年」への初登場作。執筆の経緯はやはり前出の「実は偶然に」に詳しく、この時期から昭和3年に作家専業になるまでの甲賀氏の様子を伝えるものとして、岡村雄輔氏の「甲賀さんのうしろ姿」（「宝石」昭和27年2月号　7巻3号）といった回想文もある。

本編もやはり初刊本である春陽堂『琥珀のパイプ』に収録の際にちょっとした言い回しや文章の続き具合の手直しがされているが、格別大きな変更は見られない。全集では例によって、10頁上段（12行目）の「××商会」を「S商会」、13頁下段（9行目）の「××大学」を「T大学」、16頁上段（4行目）の「××新聞」を「毎朝新聞」として伏せ字が埋められている。

「真珠塔の秘密」に続く橋本敏の探偵譚だが、こちらは姓のみで、名の方は書かれてさえいない。シリーズ探偵としては、「新青年」大正14年1月増刊号（6巻2号）の「D坂の殺人事件」が初登場となる明智小五郎よりも早い存在であるのに、甲賀氏としては、この二編は習作として、「琥珀のパイプ」を出世作と考えていたのか、生前の著書には以後収録されず、シリーズとしてまとめられたのは（といっても二編しかないが）、没後の全集が初めてだった。

なお、「ぷろふいる」昭和11年11月号（4巻11号）の「作家訪問記その六・本格の王様を覗く――甲賀三郎の巻」では、「母の秘密」までのシリーズのつもりだったと答えているから、あるいは「母の秘密」もまた当初は橋本の探偵譚として構想されていたのかもしれない（出来上がった作品「母の秘密」は、名探偵・木村清の初登場作となった）。

当時の海外探偵小説の翻訳紹介は〝シャーロック・ホームズのライヴァルたち〟が主流であり、その流れの中で作家としての出発が名探偵ものだったせいもあってか、その後も甲賀氏は続々とシリーズ・キャラクターを生み出していく。木村清は甲賀氏の二人目の探偵役で、戦後の金田一耕助、加賀美敬介、神津恭介へとつながる〝K・K〟の元祖とも言うべき名探偵なのだが、作者の生前・没後を通じて、未だシリーズがまとめられたことがない（光文社文庫・ミステリー文学資料館編『探偵小説の風景―トラフィック・コレクション・上』で「急行十三時間」、同編『幻の名探偵』で「拾った和銅開珍」が読める）。

シリーズものは必ずしも名探偵だけではなかった。本巻で次に収録されている「気早の惣太」は、甲賀氏が〝本格ばかり書いていたわけではない〟とする時に真っ先に挙げられる、あわて者の主人公で、職業は夜盗である。当時の探偵作家たちは、続々と紹介された翻訳ものの愛読者が高じて作家になったため、言い方によっては見様見真似で作品を生み出していたわけだから、このシリーズもお手本はジョンストン・マッカレーの「地下鉄サム」辺りであったろうが、甲賀氏ならではの味つけで、独自の境地にまで達している。初出誌は次のとおり。

「気早の惣太の経験」「苦楽」大正15年7月号（5巻7号）
　※改題「惣太の経験」
「惣太の喧嘩」「苦楽」大正15年10月号（5巻10号）
「惣太の幸運」「苦楽」大正15年12月号（5巻12号）
「惣太の意外」「苦楽」大正16年1月号（6巻1号）
　※急な改元で変更が間に合わなかったもので、実際には昭和2年の発行
「惣太の受難」「クラク」昭和3年4月号（7巻4号）
　※誌名が変更になっただけで同じ雑誌
「惣太の求婚」「文藝倶楽部」昭和4年8月号（35巻8号）
「惣太の嫌疑」「キング」昭和9年11月号（10巻11号）

甲賀氏には同一雑誌にシリーズものを固め書きする傾向があって、この「気早の惣太」は一見発表舞台を移籍しているかのように見えるが、これは各雑誌の休廃刊によるもの。

初出時には、角書きが付されたものもあって、「経験」は「軽快探偵小説」、「喧嘩」は「軽快探偵」、「幸運」は「探偵笑説」となっている。

収録書としては、改造社・日本探偵小説全集4『甲賀三郎集』に、「気早の惣太」としてまず「経験」「幸運」「喧嘩」「受難」「意外」の順に五編がまとめられた。

円本ブームが探偵小説にも及んだ時期に、四社による全集が競合したが、この競合全集の総和が、当時の各探偵作家の第一著作選集と言ってよく、甲賀氏の場合だと、

平凡社・現代大衆文学全集12巻『甲賀三郎集』　昭和4年2月
春陽堂・探偵小説全集4『甲賀三郎集』　昭和4年7月
改造社・日本探偵小説全集4『甲賀三郎集』　昭和4年10月
春陽堂・明治大正昭和文学全集56
　『乱歩　不木　三郎　宇陀児』昭和6年8月

が、これに当たる。「気早の惣太」を収めた改造社版は、江戸川乱歩編輯によるものだが、作品の重複を避けるといった配慮があったことを考えれば、そのことが直ちに

乱歩氏の推奨作であることを意味しない。が逆に、これらの全集に重複して採られている作品は、自他ともに認める当時の代表作ということになる。甲賀作品では、二種に重複した、

琥珀のパイプ……青年紳士怪盗活躍譚
悪戯
恋を拾った話
錬金術
荒野……木村清探偵譚

の五編となる。

その後も書き継がれた惣太のシリーズは、春秋社の「甲賀・大下・木々傑作選集　甲賀三郎」（以下、選集と表記）6『気早の惣太　手塚の龍太』で「求婚」「嫌疑」の二編が追加され、全集2巻にも同じく七編が収録されている。

収録順が初出どおりになっていないのには何らかの意図があったものと思われるが、話の続き具合としては初出順の方がスムーズな流れになるので、本巻では初出順を採用した。

これらの収録書では、やはり言い回しや文章の続き具合の手直しがあるが、前掲書『緑色の犯罪』では「経験」の選集版を採っていることもあり、本巻では〈論創ミステリ叢書〉の基本線に沿って初出版をテキストとして（これにより、「受難」終盤の説漏箇所が復原された）、明らかな誤植のみを訂し、ルビは「紙幣」→「さつ」、「盗人」→「ぬすっと」といった熟字訓の側を残した。

また、「てい」「ねい」など、平仮名の「え段」＋「い」の長音が、「い」をそのまま「い」と読む二重母音と紛らわしく、初刊本以降、それを解消するために「え」に書き換えられている箇所があるのだが、その直しが不十分であるのと、後出の『朔風』でも「い」が用いられているので、初出どおりにしてある。音としては「い」を「え」と発音するものと思って読んでいただきたい。

「求婚」90頁上段（10行目）の「××結婚媒介所」の全集版は「丸々結婚媒介所」。

「経験」の冒頭の惣太の逮捕歴の件は、後続の展開を考えると明らかに矛盾しているのだが、ここも初刊本、選集ともに直されてはいない。うがった見方をすれば、「惣太の逮捕」といった構想があったのかもしれない。例によって早とちりで犯人を名指ししたものの、相手が無実だと気づいた惣太が、身代わりとなって逮捕されるのだが、その行為が真犯人を浮かび上がらせること

になる、といった筋立てはどうだろうかなどと想像もしてみる。

次いで収録した五編のうちの二編は、シリーズ余話ともいうべき作品。

「暗黒街の紳士」は「日曜報知」昭和5年10月5日付～10月19日付（12号～14号）に、三回連載された。

暗黒紳士を名乗る素人《アマチュア》探偵作家の武井勇夫とその老僕・篠田、暗黒紳士の逮捕に燃える私立探偵・春山誠のシリーズは、「毒虫」が新潮社・長篇文庫『盲目の目撃者』にまず収録され、春秋社『死頭蛾の恐怖』に「夜の闖入者」「黒衣の怪人」「証拠の写真」「救われた犯人」の四編が「暗黒紳士」としてまとめられ、本編はサイレン社『二川家殺人事件』に収録された。全集2巻には、「夜の闖入者」「救われた犯人」「黒衣の怪人」の三編のみが「暗黒紳士」として採られているという、ひどく変則的な泣き別れ状態になっている。

本編末尾の暗黒紳士の名乗りが、「『暗黒紳士』の暗黒は暗い所で活躍すると云う意味じゃないのだ。社会の暗黒面で、虐げられた人々の為に働く紳士と云う意味なんだ」という「救われた犯人」における自己に対する言及や、「黒衣の怪人」における「大方暗黒街に住む紳士と云う意味だったのだろう」といった説明と一致することと、「証拠の写真」の初出誌が、本編と同じ「日曜報知」であることから、本編がシリーズの顔見せ譚であることが分かる。

「兇賊を恋した変装の女探偵」は「冨士」昭和5年11月号（3巻11号）に掲載された、単行本未収録作品。目次の題名は「変装の女探偵」。

シリーズものを特定の雑誌に集中させるのは、いちいち設定を説明する煩を避けるためでもあったろうが、汎用性の高いキャラクターではその必要がなかったとみえて、複数の掲載誌にまたがって登場する主人公も存在する。その典型とも言えるのが、「琥珀のパイプ」に初登場した怪盗で、「魔の池事件」で葛城春雄という名が明かされ、『公園の殺人』でもその名で活躍していたのだが、改造文庫『血染めのパイプ』に「怪紳士」としてまとめられた短編に、甲賀氏は次のような「解題」を付している。

作者が初期の出世作とせられてゐる「琥珀のパイプ」以来、好んで取扱って来た無名の青年紳士怪盗の活躍である。

収録作は「悪魔の勝利」「闇の犯人」「投げつけられた短刀」「幻の森」「呪われた部屋」「鍵なくして開くべし」の六編だが、このうち「鍵なくして開くべし」ではI巻収録の同作とは異なり、末尾にある「葛城という」の箇所がわざわざ削除されている。

つまり、明らかに別の本名をもっているか、全く別の個性の持ち主でない限り、甲賀作品に登場する〝無名の青年紳士怪盗〟は全て同一人物として作者は書いていたわけで、そういった観点からすると、この「変装の女探偵」は一足先に書かれた、葛城最後の事件ということになる（実際には、その後も長編『盲目の目撃者』をはじめ、短編でもその活躍は続く）。

この青年紳士怪盗は〝いつどこへでも現れて、いつのまにか何でも知っている〟という至極便利な存在だけあって、登場舞台も広範囲になっており、その全貌をまとめ上げるのは容易なことではない。

I巻収録のエッセイ「探偵小説の将来」は実に時宜を得た選択で、そこで述べられている分類は、甲賀氏の作風カタログの感さえある。それは、

本格探偵小説
　推理式
　冒険式
　実話式
亜探偵小説
　変態式
　物語式

というものだが、どの分野にも作例があり、甲賀氏がいかに多彩な展開を心掛けていたかの例証にもなるだろう。また、当時の「本格」が〝謎を解こうとする者の側から描く〟といった程度の意味合いでしかなかったことも分かる。

残りの三編は、その実話式、冒険式の作品。

「銀の煙草入」は「サンデー毎日」昭和2年1月15日特別号「小説と講談」に掲載。

「都会の一隅で」は「サンデー毎日」昭和4年1月1日特別号「小説と講談」（8年1号）に掲載。

「池畔の謎」は「週刊朝日」昭和9年4月2日特別号（25巻16号）に掲載。いずれも単行本初収録。

甲賀氏は「探偵小説講話」（III巻に収録）の中で大下宇陀児氏を評して、どんな話でも巧く語れる人は話そのも

のを工夫する必要がない、といった意味のことを書いているが、裏を返せば自身が、筋に工夫を凝らすものの、語り方には磐石の自信がなかったのだとも受け取れる。もちろん、鮎川哲也氏に推奨された「悪戯《あくぎ》」や、女性の一人称が効果的な『山荘の殺人事件』といった例外もあるのだが、「銀の煙草入」「池畔の謎」における甲賀調の語り口は、解きえぬ謎を残して余韻を生むまでに至っているかどうか。読まれた方の判定を待つしかない。

また、昭和初期から海外の探偵小説を原書で読んでいたことも、Ⅰ巻収録の諸エッセイからはよく分かるが、それは翻案ものへとつながっていく。

「外相邸の客」は、L・J・ビーストン「マーレイ卿の客」(創土社『ビーストン傑作集』)の、「音と幻想」(原題「妖怪博士」、別題「箜篌の秘密」)は、サックス・ローマー「ギリシャの間の悲劇」(創元推理文庫『骨董屋探偵の事件簿』)の、「羅馬の酒器」は、C・E・ベチョファー・ロバーツ「イギリス製濾過器」(創元推理文庫『世界短編傑作集3』)の、「一本のマッチ」は、アーサー・モリスン「レトレン館盗難事件」(創元推理文庫『世界短編傑作集1』)のそれぞれ翻案であるし、近年になって、「離魂術」もまた翻案であったことが明らかにされた(東京創元社・会津信吾、藤本直樹編『怪樹の腕』に再録され、詳しい解説が付されている)。

これらの原作はやはり〝シャーロック・ホームズのライヴァルたち〟の時代に書かれたものだったが、英米では既に本格探偵小説の〝黄金時代〟を迎えていた。謎解きを単なるトリックの種明かしに終わらせず、伏線の敷き方や手がかりの提示の仕方、解明時の論理の組み立て方などに工夫を凝らし、よりゲーム性の高い作風への転換期である。

〝黄金時代〟の作品としては、アガサ・クリスティの長編が大正時代に翻訳されてはいたが、昭和初期の円本時代にヴァン・ダインが現代アメリカ探偵小説界の寵児として相次いで訳され、博文館の雑誌「探偵小説」(昭和6年9月〜昭和7年8月)の長編一挙掲載企画によって、ようやくその動向が伝えられた。が、実作者側の対応は遅く、いち早く反応したのは、読者や作家予備軍のアマチュアたちだった(その筆頭が井上良夫氏)。

原書を多数読んでいたはずの甲賀氏にしても自己の作風に変化を生じさせるまでには至らず、長年待望し続けていた書き卸し長編の執筆が実現した際の『姿なき怪盗』にしても、『死化粧する女』にしても、〝黄金時代〟に伍するものとは言いがたい。

一つには、文藝家協会の仕事に時間を割かれていたことがあったのかもしれない。甲賀氏は、昭和6年に評議員、昭和7年に幹事・年鑑編輯委員になり、昭和9年から昭和10年いっぱいまで理事を務めた（「文藝家協会の思い出─昭和八年から十年まで」『文藝年鑑・2603年版（昭和18年）』）。本人の回想からは負担を感じさせないが、実際はどうだったのだろう。斯界の第一人者である江戸川乱歩氏が休筆・放浪癖のある孤高の人だったから、それに次ぐ古参作家である甲賀氏に実務職が廻ってきたという事情もあったに違いない。

とはいえ、協会の編纂書に採られた甲賀作品を各年度の代表作の目安として挙げておくと、次のようになる。

大衆文學集
　第2集（昭和四年版）　ニウルンベルグの名画
　　……手塚龍太探偵譚
　第3集（昭和五年版）　昭和時代
　第4集（昭和六年版）　幻の森
　　……青年紳士怪盗活躍譚

文藝年鑑
　1932年版　機知の敗北
　1933年版　川波家の秘密
　1934年版　情況証拠……青年紳士怪盗活躍譚

また、横溝正史氏の回想にある森下雨村氏との仲違いによる離反もまた創作意欲に影響があったかもしれない。その時期の特定は未だされていないが、雑誌「食道楽」への参加が昭和5年からだから、このころだったのかもしれない（「四次元の断面」に描かれている「食通」のモデルは、この雑誌のことである）。

また、作家志望者に対する後押しにも積極的で、大阪圭吉氏、小栗虫太郎氏などのデビューに力があった。が、その推奨の仕方には時に強引になることもあったようだ（扶桑社文庫『二十世紀鉄仮面』に付された九鬼澹氏の回想による）。

なかなか実作が〝黄金時代〟に追いつかない、その隙間を埋めようとするかのように、甲賀氏は長文の評論を次々と書いてゆく。「新探偵小説論」（I巻所収）「探偵小説講話」（Ⅲ巻所収）「探偵小説十講」光文社文庫・ミステリー文学資料館編『「探偵春秋」傑作選』）。翻訳では、複数の出版社から〝黄金時代〟の新作が続々と紹介されていた。と同時に戦争によって、探偵小説を書くことが難しくなっていった時期でもあった。

その合間を縫って甲賀氏が、どれだけ〝黄金時代〟を咀嚼し作品に反映しえたのか、再評価にあたってはまずそれが確かめるべきポイントとなるだろう。「新青年」のアンケートに答えての海外ものの推奨作の変化にも注目する必要がある（何度か行われたアンケートの最後のものだけは、創元推理文庫『日本探偵小説全集12・名作集2』で読むことができる）。犯人探し懸賞の放送探偵小説「歪んだ顔」や、宝探し懸賞小説「操る魔手」の達成度に対する目配りも欠かせない。

確かに、時代は甲賀氏に自由な執筆を許さなかった。早くも「探偵小説休業」を宣言したのは「シュピオ」昭和13年1月号（4巻1号）のことだ。だが、探偵小説が〝全滅〟したわけでは決してなかった。

戦中における娯楽雑誌編集への当局の介入については、菅原宏一氏や（青蛙選書『私の大衆文壇史』）水谷準氏（立風書房『新青年傑作選』月報）の証言がある一方、探偵小説の禁圧については、新潮社の選集に旧作を収録するに当たって検閲の強化から書き直しを指示されたり（『蜘蛛男』の〝在庫分〟は〝発禁〟扱いになった）、「芋虫」の全編削除にともなって、全著書が絶版になった江戸川乱歩氏や、結核の療養を終えて帰京した際に十数項目におよぶ執筆要綱を提示された横溝正史氏の言が強調されがちだが、その中にあっても探偵小説は出版され続けていた。甲賀作品を収めたアンソロジーだけでも、

博文館・名作文庫『探偵小説傑作集』昭和15年3月
　箜篌の秘密
今日の問題社・大衆文藝戦時版『スパイ捕物帖』
　　　　　　　　　　　　　昭和16年5月
　黒龍団秘話　孔雀荘事件
新正堂書店『探偵小説名作集』昭和16年9月
　銃声の怪奇
くろがね会『くろがね叢書』第20輯、昭和19年7月
　焦げた聖書
くろがね会『くろがね叢書』第23輯、昭和19年10月
　賢者の石

などがあって、このうち「孔雀荘事件」は満州を舞台にした時局絡みの物語だが、他はどれも（当時でいう）本格探偵小説である。甲賀氏の単著でも、

町の良民
　昭和18年8月10日　東光堂
　菊半判　二〇八頁　三五銭
　町の良民　水晶の角玉　明白なる自殺　秘密金庫

の鍵　読唇術

のように、昭和初期の作品を織りまぜて出版されたものがいくつもあった。

出版社の統合、新聞・雑誌の統廃合などによって発表の場が狭まり、軍関係者の原稿料稼ぎのような文章にスペースを割かねばならない中、他のジャンルに制限を加えるための方便がいろいろと挙げられたのだろうことは想像に難くないが（今日の問題社・大衆文藝戦時版には「過去の大衆文藝が持つ猟奇性と淫靡性を払拭した大衆的魅力に富んだ文藝作品」といった「刊行趣旨」が付されている）、それは担当者の一存でどうにでもなる類のものだったことが窺える（それだけになお一層始末が悪いのだとも言えるのだが）。

この時期、甲賀氏は日本文學報国会事務局の総務部長に就任していた。先の文藝家協会時代の延長線上にあるものとも考えられるが、当時の会員名簿を見ると、小説部会には、海野十三、江戸川乱歩、小栗虫太郎、大下宇陀児、岡戸武平、木々高太郎、北町一郎、黒沼健、角田喜久雄、久生十蘭、横溝正史、蘭郁二郎、渡辺啓助の各氏が名を連ねているが（会員にならなければ、文筆活動が出来なかった時代でもあった）、役職に就いているのは甲賀氏だけである。就任時の講演は、

「文學の新体制」「経済倶楽部講演」第23輯、

昭和17年8月25日

として残されている。

日本文學報国会の編纂書としては、『日本の母＊』『辻小説集＊』『大東亜戦争歌集』『辻歌集』が、ゆまに書房の『「帝国」戦争と文学』シリーズで復刊されていて、その活動の一端を知ることが出来るし（＊には、甲賀氏の文章も収録されている）、文松堂書店『増産必勝魂』（昭和18年9月）には、海軍報道班員・海野十三氏による「神戸製鋼所」、同じく角田喜久雄氏による「渡邊鐵工場」といった報告記もある。

水上幻一郎氏は「わが探偵小説文壇」（論創社『水上幻一郎探偵小説選』）で、甲賀氏が探偵小説の生き残りに尽力したと書いているが、それが当時の探偵小説出版とどこまで結びついたのかについては、この解題のために今回調査し、ここに挙げた資料からは確かめる術が見つけられなかった。

続く二編は、そういった戦時下の作品。

『ビルマの九官鳥』は、フタバ書院成光館から昭和17年10月に刊行された。初出については不明だが、同時収録の『謎の少年』が「子供の科学」に連載された『刺青少年』の改題であること、世界地図、ビルマ仏教、原油の精製、ガラスの製造、回帰線や経度、冶金、炭素燃焼電池などの啓蒙的記述が散見されること、二章分の長さがほぼ一定であることから、年少者向けの月刊誌に五回連載だったものと推測される。

作品としては、科学的興味を盛り込んだ異国冒険小説だが、随所に組み込まれた当時の国際情勢に関する記述が、最後の一点へと収束するのが、今日の視点からは構成の妙とも映るのではないだろうか（当時の読者にとっては、ごく当たり前の帰結だったろうが）。

『朔風』は「北方日本」の昭和18年5月号〜昭和19年3月号に連載された未刊作品。甲賀氏にとって最後の長編となった。

連作『殺人迷路』や『黒い虹』の最終回を担当したことからも察せられるとおり、甲賀氏は破綻寸前の物語の辻褄を合わせることに自信を持っていたらしい。そのことは自作の連載の際にも顕著で、必要以上に筋を錯綜させすぎる嫌いがあった。本作にしても、冒頭の人物の怪しげな行動に始まって、事件の解明を主眼とする本格探偵小説風に転じたかと思えば、組織犯に対する攻防へと収束するなど、全体が首尾一貫しているとは言いがたく、冒頭で描かれた名刺の件などもストーリーの進展の中で自然と割れてしまうだけで、伏線としての利き目が薄い。それでも一応辻褄があっているかのように読めるのはさすがと認めるしかない。甲賀氏は最後まで根っからの探偵小説家であったのだ。『ビルマの九官鳥』同様、随所に盛り込まれた当時の国際情勢における日本の立場の正当性に関する記述は、開戦とその後の戦争継続への意識づけを図るプロパガンダとして欠くべからざるものだったのだろう。

最後にその意外な立ち位置が明らかになる人物については、〈論創ミステリ叢書〉31巻の風間光枝シリーズと絡ませれば興が増しただろうにと残念に思うものの、作者同士の関係を考えれば、やはりそれは最初から無理だった。

あとは、この二作を並べた編集部による配列の妙を汲み取っていただければと思う。

最後の脚本「街にある港（一幕）」は、遺稿として「宝石」昭和25年1月号（5巻1号）に掲載された。

甲賀氏は探偵戯曲の製作・上演に積極的で、「短銃・宝石・短銃」「四本指の男」「闇とダイヤモンド」「闇に描く」「恐怖の家」「廃人の眼」「親子錠」などを発表し、全集に付された年譜によれば、「七十年の夢」「黒鬼将軍」「国友藤兵衛」といった戯曲が未発表のまま残されていたという。

探偵ものの戯曲といえば、モーリス・ルブランのアルセーヌ・ルパン譚の一つが『戯曲宝冠』として大正時代に既に訳されていたし（〈論創海外ミステリ〉58巻『戯曲アルセーヌ・ルパン』に新訳がある）、本格系統では、ヴァン・ダインのシナリオ形式のファイロ・ヴァンスもの「クライド殺害事件」が「新青年」に翻訳されたりもしていたから（後、「クライド家殺人事件」として改訳もされた）、それらが発想の原点だったのかもしれない。

探偵小説をビジュアル化する場合には、文章ではあからさまに書くしかない伏線や布石をさりげなく提示できるという利点があるが、シナリオでは逆に、演出者に意図が伝わるようその箇所を強調せざるを得ない。その辺りをこの先駆者がどう処理していたのか、これまた顧みられるべき甲賀氏の業績であるに違いない。

中島河太郎氏は「甲賀氏を憶う」（春陽堂書店・長篇探偵小説全集10『支倉事件』月報）を「氏の意思に背いても通俗長篇を切捨てた選集を編み、この日本探偵小説の草分けで、かつ実力者であった氏の神髄を後世に伝える機会が到来して欲しい」と締めくくった。二十一世紀となった今日、この課題はまだ果たされていない。

本稿では、煩雑さをさけるため、作品・文献の初出データなどは極力省略した。甲賀作品については、Ⅲ巻に詳細な作品リストが付されるので、そちらを参照していただきたい。その他については、比較的入手が容易と思われる近年の刊行書を付記しておいたので、そちらを当たっていただければと思う。

［巻末エッセイ］**深草淑子**（ふかくさ・よしこ）
旧姓春田。1925年8月13日、甲賀三郎の次女として渋谷に生まれる。42年、文化学院女学部卒業。2004年に初の著書『愛国者』（東洋出版）を上梓。

［解題］**浜田知明**（はまだ・ともあき）
1958年、東京生まれ。千葉大学理学部物理学科卒業。探偵小説研究家。現在、校正業に従事。編書に「横溝正史探偵小説コレクション」及び「横溝正史自選集」（ともに出版芸術社）、共編著に『横溝正史研究』（戎光祥出版）。ルパン同好会会長、ROM（Revisit Old Mysteries）会員、神津恭介ファンクラブ会員、EQFC（Ellery Queen Fan Club）会員、小川範子に関する不定期個人紙「聖華」を作成発行。

甲《こう》賀《が》三郎《さぶろう》探偵《たんてい》小説《しょうせつ》選《せん》Ⅱ　〔論創ミステリ叢書103〕

2017年1月20日　初版第1刷印刷
2017年1月30日　初版第1刷発行

著　者　甲賀三郎
装　訂　栗原裕孝
発行人　森下紀夫
発行所　論　創　社
〒101-0051　東京都千代田区神田神保町2-23　北井ビル
電話　03-3264-5254　振替口座　00160-1-155266
http://www.ronso.co.jp/

印刷・製本　中央精版印刷

ISBN978-4-8460-1568-8

論創ミステリ叢書

①平林初之輔Ⅰ
②平林初之輔Ⅱ
③甲賀三郎
④松本泰Ⅰ
⑤松本泰Ⅱ
⑥浜尾四郎
⑦松本恵子
⑧小酒井不木
⑨久山秀子Ⅰ
⑩久山秀子Ⅱ
⑪橋本五郎Ⅰ
⑫橋本五郎Ⅱ
⑬徳冨蘆花
⑭山本禾太郎Ⅰ
⑮山本禾太郎Ⅱ
⑯久山秀子Ⅲ
⑰久山秀子Ⅳ
⑱黒岩涙香Ⅰ
⑲黒岩涙香Ⅱ
⑳中村美与子
㉑大庭武年Ⅰ
㉒大庭武年Ⅱ
㉓西尾正Ⅰ
㉔西尾正Ⅱ
㉕戸田巽Ⅰ
㉖戸田巽Ⅱ
㉗山下利三郎Ⅰ
㉘山下利三郎Ⅱ
㉙林不忘
㉚牧逸馬
㉛風間光枝探偵日記
㉜延原謙
㉝森下雨村
㉞酒井嘉七
㉟横溝正史Ⅰ
㊱横溝正史Ⅱ
㊲横溝正史Ⅲ
㊳宮野村子Ⅰ
㊴宮野村子Ⅱ
㊵三遊亭円朝
㊶角田喜久雄
㊷瀬下耽
㊸高木彬光
㊹狩久
㊺大阪圭吉
㊻木々高太郎
㊼水谷準
㊽宮原龍雄
㊾大倉燁子
㊿戦前探偵小説四人集
(別)怪盗対名探偵初期翻案集
(51)守友恒
(52)大下宇陀児Ⅰ
(53)大下宇陀児Ⅱ
(54)蒼井雄
(55)妹尾アキ夫
(56)正木不如丘Ⅰ
(57)正木不如丘Ⅱ
(58)葛山二郎
(59)蘭郁二郎Ⅰ
(60)蘭郁二郎Ⅱ
(61)岡村雄輔Ⅰ
(62)岡村雄輔Ⅱ
(63)菊池幽芳
(64)水上幻一郎
(65)吉野賛十
(66)北洋
(67)光石介太郎
(68)坪田宏
(69)丘美丈二郎Ⅰ
(70)丘美丈二郎Ⅱ
(71)新羽精之Ⅰ
(72)新羽精之Ⅱ
(73)本田緒生Ⅰ
(74)本田緒生Ⅱ
(75)桜田十九郎
(76)金来成
(77)岡田鯱彦Ⅰ
(78)岡田鯱彦Ⅱ
(79)北町一郎Ⅰ
(80)北町一郎Ⅱ
(81)藤村正太Ⅰ
(82)藤村正太Ⅱ
(83)千葉淳平
(84)千代有三Ⅰ
(85)千代有三Ⅱ
(86)藤雪夫Ⅰ
(87)藤雪夫Ⅱ
(88)竹村直伸Ⅰ
(89)竹村直伸Ⅱ
(90)藤井礼子
(91)梅原北明
(92)赤沼三郎
(93)香住春吾Ⅰ
(94)香住春吾Ⅱ
(95)飛鳥高Ⅰ
(96)飛鳥高Ⅱ
(97)大河内常平Ⅰ
(98)大河内常平Ⅱ
(99)横溝正史Ⅳ
(100)横溝正史Ⅴ
(101)保篠龍緒Ⅰ
(102)保篠龍緒Ⅱ
(103)甲賀三郎Ⅱ

論創社